ULLSTEIN

Rita Rödel
Sevelen

Das Buch

Frankreich, Ende des 19. Jahrhunderts: Zusammen mit ihren Freundinnen besucht die 15jährige Claudine die Dorfschule. Die Mädchen gehören nun zu den »Großen«, denn sie stehen kurz vor dem Examen. Doch dieses letzte Schuljahr, das zeigt sich bald, wird es noch einmal in sich haben: Die neue Lehrerin, Mademoiselle Sergent, führt ein hartes Regiment ein und steht mit der intelligenten, aber aufsässigen Claudine bald auf Kriegsfuß. Zum Glück gelingt es Claudine, privaten Englischunterricht durchzusetzen – bei der hübschen jungen Hilfslehrerin Aimée mit den goldenen Augen und einem Mund, der zum Küssen geschaffen scheint! Aber dieses Glück ist nicht von Dauer, denn Aimées Reize bleiben auch anderen nicht verborgen ...
Claudine erwacht ist der erste Teil der berühmten Claudine-Tetralogie, die Anfang des 20. Jahrhunderts den literarischen Weltruhm der französischen Skandalschriftstellerin Colette begründete.

Die Autorin

Colette (1873–1954) wurde in Saint-Sauveur-en-Puisaye geboren. Durch Henry Gauthier-Villars, ihren ersten Mann, kam sie nach Paris. Auf sein Drängen hin begann sie zu schreiben und verfaßte unter seinem Namen ihre ersten Bücher, die Claudine-Romane. Nach der Scheidung verursachte Colette unter anderem als freizügige Schauspielerin und Kabarettistin aufsehenerregende Skandale. Früh erkannten Marcel Proust und Andre Gide ihr außergewöhnliches literarisches Talent, und Jean Cocteau bewunderte ihre Unabhängigkeit, die es ihr erlaubte, »Frau und frei« zugleich zu bleiben. Sie wurde als erste Frau Mitglied der belgischen Akademie und später Präsidentin der Pariser Académie Goncourt.

Colette

Claudine erwacht

Roman

Aus dem Französischen von Lidia Winiewicz

Ullstein

Besuchen Sie uns im Internet:
www.ullstein-taschenbuch.de

Umwelthinweis:
Dieses Buch wurde auf chlor- und säurefreiem Papier gedruckt.

Ullstein Taschenbuchverlag
Der Ullstein Taschenbuchverlag ist ein Unternehmen der
Econ Ullstein List Verlag GmbH & Co. KG, München
1. Auflage Dezember 2002

Titel der französischen Originalausgabe: Claudine á l'École (Albin Michel, Paris)
Übersetzung: Lidia Winiewicz
Umschlaggestaltung: Thomas Jarzina, Köln
Titelabbildung: akg-images, Archiv für Kunst und Geschichte, Berlin
Gesetzt aus der Goudy
Satz: hanseatenSatz-bremen, Bremen
Druck und Bindearbeiten: Elsnerdruck, Berlin
Printed in Germany
ISBN 3-548-25516-7

Ich heiße Claudine. Ich lebe in Montigny. Hier wurde ich 1884 geboren, hier werde ich aller Voraussicht nach nicht sterben. In meinem Heimatkundebuch, »Die französischen Provinzen«, heißt es: »Montigny-en-Fresnois, ein liebliches, 1950 Einwohner zählendes Städtchen, von den Ufern der Thaize im Halbrund terrassenförmig ansteigend; bemerkenswert ein wohlerhaltener Turm sarazenischen Ursprungs ...«

Auf solche Beschreibungen kann ich verzichten! Wer hat zum Beispiel je die Thaize gesehen? Niemand, und das mit gutem Grund: sie ist nicht vorhanden. Ich weiß, ich weiß, bei der Bahnübersetzung sollte sie von Rechts wegen ein paar Wiesen durchfließen, aber in Wirklichkeit reicht es dort nicht einmal für ein Spatzenfußbad, weder im Sommer noch im Winter. Auch das »terrassenförmig ansteigende Halbrund« sehe ich ganz anders. Wenn Sie mich fragen, so ist das ein Holterdiepolter von Häusern, ein Gestolper und Gepurzel hügelabwärts, vom großen weißen Schloß – es wurde unter Ludwig XV. umgebaut und ist heute schon in traurigerem Zustand als der niedrige efeuumsponnene »Turm sarazenischen Ursprungs«, der von Tag zu Tag sachte an Höhe verliert – bis hinunter ins Tal, über grünes, stufenförmig abfallendes Land.

Außerdem ist Montigny gar kein Städtchen, sondern nur

ein Dorf, dessen Straßen noch niemals einen Pflasterstein gesehen haben (Gott sei Dank!), sich nach jedem Regen in kleine Wildbäche verwandeln und binnen zweier Stunden wieder staubtrocken sind. Ja, Montigny ist ein Dorf, ein ziemlich reizloses obendrein, aber dennoch liebe ich es aus ganzer Seele.

Dichte, unaufhaltsam vorrückende Wälder geben unserer hügeligen Gegend (manche der Täler sind richtige Schluchten!) ihren unvergleichlichen Reiz. Sie überziehen Berg und Tal, so weit das Auge reicht, grün und wellig, nur ab und zu von hellen Rasenflecken und kleinen wohlbestellten Feldern unterbrochen. Aber die zählen kaum. Die unersättlichen Wälder verschlingen alles.

Darum ist dieser schöne Erdenwinkel mit seinen spärlichen, in alle Winde verstreuten Bauernhöfen auch so arm: nicht mehr rote Dächer als nötig, um mit dem grünen Samt der Bäume auf das hübscheste zu kontrastieren.

Die herrlichen Wälder! Ich kenne und liebe sie alle, ich habe sie unzählige Male durchstreift. Da ist das Unterholz, hinterlistiges Gestrüpp mit krallengleichen Zweigen, sonnendurchflutete Heimstätte der Erdbeeren, Maiglöckchen und – Schlangen. Wie oft, wenn ich zu meinen Füßen eins dieser eklen, glattkalten Tiere vorübergleiten sah, bin ich zusammengezuckt, von namenlosem Schrecken gepackt. Wie oft erstarrt, mit angehaltenem Atem, wenn meine Hand beim Blumenpflücken eine harmlose Blindschleiche berührte, die mich, spiralenförmig zusammengerollt, aus goldenen Augen unverwandt anblickte. Abenteuer über Abenteuer, ebenso furchtbar wie ungefährlich, nein, ihr werdet mich nicht vertreiben! Ich komme stets zurück, allein oder mit meinen Mitschülerinnen.

Meistens allein. Diese Backfische gehen mir auf die Nerven: Oh, ich bin so müde! Au, die spitzen Dornen! Pfui, die haarigen Raupen, die garstigen, häßlichen Spinnen! (Dabei sind die Waldspinnen so hübsch anzusehen, rosig und rund wie schimmernde Perlen!). Diese Entsetzensschreie! Mit einem Wort, es ist nicht auszuhalten.

Die alten mächtigen Forste sind mir besonders teuer. Es trifft mich ins Herz, einen der Riesen fallen zu sehen, die dort ihre Äste ausbreiten. Da gibt's kein Gestrüpp, kein Unterholz. Säulengleich steht Baum an Baum. Die engen Pfade machen den Tag zur Nacht und lassen Schritt und Stimme schaurig widerhallen. Oh, wie liebe ich diese Wälder! Hier kann ich träumen, den Blick in die grüne, geheimnisvolle Ferne verloren, hier genieße ich Ruhe, kostbare Einsamkeit und jene unnennbare Angst, die mir aus Stille und fließendem Dunkel erwächst. In diesen Wäldern finden sich keine Insekten, keine hohen schwankenden Gräser. Hier ist der Boden bald fest und klingend, bald federndweich, vom Wasser unzähliger Quellen gelockert. Weißbefrackte Hasen spazieren herum. Scheue Rehe huschen vorüber, so geschwind, daß man meinen möchte, es gäbe sie gar nicht! Rotgoldene Fasane, dick und fett, Wildschweine (ich bin noch keinem einzigen begegnet!), Wölfe – ja, eines Spätherbsttags, als ich Bucheckern sammelte (die guten, öligen Bucheckern, die im Hals kratzen und zum Husten reizen), hörte ich einen Wolf, wirklich und wahrhaftig!

Mitunter wird man in tiefem Wald von einem Gewitterregen überrascht. Dann wählt man die mächtigste Eiche in der Runde, duckt sich, wagt kaum zu atmen und lauscht im wohlig-warmen Nest dem Prasseln des Regens, der auf das Blätterdach herniederrauscht, um zögernd wieder aus dem Dunkel zu tauchen, geblendet und verloren im hellen Tageslicht.

Und die Tannenwälder! Sie sind weder dicht noch über die Maßen geheimnisvoll, doch ich liebe sie um ihres Duftes willen, ich liebe ihr Lied im Wind und das zarte, würzige

Heidekraut, das in ihrem Schatten erblüht, rosa und violett. Der Weg zu ihnen führt durch einen Jungwald. Plötzlich – welch herrliche Überraschung! – steht man vor einem Weiher, glattem, tiefen Spiegel, von Wäldern umrahmt, weltfern und einsam. In der Mitte, auf einem Inselchen, drängen sich die Tannen aneinander und ein entwurzelter Stamm ist des Mutigen einzige Brücke. Drüben angelangt, macht man Feuer, ob Sommer oder Winter (warum? Weil es verboten ist!), brät Äpfel, Birnen, eine gestohlene Kartoffel, was auch immer. Im Notfall tut's ein Stück Schwarzbrot. Dann riecht es bittersüß nach Harz und Rauch, unappetitlich, wundervoll.

In diesen Wäldern habe ich zehn Jahre ziellosen Umherstreifens verlebt, zehn herrliche Jahre der Entdeckungen, Siege und Eroberungen. Eines Tages werde ich scheiden müssen, und diesen Abschied fürchte ich schon heute.

Vor zwei Monaten wurde ich fünfzehn. Es war ein bemerkenswerter Tag, in mehr als einer Hinsicht: erstens machte ich alle meine Röcke länger (jetzt reichen sie mir bis zu den Knöcheln!), zweitens begann man die Schule niederzureißen und drittens wurde unsere Lehrerin versetzt.

Die Verlängerung meiner Röcke war ein Gebot der Schicklichkeit: meine Waden erregten bereits die unziemliche Aufmerksamkeit des starken Geschlechts und ließen Rückschlüsse auf mein Alter ziehen, die durchaus nicht der Wahrheit entsprachen. Die Schule war baufällig, und was die Lehrerin betrifft, die Arme (eine herzensgute, unwissende Vierzigerin, häßlich und sanft, deren Aufregung bei Ankunft des Schulinspektors keine Grenzen kannte), so benötigte Doktor Dutertre, unser Distriktskandidat, ihre Stelle, um eines seiner Protektionskinder unterzubringen. Was Dutertre recht ist, ist dem Minister billig.

Arme alte Schule, halbverfallen, gesundheitsschädlich, aber so erheiternd! Die schönen Gebäude, die man eben errichtet, werden dich nie aus unserem Herzen verdrängen!*

Die Lehrerzimmer, eng und unfreundlich, befanden sich im ersten Stock, während das Erdgeschoß unseren beiden Klassen vorbehalten war, zwei unglaublich häßlichen, schmutzstarrenden Räumen. Nirgends habe ich je wieder solche Schulbänke gesehen! Sie waren durch langjährige Verwendung zur Hälfte abgebraucht – wenn es mit rechten Dingen zugegangen wäre, hätten wir nach einem halben Jahr samt und sonders bucklig sein müssen – und der Gestank, der nach sechs Unterrichtsstunden (je drei vormittags und nachmittags) in diesen Räumen herrschte, warf einen förmlich um.

An Schulkameradinnen meinesgleichen hat es mir immer gefehlt. Die wenigen gutbürgerlichen Familien von Montigny geben ihre Kinder in die Kreisstadt ins Internat, das gehört zum guten Ton. Deshalb bleibt unsere Schule den ziemlich ungewaschenen Töchtern der ortsansässigen Krämer, Gendarmen, Arbeiter und Bauern vorbehalten.

Warum ich mich in dieser seltsamen Gesellschaft befinde? Weil ich nicht im Traum daran denke, Montigny zu verlassen. Wenn ich eine Mama hätte, würde sie mich keinen Tag länger in dieser Schule lassen, das weiß ich genau. Aber Papa sieht nichts, hört nichts und kümmert sich nicht um mich, so sehr nimmt ihn seine Arbeit in Anspruch. Daß ich

* Der neue »Schulkomplex« wächst seit sieben oder acht Monaten unverdrossen in die Höhe, in einem nahen, eigens zu diesem Zweck erworbenen Garten. Aber wir interessieren uns kaum (bis jetzt wenigstens!) für die großen weißen Würfel. Ungeachtet der für unser Faulenzerparadies seltenen Eile, mit der die Arbeiten vorangetrieben werden, glaube ich kaum, daß vor Schulschluß mit der Fertigstellung der neuen Gebäude zu rechnen ist. Und bis dahin habe ich längst meine Abschlußprüfung und die Schule verlassen – leider, leider!

in irgendeinem Kloster oder Gymnasium auf passendere Weise erzogen werden könnte, kommt ihm nicht in den Sinn. Und ich hüte mich wohl, ihm die Augen zu öffnen!

An Kameradinnen hatte, nein, habe ich daher vor allem Claire, die sanfte Gefährtin meiner ersten Kommunion, ein stilles Mädchen mit schönen verträumten Augen und romantischer Seele. Claire (den Familiennamen verschweige ich absichtlich) hat ihre ganze Schulzeit damit verbracht, sich allwöchentlich in einen anderen jungen Mann zu verlieben (oh, ganz platonisch!), und hegt auch jetzt keinen sehnlicheren Wunsch, als ihr Herz an den ersten besten Dummkopf – Lehrer oder Verwaltungsbeamten – zu verlieren, sofern er nur das geringste Talent zu »poetischen« Liebeserklärungen besitzt.

Dann die lange Anaïs, kalt, schlecht und so gefühllos, daß sie niemals errötet, die Glückliche! Sie hat ein erstaunliches Gedächtnis (es täuscht über ihren Mangel an tatsächlicher Intelligenz hinweg und wird sie dazu befähigen, die Aufnahmeprüfung in Fontenay-aux-Roses zu bestehen) sowie ein zu wahrer Meisterschaft ausgebildetes komisches Talent, dem ich Augenblicke grenzenloser Heiterkeit verdanke. Weitere Kennzeichen: lang wie eine Hopfenstange, Haare von undefinierbarer Farbe, weder blond noch braun, gelbe Haut, blasse Wangen, winzige schwarze Augen. Sie lügt, betrügt, klatscht und kriecht, wenn es nötig ist, kurzum, sie läßt sich nicht unterkriegen, die lange Anaïs, und ist durchaus keine Dutzenderscheinung. Mit dreizehn schrieb sie bereits einem gleichaltrigen Einfaltspinsel Liebesbriefe und gab ihm heimliche Stelldicheins. Die Sache flog auf, und der Skandal, der die ganze Schule in Aufregung versetzte, ließ sie als einzige ungerührt.

Dann die beiden Jaubert, Schwestern – was sage ich! Zwillinge! Gute Schülerinnen – nein, Streberinnen. Ich würde sie mit Freuden erwürgen, so widerwärtig sind mir ihre guten Manieren, ihr ewiges Bravsein, ihre schöne, saubere Handschrift, ihre alberne Ähnlichkeit! (Matte, unbedeutende Gesichter, weinerlich-sanfte Schafsaugen.) Sie hamstern die guten Noten, sind unermüdlich an der Arbeit, wohlerzogen und duckmäuserisch. Selbst ihr Atem stinkt nach Kleister, pfui Teufel!

Und Marie Belhomme – dumm, aber lustig! Mit fünfzehn nicht vernünftiger als ein achtjähriges, kaum frühreifes Kind. Ihre Spezialität sind Bemerkungen von gigantischer, entwaffnender Naivität, die unseren Mutwillen im Keim ersticken. Wie oft habe ich in ihrer Gegenwart die abscheulichsten Dinge gesagt, nur des Spaßes halber, ihre ehrliche Entrüstung zu sehen, die eine Minute später in herzliches Gelächter umschlägt. Dann streckt Marie (matter, dunkler Teint, feuchte Mandelaugen und ein harmloses Näschen, das sie einem verschreckten Hasen ähneln läßt) in komischer Verzweiflung ihre »Hebammenhände« zum Himmel. Sie sind lang und schmal und die Bezeichnung stammt von Anaïs. Wir fünf bereiten uns auf die Abschlußprüfung vor und bilden heuer das vielbeneidete Gestirn, das über den »Großen« schwebt. Die übrigen zählen nicht. Sie sind die Hefe, das Pack, das gemeine Volk, und ich werde im weiteren Verlauf dieses Tagebuchs (denn ein solches sind diese Aufzeichnungen zumindest in gewissem Sinne) nur mehr wenige andere Kolleginnen vorstellen.

Als die arme Madame X von ihrer Versetzung erfuhr, weinte sie geschlagene zwölf Stunden, und wir mit ihr, was genügte, um mir einen gesunden Widerwillen gegen ihre Nachfolgerin einzuflößen. Diese, eine gewisse Mademoiselle Sergent, erschien gleichzeitig mit dem Demolierungstrupp in unserem Schulhof, von ihrer Mutter, einer einfachen korpulenten Frau (sie trägt eine große Haube und dürfte eine geriebene, im Grund jedoch gutmütige Bäuerin sein), begleitet, bewundert und bedient. Sie selbst hingegen scheint alles andere als menschenfreundlich, und ich verspreche mir nichts Gutes von diesem ebenso wohlproportionierten wie unschönen Geschöpf mit der schlanken Taille, den runden Hüften, dem aufgedunsenen Gesicht, dem feuerroten Haar, der plattgedrückten Nase und den kleinen, tiefliegenden Augen, die schwarz und argwöhnisch in die Gegend blicken. Mademoiselle Sergent bewohnt ein Zimmer in der alten Schule, das vorerst noch nicht demoliert wird; desgleichen ihre Hilfslehrerin, die hübsche Aimée Lanthenay. Meine Sympathie für letztere ist ebenso stark ausgeprägt wie meine Abneigung gegen ihre Vorgesetzte. Mademoiselle Sergent, dieser Eindringling, hat mit mir kein leichtes Leben. Ich stelle alle Stacheln auf, zeige mich bockig, halsstarrig und aufrührerisch und weise ihre Versuche, mich kirre zu machen, auf eine Art zurück, die hart an Unverschämtheit grenzt. Doch schon nach den ersten Scharmützeln kann ich nicht umhin, sie als Pädagogin von wahrhaft überragenden Fähigkeiten anzuerkennen, die mitunter allzu scharf, jedoch stets mit größter Bestimmtheit ihren Willen durchzusetzen sucht. Dieser wäre klar und folgerichtig genug, würde er nicht häufig von Jähzorn getrübt. Eine Spur mehr Selbstbeherrschung, und diese Frau wäre bewundernswert. So aber sprühen ihre Augen Feuer, sobald sie auf den geringsten Widerstand stößt, das rote Haar fällt in die Stirne, wirr und schweißgetränkt, und sie muß die Klasse verlassen – so wie vorgestern –, um mir nicht das Tintenfaß an den Kopf zu werfen.

Das naßkalte Wetter (der Herbst ist heuer ganz abscheulich!) verlockt mich nicht zum Herumtollen. Viel lieber verplaudere ich die Pausen mit Mademoiselle Aimée. Unsere Freundschaft macht schnelle Fortschritte. Blonde kleine

Aimée! Schmeichlerische Katzennatur, weich und anschmiegsam, beispiellos wärme- und zärtlichkeitsbedürftig! Wie gern betrachte ich dein rosiges Gesicht und die goldbraunen Augen mit den keck aufgebogenen Wimpern, denen das Lachen so gut ansteht! Sie ziehen die Blicke der Männer an wie zwei kleine Sonnen. Alles dreht sich nach dir um. Oft, wenn wir auf der Schwelle der zweiten Klasse miteinander plaudern, während die kleinen Mädchen die Fleißigen spielen, geht Mademoiselle Sergent an uns vorüber, wortlos und eifersüchtig, heftet einen forschenden Blick auf uns, und ihr Schweigen schreit uns förmlich entgegen, wie hart es sie trifft, daß wir einander so gut verstehen.

Diese neunzehnjährige Aimée – sie ist einen Kopf kleiner als ich – zwitschert vor sich hin, als sei sie noch immer Zögling der Lehrerinnenbildungsanstalt, die sie erst vor drei Monaten verlassen hat. Ihre Zutraulichkeit, ihre weichen, runden Gesten – es sind die Bewegungen eines verspielten Kätzchens – rühren mich seltsam. Wenn Mademoiselle Sergent vorübergeht, so erstarrt sie unwillkürlich, so sehr scheint sie sich vor ihr zu fürchten, und vergräbt die eiskalten Händchen unter ihrem Plüschkragen. Die Ärmste hat keinen Groschen, wie Tausende ihrer Leidensgefährtinnen.

Um sie nicht zu verschrecken, ziehe ich meine sanftesten Saiten auf, was mir ohne besondere Mühe gelingt, und überschütte sie mit allen möglichen Fragen. Dabei wäre ich es schon zufrieden, sie nur ansehen zu dürfen! Sie spricht ohne Unterlaß. Trotz ihrer unregelmäßigen Züge (oder gerade deshalb!) wirkt sie hübsch. Zwar treten die Backenknochen ein wenig zu stark hervor, zwar ist die Nase zu kurz, zwar krümmen sich die vollen Lippen beim Lachen im linken Mundwinkel auf ganz eigenartige Weise, aber dafür hat sie herrliche goldbraune Augen und einen Teint, dessen zarte Pfirsichfarben auch der strengsten Kälte gewachsen sind. Sie redet ohne Unterlaß, schildert ihren Vater, den Steinmetz, ihre prügelfreudige Mutter, ihre Schwester und ihre drei Brüder, die spartanische Lehrerinnenbildungsanstalt in der Kreisstadt, wo das Wasser in den Krügen gefror und sie vor Übermüdung kaum aufrecht stehen konnte, weil es um fünf Uhr früh aus den Federn springen hieß (Gott sei Dank war wenigstens die Englischprofessorin nett zu ihr!), die Ferien im Familienkreis, wo man sie zur gröbsten Arbeit anhielt, mit der Begründung, daß es ihr besser anstünde, daheim Suppe zu kochen, als die feine Dame zu spielen ... Das alles zieht in ihrem unermüdlichen Geplauder vorbei, diese ganze trostlose Jugend, die sie voll Ungeduld ertrug, deren sie sich mit Schaudern erinnert.

Kleine Aimée Lanthenay, dein biegsamer, ahnungsvoller Körper verlangt nach einem unbekannten Glück! Wärst du nicht Hilfslehrerin in Montigny, sähe ich dich fast als – nein, das behalte ich lieber bei mir! Aber wie gerne betrachte ich dich, wie gerne lausche ich deinem Gezwitscher, du meine jüngere Schwester, die du vier Jahre älter bist als ich!

Eines Tages kommt meine neue Freundin auf ihre guten Englischkenntnisse zu sprechen. Das bringt mich auf eine wahrhaft göttliche Idee: ich gehe zu Papa (da er nun einmal Mutterstelle an mir vertritt!) und flöße ihm den Gedanken ein, mir durch Mademoiselle Aimée Lanthenay Englischunterricht erteilen zu lassen. Papa findet diesen Einfall genial, wie übrigens den Großteil meiner Ideen, und begleitet mich zu Mademoiselle Sergent, »um die Sache unter Dach und Fach zu bringen«. Die Frau Direktor empfängt uns mit undurchdringlicher Höflichkeit und Papa setzt sie von »seinem« Plan in Kenntnis. Sie scheint ihn gutzuheißen, aber dennoch kann ich mich einer gewissen Unruhe nicht erwehren: es ist mir unmöglich, ihre Augen zu sehen. Oh, ich habe sehr bald erkannt, daß sie die Wahrheit nicht zu verbergen vermögen. Diesmal hält sie den Blick hartnäckig gesenkt. Das verheißt nichts Gutes.

Mademoiselle Lanthenay wird heruntergerufen. Sie erscheint, dienstfertig und errötend, wiederholt ein über das andere Mal »Ja, Monsieur!« und »Gewiß, Monsieur!« und scheint nicht genau zu wissen, was sie eigentlich sagt. Ich freue mich meiner List und betrachte Aimée entzückt, im Vorgenuß des Glücks, sie von nun an öfter und ungestörter um mich zu haben als auf der Türschwelle der zweiten Klasse. Das Honorar wird festgesetzt: fünfzehn Francs pro Monat, bei zwei Wochenstunden, ein unverhoffter Goldregen für diese arme kleine Hilfslehrerin, die von ihren fünfundsiebzig Francs monatlich ihr Kostgeld bezahlen muß. Außerdem glaube ich, daß es auch ihr Freude macht, öfter mit mir zusammenzutreffen. Während der ganzen Unterredung sprechen wir kaum mehr als zwei oder drei Sätze miteinander. Erste Lektion! Nach dem Unterricht warte ich, bis Mademoiselle Aimée ihre Englischbücher zusammengesucht hat. Dann auf, nach Hause! In Papas Bibliothek erwartet uns eine gemütliche Ecke: ein großer Tisch, Hefte und Federn, eine Lampe, die nur den Tisch beleuchtet, den übrigen Raum jedoch in warmem Dunkel beläßt. Mademoiselle Lanthenay ist verlegen (warum nur?), hüstelt, errötet und sagt:

»Nun, Claudine, das englische Alphabet werden Sie wohl kennen, nicht wahr?«

»Natürlich, Mademoiselle. Ich kann auch etwas Grammatik. Diese kleine Übersetzung zum Beispiel könnte ich ohne weiteres machen ... es ist doch nett hier, nicht?«

»Ja, sehr nett.«

Um den Ton unserer Zwiegespräche wiederzufinden, dämpfe ich ein wenig die Stimme:

»Hat Mademoiselle Sergent unsere Privatstunden noch einmal erwähnt?«

»Oh, kaum! Sie sagte bloß, daß es eine günstige Gelegenheit für mich sei, und daß ich mit Ihnen keine Mühe haben würde. Angeblich sind Sie eine begabte Schülerin, die spielend lernt, wenn sie sich erst einmal dazu bequemt.«

»Das ist alles? Sicher hat sie damit gerechnet, daß Sie es mir wiederholen würden!«

»Vorwärts, Claudine! Wir sind nicht hier, um zu plaudern! Wie Sie wissen, gibt es im Englischen nur einen Artikel ... usw. usw.« Zehn Minuten lang lernen wir allen Ernstes Englisch. Dann nehme ich mein Verhör wieder auf:

»Haben Sie ihre unzufriedene Miene nicht bemerkt? Ich meine damals, als Papa bei ihr war?«

»Nein ... oder doch ... ja, vielleicht. Aber an jenem Abend haben wir kaum zwei Worte miteinander gewechselt.«

»Ziehen Sie doch die Jacke aus! In Papas Zimmer ist immer eine Affenhitze! Oh! Wie schlank Sie sind! Zum Abbrechen! Und was für schöne Augen Sie haben! Bei Lampenlicht strahlen sie ganz besonders hell!«

Ich sage, was mir durch den Kopf geht. Es macht mir Freude, meiner Lehrerin angenehme Dinge zu sagen, weit größere, als selbst Komplimente zu bekommen. Ich frage weiter:

»Schlafen Sie noch immer in einem Zimmer mit Mademoiselle Sergent?«

Diese Gemeinschaft dünkt mich hassenswert, aber was soll man machen! Alle übrigen Zimmer sind schon ausgeräumt. Man beginnt bereits das Dach abzutragen.

»Was bleibt mir anderes übrig«, seufzt die arme Kleine.

»Es ist mir sehr unangenehm. Abends gehe ich um neun zu Bett, schnell schnell, bevor sie hereinkommt. Mademoiselle Sergent legt sich erst später nieder. Aber trotzdem ist es sehr peinlich, besonders, wenn man einander so fremd gegenübersteht wie wir!«

»Scheußlich! Ich kann Ihnen das so gut nachfühlen! Es muß doch gräßlich für Sie sein, in ihrer Gegenwart Toilette zu machen! Mir wäre es furchtbar unangenehm, vor Leuten, die ich nicht leiden kann, im Hemd dazustehen!«

Mademoiselle Lanthenay zieht ihre Uhr hervor und schrickt zusammen:

»Claudine! Wir arbeiten ja nichts! Vorwärts, weiter!«

»Ja, ja ... Wissen Sie übrigens schon, daß neue Hilfslehrer kommen sollen?«

»Ja, zwei! Sie sind für morgen angesagt.«

»Wieder zwei neue Verehrer! Da werden wir was zu lachen haben!«

»Ach, hören Sie doch auf! Ich habe mich noch nie für einen Hilfslehrer begeistern können! Die, denen ich bis jetzt begegnet bin, waren samt und sonders strohdumm. Im übrigen weiß ich auch schon, wie die beiden Herren heißen: Antonin Rabastens und Armand Duplessis! Zwei lächerlichere Namen kann man sich kaum vorstellen.«

»Ich wette, diese beiden Schwerenöter werden zwanzigmal pro Tag durch unseren Hof gehen, mit der fadenscheinigen Begründung, daß der Eingang zur Knabenschule verstellt ist ... Sie wissen ja, die leidigen Demolierungsarbeiten ...«

»Claudine, es ist eine Schande! Wir haben überhaupt nichts gearbeitet!«

»Oh, am ersten Tag ist das immer so! Dafür wird es nächsten Freitag um so besser gehen! Schließlich braucht man eine gewisse Zeit, um in Schwung zu kommen!«

Trotz dieser bemerkenswerten Feststellung läßt Mademoiselle Lanthenay, von ihrer eigenen Faulheit eingeschüchtert, bis Schluß der Lektion nicht mehr mit sich spaßen. Nachher begleite ich sie zur nächsten Ecke. Die Nacht ist schwarz und kalt, und es tut mir in der Seele weh, die zarte Kleine in diese frostige Finsternis hinauseilen zu sehen, zurück zu dem rothaarigen Weib mit den eifersuchtsprühenden Augen.

Diese Woche waren uns, den Großen, Stunden ungetrübten Glücks beschert: man beauftragte uns mit der Entrümpelung des Dachbodens. Wir schleppten haufenweise Bücher, Hefte und altes Zeug hinunter und liefen sinnlos treppauf und treppab. (Da die Maurer darauf warteten, den ersten Stock niederreißen zu können, war höchste Eile geboten.) Die lange Anaïs und ich wagten uns bis zu der Stiege vor, die Schule und Lehrerzimmer miteinander verbindet, der Tatsache wohl bewußt, mit diesem kühnen Unterfangen eine tüchtige Strafe zu riskieren. Aber wir hätten gar zu gern wenigstens einen der beiden bis dato unsichtbar gebliebenen Hilfslehrer erspäht.

Wir kommen an einem halboffenen Zimmer vorbei. Anaïs gibt mir einen Rippenstoß, ich stolpere und stoße mit dem Kopf gegen die Türe. Sie fliegt auf. Wir platzen vor Lachen und weichen keinen Fußbreit von der Schwelle. Hier haust einer der Hilfslehrer. Zum Glück ist er nicht da! In aller Eile inspizieren wir den Raum. Kamin und Wände zieren zwei große, phantasielos gerahmte Farbdrucke: eine Italienerin mit schwarzer Mähne, blendendweißen Zähnen und einem Mündchen, das dreimal kleiner ist als die Augen. Als Gegenstück dazu eine affektierte Blondine, die einen Spaniel an den blaubebänderten Busen drückt. Antonin Rabastens (er hat seine Visitenkarte mit vier Reißnägeln an der

Türe befestigt) schläft in einem Bett, zu dessen Häupten russische und französische Wimpel einander überkreuzen. Was noch? Ein Waschtisch, zwei Sessel, eine Schmetterlingssammlung (die Schmetterlinge sind auf Korkstöpsel aufgespießt), Notenblätter, über den Kaminsims verstreut. Das ist alles. Wortlos lassen wir den Blick umherschweifen, um uns im nächsten Augenblick eilends in Richtung Dachboden zurückzuziehen, von der panischen Angst gepackt, daß besagter Antonin (wie kann man nur Antonin heißen!) plötzlich heraufkommen könnte! Und wir trampeln so laut über diese verbotenen Pfade, daß sich im Erdgeschoß eine Türe öffnet, ein stattlicher, dunkler Junge mit wohlgenährten Wangen auf den Gang tritt – wir können gerade noch einen Blick von ihm erhaschen – und mit saftigem Marseiller Akzent heraufruft: »Was ist da los, zum Teufel? Hier ist eine Schule, kein Pferdestall!«

»Wenn der wüßte, daß wir aus seinem Zimmer kommen!« keucht meine Helfershelferin, in der schützenden Bodenkammer angelangt.

»Wahrscheinlich wäre er untröstlich, uns verfehlt zu haben!«

»Verfehlt?« wiederholt Anaïs mit eisiger Miene, »der sieht mir nicht danach aus, als ob er einen verfehlen würde!«

»Ach, du mit deiner dreckigen Phantasie!«

Wir entrümpeln weiter. Welch ein Hochgenuß, Mademoiselle Sergents Bücher und Zeitschriften zu durchwühlen, ehe wir geruhen, sie hinunterzubefördern! Da finden sich unter anderem die *Aphrodite* von Pierre Louys sowie zahlreiche Nummern des *Journal Amusant*.

»Kulissengespräch«, eine Zeichnung von Gerbault, betrachten wir mit herrlicher, prickelnder Erregung: schwarzbefrackte Herren kitzeln nette kleine Ballettratten in Trikot und Tüllröckchen, die ausgelassen herumspringen, vor Vergnügen sichtlich kreischend. Auf dem Dachboden ist es dämmerig. Wir haben ein paar Zeichnungen von Guillaume gefunden und können uns nicht losreißen. Sie sind aber auch zu komisch! Und so gewagt! Plötzlich fahren wir herum: die Türe fliegt auf, und eine Stimme (dieser Akzent! Er riecht förmlich nach Knoblauch!) fragt ärgerlich:

»Wer macht hier diesen Höllenspektakel, zum Donnerwetter?«

Wir erheben uns ernsten Gesichts, mit Büchern beladen, erwidern gemessen: »Guten Tag, Monsieur!« und haben alle Mühe, den Lachkrampf zu bemeistern, der uns an allen Gliedern schüttelt.

Es ist der wohlgenährte Hilfslehrer von vorhin. Da wir aber junge Damen sind, die gern und gut wie sechzehn aussehen, entschuldigt er sich höflich und tritt mit den Worten »Ich bitte vielmals um Verzeihung, meine Damen!« den Rückzug an. Kaum ist er draußen, führen wir auch schon einen verrückten Tanz auf, in aller Stille, und schneiden teuflische Grimassen. Natürlich kommen wir zu spät hinunter und werden gescholten. »Was haben Sie so lange getrieben?« fragt Mademoiselle Sergent.

»Mademoiselle, wir mußten die Bücher erst schichten.«

Und ich stelle ihr einen Stoß unter die Nase, obenauf die gewagte *Aphrodite* sowie ein paar Nummern des *Journal Amusant*, mit den Bildern nach außen. Sie merkt sofort, was gespielt wird, ihre roten Wangen färben sich noch röter, doch sie hat sich sofort in der Hand und erklärt: »Ach ja, die Bücher des Lehrers! Ich werde sie ihm zurückgeben. Auf diesem Dachboden herrscht ein solches Durcheinander ...«

Das ist alles. Kein Tadel, keine Strafarbeit.

Beim Hinausgehen gebe ich Anaïs einen Rippenstoß.

Ihre kleinen Augen verschwinden fast unter unzähligen Lachfältchen.

»Na, was sagst du zum Lehrer, Alte? Der hält was aus!« Anaïs zuckt die Achseln.

»Ausgerechnet der! Dieses Unschuldslamm! Wenn der nicht noch an den Storch glaubt, freß ich einen Besen!«

Besagter Lehrer ist ein farbloser, trauriger Witwer, der sich nach Schluß des Unterrichts unweigerlich in seinem Zimmer vergräbt. Man weiß kaum, ob es ihn wirklich gibt.

Zweite Lektion bei Mademoiselle Aimée, am darauffolgenden Freitag.

»Nun? Was ist mit den Hilfslehrern? Machen sie Ihnen schon den Hof?«

»Oh, Claudine«, lachte Aimée, »gestern sind sie bei uns erschienen, um uns ›ihre Aufwartung zu machen‹. Antonin Rabastens, übrigens ein ziemlich harmloser Knabe, hat sich von allen Seiten bewundern lassen.«

»Rabastens, genannt ›die Perle von Cannebière‹! Und wie ist der andere?«

»Armand Duplessis? Groß, hager, interessante Züge.«

»Es scheint mir geboten, ihn ›Richelieu‹ zu taufen.«

»Diesen Spitznamen wird er so bald nicht wieder los, böse Claudine! Aber was für ein Sonderling! Kaum, daß er einmal den Mund aufmacht! Und wenn, so sagt er höchstens, ›ja‹ oder, ›nein‹!«

Heute, beim wohligen Licht der kleinen Lampe, finde ich meine Englischprofessorin ganz besonders reizend. Ihre Katzenaugen glitzern golden, schelmisch und verspielt, und ich verliere mich in ihren Anblick, hingerissen und bewundernd, ohne zu übersehen, daß sie weder Güte noch Treue, noch Aufrichtigkeit widerspiegeln. Doch sie strahlen so hell aus dem frischen Gesicht, und Aimée paßt so gut in dieses warme, gemütliche Zimmer, daß ich fühle, wie alles in mir danach drängt, sie zu lieben, mit der ganzen Kraft meines jungen, ungebärdigen Herzens, dessen Torheit ich wohl kenne, jedoch nicht meistern kann.

»Und *sie?* Die rothaarige Frau Direktor? Keine neuen Sticheleien?«

»Im Gegenteil! Sie ist sogar äußerst liebenswürdig! Ich glaube, unsere Freundschaft stört sie weit weniger, als Sie meinen!«

»Daß ich nicht lache! Dann haben Sie ihre Augen nicht gesehen! Sie sind lange nicht so schön wie die Ihren, aber viel, viel hintergründiger ... Mademoiselle Aimée, Sie sind die süßeste kleine Englischlehrerin auf der ganzen Welt!«

Ihre Wangen färben sich dunkelrot, und sie sagt ohne jede Überzeugung: »Claudine, Sie sind wohl nicht ganz bei Trost! Man hat es mir oft genug gesagt, aber jetzt fange ich langsam an, daran zu glauben!«

»Pah! Ich weiß genau, wie man über mich spricht! Was hat das schon zu bedeuten? Es genügt mir vollkommen, mit Ihnen beisammen zu sein! Kommen Sie, erzählen Sie mir von Ihren Verehrern!«

»Aber Sie wissen doch, daß ich keine habe! Dafür können wir uns wohl auf die häufigen Besuche der beiden Hilfslehrer gefaßt machen. Rabastens scheint den Salonlöwen spielen zu wollen und schleppt seinen Kollegen Duplessis überallhin mit! Habe ich Ihnen übrigens schon erzählt, daß ich meine kleine Schwester hier ins Internat geben werde?«

»Ihre Schwester interessiert mich nicht im geringsten! Wie alt ist sie denn?«

»So alt wie Sie, das heißt, ein paar Monate jünger. Dieser Tage wird sie fünfzehn.«

»Ist sie hübsch?«

Sie schüttelt den Kopf.

»Nicht sehr. Sie ist scheu und wild. Sie werden ja sehen.«

»Zum Teufel mit Ihrer Schwester! Wissen Sie schon das Neueste? Ich habe Rabastens kennengelernt, den schmukken Antonin! Er ist eigens zu diesem Zweck auf den Dachboden geklettert, was sagen Sie jetzt? Sein Akzent hat sich gewaschen!«

»Ja, aber sonst ist er gar nicht übel! Vorwärts, Claudine, schämen Sie sich nicht? Übersetzen Sie diesen Absatz!«

Ihre Aufregung ist fruchtlos. Wir bringen überhaupt nichts zustande, und beim Abschied gebe ich ihr einen Kuß.

Am nächsten Tag während der großen Pause – um mein geistiges Niveau zu heben, führt Anaïs eben mit undurchdringlicher Miene einen Veitstanz auf – erscheinen Duplessis und Rabastens unversehens in unserem Schulhof.

Die beiden Herren grüßen, und Marie Belhomme, die lange Anaïs und ich erwidern den Gruß mit steifer Höflichkeit. Dann betreten sie das Klassenzimmer, wo die beiden Damen gerade mit der Korrektur der Hefte beschäftigt sind. Wir sehen die vier miteinander lachen und plaudern. Plötzlich ergreift mich das ebenso jähe wie unbezähmbare Verlangen nach meinem Mantel, den ich auf der Bank liegengelassen habe. Ich stürze in die Klasse, stoße die Tür auf, als hätte ich niemals erwartet, die beiden Herren anzutreffen, erstarre auf der Schwelle und spiele die Verwirrte. Mademoiselle Sergent schleudert mir ein »Nicht so stürmisch, Claudine!« an den Kopf, mit dem man eine Glasplatte entzweischneiden könnte, und ich ziehe mich auf den Zehenspitzen zurück, nicht ohne festgestellt zu haben, daß Mademoiselle Aimée mit Duplessis plaudert, lacht und kokettiert. Wart nur, du schöner Sonderling, über kurz oder lang werden ein paar billige Witze über dich im Umlauf sein, ein Liedchen oder einige neue Spitznamen. Ich werde dich lehren, Mademoiselle Aimée zu verführen! Wie? Was hör ich? Man ruft mich zurück? Welch unverhofftes Glück! Ich lasse mich nicht lange bitten, setze meine gelehrigste Miene auf und kehre um.

»Claudine«, läßt sich Mademoiselle Sergent vernehmen, »singen Sie das da vom Blatt. Monsieur Rabastens ist zwar musikverständig, jedoch lange nicht so sehr wie Sie!«

Welch ein Umschwung! Wie unglaublich liebenswürdig! »Das da« ist eine Arie aus dem *Chalet*, zum Weinen langweilig. Leider friert mir regelmäßig die Stimme ein, wenn ich vor fremden Leuten singen muß. Darum treffe ich wohl die Noten, muß aber gegen ein lächerliches Tremolo ankämpfen, das sich gegen Ende des Stückes Gott sei Dank etwas verliert.

»Bravo, Mademoiselle!« schwärmt Marseille. »Darf ich Sie zu Ihrem Talent beglückwünschen?«

Ich wehre bescheiden ab, zeige ihm in Gedanken die Zunge (die »Zunnnge«, würde er sagen) und trolle mich zu den »annndern«. Sie empfangen mich mit süßsaurer Miene.

»Meine Liebe!« knirscht die lange Anaïs, »du scheinst ja in allerhöchster Gunst zu stehen! Sicher hast du auf die Herren einen unauslöschlichen Eindruck gemacht, und wir werden sie jetzt täglich zu Gesicht bekommen!«

Die beiden Jaubert, gelb vor Eifersucht, grinsen hämisch in sich hinein.

»Laßt mich in Ruhe! Es steht wirklich nicht dafür, soviel Aufhebens zu machen, bloß, weil ich ein paar Noten getroffen habe! Rabastens stammt aus dem Süden, aus dem Süden zum Quadrat, und diese Leute kann ich nicht ausstehen! Und was Richelieu betrifft, so könnt ihr Gift darauf nehmen, daß er nicht mich besuchen wird!«

»Wen denn?«

»Mademoiselle Aimée, natürlich! Er verschlingt sie ja mit den Augen!«

»Sag einmal«, flüstert Anaïs, »wenn du auf ihn nicht eifersüchtig bist, dann also auf sie ...«

Verfluchte Anaïs! Nichts bleibt ihr verborgen, und was sie nicht sieht, erfindet sie!

Die beiden Herren kommen heraus. Antonin Rabastens grüßt nach allen Seiten, die personifizierte Herzlichkeit. Der andere verkriecht sich in sich selbst, abweisend und scheu. Höchste Zeit, daß sie wieder gehen. Die Pause ist bald zu Ende, und ihre Zöglinge im Nachbarhof machen einen solchen Lärm, daß man meinen möchte, man hätte sie samt und sonders in einen Kessel siedenden Wassers gesteckt. Auch unsere Glocke schrillt, und ich sage zu Anaïs: »Der Distriktskandidat ist wieder einmal fällig, findest du nicht? Wenn er sich im Laufe dieser Woche nicht blicken läßt, steht die Welt nicht mehr lange!«

»Er ist seit gestern hier. Sicher wird er bald herumschnüffeln kommen.«

Dutertre ist nicht nur Distriktskandidat, sondern auch Arzt des Waisenhauses, dem der Großteil unserer Schulkinder entstammt. Diese doppelte Eigenschaft gibt ihm das Recht, uns Besuche abzustatten, und Gott weiß, daß er es zu nützen versteht! Manche Leute behaupten, Mademoiselle Sergent sei seine Geliebte. Ob das stimmt, weiß ich nicht. Hingegen würde ich meine Hand dafür ins Feuer legen, daß er ihr Geld schuldet. Wahlkampagnen sind ein teurer Spaß, und Dutertre, dieser Habenichts, bemüht sich seit Jahren ebenso hartnäckig wie erfolglos, den alten, stummen, aber millionenschweren Esel, der im Parlament die Wählerschaft des Fresnois vertritt, von seinem Abgeordnetenstuhl zu verdrängen. Ebenso fest bin ich davon überzeugt, daß dieser rote Vulkan in ihn verliebt ist. Die Frau Direktor zittert ja vor

Wut und Eifersucht, wenn sie mit ansehen muß, wie beharrlich er sich in unserer Nähe herumtreibt.

Wie schon erwähnt, beehrt er uns häufig mit seinen Besuchen, setzt sich auf die Tische, lässig und ungezwungen, tändelt mit den Ältesten, besonders mit mir, blättert in unseren Heften, streichelt unsere Wangen, kitzelt uns mit seinem Schnurrbart (ganz unabsichtlich, versteht sich!), duzt uns samt und sonders (schließlich hat er uns schon gekannt, als wir noch sooo klein waren!) und läßt sein Raubtiergebiß und seine schwarzen Augen begehrlich glitzern. Wir finden ihn charmant. Aber ich kenne ihn als solchen Schurken, daß es ihm stets aufs neue mißlingt, mich einzuschüchtern – zur großen Entrüstung meiner Kameradinnen.

Handarbeitsstunde. Wir nähen träge und schwätzen mit fast unhörbarer Stimme. Ah, es beginnt zu schneien! Herrlich! Schneeballschlachten, Rutschpartien und wildes Herumgetolle in Sicht! Mademoiselle Sergent betrachtet uns blicklos. Offenbar sind ihre Gedanken mit anderen Dingen beschäftigt.

Plötzlich klopft es an die Scheiben. Durch die tanzenden weißen Daunen sehen wir Dutertre, in Pelzmütze und -mantel, verführerischer Kern in warmer Schale. Ist das ein Augen- und Zähnegefunkel!

Die erste Bank (Marie Belhomme, die lange Anaïs und ich) gerät in Aufruhr. Ich ordne meine Locken, Anaïs beißt sich in die Lippen (ein Mittel, sie röter erscheinen zu lassen), Marie schnallt ihren Gürtel enger. Die Zwillinge falten die Hände, als schickten sie sich an, für das Bild »Erinnerung an die Hl. Kommunion« (Ich bin der Tempel des Heiligen Geistes) Modell zu sitzen. Mademoiselle Sergent springt auf wie von der Tarantel gestochen und läuft zur Türe. So großer Diensteifer erregt meine Heiterkeit: ich winde mich vor Lachen. Anaïs benützt die allgemeine Verwirrung, um mich zu zwicken, diabolische Grimassen zu schneiden und sich den Mund mit Zeichenkohle und Radiergummi vollzustopfen. (Unzählige Male hat man ihr diese exzentrischen Nahrungsmittel bereits verboten, aber es ist aussichtslos: den ganzen lieben Tag hat sie Mund und Taschen mit Bleistiftstummeln, schwarzem, unappetitlichem Radiergummi, Zeichenkohle und rosa Löschpapier vollgepfropft. Kreide und Graphitminen füllen ihren Magen auf bizarre Weise und sind höchstwahrscheinlich die Ursache ihres unschönen, gipsgrauen Teints. Ich zum Beispiel esse höchstens Zigarettenpapier, und auch da nur eine ganz bestimmte Marke. Aber die lange Anaïs wird noch die Gemeinde ruinieren: jede Woche verlangt sie neue »Materialien«, und der Lehrmittelverbrauch steigt ins Ungemessene. Kein Wunder, daß der Gemeinderat bereits eine Beschwerde eingebracht hat.)

Dutertre schüttelt sein bezuckertes Fell – man könnte meinen, er sei damit auf die Welt gekommen. Mademoiselle Sergent strahlt vor Glück. Ihr Entzücken ist so grenzenlos, daß sie darüber nachzusehen vergißt, ob ich sie überwache. Der Distriktskandidat scherzt mit ihr, und seine kraft- und klangvolle Stimme (die rasche Redeweise verrät den Gebirgler) füllt und wärmt den ganzen Raum. Ich werfe einen Blick auf meine Nägel und ordne mein Haar, denn der Besucher sieht vorzugsweise zu uns herüber. Kein Wunder! Schließlich sind wir junge Damen von fünfzehn Jahren, und wenn ich auch noch ein Kindergesicht habe, so ist meine Figur gern und gut ihre achtzehn Jahre alt! Und was mein Haar betrifft, diese wehende Mähne, die je nach dem Licht schwarzbraun bis dunkelgolden schimmert, was mit meinen kaffeebraunen Augen gar nicht so übel kontrastiert, so kann ich es mir durchaus leisten, es zur Schau zu tragen: es reicht mir fast bis zur Taille, geringelt und gelockt, und hat sich niemals zu Zöpfen oder Knoten hergegeben. Vom Knoten bekomme ich Kopfweh. Und was die Zöpfe betrifft, so geben sie meinem schmalen Gesicht zu wenig Hintergrund. Wenn wir Fangen spielen, raffe ich mein Haar zusammen (nein, so leicht sollt ihr mich nicht kriegen!) und binde es zu einem Pferdeschweif. Schließlich und endlich – ist es nicht viel hübscher so?

Mademoiselle Sergent unterbricht ihr beseligtes Zwiegespräch mit dem Distriktskandidaten und schnappt:

»Meine Damen, Ihr Benehmen spottet jeder Beschreibung!« Um sie in dieser Meinung zu bestärken, gebärdet sich Anaïs, als könne sie nur mit größter Mühe das Lachen verbeißen, macht »hpp! hpp!« mit unbewegter Miene, und Mademoiselle Sergents wütender, unheilverkündender Blick bleibt an mir hängen. Endlich läßt sich Monsieur Dutertre vernehmen: »Alles in Ordnung? Fortschritte?«

»Alles in Ordnung, was die Gesundheit betrifft«, sagt Mademoiselle Sergent. »Aber gearbeitet wird viel zuwenig! Diese Großen sind von einer Faulheit ...«

Kaum merken wir, daß sich der schöne Doktor unserer Bank zuwendet, als wir uns bereits über unsere Hefte neigen, in eifrigstes Studium vertieft. Dutertre scheint für uns nicht vorhanden.

»So, so«, sagt der Distriktskandidat und steuert auf unsere Bank zu, »man arbeitet also nicht genug? Woran denkt man denn, wenn ich fragen darf? Sollte Mademoiselle Claudine vielleicht nicht mehr die besten Aufsätze schreiben?«

Zum Teufel mit den Aufsätzen! Sie sind mir ein Greuel! Diese dummen, abscheulichen Themen! »Beschreibung der Gedanken und Handlungen einer Blinden« (warum nicht gleich einer Taubstummen?), oder: »Beschreiben Sie Ihre physische und psychische Persönlichkeit, in Form eines

Briefes an einen Bruder, den Sie seit zehn Jahren nicht gesehen haben.« (Ich bin ein einziges Kind!) Gott, wieviel Mühe kostet es mich jedesmal, diese Aufsätze nicht mit faulen Witzen und revolutionären Parolen zu spicken! Aber was soll man machen. Meine Kolleginnen – Anaïs ausgenommen – bringen allesamt so wenig zusammen, daß ich ganz ohne mein Zutun in den Ruf geraten bin, »bemerkenswerte Aufsätze« zu schreiben!

Jetzt ist Dutertre im richtigen Fahrwasser. Ich blicke auf. »Claudine?« erwidert Mademoiselle Sergent, »oh, doch! Aber das ist beileibe nicht ihr Verdienst! Sie ist begabt und gibt sich nicht die geringste Mühe!«

Dutertre sitzt nachlässig auf der Bank, ein Bein von sich gestreckt, und duzt mich, um nicht außer Übung zu geraten:

»Du bist also faul?«

»Und ob! Das ist mein einziger Trost auf dieser Erde!«

»Kannst du nicht eine Minute ernst sein? Du liest wahrscheinlich lieber, wie? Was liest du denn? Alles, was dir unterkommt? Die ganze Bibliothek deines Vaters?«

»Nein, Monsieur. Bücher, die mich langweilen, lese ich grundsätzlich nicht.«

»Ich kann mir lebhaft vorstellen, was du liest! Feine Bildung, die du dir da zusammensuchst, das muß ich schon sagen! Zeig mir dein Heft!«

Um bequemer lesen zu können, stützt er die Hand auf meine Schulter und wickelt eine meiner Locken um den Zeigefinger. Die lange Anaïs ist schon gelb vor Neid. Aber, aber! Diese Bevorzugung werde ich teuer bezahlen müssen! Anaïs wird sich mit spitzen Bemerkungen, feigen Zuträgereien und hundert anderen kleinen Gemeinheiten rächen und Mademoiselle Lanthenay und mich keine Sekunde aus den Augen lassen. Die hübsche Aimée! Sie steht im Türrahmen – die Kleinen sind in der Nebenklasse untergebracht –, und das zärtliche Lächeln, das aus ihren Goldaugen zu mir herüberstrahlt, tröstet mich beinahe darüber hinweg, sie weder gestern noch heute ohne Zeugen gesprochen zu haben.

Dutertre läßt mein Heft sinken und streichelt mit abwesender Miene meine Schulter. Selbstverständlich weiß er gar nicht, was er tut, selbst-ver-ständ-lich ...

»Wie alt bist du?«

»Fünfzehn.«

»Satansmädel! Wenn du nicht so verrückt wärst, könnte man dich für achtzehn halten! Du trittst im Oktober zur Reifeprüfung an?«

»Ja, Monsieur. Papa zuliebe.«

»Deinem Vater? Was kann ihm das schon ausmachen? Du selbst scheinst dich dabei nicht sonderlich aufzuregen?«

»Oh, doch! Ich freue mich schon auf die Herren, die uns prüfen werden! Außerdem gibt's zu dieser Zeit gute Konzerte in der Kreisstadt. Das ist auch etwas wert.«

»Und dann? Lehrerinnenbildungsanstalt?«

Ich fahre auf. »Nicht um die Welt!«

»Warum dieses Ungestüm, du temperamentvolles Geschöpf?«

»Weil ich nicht will! Ich bin ja auch nicht ins Internat gegangen! Ich kann es nicht vertragen, eingesperrt zu sein!«

»Hört, hört! So großen Wert legst du auf deine Freiheit? Dein Zukünftiger wird nichts zu lachen haben! Laß mich dein Gesicht anschauen! Alles in Ordnung? Ein wenig Anämie, vielleicht?«

Der gute Doktor dreht mich zum Licht, einen Arm um meine Taille geschlungen, und taucht seinen Wolfsblick tief in meine Augen. Sie sind ihm klar und unschuldsvoll zugewandt – oh, wenn ich will, kann ich dreinschauen, als könnte ich nicht bis drei zählen! –, dunkel umschattet, wie immer. Dutertre möchte wissen, ob ich an Atemnot oder Herzklopfen leide.

»Nicht daß ich wüßte.«

Ich senke die Lider. Daß ich auch so blöd erröten muß! Aber dieser Blick ist kaum zu ertragen. Ich spüre förmlich, wie Mademoiselle Sergent sich hinter uns verkrampft.

»Schläfst du auch ordentlich? Die ganze Nacht?«

»Jawohl, Monsieur. Die ganze Nacht.«

Ich könnte mir die Haare ausreißen. Meine Wangen werden röter und röter.

Er läßt es genug sein, gibt mich frei und richtet sich wieder auf.

»Pah! Im Grund bist du kerngesund!«

Noch ein Klaps auf die Wange, dann kommt Anaïs an die Reihe, die auf ihrem Platz mittlerweile halb vertrocknet ist.

»Zeig mir dein Heft!«

Er durchblättert es ziemlich hastig. Inzwischen hält Mademoiselle Sergent der ersten Gruppe (zwölf- bis vierzehnjährigen Mädelchen, die bereits die ersten Knoten und Korsetts tragen und die obrigkeitliche Unaufmerksamkeit zur Entfesselung eines Höllenspektakels benützt haben) eine ebenso leise wie vernichtende Strafpredigt. Man hört das Lineal auf vorwitzige Hände niedersausen und das Quieken kleiner geknuffter Mädchen. Die werden sicher alle nachsitzen müssen!

Anaïs erstickt fast vor Beseligung, ihr Heft in so hehren Händen zu erblicken, aber Dutertre findet sie wahrscheinlich nicht nach seinem Geschmack und geht weiter, nach ein paar nichtssagenden Komplimenten und einem Nasenstüber. Bei Marie Belhomme, deren glatte, frische Bräune ihm durchaus nicht mißfällt, säumt er ein paar Minuten.

Aber Marie, völlig verstört vor Angst und Schüchternheit, senkt den Kopf wie ein Widder, antwortet »ja« statt »nein« und nennt Dutertre »Mademoiselle«.

Die beiden Jaubert werden ob ihrer schönen Schrift belobigt. Das war vorauszusehen!

Endlich macht er sich aus dem Staub. Höchste Zeit!

Noch zehn Minuten! Um sie nutzbringend zu verwerten, bitte ich, hinausgehen zu dürfen, sammle heimlich eine Handvoll Schnee, rolle ihn zu einer Kugel und beiße hinein. Wie kalt und gut! Zwar schmeckt dieser erste Schnee noch ein wenig nach Staub, aber das tut nichts zur Sache. Ich stecke den Ball in die Tasche, kehre in die Klasse zurück, wo man mir von allen Seiten zuwinkt, gebe ihn weiter und sehe zu, wie eine jede, mit Ausnahme der untadeligen Zwillinge, begeistert hineinbeißt. Ach, du Schreck! Marie Belhomme, diese Gurke, läßt das letzte Stück fallen und Mademoiselle Sergent wird aufmerksam.

»Claudine! Sie haben schon wieder Schnee hereingebracht! Das schlägt dem Faß den Boden aus!«

Der Blick, den sie mir zuschießt, ist so wütend, daß ich mich eines Besseren besinne, die Antwort: »Das ist heuer wirklich das erste Mal!« hinunterschlucke und wortlos meine »Geschichte Frankreichs« aufschlage. Nein, Mademoiselle Lanthenay soll meine Frechheiten nicht büßen müssen. Außerdem wird mich unsere heutige Englischstunde für mein Schweigen entschädigen. Vier Uhr! Mademoiselle Aimée kommt herunter, und wir machen uns davon, fröhlich und guter Dinge.

Wie schön ist es in der warmen Bibliothek! Ich rücke meinen Sessel nahe an den ihren und lege den Kopf auf ihre Schulter. Sie schlingt den Arm um mich. Ich umfange ihre geschmeidige, nachgiebige Taille.

»Oh, Mademoiselle Aimée, liebste kleine Freundin! Ich habe Sie eine Ewigkeit nicht gesehen!«

»Aber ... es sind doch erst drei Tage her ...«

»Das macht nichts ... seien Sie still und küssen Sie mich! Sie sind garstig zu mir, und die Zeit vergeht Ihnen rasch von Dienstag bis Freitag! Sie kommen wohl sehr ungern her, nicht wahr?«

»Oh, Claudine! Sie wissen sehr gut, daß Sie mein einziger Umgang sind und daß ich mich nur hier wohl fühle!«

Sie küßt mich und ich schnurre wie ein zufriedenes Kätzchen. Plötzlich reiße ich sie so heftig an mich, daß sie einen leisen Schrei ausstößt.

»Claudine! Wir müssen arbeiten!«

Zum Teufel mit der englischen Grammatik! Viel süßer ruht es sich an ihrem Busen. Sie streichelt mir Haare und Hals, und ihr flatterndes Herz pocht nahe an meinem Ohr, rascher und rascher. Dennoch muß ich den Federstiel zur Hand nehmen und tun, als lernten wir. Muß ich? Muß ich wirklich? Warum denn? Wer kann schon hereinkommen? Papa? Daß ich nicht lache! Das unbehaglichste Zimmer im ganzen Haus (ein Eiskasten im Winter, ein Backofen im Sommer) hat Papa zu seinem Hauptquartier ernannt. Dort sperrt er sich ein, verbissen und verbohrt, blind und taub für alles, was um ihn vorgeht, um ... ja, da liegt der Hund begraben! Sie werden es nie erraten, haben Sie doch sein großes Werk über die »Malakologie des Fresnois« nicht gelesen. Und warum nicht? Weil es weder fertig ist, noch jemals vollendet sein wird. Nie werden Sie erfahren, daß Papa verzwickten Experimenten und nervenaufreibenden Nächten, während derer er über unzählige, in Glasglocken und Metallkörbchen eingeschlossene Schnecken gebeugt stand, folgende erhebende Gewißheit verdankt: ein *Limax flavus* nimmt pro Tag 0,24 g Nahrung zu sich, wohingegen die *Helix ventricosa* in der gleichen Zeit nur 0,19 g konsumiert! Wie wollen Sie, daß der weltweite, durch derart umwälzende Entdeckungen erschlossene Horizont einem leidenschaftlichen Malakologen von sieben Uhr früh bis neun Uhr abends genügend Muße übrigließe, väterliche Gefühle zu heben? Zwischen zwei Schneckenfütterungen ist Papa der beste, zärtlichste Mensch, den man sich vorstellen kann, verfolgt mein Tun und Treiben mit Interesse (und Bewunderung!), staunt darüber, mich wie ein »natürliches Wesen« existieren zu sehen, lacht zuweilen aus kleinen, halbversteckten Augen in seinen wallenden rot-grau-weißen Bart (habe ich nicht oft glitzernde Schneckenspuren daran bemerkt?), und fast scheint es, als lache selbst seine imposante Bourbonennase. (Wo in aller Welt hat er bloß diese königliche Nase her?)

Mit gut gespielter Gleichgültigkeit frage ich Aimée, ob sie den beiden Unzertrennlichen wieder begegnet sei. Zu meinem Erstaunen röten sich ihre Wangen und sie erwidert, etwas zu prompt für meinen Geschmack:

»Ach ja, fast hätte ich vergessen! Sie wissen doch, daß wir jetzt im Kindergarten untergebracht sind. Alles andere wird niedergerissen. Nun, gestern abend, so gegen zehn, als ich die Fensterläden schloß – ich wollte mich gerade niederlegen –, bemerkte ich eine hohe Gestalt, die unter meinem Fenster auf und ab promenierte, trotz der eisigen Kälte! Raten Sie, wer es war!«

»Einer der beiden Hilfslehrer, versteht sich!«

»Ja, aber welcher! Es war Armand! Hätten Sie das für möglich gehalten? Dieser Menschenfeind!«

Ich sage »Nein«, aber es wundert mich durchaus nicht. Dieser düstere Geselle mit den ernsten dunklen Augen scheint mir weit weniger unbedeutend als der muntere Sproß Marseilles, und es stimmt mich ein wenig traurig, mit ansehen zu müssen, wie gierig sich die törichte kleine Aimée auf dieses magere Abenteuer stürzt. Ich frage tadelnd:

»Wie? Sie messen diesem pathetischen Raben bereits so große Bedeutung bei?«

»Natürlich nicht! Er amüsiert mich, das ist alles.«

Aber der Zauber ist gebrochen und die Stunde vergeht ohne weitere Zärtlichkeiten. Erst beim Hinausgehen, auf dem dunklen Korridor, küsse ich sie von ganzem Herzen auf ihren zarten weichen Hals und vergrabe den Mund in ihrem duftenden Seidenhaar. Es tut so wohl, sie zu küssen! Sie ist warm und weich wie ein kleines possierliches Tier und erwidert meinen Kuß auf das zärtlichste. Ach, am liebsten ließe ich sie nie wieder fort! Morgen ist Sonntag. Keine Schule, Teufel, Teufel! Wo soll ich mich unterhalten?

Ich beschließe, den Sonntagnachmittag mit Claire zu verbringen, der sanften, herzensguten Gefährtin meiner ersten Kommunion. Schon seit mehr als einem Jahr kommt sie nicht mehr zur Schule. Wir spazieren den Weg entlang, der die Landstraße säumt und dessen dichtes Blätterdach das Licht im Sommer nur sparsam durchläßt. Jetzt sind die Bäume entlaubt, aber auch ihr knorriges Geäst benimmt die Sicht auf die Straße, so daß man die Leute, die am Straßenrand auf den Bänken sitzen, bequem belauschen kann, ohne gesehen zu werden. Wir gehen auf knirschendem Schnee. Die kleinen gefrorenen Pfützen klirren unter der Sonne: kein Geräusch ist dem glasklaren Klingen springenden Eises vergleichbar! Claire berichtet flüsternd von ihren schattenhaften Liebschaften mit den Besuchern des Sonntagsballs bei Trouillard, durchwegs groben, ungehobelten Burschen. Ich höre zu, stumm und quecksilbrig vor Neugier.

»Montassuy war nämlich auch da, Claudine! Bei der Polka hat er mich ganz eng an sich gedrückt! Plötzlich läßt mein Bruder Eugène seine Tänzerin fahren – es war Adèle Tricotot –, springt in die Luft und stößt mit dem Kopf gegen eine der Lampen, so daß die Glasglocke wackelt und das Licht verlöscht. Während die Leute noch stehen und schauen, hast du's nicht gesehen, dreht der dicke Féfed auch das zweite Licht aus und es ist stockfinster, bis auf eine armselige Kerze im hintersten Winkel der kleinen Schenke! Während die alte Trouillard ihre Zündhölzer holen ging, war die Hölle los! Nichts als Küsse, Gelächter und Geschrei! Mein Bruder hielt Adèle fest, dicht neben mir, und ich hörte sie in einem fort seufzen und sagen: ›Laß mich los, Eugène!‹ Ihre Stimme kam wie von sehr weit her, als hätte er ihr die Röcke über den Kopf gestülpt! Und der dicke Féfed ist umgefallen, mitsamt seiner ›Dame‹, und da lagen sie und lachten dermaßen, daß sie nicht mehr aufstehen konnten!«

»Und ihr?«

Claire errötet mit verspäteter Mädchenwürde:

»Das ist es eben! Montassuy war im ersten Augenblick so überrumpelt, daß er bloß meine Hand in der seinen behielt. Aber dann faßte er mich um die Mitte und flüsterte: ›Haben Sie keine Angst!‹ Ich sagte kein Wort. Dann neigte er sich zu mir und küßte mich auf beide Wangen, ganz zart. Es war so finster, daß man die Hand nicht vor Augen sehen konnte, und da küßte er mich aus Versehen (kleine Heuchlerin!) auch auf den Mund! Das hat mir solche Freude gemacht, so wohlgetan und derartiges Herzklopfen verursacht, daß ich beinahe umgefallen wäre! Zum Glück hielt er mich fest und drückte mich noch enger an sich. Oh, er ist bezaubernd und ich liebe ihn!«

»Und was geschah dann, du lockeres Frauenzimmer?«

»Dann hat die alte Trouillard die Kerzen wieder angezündet. Sie war wütend und schwor, daß sie sich beschweren würde, wenn so etwas noch einmal vorkäme! Und dann hätten wir zum letztenmal bei ihr getanzt!«

»Es war ja auch wirklich ein starkes Stück! Psst! Ich höre Schritte!«

Die Straße führt in unserer unmittelbaren Nähe vorbei. Die Böschung ist keine zwei Meter hoch und die Stelle günstig, denn gerade hier steht eine Bank. Wir kauern hinter der dichten Brombeerhecke, in einem unbezahlbaren Versteck.

»Die Hilfslehrer!!«

Tatsächlich! Rabastens und Duplessis, der trübe Einsilbige, kommen langsam näher. Welch unverhofftes Glück! Der joviale Antonin rät zu einer kleinen Rast auf der Bank, wahrscheinlich locken ihn die bläßlichen Sonnenstrahlen, die kraftlos darauf herniederscheinen. Von unserem Horcherposten hoch über ihren Köpfen werden wir der Unterhaltung folgen können, Wort für Wort. Wir zappeln schon vor Ungeduld.

»Uff«, seufzt der Südländer befriedigt, »hier ist es wenigstens warmmm, finden Sie nicht auch?«

Armand antwortet mit undefinierbarem Knurren.

»Sehen Sie«, fährt der edle Sproß Marseilles fort (im Notfall führt er sicher Selbstgespräche), »eigentlich fühle ich mich hier recht wohl! Die Damen – ich meine die beiden Lehrerinnen – sind sehr zuvorkommend, obgleich ich noch nie einer häßlicheren Frau begegnet bin als Mademoiselle Sergent, aber dafür ist die andere in Ordnung, die kleine Mademoiselle Aimée! Es macht richtig stolz, wenn sie einen ansieht!«

Der falsche Richelieu gerät in Bewegung. Auf einmal hat er die Sprache gefunden:

»Ja, sie ist reizend, und so hübsch! Immer munter und gesprächig wie ein Vögelchen!«

Aber schon scheint ihn dieser Gefühlsausbruch zu reuen, denn er hält jäh inne und setzt in verändertem Ton hinzu: »Mademoiselle Lanthenay ist eine feine junge Dame, der Sie gewiß bald den Kopf verdrehen werden, Sie Don Juan!«

Um ein Haar wäre ich herausgeplatzt. Rabastens als Don Juan! Der Federhut auf seinem drallen Gesicht nimmt sich aber auch zu komisch aus ... Meine Freundin und ich tauschen einen Blick grenzenloser Heiterkeit, rühren uns nicht vom Fleck und spitzen die Ohren.

»Mir scheint fast«, läßt sich der Hauptschulcasanova wieder vernehmen, »als gingen Sie mit geschlossenen Augen durch die Gegend! Mademoiselle Aimée ist durchaus nicht die einzige Schönheit hier! Es gibt noch andere hübsche Mädchen! Neulich kam zum Beispiel Mademoiselle Claudine in die Klasse und sang eine Arie vom Blatt, wirklich ganz entzückend! (Und ich darf wohl sagen, daß ich mich auskenne!) Sie ist wirklich nicht zu übersehen, mit ihren schelmischen braunen Augen und ihrem prachtvollen langen Haar, das lose auf die Schultern herabfällt! Mein Lieber, ich glaube, diese Kleine versteht mehr von Dingen, die sie noch nichts angehen, als von Geographie!«

Ich habe mich rasch gefaßt, aber beinahe hätten wir uns verraten: Claire hat losgeprustet. Ein Wunder, daß man sie nicht gehört hat. Rabastens wetzt auf der Bank herum und flüstert dem geistesabwesenden Duplessis etwas ins Ohr, mit anzüglichem Lächeln. Armand verzieht den Mund. Die beiden stehen auf und gehen, während Claire und ich einen Freudentanz aufführen, einerseits, um uns zu erwärmen, andererseits, um dieses köstliche Abenteuer gebührend zu feiern.

Auf dem Heimweg überlege ich, mit welchen Koketterien der schmucke überentzündliche Antonin am wirksamsten zu entflammen wäre: der richtige Zeitvertreib für eine verregnete Pause. Zu denken, daß ich mir einbildete, er interessiere sich für Mademoiselle Lanthenay! Gott sei Dank, daß er sich nicht um sie bemüht! Diese kleine Aimée scheint mir so liebeshungrig, daß vielleicht sogar ein Rabastens bei ihr Erfolg hätte, wer weiß? Allerdings ist Richelieu noch stärker in sie vernarrt, als ich angenommen hatte.

Am nächsten Morgen bin ich schon um sieben in der Schule. Man hat mich zum Feuermachen eingeteilt. Das bedeutet Holzspalten im eiskalten Schuppen, Scheite schleppen, daß die Hände aufspringen, und ins Feuer blasen, bis einem der beißende Rauch die Tränen in die Augen treibt! Schau, schau, das erste neue Gebäude ist schon ziemlich hoch aufgeschossen und das Dach der Knabenschule geht bereits seiner Vollendung entgegen! Unsere alte Schule, arm und nur mehr halb vorhanden, nimmt sich neben diesen blendendweißen Würfeln unscheinbar und winzig aus.

Die lange Anaïs gesellt sich zu mir, und wir gehen miteinander Holz spalten.

»Weißt du schon das Neueste, Claudine? Heute kommt eine zweite Hilfslehrerin. Außerdem werden wir zur Abwechslung wieder einmal übersiedeln: in den Kindergarten!«

»Eine Glanzidee! Ich sehe uns schon mit Läusen und Flöhen! Der Kindergarten starrt doch vor Schmutz!«

»Das schon! Aber dafür ist die Knabenschule gleich um die Ecke!«

Was für ein schamloses Weib, diese Anaïs! Aber hat sie nicht recht?

»Stimmt auffallend. Also was ist, du elendes Feuer? Wirst du brennen oder nicht? Mir hängt schon die Lunge heraus! Weiß Gott, Monsieur Rabastens ist leichter zu entflammen!«

Das Feuer entschließt sich, die Schülerinnen treffen ein.

Mademoiselle Sergent bleibt unsichtbar. Warum wohl? Sie ist noch nie zu spät gekommen.

Endlich erscheint sie, erwidert unseren Gruß mit einem geistesabwesenden »Guten Morgen!«, setzt sich nieder, kommandiert »Auf die Plätze!«, ohne uns anzusehen, und es ist, als sei sie sich unserer Gegenwart überhaupt nicht bewußt.

Rechenstunde. Während ich die Angabe abschreibe, frage ich mich, welche Gedanken wohl unter diesem roten Schopf herumspuken mögen. Dabei bemerke ich mit Unruhe und Überraschung, daß sie mir von Zeit zu Zeit wütende Blicke zuschießt, die einer gewissen Befriedigung nicht entbehren. Was hat das zu bedeuten, um Gottes willen? Ich bin aufs höchste beunruhigt und suche mir die Ereignisse der letzten Tage in Erinnerung zu rufen. Nicht der geringste Anhaltspunkt! Wohl hat sie uns neulich mit unverhohlenem, fast schmerzlichem Zorn nachgeblickt, als wir zu unserer Englischstunde gingen ... Teufel, Teufel, kann man uns denn nicht in Frieden lassen, meine kleine Aimée und mich? Unsere letzte Lektion war so süß ... Wir haben weder die Grammatik aufgeschlagen noch das Heft noch die »Auswahl der gebräuchlichsten Redewendungen ...«

Ich zermartere mein Hirn, fresse meine Wut in mich hinein und schmiere die Angabe aufs Papier, mit nahezu unleserlicher Schrift. Anaïs beobachtet mich verstohlen. Sie merkt genau, daß etwas nicht stimmt. Ich lasse meinen Federstiel fallen, mit einer Ungeschicklichkeit, die von langjähriger Übung zeugt, und bücke mich, ihn aufzuheben. Dabei hefte ich einen forschenden Blick auf die rothaarige Megäre mit den neidischen Augen. Aber, aber – sie hat ja geweint! Warum dann diese zornigen, jedoch durchaus nicht unzufriedenen Blicke? Meine Unruhe wächst ins Ungemessene. Noch heute muß ich Aimée sprechen, koste es, was es wolle. Die Angabe hat bereits jeden Sinn für mich verloren:

»... Ein Arbeiter rammt Pflöcke in die Erde, und zwar in solchen Intervallen, daß der Teerkübel, dessen er sich bedient, um die Pflöcke bis zu einer Höhe von 30 cm einzutauchen, binnen dreier Stunden leer ist. An jedem Pflock bleiben 10 cm Teer haften. Der Kübel, zu ¾ angefüllt, hat die Form eines Zylinders von 0,15 m unterem und 0,75 m oberem Durchmesser. Der Arbeiter taucht pro Stunde 40 Pflöcke ein, bei einer Rastzeit von acht Minuten. Wie groß ist die Anzahl der verwendeten Pflöcke und wie groß die Oberfläche des quadratischen Grundstücks? Ferner ist auszurechnen, wie viele Pflöcke zur Verwendung kämen, wenn der Abstand zwischen denselben um je 10 cm vergrößert würde, sowie die Kosten in beiden Fällen, wenn 100 Pflöcke 3 Francs kosten und der Stundenlohn des Arbeiters 0,50 Francs beträgt.«

Sonst nichts? Ob der Arbeiter glücklich verheiratet ist, will man nicht wissen? Oh, welch krankem Hirn, welch verrotteter Phantasie sind die Aufgaben entsprungen, mit denen man uns peinigt! Ich verabscheue sie! Diese Arbeiter, die sich verschwören, um den Arbeitsvorgang zu erschweren, die sich in zwei Trupps teilen, wovon der eine um ein Drittel mehr leistet als der andere, der dafür zwei Stunden länger schuftet! Diese Nadeln, die eine Näherin in fünfundzwanzig Jahren verbraucht, wenn sie elf Jahre nur solche zu 0,50 Francs, die ganze übrige Zeit jedoch solche zu 0,75 Francs kauft, wobei die Nadeln zu 0,75 Francs ... usw. usw. Diese Lokomotiven, die ihre Geschwindigkeit, ihre Abfahrtszeiten und den Gesundheitszustand ihrer Heizer den teuflischsten Veränderungen aussetzen! Abwegige Annahmen, unwahrscheinliche Hypothesen – ihr habt mir die Arithmetik auf Lebenszeit verleidet!

»Anaïs, zur Tafel!«

Die lange Latte erhebt sich wie eine Katze, die man beim Mittagsschlaf stört, nicht ohne mir vorher durch eine Grimasse angedeutet zu haben, wie ungern sie dem Befehl Folge leistet. Niemand reißt sich darum, unter dem schwarzen, wachsamen Blick Mademoiselle Sergents, »zur Tafel« gerufen zu werden.

»Lösen Sie die Aufgabe.«

Anaïs »löst« und erläutert das Problem, während ich die Lehrerin mit Muße betrachte. Ihre Augen funkeln, flammendrot leuchtet das Haar. Wenn es mir wenigstens vergönnt gewesen wäre, vor Beginn des Unterrichts einen Blick auf Aimée zu werfen!

Da! Die Aufgabe ist gelöst. Man hat keine Ruhe. Mit einem Seufzer der Erleichterung kommt Anaïs zurück.

»Claudine, zur Tafel. Schreiben Sie folgende Brüche auf:

$$\frac{3525}{5712} \qquad \frac{806}{925} \qquad \frac{14}{56} \qquad \frac{302}{1052}.\text{«}$$

(O Gott! Bewahre mich vor allen Brüchen, die durch sieben oder elf, durch fünf, neun oder vier, durch sechs oder durch eintausendeinhundertsiebenundzwanzig teilbar sind!)

»Suchen Sie das größte gemeinsame Maß!«

Das habe ich gefürchtet! Widerstrebend mache ich mich ans Werk, unaufmerksam und zerfahren, weshalb mir prompt ein paar Schnitzer unterlaufen. Mademoiselle Sergent quittiert sie mit knapper, ungeduldiger Handbewegung oder bösem Stirnrunzeln. Endlich habe ich es überstanden und begebe mich auf meinen Platz zurück, von einem scharfen »Keine Geistesblitze, wenn ich bitten darf!« begleitet. (Auf ihre Rüge: »Noch immer zu viele Nullen!« habe ich nämlich erwidert: »Ja, ja, die sterben nie aus!«)

Ich werde von Marie Belhomme abgelöst. Ihrer Gewohnheit getreu, reiht sie einen haarsträubenden Unsinn an den ändern, gesprächig und selbstsicher auf falscher Fährte, krebsrot und unentschlossen, sobald sie ausnahmsweise etwas kann.

Plötzlich öffnet sich die Türe. Mademoiselle Lanthenay erscheint. Angstvoll durchforsche ich ihr Gesicht. Oh, die armen, lieben Goldaugen, verschwollen und verweint! Sie werfen mir einen verstörten Blick zu, um sich sogleich wieder abzuwenden. Mein Gott, was ist geschehen? Was hat diese Schlange ihr angetan? Der Zorn treibt mir das Blut in die Wangen. Die lange Anaïs merkt es und grinst schadenfroh. Aimée, blaß und leidend, bittet Mademoiselle Sergent um ein Buch. Man überreicht es ihr mit übertriebener Dienstfertigkeit, während sich die Purpurwangen ihrer Vorgesetzten noch röter färben. Was hat das zu bedeuten, um Himmels willen? Zu denken, daß unsere nächste Lektion erst morgen abend stattfindet! Meine Beklemmung wird unerträglich. Doch was kann ich tun? Nichts, gar nichts! Machtlos muß ich zusehen, wie Mademoiselle Lanthenay die Klasse wieder verläßt.

»Packen Sie Ihre Sachen zusammen!« befiehlt die Furie. »Wir übersiedeln in den Kindergarten!«

Sofort ist die Hölle los. Die Mädchen knuffen, puffen und zwicken einander, Bücher fallen hinunter und müssen mühsam wieder aufgelesen werden. Ein Glück, daß wir alle große Arbeitsschürzen tragen! Die lange Anaïs wartet geduldig, bis ich die meine angefüllt habe – sie selbst hat ihre Bücher unter den Arm geklemmt –, um dann mit geübtem

Griff meine Schürzenbänder zu lösen. Alles poltert zu Boden. Während ich ob meiner Ungeschicklichkeit gescholten werde, ist Anaïs in den Anblick dreier arbeitender Maurer versunken, regungslos und hoheitsvoll. Zwei Minuten später spielt dieses gemeine Biest der armen Marie Belhomme denselben Streich. Marie kommt weniger glimpflich davon: ihr Protestgeheul trägt ihr eine Strafe ein, und sie wird sich dazu bequemen müssen, fünf Seiten aus dem Geschichtsbuch abzuschreiben.

Endlich erreicht die schreiende, trampelnde Meute den Kindergarten. Muffiger Geruch schlägt uns entgegen. Ich rümpfe die Nase. Es stinkt nach ungewaschenen Kindern. Man sieht, daß die Räume in aller Eile saubergemacht wurden. Hoffentlich dauert dieses »Provisorium« nicht allzu lange!

Anaïs legt ihre Bücher nieder und vergewissert sich unverzüglich, daß die Fenster tatsächlich auf den Garten der Knabenschule hinausgehen. Ich habe keine Zeit für solche Scherze und fühle mich nicht im mindesten dazu aufgelegt, den Hilfslehrern nachzuspionieren. Das Gewitter, das sich über mir zusammenbraut, raubt mir alle Ruhe.

Wir poltern in die Klasse zurück – eine Herde entlaufener Ochsen könnte kaum weniger Lärm machen –, um die Schulbänke zu holen, packen die schweren, häßlichen Tische und stoßen damit überall an, in der Hoffnung, wenigstens einen von ihnen in wurmstichige Trümmer zerfallen zu sehen. Vergebliche Mühe! Sie bleiben heil und ganz, was wahrhaftig nicht unsere Schuld ist.

Ein Gutes hat dieser Vormittag: wir lernen so gut wie nichts. Vor dem Heimgehen mache ich mich im Schulhof zu schaffen. Keine Spur von Mademoiselle Lanthenay. Die rote Schlange wird sie doch nicht eingesperrt haben?

Ich gehe mittagessen, siedend vor zurückgestauter Wut. Sogar Papa merkt, daß etwas nicht stimmt, und fragt, ob ich am Ende Fieber habe ...

Um viertel eins bin ich wieder zur Stelle. Es ist zum Wahnsinnigwerden! Außer ein paar Bauerntöchtern, die ihr mitgebrachtes Essen hinunterwürgen (harte Eier, Speck, Schwarzbrot, Sirup und Früchte), ist niemand zu sehen. Ich warte vergebens, von Ungeduld verzehrt.

Rabastens tritt ein und begrüßt mich mit dem edlen Anstand eines Tanzbären. Auch gut! Wenigstens etwas Zerstreuung!

»Ich bitte tausendmal um Vergebung, Mademoiselle! Die beiden Damen sind noch oben?«

»Ja, Monsieur«, erwidere ich mit sanftem Ernst, »aber ich erwarte sie jeden Augenblick! Mögen sie bald herabkommen, darf man doch die Abwesenheit zu Recht als das größte aller Übel bezeichnen!« (Diesen Aphorismus frei nach Lafontaine habe ich bereits siebenmal kommentiert, in französischen Aufsätzen, die nicht unbeachtet blieben!)

Der schmucke Antonin lauscht ein wenig fassungslos. (Wieder einer, der mich für verrückt halten wird!) Auf seinem harmlosen Mondgesicht spiegelt sich Unruhe, und er wechselt schleunigst das Gesprächsthema.

»Sie stehen in dem Rufe, sehr belesen zu sein, Mademoiselle! Ihr Herr Vater besitzt zweifelsohne eine umfangreiche Bibliothek?«

»Jawohl, Monsieur. 2307 Bände! Keinen weniger, keinen mehr!«

»Da wissen Sie bestimmt über vieles Bescheid! Ich habe sofort bemerkt – neulich, als Sie so reizend vom Blatt sangen –, daß Sie Ihrem Alter weit voraus sind!«

(Gott, was für ein Einfaltspinsel! Wie lange wird er mich

noch anöden? Ach ja, er hat eine kleine Schwäche für mich. Das hätte ich beinahe vergessen. Seien wir also etwas netter!)

»Ihr Bariton, Monsieur, ist auch nicht zu verachten! Manchmal, wenn die Maurer keinen allzu großen Lärm machen, hören wir Sie in Ihrem Zimmer singen!«

Er windet sich bescheiden, purpurrot vor Freude, und protestiert mit schlechtverhehltem Entzücken: »Oh, Mademoiselle! ... Im übrigen werden Sie sich bald ein richtiges Urteil bilden können: Mademoiselle Sergent hat mich gebeten, den Prüfungskandidatinnen zusätzlichen Musikunterricht zu erteilen, jeden Sonn- und Donnerstag. Wir beginnen nächste Woche.«

Herrlich! Wenn ich keine anderen Sorgen hätte, würde ich davonstürzen, um den anderen diese gute Nachricht zu überbringen. Ich kann mir schon lebhaft vorstellen, wie Anaïs nächsten Donnerstag daherkommen wird: eine wandelnde Parfümwolke, mit wundgebissenen Lippen, in ihren engsten Ledergürtel gezwängt! Und ihr schmachtendes Gegirre höre ich schon jetzt! »Tatsächlich? Das war mir unbekannt! Mademoiselle Sergent hat uns davon noch nicht in Kenntnis gesetzt.«

»Oh! Vielleicht hätte ich es Ihnen nicht sagen sollen! Dürfte ich Sie bitten, Stillschweigen zu bewahren und so zu tun, als wüßten Sie von nichts?«

Er unterstreicht diese Bitte mit wirkungsvollen Drehungen des Oberkörpers, während ich ein paar Locken (die mich überhaupt nicht stören!) aus der Stirn schüttle. Dieses magere Geheimnis behagt ihm sichtlich und wird ihm einen Grund liefern, mich mit verständnisinnigen Blicken zu beehren. Leider werden sie bei mir weder auf Verständnis noch auf Innigkeit stoßen.

Endlich trollt er sich, hocherhobenen Hauptes. Der Abschied fällt schon viel vertraulicher aus: »Adieu, Mademoiselle Claudine!«

»Adieu, Monsieur!«

Halb eins. Die Klasse füllt sich. Aimée bleibt unsichtbar. Ich schütze Kopfweh vor, um nicht fangenspielen zu müssen, und wärme mich beim Ofen.

Wie? Darf ich meinen Augen trauen? Mademoiselle Lanthenay Arm in Arm mit ihrer despotischen Vorgesetzten? Das war noch nie da! Die beiden sind die Treppe heruntergekommen und durchqueren langsam den Hof. Mademoiselle Sergent spricht auf ihre Untergebene ein, leise und sehr, sehr sanft, und der Blick, mit dem die kaum noch verstörte Kleine zu ihrer Begleiterin emporsieht – Mademoiselle Sergent überragt sie um Hauptеslänge –, ist schon wieder furchtlos und klar. Angesichts dieser Idylle verwandelt sich meine Unruhe in Schmerz, und noch ehe die beiden die Türe erreicht haben, stürze ich mich ins ärgste Gewühl des zügellosen Spiels, brülle »Ich spiele mit!«, als wolle ich in Wirklichkeit »Feuer!« schreien, und hetze bis zum Glockenzeichen keuchend herum, bald Jäger und bald Wild, krampfhaft bemüht, so wenig wie möglich zu denken.

Während ich herumtolle, bemerke ich das Marseiller Vollmondgesicht: Rabastens späht über die Mauer. Es macht ihm sichtlich Spaß, dem Spiel der halbwüchsigen Mädchen zuzusehen, die teils unbewußt wie Marie Belhomme, teils kühl und berechnend wie die lange Anaïs ihre hübschen beziehungsweise lächerlichen Waden herzeigen. Der huldvolle Antonin beehrt mich mit einem überaus gnädigen Lächeln, das ich in Anbetracht der Anwesenheit meiner Kameradinnen besser unerwidert lasse. Dafür richte ich mich kerzengerade auf und schüttle meine Locken. Schließlich muß man etwas tun für diesen armen Jungen, der dazu geboren scheint, im unrechten Augenblick das unrechte Wort zu sagen. Auch Anaïs hat ihn bemerkt. Sie rafft ihre Röcke zusammen, stellt ihre Beine zur Schau, die allerdings jeglichen Reizes entbehren, lacht auffällig und stößt spitze Schreie aus. Sie würde auch vor einem Ackerochsen die Kokette spielen.

Atemlos gehen wir in die Klasse und schlagen unsere Hefte auf. Doch schon eine Viertelstunde später erscheint Madame Sergent und setzt ihre Tochter in wildem Dialekt von der Ankunft zweier neuer Interner in Kenntnis. Die Klasse siedet. Zwei Neue! Was werden sie nicht auszustehen haben! Mademoiselle geht hinaus, nicht ohne vorher Mademoiselle Lanthenay gebeten zu haben – mit sanftester Stimme –, einstweilen für Ruhe und Ordnung zu sorgen. Aimée erscheint. Ich suche ihren Blick und lege meine ganze angstvolle Zärtlichkeit in das Lächeln, das ich ihr sende. Doch ihre Augen fliehen die meinen. Ich spüre, wie mein Herz vor Kummer überfließt, und neige mich über meine Strickerei. Nie habe ich so viele Maschen fallenlassen! Ihre Anzahl ist so beträchtlich, daß mir nichts anderes übrigbleibt, als Mademoiselle Aimée um ihren Beistand zu bitten. Während sie meine Fehler gutzumachen sucht, flüstere ich ihr zu:

»Guten Morgen, schönste aller Lehrerinnen! Was ist denn passiert, um Himmels willen? Ich bin ganz krank vor Sehnsucht, mit Ihnen zu sprechen!«

Sie blickt gehetzt um sich und erwidert sehr leise:

»Ich kann Ihnen jetzt nichts sagen. Morgen, bei der Lektion!«

»Morgen? So lange halte ich es nicht aus. Ich könnte zum Beispiel behaupten, daß Papa morgen die Bibliothek braucht. Würden Sie mir meine Stunde dann heute abend geben?«

»Nein ... oder ja, doch, bitten Sie darum. Und jetzt rasch auf Ihren Platz! Die Großen beobachten uns.«

Mit einem lauten »Dankeschön« gehe ich auf meinen Platz zurück. Sie hat recht. Die lange Anaïs läßt uns nicht aus den Augen. Sicher sucht sie zu enträtseln, was seit einigen Tagen zwischen uns vorgeht.

Endlich kommt Mademoiselle Sergent zurück, von zwei farblosen Mädchen begleitet, deren Ankunft erregtes Gesumme hervorruft. Die Neuen erhalten ihre Plätze zugewiesen. Die Zeit scheint stillzustehen. Trotzdem wird es schließlich vier Uhr. Ich gehe geradewegs zu Mademoiselle Sergent und frage ohne Umschweife:

»Mademoiselle, würden Sie, bitte, Mademoiselle Lanthenay gestatten, mir meine Englischstunde heute zu erteilen, da Papa die Bibliothek morgen für eine geschäftliche Besprechung benötigt?«

Uff! Ich habe den Satz in einem Atemzug hervorgesprudelt. Mademoiselle Sergent runzelt die Brauen, betrachtet mich eingehend und entscheidet: »Gut. Verständigen Sie Mademoiselle Lanthenay.«

Das lasse ich mir nicht zweimal sagen. Aimée wirft den Mantel über und setzt ihr Hütchen auf. Ich entführe sie, bebend vor ungeduldigem Verlangen, die Wahrheit zu hören.

»Endlich habe ich Sie für mich! Also: was ist Fürchterliches geschehen?«

Sie zögert und sucht Ausflüchte: »Nicht hier, so warten Sie doch! Solche Dinge kann man nicht auf der Straße besprechen! In zwei Minuten sind wir bei Ihnen!«

Mittlerweile drücke ich ihren Arm an mich, aber das liebe, vertraute Lächeln ist von ihren Lippen verschwunden. Kaum hat sich die Bibliothekstüre hinter uns geschlossen, werfe ich meine Arme um sie und bedecke ihr Gesicht mit Küssen. Mir ist, als hätte man die arme Kleine einen Monat fern von mir gefangengehalten. Wie blaß ihre Wangen sind, wie dunkel umschattet die Augen! Sollte der Kummer wirklich so groß sein? Ich vermag nicht recht daran zu glauben. Ihre Züge verraten eher Unrast und Verlegenheit. Wer traurig ist, blickt anders.

Meine Küsse erwidert sie flüchtig und mit halbem Herzen. Nein, das gefällt mir nicht. Ich lege keinen Wert darauf, zwischen Tür und Angel geküßt zu werden!

»Los, erzählen Sie mir alles, von A bis Z!«

»Gott, da gibt's nicht viel zu sagen! Im Grund ist überhaupt nichts passiert ... nur, daß Mademoiselle Sergent meint ... ich meine, sie würde es gern sehen ... das heißt, sie findet, daß mich die Lektionen daran hindern, die Hefte zu verbessern, so daß ich zu spät ins Bett komme ...«

»Hören Sie doch auf mit dem Herumgerede und seien Sie ehrlich: sie will, daß Sie die Englischstunden einstellen?«

Ich bebe ihrer Antwort entgegen und presse die Knie wie einen Schraubstock gegen meine Hände, um ihr Zittern zu verbergen. Aimée mißhandelt die englische Grammatik – der Deckel bleibt in ihrer Hand – und blickt ratlos zu mir empor. Alle Selbstsicherheit ist von ihr gewichen, und ihre Augen sind wieder so verstört wie heute morgen.

»Ja, das ist es ... aber sie hat sich ganz anders ausgedrückt ... Claudine ... so hören Sie doch!«

Ich höre gar nichts. Der Schmerz betäubt mich fast. Ohne von meinem Schemel aufzustehen, schlinge ich den Arm um ihre schlanke Taille und flehe sie an:

»Liebste, gehen Sie nicht fort! Ich wäre zu unglücklich! Suchen Sie einen Vorwand, erfinden Sie Gründe, aber lassen Sie mich nicht im Stich! Wenn Sie wüßten, wie selig es mich macht, in Ihrer Nähe zu sein! Ist es Ihnen denn gleichgültig? Gelte ich Ihnen wirklich nicht mehr als eine

Anaïs oder eine Marie Belhomme? Oh, meine Allerliebste, kommen Sie zurück, ich bitte Sie so sehr darum! Geben Sie mir weiter Englischstunden! Ich liebe Sie so sehr! Ich habe es Ihnen nie gesagt, aber jetzt merken Sie es ja! Gehen Sie nicht fort! Was kann sie Ihnen denn tun, diese rote Hexe! Sie wird Sie doch schließlich nicht prügeln!«

Das Fieber verzehrt mich, doch Aimée schwingt nicht mit. Diese Erkenntnis verzehnfacht meine Erregung. Mademoiselle Lanthenay streichelt mein Haupt, das auf ihren Knien ruht, und beschränkt sich darauf, mit zitternder Stimme, »Oh, meine kleine Claudine!« zu sagen. Endlich füllen sich ihre Augen mit Tränen, und sie sagt weinend:

»Ich will Ihnen alles erzählen, es ist zu traurig! Sie brechen mir noch das Herz! Also hören Sie zu: vorigen Samstag merkte ich wohl, daß ›sie‹ weit freundlicher zu mir war als sonst. Ich dachte, daß sie sich langsam an mich gewöhnt hätte, hoffte, daß sie uns beide fortan in Frieden lassen würde, und war fröhlich und guter Dinge. Am gleichen Abend sitzen wir beisammen und verbessern Hefte. Als ich einmal zufällig aufblickte, merke ich, daß sie mich anstarrt, mit unbeschreiblichem Gesichtsausdruck und weit aufgerissenen Augen, während ihr die Tränen über die Wangen laufen. Ich geriet völlig außer Fassung. Sie erhob sich unverzüglich und ging zu Bett. Am nächsten Tag war sie wieder äußerst zuvorkommend. Erst am Abend, als wir miteinander allein waren und ich mich anschickte, zu Bett zu gehen, sagte sie ganz unvermittelt: ›Claudine ist Ihnen wohl sehr ans Herz gewachsen, nicht wahr? Und sie revanchiert sich wohl?‹ Und ehe ich Zeit habe, irgend etwas zu erwidern, sinkt sie schluchzend neben mir auf einen Stuhl. Und dann hat sie meine Hände genommen und mir alle möglichen Dinge gesagt ... ich wurde ganz wirr im Kopf ...«

»Was für Dinge?«

»Zum Beispiel: ›Meine liebe kleine Aimée, sehen Sie denn nicht, daß Sie mir das Herz brechen mit Ihrer Gleichgültigkeit? Ist es denn möglich, daß Sie nicht merken, wie sehr ich Sie liebe? Mein süßer Liebling, es macht mich rasend, mitansehen zu müssen, wieviel Zärtlichkeit Sie an diese Claudine verschwenden, dieses närrische Ding, das sicher nicht ganz richtig im Kopf ist! Wenn Sie mich nur ein ganz klein wenig liebhaben wollen, oh, wenn Sie mich nur um sich dulden wollen, so will ich Ihnen eine zärtlichere Freundin sein, als Sie es sich erträumen können...‹«

»Und Sie? Sie haben gar nichts gesagt?«

»Sie ließ mich doch nicht zu Worte kommen! ›Glauben Sie im Ernst, daß Claudine von diesen Englischstunden etwas profitiert?‹ fuhr sie fort. ›Oder daß es mir gegenüber sehr freundlich gehandelt ist, ihr diesen ›Unterricht‹ zu erteilen? Oh, ich weiß nur zu gut, daß diese Lektionen mit Englisch nicht das geringste zu tun haben, und es zerreißt mir das Herz, Sie Arm in Arm mit dieser Närrin fortgehen zu sehen! Hören Sie auf mich! Hören Sie auf! Glauben Sie mir, in einer Woche hat Claudine alles vergessen, und bei mir werden Sie mehr Liebe finden, als dieses Mädchen je zu empfinden vermag!‹ – Claudine, ich wußte nicht, wie mir geschah! Sie hat mich geradezu hypnotisiert mit ihren Irrsinnsaugen! Plötzlich dreht sich das ganze Zimmer, es saust mir in den Ohren, einen Herzschlag lang wird alles schwarz, und ich höre sie über und über wiederholen, mit entsetzter Stimme: ›Oh, mein Gott, die arme Kleine! Ich erschrecke sie ja, sie ist ganz blaß, meine kleine Aimée, mein süßer Liebling!‹ Und schon hilft sie mir beim Ausziehen, liebevoll und zärtlich, bringt mich zu Bett, und ich sinke in bleiernen Schlaf, als hätte ich zwanzig Kilometer zurückgelegt. Sagen Sie selbst, ob ich etwas dafür kann!«

Ich bin sprachlos. Dieser rote Vulkan scheint sich ja

schnell zu erwärmen! Im Grunde wundert es mich nicht über die Maßen. Dieses Ende war vorauszusehen. Aber dennoch stehe ich niedergeschmettert vor Aimée, diesem armen Vögelchen, das im Netz der teuflischen Hexe zappelt, und weiß nicht, was ich sagen soll. Sie wischt sich die Augen. Ist es nicht, als versiege mit ihren Tränen auch ihr Schmerz? Schließlich frage ich:

»Und Sie? Sie lieben sie überhaupt nicht?«

Sie erwidert mit abgewandtem Blick:

»Natürlich nicht! Aber sie scheint mich wirklich sehr gern zu haben, und darauf war ich nicht gefaßt.«

Bei dieser Antwort stockt mein Blut. Schließlich bin ich noch nicht ganz verblödet und verstehe den Wink mit dem Zaunpfahl. Ich gebe ihre Hände frei und stehe auf. Etwas ist zerbrochen. Wenn sie nicht zugeben will, daß sie mich verraten hat, daß sie nicht länger an meiner Seite gegen die andere kämpft, wenn sie ihre wahren Gedanken verheimlicht, dann ist wohl alles aus. Meine Hände sind eiskalt, meine Wangen glühen. Nach einer unguten Stille nehme ich das Gespräch wieder auf:

»Meine liebe, goldäugige Aimée, ich flehe Sie an, kommen Sie noch ein letztes Mal zu mir! Wir haben diesen Monat noch eine Lektion! Glauben Sie, daß ›sie‹ es zugeben wird?«

»Oh! Gewiß! Ich werde sie darum bitten!«

Die Antwort kommt schnell und unüberlegt. So sicher ist sie bereits, ihre Wünsche nur äußern zu müssen, um sie erfüllt zu sehen? Feige kleine Lanthenay! Wie rasch hast du dich mir entfremdet! Wie schnell hat die verhaßte Feindin triumphiert! Du sehnst dich nach Behaglichkeit wie eine frierende Katze und hast erkannt, daß die Freundschaft deiner Vorgesetzten kostbarer ist als die meine! Aber ich werde mich wohl hüten, dir das zu sagen, sonst kommst du am Ende nicht zur letzten Stunde. Meine Hoffnung ist noch immer nicht erstorben ...

Sechs Uhr! Ich begleite Aimée zum Ausgang. Auf dem Korridor reiße ich sie an mich und küsse sie rasch und verzweifelt. Nachher wundere ich mich ein wenig: mein Schmerz ist geringer, als ich erwartet hätte. Ich war auf eine ungeheure tragikomische Explosion gefaßt gewesen. Statt dessen fühle ich mich nur durchfroren ...

Bei Tisch dränge ich mich rücksichtslos in Papas Träumereien:

»Du weißt doch, Papa, meine Englischstunden?«

»Ja, ja natürlich! Lern nur weiter, du hast ganz recht!«

»So laß mich doch ausreden! Ich mag nicht mehr.«

»Ah! Zu anstrengend?«

»Ja. Es macht mich nervös.«

»Du hast ganz recht.«

Und sein Geist wendet sich wieder den Schnecken zu. Hatte er sie jemals verlassen?

Scheußliche, alptraumvergällte Nacht: Mademoiselle Sergent als Furie mit flammendrotem Schlangenhaupt sucht Mademoiselle Lanthenay zu küssen, die schreiend davonläuft. Ich will ihr zu Hilfe eilen, doch Antonin Rabastens, in blaßrosa Gewändern, hält mich zurück, flötet: »So lauschen Sie doch dieser entzückenden Romanze!« und trällert mit sonorem Bariton:

»Wenn ich einst sterbe, teure Freunde,
pflanzt eine *Tonne* auf mein Grab ...«

zur Melodie des erhebenden Liedes: »Wer möchte nicht Franzose sein, wenn er die stolze Säul' betrachtet ...« Verrückte Nacht, durchaus nicht nervenstärkend!

Ich komme zu spät in die Schule. Beim Anblick Mademoiselle Sergents kann ich mich eines Gefühls der Überraschung nicht erwehren. Zu denken, daß dieses Teufelsweib den Sieg davongetragen hat! Sie wirft mir maliziöse, fast höhnische Blicke zu, die ich unerwidert lasse. Müde und niedergeschlagen, fehlt es mir am nötigen Kampfgeist.

Nach Schluß des Unterrichts erspähe ich Mademoiselle Aimée. Sie läßt gerade die kleinen Mädchen antreten. Mir ist, als hätte ich den gestrigen Abend geträumt. Auch sie scheint erschöpft. Mademoiselle Sergent ist nicht in Sicht. Ich bleibe stehen und frage:

»Nun, wie geht's? Alles in Ordnung heute?«

»Sicher, danke. Sie haben Ringe unter den Augen, Claudine?«

»Möglich. Was gibt's Neues? Keine weiteren Szenen? Die Höflichkeit hält unvermindert an?«

Aimée errötet und gerät in Verwirrung.

»Ja, natürlich ... nein, es gibt nichts Neues. Sie ist sehr liebenswürdig. Ich ... ich glaube, daß Sie sie falsch einschätzen, sie ist gar nicht so, wie Sie denken, sie ...«

Ich lasse sie herumstottern, leicht angewidert, warte, bis sie sich hoffnungslos verrannt hat, und schneide ihr dann das Wort ab:

»Vielleicht haben Sie recht. Sie kommen also Mittwoch zum letztenmal?«

»Ja, gewiß! Ich habe darum gebeten. Es ist eine abgemachte Sache!«

Wie sich doch die Dinge rasch ändern! Seit der gestrigen Szene begegnen wir einander schon auf neue Art. Heute würde ich es nicht mehr wagen, den lauten Schmerz zu zeigen, den ich gestern abend nicht zu verbergen vermochte.

Vorwärts, unterhalten wir sie ein wenig:

»Und Ihre Herzensangelegenheiten? Der schöne Richelieu? Immer munter und wohlauf?«

»Wen meinen Sie? Armand Duplessis? Natürlich ist er wohlauf! Manchmal steht er geschlagene zwei Stunden vor meinem Fenster, im Dunkel, ohne sich zu rühren. Gestern abend jedoch habe ich ihm zu verstehen gegeben, daß ich es merkte, und da hat er sich eilends aus dem Staub gemacht, so rasch ihn seine langen O-Beine trugen! Und vorgestern, als Monsieur Rabastens auf Besuch kam, hat er sich geweigert, mitzukommen!«

»Armand ist ernstlich in Sie verliebt, Mademoiselle, glauben Sie mir! Neulich auf der Landstraße habe ich die beiden Hilfslehrer miteinander sprechen gehört, ganz zufällig – mehr brauche ich Ihnen nicht zu sagen! Den Richelieu hat's erwischt! Aber erschrecken Sie ihn nicht! Er ist ein scheuer Vogel, der erst gezähmt werden muß!«

Aimée, rosig und erregt, brennt auf Einzelheiten. Aber ich laufe davon.

Versuchen wir doch, an etwas anderes zu denken! An die Gesangstunden des unwiderstehlichen Antonin, zum Beispiel, die nächsten Donnerstag beginnen sollen! Ich werde meinen blauen Rock anziehen, die weiße Plisseebluse (sie unterstreicht meine schlanke Taille) und die kleine hellblaue Schürze, die ich sonst nur sonntags daheim trage. Sollte mir einfallen, die große schwarze Schulschürze umzubinden! (Dabei steht sie mir nicht einmal so schlecht!) Schluß, Punktum. Ich werde mich für diesen Herrn nicht in Unkosten stürzen. Meine lieben kleinen Freundinnen könnten sonst aufmerksam werden.

Aimée, Aimée! Hübscher Zugvogel, warum bist du so rasch entflogen! Du hättest mich über all die stumpfen Zugtiere hinweggetröstet, die mit mir die Schulbank drücken! Jetzt spüre ich genau, daß die letzte Stunde zwecklos sein wird!

Eine Krämerseele wie du, furchtsam und egoistisch, die Vorteil und Vergnügen so kalt gegeneinander abzuwägen versteht, wird niemals gegen den Stärkeren zu Felde ziehen. Mademoiselle Sergent hat gesiegt. Ich hoffe nur, daß ich an dieser Enttäuschung nicht allzulang zu leiden haben werde.

Große Pause. Heute spiele ich mit Hingabe, teils, um mich zu erwärmen, teils, um auf andere Gedanken zu kommen. Anaïs und ich packen Marie Belhomme an beiden »Hebammenhänden«, rennen los und schleifen die Unglückliche zwischen uns einher, bis sie nicht mehr weiterkann und atemlos um Gnade fleht. Ich verdamme sie dazu, mit lauter, deutlich vernehmbarer Stimme die Rede des Theramenes zu deklamieren, bei Strafe, im Klosett eingesperrt zu werden. Sie deklamiert ihre Alexandriner mit Duldermiene, wirft die Arme in die Luft und läuft davon, so schnell sie kann. Die Zwillinge scheinen bestürzt. Schon recht! Wenn ihnen die klassische Literatur nicht behagt, wird man sie eben mit moderner traktieren, und zwar bei der ersten besten Gelegenheit!

Die Gelegenheit läßt nicht lange auf sich warten. Kaum sind wir in die Klasse zurückgekehrt, als man uns auch schon zu Schönschreibübungen verurteilt, im Hinblick auf die bevorstehende Prüfung. (Mit unserer Handschrift ist es nämlich schlecht bestellt!)

»Claudine, diktieren Sie ein paar Texte! Ich muß mich um die zweite Klasse kümmern.«

Mit diesen Worten verläßt Mademoiselle Sergent den Raum, um die Kleinen, die eben delogiert wurden, unter Dach und Fach zu bringen. Ah! Eine ruhige halbe Stunde in Sicht! Ich beginne:

»Liebe Kinder, heute diktiere ich euch etwas besonders Lustiges« – (»Ah!« tönt es im Chor), »und zwar ein paar fröhliche Liedchen aus dem Buch ›Nomadenschlösser‹.«

»Ein hübscher Titel«, sagte Marie Belhomme mit Überzeugung.

»Da hast du ganz recht! Seid ihr soweit? Also los:

Auf derselben sachten Kurve,
unerbittlich sacht und langsam,
zittert, scheitert und berauscht sich
der Komplex der sachten Kurven.«

Kurze Atempause. Die lange Anaïs lacht nicht, weil sie den Sinn nicht versteht. (Ich übrigens ebensowenig.) Und Marie Belhomme, arglos und gutgläubig wie immer, protestiert: »Geometrie haben wir doch heute schon gehabt! Außerdem ist das viel zu schwer! Ich habe nicht einmal die halbe Angabe mitgeschrieben!«

Die Zwillinge schauen mich scheel an, aus vier mißtrauischen Augen. Ich fahre unbeirrt fort:

»Die Kurven lassen sich dem Herbst vergleichen,
dein Kummer herbstlich-trüben Abendstunden.
Die sachten Kurven aller Dinge
verstimmen deine kurzen Zuckungen.«

Die Klasse folgt mühsam, unter völligem Verzicht auf Verständnis, und Marie Belhommes Klagen. (»Wart doch, wart doch, du diktierst zu schnell! Die sachten Kurven aller was?«) erfüllen mein Herz mit süßer Befriedigung.

»Die sachten Kurven aller Dinge verstimmen deine kurzen Zuckungen«, wiederhole ich geduldig und füge hinzu: »So. Das schreibt ihr mir jetzt einmal in Rond- und einmal in Mittelschrift!«

Die Schönschreibstunden sind für mich eine Quelle reinster, ewig neuer Freude! Ich diktiere die verrücktesten

Dinge, und der Eifer, mit welchem diese Krämers-, Schusters- und Gendarmentöchter Parodien der romanistischen Schule oder Wiegenlieder, von Monsieur Francis Jammes in seinen Bart gemurmelt, abschreiben und rezitieren, bereitet mir unbändiges Vergnügen! All diese Machwerke stammen aus den Büchern und Zeitschriften, die Papa zugesandt erhält (Gott weiß, daß es nicht wenige sind!), und werden von mir mit zärtlicher Sorgfalt ausgewählt, zu Nutz und Frommen meiner lieben kleinen Freundinnen. Von der *Revue des Deux Mondes* bis zum *Mercure de France* türmen sich bei uns daheim sämtliche Wochen- und Monatsschriften. Sie aufzuschneiden, ist meine Pflicht, sie zu lesen, Ehrensache. Schließlich können sie doch nicht ungelesen bleiben! Da sich der *Mercure de France* nur selten mit Malakologie befaßt, widmet Papa ihm höchstens einen flüchtigen, zerstreuten Blick. Ich hingegen lese ihn von A bis Z, im Interesse meiner Allgemeinbildung, obwohl ich nicht immer verstehe, wovon die Rede ist, und verständige Papa, wenn das Abonnement abzulaufen droht.

»Zahl ein, Papa, zahl ein – sonst sinken wir in der Achtung des Briefträgers!«

Die lange Anaïs, nicht sonderlich belesen (was nicht ihre Schuld ist), murmelt skeptisch:

»Ich wette, du hast dieses Zeug eigens für uns erfunden!«

»Wie du meinst! Aber der Schein trügt! Diese Verse sind dem Zar Nikolaus gewidmet, unserem Verbündeten. Was sagst du jetzt?« Sie kann mich nicht Lügen strafen, schaut aber weiterhin ungläubig drein.

Mademoiselle Sergent kommt zurück, wirft einen Blick auf unsere Hefte und schimpft: »Schämen Sie sich nicht, Claudine, Ihren Kameradinnen solch haarsträubenden Unsinn zu diktieren? Ihr würdet samt und sonders besser daran tun, arithmetische Formeln auswendig zu lernen! Das wäre für alle Beteiligten das Beste!« Aber sie schilt ohne Überzeugung, denn im Grunde mißfallen ihr diese kleinen Scherze durchaus nicht. Trotzdem höre ich mit unbewegter Miene zu. Der Anblick dieser Frau, die sich so gewaltsam der Zärtlichkeit meiner kleinen wankelmütigen Aimée bemächtigt hat, erweckt meinen Zorn aufs neue, mit unverminderter Heftigkeit. Mein Gott! Schon halb vier! In einer halben Stunde kommt sie zum letztenmal!

Mademoiselle Sergent steht auf und sagt:

»Schluß für heute! Die Prüfungskandidatinnen bleiben noch. Ich habe mit ihnen zu sprechen.«

Die gewöhnlichen Sterblichen packen langsam ihre Sachen zusammen, ziehen bedächtig Mäntel und Handschuhe an. Offensichtlich trifft es sie hart, nicht bleiben zu dürfen, um die weltbewegende Ansprache zu hören, die man uns halten wird!

Die rothaarige Frau Direktor ergreift das Wort, und wie immer muß ich die überlegene Klarheit und Präzision ihrer Rede bewundern, ob ich will oder nicht.

»Ich darf wohl annehmen, daß Sie sich über Ihre musikalische Unfähigkeit keinerlei Illusionen machen, mit Ausnahme von Mademoiselle Claudine, die ausgezeichnet Klavier spielt und fließend vom Blatt singt. Natürlich wäre es das einfachste, Ihnen durch sie Musikunterricht erteilen zu lassen, doch sind Sie leider viel zu undiszipliniert, um einer Ihrer Kameradinnen zu gehorchen. Da weder ich noch Mademoiselle Lanthenay in der Lage sind, Sie in diesem Gegenstand zu unterrichten, haben Sie ab sofort jeden Sonn- und Donnerstag um neun Uhr hier zu erscheinen, um sich unter der Leitung von Monsieur Rabastens im Notenlesen zu üben. Mademoiselle Claudine wird Monsieur

Rabastens unterstützen. Trachten Sie, sich halbwegs ordentlich aufzuführen, und seien Sie morgen um Punkt neun zur Stelle.«

»Abtreten!« füge ich mit leiser Stimme hinzu. Die Schreckliche hat es gehört, runzelt die Brauen und lächelt wider Willen. Sie hat ihre kleine Rede in so scharfem Ton gehalten, daß mir ein militärischer Abschluß geboten schien – eine Ansicht, die sie offensichtlich teilt. Kaum zu glauben! Es gelingt mir nicht mehr, sie zu ärgern. Das ist sehr entmutigend! Wie sicher muß sie ihrer Sache sein, um sich so liebenswürdig zu zeigen!

Kaum fällt die Türe hinter ihr ins Schloß, erhebt sich allgemeines Geschrei. Marie Belhomme ist fassungslos:

»Nein, so was! Uns von einem Mann unterrichten zu lassen, das ist ein starkes Stück! Aber es wird trotzdem lustig werden, glaubst du nicht auch, Claudine?«

»Sicher! Etwas Zerstreuung kann nie schaden.«

»Wird dich das nicht einschüchtern, den Hilfslehrer zu ›unterstützen‹?«

»Und wie! Mir war schon lange nichts so gleichgültig!«

Ich höre kaum zu, denn ich warte auf Mademoiselle Lanthenay – sie säumt über Gebühr – und zittere innerlich vor Ungeduld. Anaïs grinst, stützt die Arme in die Hüften, als wüßte sie sich vor Lachen nicht zu halten, und quält die jammernde Marie, die gegen die lange Latte stets den kürzeren zieht. »Marie, Marie, du wirst den schönen Antonin erobern, das sehe ich schon jetzt! Deiner Wespentaille, deinen sprechenden Augen und deinen Hebammenhänden kann er sicher nicht lange widerstehen! Was sagst du, meine Liebe! Endlich eine Geschichte, die mit einer Hochzeit enden wird!«

Sie redet sich immer mehr in Feuer und springt wie besessen vor Marie herum, die, in eine Ecke abgedrängt, zum

Himmel schreit und ihre Unglückshände auf dem Rücken verbirgt.

Noch immer keine Aimée! Ich halte es nicht länger aus und schleiche zu der Stiege, die in den ersten Stock führt, zu den – nach wie vor – provisorischen Zimmern der Lehrerinnen. Ah! Wie gut, daß ich gekommen bin! Oben steht Mademoiselle Lanthenay, fix und fertig angezogen. Mademoiselle Sergent hält sie um die Taille gefaßt, spricht bittend auf sie ein, leise und zärtlich, und gibt der kleinen verschleierten Aimée zum Abschluß einen langen Kuß. Meine Englischprofessorin läßt sich widerspruchslos küssen, säumt noch ein wenig und dreht sich sogar um, während sie die Treppe hinabsteigt. Ich mache mich aus dem Staub, ehe sie mich bemerken, habe aber wiederum das Gefühl, als müsse mein Herz zerspringen. Böse, böse Kleine mit den goldenen Augen, wie rasch hast du mich verlassen, um deine Liebe jener Frau zu schenken, die unsere Feindin war! Ich weiß kaum mehr, was ich denken soll ...

»Gehen wir, Claudine?«

Ich fahre aus bitterem Grübeln.

»Ja, Mademoiselle.«

Wir verlassen das Klassenzimmer.

Auf der Straße wage ich nicht mehr, sie auszufragen. Was kann sie mir schon erwidern. Lieber warte ich, bis wir zu Hause sind. Ich spreche vom Wetter, prophezeie neuerlichen Schnee und gebe der Vermutung Ausdruck, daß die Gesangstunden bei Monsieur Rabastens ein großer Spaß sein werden. Aber meinen Worten fehlt es an Überzeugungskraft, und sie spürt ebenso wie ich, daß dieses Geschwätz nichts zu bedeuten hat.

In der Bibliothek angelangt, schlage ich mein Heft auf und betrachte Aimée beim warmen Licht der kleinen Lampe. Sie ist noch hübscher als sonst, wenn auch ein wenig blasser, und ihre Augen sind dunkel umschattet. Das läßt sie übergroß erscheinen.

»Sie sehen müde aus, oder täusche ich mich?«

Ich kann sagen, was ich will, alles bringt sie in Verlegenheit! Warum nur? Sie errötet schon wieder und blickt unruhig um sich. Wetten, daß sie sich mir gegenüber ein wenig schuldbewußt fühlt, wenngleich sie bestimmt nicht zu sagen wüßte, weshalb. Ich lasse nicht locker:

»Wie geht's der roten Furie? Hält ihre Liebe unvermindert an? Ist sie neuerlich in Raserei verfallen? Haben sich die Zärtlichkeitsausbrüche wiederholt?«

»Aber nein ... sie ist sehr gut zu mir ... Sie können mir glauben, daß sie sich meiner auf das freundlichste annimmt ...«

»Sie hat Sie also nicht mehr ›hypnotisiert‹?«

»Nein, nein, davon kann keine Rede sein! Ich glaube, ich habe neulich ein wenig übertrieben ... ich war so nervös ...«

Sieh einer an! Gleich wird sie die Beherrschung verlieren! Desto schlimmer für sie, ich muß die Wahrheit wissen.

Ich rücke näher und fasse ihre Puppenhände.

»Liebste, erzählen Sie mir doch alles! Wollen Sie Ihre arme Claudine wirklich ganz im Ungewissen lassen? Ich habe vorgestern solchen Kummer gehabt!«

Umsonst. Es ist, als hätte sie sich plötzlich zusammengerissen, entschlossen, sich nicht zu verraten. Nach und nach nimmt ihr Gesicht einen krampfhaft-natürlichen Ausdruck an. Die goldenen Katzenaugen sind auf mich gerichtet, falsch und klar, und sie sagt mit gekünstelter Ruhe: »Seien Sie doch vernünftig, Claudine! Ich versichere Ihnen, daß sie mich ganz und gar in Frieden läßt, ja, daß sie sogar sehr liebenswürdig ist! Wir haben ihr unrecht getan, sie ist nicht so, wie wir dachten!«

Ihre Stimme ist kühl, ihr Blick verschlossen, obgleich die Augen weit offen stehen. Das sind doch Ihre Schulmanieren, hochgeschätzte Frau Lehrerin, die können Sie behalten!

Ich würge meine Tränen hinunter. Nein, lächerlich machen werde ich mich nicht! Ich überlege fieberhaft. Aber ist nicht alles zwecklos, alles aus? Werden wir nicht als Feinde scheiden, wenn ich weiter in sie dringe? Ich nehme die englische Grammatik zur Hand, das einzige, was ich tun kann. Sie beeilt sich, mein Heft aufzuschlagen.

Zum ersten- und letztenmal nehme ich bei Mademoiselle Aimée Lanthenay eine richtige Englischstunde und übersetze mit übervollem Herzen, gewärtig, jeden Augenblick in Tränen zu zerfließen:

»Ihr hattet Federn, aber er hatte kein Pferd. Wenn Ihr Vetter viele Taschenmesser hätte, hätten wir viele Äpfel. Haben Sie Tinte in Ihrem Tintenfaß? Nein, aber ich habe einen Tisch in meinem Schlafzimmer, usw. usw.«

Diese Aimée ist wirklich ihr Geld wert! Gegen Ende der Lektion fragt sie ganz unvermittelt:

»Sie sind mir doch nicht böse, Claudine?«

Ich erwidere fast wahrheitsgetreu:

»Nein, böse bin ich Ihnen nicht.«

Tatsächlich empfinde ich weder Ärger noch Zorn. Nur Kummer und Erschöpfung. Beim Hinausgehen gebe ich ihr einen Kuß. Sie präsentiert mir ihre Wange, dreht aber dabei den Kopf so stark zur Seite, daß meine Lippen fast ihr Ohr berühren. Herzlose Kleine! Ich sehe zu, wie sie sich langsam entfernt, beim trüben Licht der Straßenlaterne, und fühle mich versucht, ihr nachzulaufen. Aber was wäre damit getan?

Ich habe eine unruhige Nacht hinter mir. Die tiefen Schatten unter meinen Augen beweisen es zur Genüge. Gott sei Dank stehen sie mir nicht übel, was ich mit Befriedigung feststelle, während ich vor dem Spiegel stehe und aus Leibeskräften meine Locken bürste. (Heute schimmern sie ganz golden!)

Erste Gesangstunde bei Monsieur Rabastens. Ich komme eine halbe Stunde zu früh und kann mich des Lachens nicht erwehren: die Hälfte meiner Mitschülerinnen ist bereits zur Stelle! Wir mustern uns gegenseitig, und Anaïs quittiert meinen blauen Rock und mein neckisches Schürzchen mit anerkennendem Pfiff. Auch sie hat ihre Sonntagsschürze hervorgeholt, ein rotes, weißgesticktes Unding, das sie noch gelber erscheinen läßt. Ihr Haar ist hochgesteckt – zu dieser Frisur hat sie mindestens zwei Stunden gebraucht – und der kunstvoll konstruierte Schopf sitzt beinahe auf der Stirne. Ein funkelnagelneuer Gürtel benimmt ihr fast den Atem.

Von zartem Mitgefühl bewegt, bemerkt sie mit lauter Stimme, daß ich schlecht aussehe. Ich gebe zur Antwort, daß interessante Blässe meinem Äußeren nur zum Vorteil gereiche. Marie Belhomme kommt angekeucht, schlampig und zerfahren wie immer. Sogar sie hat sich in Unkosten gestürzt, hätte es aber besser bleiben lassen: mit ihrer gezogenen Halskrause sieht sie aus wie ein Harlekin in Trauer. Zum Glück genügen ihre mandelförmigen Augen (sie haben einen ganz besonderen Schmelz) und ihre kopflose, naive Art, um sie sämtlicher Sympathien zu versichern. Doppelauftritt der Zwillinge. Nun, an Koketterie sind wir ihnen weit voraus. Dafür werden sie sich tadellos aufführen, mit beharrlich gesenktem Blick, und nach der Stunde über jede einzelne von uns herziehen.

Wir scharen uns um den wärmenden Ofen und lachen

im voraus über den schönen Antonin. Achtung, er kommt ... Man hört bereits seine klangvolle Stimme und sein melodisches Lachen. Die Türe geht auf. Mademoiselle Sergent tritt ein, vom unwiderstehlichen Hilfslehrer gefolgt.

Alle Achtung! Dieser Rabastens ist ja eine Augenweide! Er begrüßt uns mit einer tiefen Reverenz – »Meine Damen!« – und nimmt seine Pelzmütze ab. Unter dem Überzieher kommt ein dunkelblauer Anzug zum Vorschein, auf dessen Rockaufschlag eine rostrote Chrysantheme prangt. Sie stellt seinem Geschmack das beste Zeugnis aus. Auch seine Krawatte ist nicht zu verachten: graugrüne Seide mit weißen, einander überschneidenden Ringen. Wie lange er wohl vor dem Spiegel stand, um dieses Wunderwerk zu knüpfen?

Wir nehmen unsere Plätze ein, würdig und gesittet, während vorsichtige Hände an widerspenstigen Blusen zupfen, um auch das allerkleinste unvorteilhafte Fältchen zu glätten. Marie Belhomme unterhält sich bereits so gut, daß sie in lautes Gelächter ausbricht und wie vom Donner gerührt innehält, von ihrer eigenen Kühnheit verstört. Mademoiselle Sergent furcht die schreckliche Stirn und gerät sichtlich in Wut. Beim Eintreten hat sie mir einen forschenden Blick zugeworfen. Wetten, daß das Herzblatt ihr schon alles erzählt hat! Ich wiederhole mir beharrlich, daß Aimée so viel Kummer gar nicht wert ist, leider nur mit mäßigem Erfolg.

»Würde eine der Damen vielleicht die Güte haben, mir ihr Gesangbuch zur Verfügung zu stellen?« fragt Rabastens mit strahlendem Lächeln und rollendem R.

Die lange Anaïs beeilt sich, dem jovialen Hilfslehrer ihren Marmontel unter die Nase zu halten, und erntet ein überschwengliches »Danke sehr!« Dieser ölige Rabastens wäre imstande, sich an seinem Toilettentisch freundlich zuzulächeln, vorausgesetzt natürlich, daß er einen hätte.

»Mademoiselle Claudine«, diese Anrede ist von einem hinreißenden Blick begleitet (hinreißend für ihn, versteht sich!), »es ist mir eine ehrenvolle Freude, von nun ab Ihr Kollege sein zu dürfen! Wenn ich nicht irre, haben bis jetzt Sie diesen Damen Musikunterricht erteilt?«

»Ja«, unterbricht Mademoiselle Sergent ungeduldig – dieses Geschwätz ist durchaus nicht nach ihrem Geschmack –, »aber als Mitschülerin kann sie sich nicht genügend Respekt verschaffen. Darum wird sie mit Ihrer Hilfe, Monsieur, entweder bessere Resultate erzielen, oder aber die Mädchen werden bei der Prüfung durchfallen, denn ihre musikalischen Kenntnisse sind durch die Bank jämmerlich!«

Bravo! Geschieht ihm ganz recht! Das wird dem Herrn die Schwatzhaftigkeit schon austreiben!

Meine Kameradinnen lauschen mit atemlosem Staunen. Noch nie hat man so viel Galanterie an sie verschwendet! Den größten Eindruck jedoch erwecken die Komplimente, die der verschwenderische Antonin auf mein Haupt herniederregnen läßt. Mademoiselle Sergent bemächtigt sich des Marmontel und zeigt Rabastens die Hürde, die sich seine neuen Schülerinnen beharrlich zu nehmen weigern, teils aus Unaufmerksamkeit, teils aus Mangel an Talent. Lediglich das Gedächtniswunder Anaïs ist imstande, sämtliche Übungen auswendig herunterzuleiern, ohne deren Rhythmus oder harmonischen Zusammenhang auch nur im geringsten zu verstehen. Mademoiselle Sergent hat recht. Mit den musikalischen Kenntnissen dieser Gänschen ist es schlecht bestellt, und da sie ihren Stolz dareinsetzen, mir den Gehorsam zu verweigern, werden sie bei der bevorstehenden Prüfung die schlechtesten Noten einheimsen. Eine Aussicht, die Mademoiselle Sergent rasend macht. Sie selbst ist durch und durch unmusikalisch – ein ernstes Hindernis, um Gesangstunden zu erteilen –, und Mademoiselle Aimée hat ihre Stimme vor Jahren bei einer komplizierten Halsentzündung eingebüßt.

»Nehmen Sie die Mädchen zuerst einmal einzeln vor«, rate ich dem Südländer, der sich als Hahn im Korb äußerst wohlzufühlen scheint, »sie singen alle falsch, aber auf die verschiedensten Arten, und ich habe es ihnen bis jetzt noch nicht austreiben können ...«

»Also, Mademoiselle ...?«

»Marie Belhomme.«

»Nun, Mademoiselle Marie Belhomme, singen Sie mir bitte diese Übung vor.«

An besagter Übung, einer kleinen Polka in G-Dur von lächerlicher Harmlosigkeit, ist die arme unmusikalische Marie bis jetzt noch jedesmal gescheitert. Unter diesem Frontalangriff bricht sie vollends zusammen, irren Blicks und purpurrot.

»Ich gebe einen Auftakt. Sie beginnen auf eins: d h h a g fis fis – ganz leicht, nicht wahr?«

»Jawohl, Monsieur«, erwidert Marie, tollkühn vor Angst.

»Achtung, ich beginne: eins, zwei, eins –«

»D h h a g fis fis«, piepst Marie mit heiserem Vogelstimmchen. Natürlich hat sie sich die Gelegenheit nicht entgehen lassen, auf zwei anzufangen. Ich unterbreche:

»Nein, hör zu: eins, zwei, d h h ... verstehst du? Monsieur gibt einen Auftakt! Fang noch einmal an!«

»D h h«, beginnt Marie mit edlem Feuer, ebenso falsch wie zuvor. Zu denken, daß sie ihre Polka jetzt seit drei Monaten in Synkopen singt! Rabastens schaltet sich ein, vornehm und geduldig.

»Mit Ihrer Erlaubnis, Mademoiselle Belhomme! Taktieren Sie mit mir!«

Er hat ihr Handgelenk ergriffen und führt ihre Hand. »So werden Sie es sofort verstehen! Eins, zwei, eins, zwei – was ist denn? So singen Sie doch!«

Diesmal hat sie überhaupt nicht angefangen! Krebsrot und stumm, hat die arme Marie bei dieser unerwarteten Geste den letzten Rest von Fassung verloren. Ich unterhalte mich blendend. Der verführerische Bariton, dem die Verwirrung des Gänschens aufs höchste schmeichelt, läßt es genug sein. Die lange Anaïs hat schon ganz aufgeblasene Wangen. (Das ist ihre Art, das Lachen zu verbeißen.)

»Mademoiselle Anaïs, singen Sie, bitte, Mademoiselle Belhomme diese Übung vor!«

Die lange Latte läßt sich das nicht zweimal sagen, gurrt ihre Nummer herunter, ebenso seelenvoll wie unrhythmisch, mit schmachtenden Portamenti bei den hohen Noten. Kunststück! Sie kann die Polka auswendig, und ihre lächerliche Gewohnheit, die Stimmübung so zu singen, als trage sie eine Romanze vor, gefällt dem Sohn des Südens. Er bedenkt sie mit blumigen Komplimenten. Sie sucht zu erröten, kann nicht und muß sich darauf beschränken, mit züchtig niedergeschlagenem Blick den Kopf zur Seite zu neigen und sich in die Lippen zu beißen.

Ich wende mich an Rabastens: »Wie wäre es mit ein paar zweistimmigen Übungen, Monsieur? Die gehen überhaupt nicht, sosehr ich mich auch bemüht habe!«

Mein Ton ist streng dienstlich. Man kann mir beim besten Willen nicht nachsagen, daß ich es etwa am nötigen Ernst fehlen ließe. Erstens ist mir nicht zum Lachen zumute und zweitens würde Mademoiselle Sergent die Gesangstunden sofort einstellen, wenn ich mir allzu große Freiheiten erlaubte. Außerdem denke ich an Aimée. Kommt sie denn heute überhaupt nicht herunter? Noch vor einer Woche hätte sie nicht gewagt, so lange zu faulenzen! Ich verteile die Noten: der langen Anaïs, von Marie Belhomme behindert, fällt die erste Stimme zu, den übrigen, von Rabastens gestützt, die zweite. Was mich betrifft, so werde ich dort mitsingen, wo man mich am nötigsten braucht.

Wir singen. Ich stehe neben dem schönen Antonin, der sich näher und näher zu mir neigt, während er seinen lyrischen Bariton in allen Gangarten vorführt. Wir müssen ein überaus spaßiges Schauspiel bieten!

Dieser unverbesserliche Südländer ist so ausschließlich mit seiner Rolle als Salonlöwe beschäftigt, daß er Schnitzer über Schnitzer macht, was, nebenbei bemerkt, niemandem auffällt. Die elegante Chrysantheme schwebt zu Boden. Kaum ist das Stück verklungen, hebt er sie auf, wirft sie auf den Tisch und sagt mit der selbstgefälligen, komplimentheischenden Miene des erfolgreichen Mimen:

»Nun? Das war doch gar nicht so übel?«

Mademoiselle Sergents Antwort ist eine kalte Dusche:

»Ja, aber lassen Sie die Mädchen allein singen, ohne Sie, ohne Claudine, und Sie werden sehen, was passiert!«

Wie bestürzt er dreinschaut! Wetten, daß er den eigentlichen Grund seines Hierseins völlig vergessen hat? Was für eine Nummer, dieser Rabastens! Seine pädagogischen Fähigkeiten scheinen ja beachtlich zu sein. Desto besser! Sobald Mademoiselle Sergent den Gesangstunden nicht mehr beiwohnen wird, kann ich mir alles erlauben.

»Da mögen Sie recht haben, Mademoiselle. Aber wenn sich die Damen nur ein ganz klein wenig Mühe geben, können sie darauf zählen, die Prüfung zu bestehen. Sie wissen doch, wie wenig man heutzutage in Musik verlangt!«

Sieh da, er trägt den Krieg ins feindliche Lager? Besser hätte man es der Furie gar nicht versetzen können, daß sie selbst nicht einmal imstande ist, eine Tonleiter zu singen! Sie versteht den Wink mit dem Zaunpfahl, und ihre schwarzen Augen blicken jäh in eine andere Richtung. Antonin steigt ein wenig in meiner Achtung, hat sich aber den Unwillen Mademoiselle Sergents zugezogen, die nun in scharfem Ton sagt: »Lassen Sie die Mädchen weiterarbeiten. Sie sollen einzeln singen, um an Treffsicherheit zu gewinnen.«

Jetzt sind die Zwillinge an der Reihe. Sie haben farblose, zitternde Stimmchen und keinerlei rhythmisches Empfinden, werden sich aber niemals blamieren, diese elenden Streberinnen! Oh, ich hasse diese braven, wohlerzogenen Jaubert und getraue mich zu wetten, daß sie daheim jede Übung sechzigmal durchsingen, ehe sie zur Gesangstunde gehen, artig, ehrbar und durchtrieben. Zum Abschluß »erweise ich Rabastens das Vergnügen«, ihm etwas vorzusingen. Die Stücke, die er mir unter die Nase hält – unselige Romanzen und verstaubte Arien, in deren plätschernden Koloraturen er das Non-plus-ultra der Kunst erblickt –, strotzen vor Schwierigkeiten. Doch zum hellen Entzücken des wackeren Antonin, mir selbst zuliebe und der roten Schlange zum Trotz (auch Anaïs soll sich ruhig ärgern!), singe ich ausgezeichnet, und der leicht entzündliche Südländer betritt in heilloser Verblendung ein wahres Labyrinth verschlungener Komplimente und auswegloser, hinterhältiger Sätze, in dem ich ihn mit wahrer Wonne umherirren sehe. Ich werde mich wohl hüten, ihm herauszuhelfen! Viel lieber höre ich zu, ganz Ohr, mit hingebungsvollem Blick, und wäre Mademoiselle Sergent nicht plötzlich nähergekommen, glaube ich kaum, daß er aus dem letzten, besonders bedeutungsträchtigen Satz jemals wieder herausgefunden hätte.

»Haben Sie eine Hausübung gegeben?«

Hat er? Keine Spur! Der gute Antonin kann sich offenbar nicht damit abfinden, daß seine Aufgabe nicht darin besteht, mit mir zweistimmige Romanzen zu singen!

Wo steckt nur die kleine Aimée? Ich muß es in Erfahrung bringen. Zu diesem löblichen Zweck werfe ich geschickt das Tintenfaß um, bade meine Hände in der blauen Lache, stoße ein entsetztes »Oooh!« aus und spreize alle zehn Finger in der Luft. Mademoiselle Sergent schickt mich zur Pumpe, nicht ohne bemerkt zu haben, daß derlei für mich leider »typisch« sei.

Glücklich draußen angelangt, wische ich meine Hände in den großen Schwamm. Das genügt fürs erste. Dann mache ich die Runde, schnüffle herum, spähe in alle Ecken. Nein, im Haus ist sie nicht. Also noch einmal in den Garten hinaus. Ich wage mich bis zu der niedrigen Mauer vor, die unseren Hof von dem Gärtchen der Knabenschule trennt. Höre ich recht? Man plaudert nebenan? Ich beuge mich über das Mäuerchen, um in den Nachbargarten hinabzuschauen. Er liegt etwa zwei Meter tiefer als der unsere. Wer sitzt unter dem entlaubten Nußbaum, in der bläßlichen, kaum spürbaren Wintersonne? Der finstere Richelieu und Mademoiselle Aimée Lanthenay! Noch vor wenigen Tagen hätte mich dieser Anblick in fassungsloses Staunen versetzt, jetzt hingegen vermag ich die beiden fast mit Ruhe zu betrachten! Die große Enttäuschung dieser Woche hat mich ein wenig abgehärtet.

Dieser menschenscheue Duplessis! Wo ist seine Schweigsamkeit geblieben? Auch die Augen hält er nicht mehr gesenkt! Sollte er den Rubikon bereits überschritten haben?

»Sie haben es geahnt, Mademoiselle, nicht wahr? Oh, sagen Sie ›ja‹«

Die kleine Lügnerin schüttelt den Kopf, mit reizendem Lächeln, als käme ihr alles ganz unerwartet. Die Freude hat ihre Wangen rosig gefärbt und funkelt aus den goldbraunen Augen, die heller strahlen denn je und wachsam in die Runde spähen, während Armand eifrig weiterspricht:

»Oh, Sie mußten es ahnen, ich habe doch ganze Abende unter Ihrem Fenster verbracht! Aber glauben Sie mir, ich liebe Sie von ganzem Herzen, und nichts liegt mir ferner, als ein Jahr mit Ihnen zu flirten und dann bei Schulschluß auf und davon zu gehen! Wollen Sie mich anhören? So ernst, wie ich jetzt zu Ihnen spreche?«

»So ernst ist es also?«

»Ja, so ernst! Gestatten Sie mir, heute abend mit Ihnen zu reden, in Gegenwart Mademoiselle Sergents?«

Der Teufel soll's holen! Ausgerechnet jetzt muß die Klassentüre aufgehen! Mit zwei Sätzen bin ich bei der Pumpe, allerdings nicht nahe genug. Ich werfe mich zu Boden. Als Mademoiselle Sergent mit Rabastens vorübergeht, findet sie mich emsig damit beschäftigt, meine Finger mit Sand sauberzureiben, »weil die Tinte anders nicht heruntergeht«. Die Kriegslist glückt.

»Lassen Sie nur«, sagt Mademoiselle Sergent. »Sie können sich daheim die Hände mit Bimsstein waschen.«

»Auf Wiedersehen!« flötet der schöne Antonin. Es klingt ebenso munter wie schwermütig. Ich erhebe mich und danke mit meinem dekorativsten Nicken, lockenumspielten Gesichts. Hinter seinem Rücken lache ich mich krumm. Du dummer, siegessicherer Hanswurst! Dann hole ich meinen Mantel, gehe bedächtig heimwärts und denke an Aimée und Armand Duplessis.

Zu schade, daß mir das Ende ihres romantischen Zwiegesprächs entgehen mußte! Sicher hat Aimée die Zusammenkunft bereitwilligst gewährt, und Richelieu, entflammbar, aber ehrlich, wird um ihre Hand anhalten. Er ist es ohne weiteres imstande.

Was ist denn nur an dieser Kleinen, daß alle Männer in sie vernarrt sind? Dabei kann man sie nicht einmal schön nennen! Wohl hat sie einen Pfirsichteint und herrliche Augen, aber die strahlen auch aus hübscheren Gesichtern! Aimée hingegen braucht nur vorüberzugehen, und die Maurer lassen ihr Handwerkszeug sinken, schnalzen mit der Zunge und blicken einander vielsagend an (gestern habe ich gehört, wie einer zum ändern sagte: »Als Floh in ihrem Bett! Das wär' ein Leben, was?«), die Burschen werfen sich in die Brust, und die alten Stammgäste des »Café de la Perle« schwärmen beim abendlichen Wermut von einer »kleinen Schullehrerin, bei der es einen überrieselt, als beiße man in ein ungezuckertes Obsttörtchen!« Maurer, Pensionisten, Lehrerin und Lehrer – alle, alle, alle? Ist denn niemand vor ihr sicher?

Mich interessiert sie schon weit weniger, seitdem ich sie so falsch gefunden habe. Doch ich fühle mich wie ausgebrannt und vermag jetzt weder Schmerz noch Liebe zu empfinden.

Arme alte Schule, deine Tage sind gezählt! Man reißt bereits das Erdgeschoß ein. Neugierig sehen wir zu, wie doppelte Mauern zum Vorschein kommen, Mauern, deren trügerische Dicke in Wirklichkeit hohl war wie ein Faß, mit engen schwarzen Gängen, die außer Staub und ekelerregend abgestandenem Gestank nichts zu bieten haben. Zu meiner Erheiterung versetze ich Marie Belhomme mit der Behauptung in Angst und Schrecken, daß diese Verstecke in der Absicht angelegt worden seien, ungetreue Ehefrauen (deren weißes Gebein ich auf dem Misthaufen gesehen hätte) lebendig einzumauern. Sie reißt entsetzt die Augen auf, fragt »Wirklich?«, läuft davon, »um die Knochen anzuschauen«, und kommt eilends wieder zurück.

»Ich habe nichts gesehen, du Lügnerin! Du hast mich schon wieder zum Narren gehalten!«

»Möge mir sogleich die Stimme versagen, wenn diese

Geheimgänge nicht in verbrecherischer Absicht angelegt worden sind! Und überhaupt – du hast's nötig, mich Lügnerin zu nennen, wo du eine Blume in deinem Marmontel trocknest, und zwar die Chrysantheme, die Monsieur Rabastens im Knopfloch trug!«

Den letzten Satz schreie ich heraus, so laut ich kann, bemerke ich doch, daß Mademoiselle Sergent den Hof betritt, gefolgt vom unermüdlichen Dutertre. Oh, er kommt oft her, das muß man ihm lassen! Der Pflichteifer dieses Doktors, der seine Patienten im Stich läßt, um sich von den Fortschritten unserer Schule zu überzeugen, ist wahrhaft erhebend!

Derzeit kennt die Unordnung keine Grenzen. Die alte Schule fällt in Trümmer, die Großen lernen im Kindergarten, die Kleinen im Bürgermeisteramt. Kein Wunder, daß der ehrenwerte Herr Distriktskandidat für unsere Bildung fürchtet!

Die beiden haben meine Worte gehört – Kunststück, ich habe ja absichtlich so geschrien –, und Dutertre läßt sich die Gelegenheit, uns näher in Augenschein zu nehmen, beileibe nicht entgehen. Die arme Marie! Sie schlägt stöhnend die Hände vors Gesicht und würde am liebsten in die Erde versinken. Dutertre steuert auf sie zu, leutselig und lachend, klopft ihr auf die Schulter – natürlich fährt sie entsetzt zusammen – und sagt: »Was behauptet diese teuflische Claudine, Kleine? Du hebst die Blumen auf, die der schöne Hilfslehrer im Knopfloch trägt? Finden Sie nicht, Mademoiselle Sergent, daß Ihre Schülerinnen recht aufgeweckte Dinger sind? Marie, soll ich diese Geschichte vielleicht deiner Mutter erzählen, damit sie sieht, daß ihre Tochter es faustdick hinter den Ohren hat?«

Arme Marie Belhomme! Sprachlos vor Schreck, richtet sie ihre verstörten Rehaugen bald auf Dutertre, bald auf mich, bald auf Mademoiselle Sergent, die den Distriktskandidaten mit einer Mischung aus Eifersucht und Bewunderung betrachtet, von seiner neuerlichen Eskapade alles andere als entzückt. Sie wagt nicht, ihn zum Gehen zu drängen, denn sie weiß so gut wie ich, daß er durchaus imstande ist, sich zu weigern. Mittlerweile habe ich meine helle Freude an der Verwirrung Maries, der giftigen Ungeduld Mademoiselle Sergents und dem offensichtlichen Vergnügen, das der gute Doktor unserer Gesellschaft abgewinnt. Anscheinend funkelt mir die böse Lust aus den Augen, denn Dutertre lacht mit blitzendem Raubtiergebiß:

»Claudine, du prickelst ja förmlich vor Bosheit! Hab' ich recht?«

Ich antworte mit einem Kopfnicken, das meine Locken auf das anmutigste durcheinanderbringt, eine Ungezogenheit, die Mademoiselle Sergent nicht entgeht: sie runzelt drohend die buschigen Brauen. Runzle nur, runzle! Das ist mir ganz egal! Nein, du rote Schlange, alles kann man nicht haben! Die Hilfslehrerin und den Distriktskandidaten? Das wär' ja noch schöner! Dutertre kommt auf mich zu, hemmungsloser denn je, und legt den Arm um meine Schulter. Die lange Anaïs beobachtet uns lauernd. Ihre Augen sind ganz schmal.

»Fühlst du dich wohl?«

»Ja, Herr Doktor. Danke der Nachfrage!«

»Schluß mit dem Unsinn! Ich will eine ernstzunehmende Antwort!« (Schon recht! Genauso ernstzunehmend wie du selber!) »Warum hast du immer schwarzumschattete Augen?«

»Weil der liebe Gott sie so erschaffen hat.«

»Du solltest weniger lesen! Du liest natürlich im Bett, wie?«

»Ja, aber nie sehr lange. Soll man das denn nicht?«

»Hm ... Gott, ja, natürlich kannst du lesen ... Was liest du denn? Laß einmal hören!«

Er kommt in Schwung und zieht mich mit brüsker Bewegung enger an sich. Doch ich bin klüger als neulich und erröte nicht, noch nicht, zumindest. Der Frau Direktor bleibt nichts anderes übrig, als die Kleinen ausschimpfen zu gehen, die bei der Pumpe spielen und sich von oben bis unten anspritzen. Sicher kocht sie vor Wut. Juchhe!

»Gestern habe ich ›Aphrodite‹ ausgelesen. Heute werde ich wohl ›Die Frau und der Hampelmann‹ beginnen.«

»So? Feine Lektüre, das muß ich schon sagen! Pierre Louys! Da soll doch ... Wundert mich nicht, daß du ... ich möchte nur wissen, wieviel davon du überhaupt verstehst! Alles?«

(Ich bin bestimmt kein Hasenfuß, aber wenn ich mir vorstelle, daß ich dieses Zwiegespräch unter vier Augen fortsetzen müßte, etwa an einem Waldrand oder auf einem Kanapee, so wird mir nicht ganz wohl in meiner Haut! Seine Augen funkeln aber auch dermaßen! Bildet er sich etwa ein, daß ich ihm jetzt schmutzige Zweideutigkeiten ins Ohr flüstern werde?)

»Nein, ich verstehe durchaus nicht alles – schade, nicht wahr? –, aber immerhin, eine ganze Menge! Vorige Woche habe ich *Suzanne* gelesen, von Leon Daudet, und jetzt bin ich am Ende eines herrlichen Buches von Paul Adam angelangt: *L' Année de Clarisse*.«

»Und das alles vor dem Einschlafen? Wenn du so weitermachst, wirst du dich noch ruinieren! Leg dich gefälligst weniger scharf ins Zeug, es wäre schade um dich! Verstanden?«

Was glaubt er denn eigentlich? Sein Gesicht ist so nahe dem meinen, und die Lust, mich zu küssen, spricht so deutlich aus seinen Augen, daß brennende Röte in meine Wangen steigt und ich drauf und dran bin, meine Sicherheit zu verlieren. Das hat mir gerade noch gefehlt! Anscheinend bangt auch er um seine Fassung, denn er gibt mich frei, mit einem tiefen Atemzug, nicht ohne vorher mit der Hand über meine Locken zu fahren, von der Kopfhaut bis zur äußersten Haarspitze, so wie man Katzen streichelt. Mademoiselle Sergent kommt zurück. Ihre Hände beben vor Eifersucht. Die beiden gehen weiter, und soviel ich sehen kann, entspinnt sich ein heftiger Dialog, der ihrerseits angstvoll-beschwörend, seinerseits lachend und achselzuckend geführt wird. Sie begegnen Mademoiselle Aimée. Dutertre bleibt stehen – er ist kein Kostverächter und ihre schelmischen Augen leuchten auch gar zu hell – und beginnt mit ihr zu scherzen. Flüchtige Röte überzieht ihre Wangen, sie scheint verlegen, jedoch erfreut, und Mademoiselle Sergent zeigt diesmal keine Eifersucht, ganz im Gegenteil ...

Immer, wenn ich die Kleine sehe, pocht mein Herz ein wenig schneller ... Ach, wie anders hätte alles kommen können!

Meine Gedanken führen mich so weit fort, daß ich beinahe den Veitstanz übersehe, den die lange Anaïs schon seit einer geraumen Weile rund um mich aufführt:

»Laß mich in Ruh, du Ekel! Ich bin heute nicht zum Spielen aufgelegt!«

»Dir spukt wohl der Distriktskandidat im Kopf herum, wie? Du weißt nicht, wem du den Vorzug geben sollst, Rabastens, Dutertre, wem nicht noch alles! Hast du dich schon entschieden? Und Mademoiselle Lanthenay?«

Sie läßt ihre Röcke fliegen, mit unbewegter Miene, aber ihre Augen funkeln böse. Im Grund ist sie wütend, das weiß ich genau. Um sie mir vom Hals zu schaffen, stürze ich mich auf sie und lasse die Fäuste auf ihre Arme niedersausen.

Feig, wie sie ist, rennt sie davon, laut schreiend, ich hinterdrein, dränge sie neben der Pumpe an die Wand und schütte ihr Wasser über den Kopf – oh, ganz wenig! –, den Bodensatz des Gemeinschaftsbechers. Jetzt kennt ihre Entrüstung keine Grenzen.

»Das ist idiotisch, hörst du! So was tut man nicht! Überhaupt, wo ich verkühlt bin und huste!«

»So huste doch, huste! Laß dich ja nicht stören! Der gute Onkel Doktor gibt dir sicher eine Gratismedizin und noch was anderes obendrein!«

Der plötzliche Auftritt des balzenden Duplessis beendet unseren Streit. Seit zwei Tagen ist Armand wie verwandelt und seine strahlenden Augen künden aller Welt, daß Aimée ihm Hand, Herz und Treue verpfändet hat, alles in einem Aufwasch. Er sieht seine Verlobte zwischen Dutertre und Direktorin stehen, lachend und plaudernd, von dem einen geneckt, von der anderen ermutigt, und sein Blick verdüstert sich. Huh, was für ein Othello! Zweifellos würde er spornstreichs wieder umkehren, wenn ihn die rote Schlange nicht höchstpersönlich zurückriefe. Er beeilt sich, diesem Rufe Folge zu leisten, und verbeugt sich respektvoll vor Dutertre, der ihm jovial die Hand schüttelt und allem Anschein nach die tiefstgefühlten Glückwünsche ausspricht. Der bleiche Armand errötet vor Freude und betrachtet seine kleine Braut mit zärtlichem Stolz. Armer Richelieu, du dauerst mich! Ich weiß zwar nicht genau, warum, aber ich getraue mich zu wetten, daß dich diese verlobungsfreudige Aimée, die so gern die Ahnungslose spielt, nicht sehr glücklich machen wird. Die lange Anaïs verschlingt die kleine Gruppe mit den Augen. Vor Staunen bleiben ihr sämtliche Schimpfwörter im Hals stecken und sie fragt flüsternd:

»Was soll das heißen? Was ist los?«

Ich platze heraus:

»Was los ist? Der düstere Duplessis, auch Richelieu oder O-Bein genannt, hat um die Hand Mademoiselle Lanthenays angehalten und sie prompt bekommen! Jetzt sind sie verlobt, und Dutertre ist gerade dabei, die beiden zu beglückwünschen. Das ist los!«

Anaïs ringt nach Worten.

»Wie meinst du das, ›um ihre Hand angehalten‹? Um sie zu heiraten?«

Ich kann mich des Lachens nicht erwehren. Wie natürlich sie dieses Wort herausgebracht hat! So viel Unschuld bin ich an ihr gar nicht gewöhnt! Doch ich überlasse sie nicht lange ihrem Staunen:

»Vorwärts, schnell, geh irgend etwas holen und schnapp auf, was du kannst! Vor mir würden sie sich zu sehr in acht nehmen!«

Anaïs stürmt davon. Bei den Herrschaften angelangt, verliert sie geschickt ihren Holzschuh (wir alle tragen im Winter Holzschuhe) und spitzt die Ohren, während sie ihn umständlich wieder anzieht. Dann verschwindet sie in der Klasse, kommt mit ihren Fäustlingen wieder heraus und streift sie auffällig über.

»Also? Was hast du gehört?«

»Dutertre sagte gerade zu Duplessis: ›Die Glückwünsche erspare ich mir, Monsieur! Wenn man ein solches Mädchen heiratet, sind sie wahrlich überflüssig!‹ Und Mademoiselle Lanthenay schlug züchtig die Augen nieder! Nein, das hätte ich nie für möglich gehalten! Und schon so fix abgemacht!«

Auch ich bin erstaunt, wenngleich aus anderen Gründen. Wie! Aimée heiratet, und Mademoiselle Sergent sieht gleichmütig zu? Wozu dann die Mühe, sie zu erobern, wozu die Eifersuchtsszenen und Tränenströme, wenn sie ihre kleine Aimée jetzt kaltblütig diesem Duplessis überläßt, den sie kaum kennt? Sicher steckt da noch etwas anderes dahinter!

Der Teufel soll die Leute holen! Können sie meine Phantasie nicht eine Sekunde unbeschäftigt lassen? Wieviel Kopfzerbrechen wird es mich wieder kosten, die wahren Hintergründe dieser dunklen Angelegenheit ans Licht zu zerren! Doch vielleicht ist des Rätsels Lösung viel einfacher: vielleicht beschränkt sich Mademoiselle Sergents Eifersucht auf Frauen!

Um mich etwas aufzuheitern, organisiere ich mit meinen Kameradinnen und den Mädchen der zweiten Abteilung (mit der Zeit erachten wir sie für würdig, an unseren Spielen teilzunehmen) eine Partie »Katz und Maus«, zeichne zwei Linien in den Sand, in einem Abstand von drei Metern, stelle mich als »Katz« in die Mitte, und das Spiel beginnt, unter schrillem Geschrei und vielen Stürzen, an denen ich nicht ganz unschuldig bin.

Es läutet. Auf, zur sterbenslangweiligen Handarbeitsstunde! Mit tiefem Widerwillen nehme ich meine Gobelinstickerei zur Hand. Zehn Minuten später verläßt Mademoiselle Sergent die Klasse, unter dem Vorwand, den »Kleinen«, die man nach neuerlicher Umsiedlung jetzt ebenfalls in den Kindergarten gesteckt hat (provisorisch, versteht sich), Lehrmittel austeilen zu müssen. Diese Lehrmittel kann ich mir lebhaft vorstellen. Wahrscheinlich sehnt sich die rote Schlange nach ihrer kleinen Aimée.

Plötzlich, nach etwa zwanzig Stichen, erleide ich einen Anfall akuter geistiger Umnachtung, die es mir gänzlich unmöglich macht, zu entscheiden, ob ich das Grün, mit dem ich eben ein Eschenblatt vollendet habe, guten Gewissens auch zum Ausfüllen eines Eichenblattes verwenden kann. Den Stickrahmen in der Hand, mache ich mich auf die Suche nach der allwissenden Frau Direktor. Ich schaue zu den Kleinen: die fünfzig Rangen quieken, lachen, tanzen, reißen einander an den Haaren und zeichnen Mondgesichter an die Tafel. Keine Mademoiselle Sergent, keine Mademoiselle Lanthenay. Höchst seltsam! Zurück ins Stiegenhaus. Auch hier ist alles still. Wenn ich hinaufginge? Schön und gut, aber was sage ich, wenn man mich erwischt? Ach was, ich behaupte ganz einfach, ich käme, um Mademoiselle Sergent zu holen, da ihre rustikale Mutter sie schon mehrmals gerufen hätte. Psst! Auf leisen Sohlen steige ich die Treppe hinauf. Die Holzschuhe habe ich vorsichtshalber unten stehen lassen. Auch im ersten Stock ist kein Laut zu hören. Aber steht nicht die Türe zu Mademoiselle Sergents Zimmer offen? Die Neugier überwiegt alle Bedenken: ich schleiche näher und spähe hinein. Mademoiselle Sergent sitzt in ihrem großen Fauteuil – seine Rückenlehne ist mir zugewandt (Gott sei Dank!) –, hält die Hilfslehrerin wie ein Baby auf dem Schoß und drückt sie zärtlich an sich. Und die kleine Aimée? Sie küßt ihre Vorgesetzte aus ganzem Herzen und unterbricht diese hingebungsvolle Tätigkeit nur, um leise Seufzer des Behagens auszustoßen. Bei Gott! Dieser Schulleiterin kann man wahrhaftig nicht nachsagen, daß sie ihre Untergebenen hart anfaßt!

Die hohe Sessellehne verdeckt die Gesichter fast zur Gänze. Aber ich habe genug gesehen. Das Blut braust in meinen Ohren, und mit zwei Sätzen eile ich die Treppe hinunter.

Drei Sekunden später sitze ich wieder auf meinem Platz neben der langen Anaïs, die sich an Text und Bildern einer leicht anrüchigen Zeitschrift ergötzt. Um meine Erregung zu verbergen, mime ich Interesse (als ob ich für dieses Zeug etwas übrig hätte!) und lese eine nette Geschichte von Catulle Mendès, die mir gefiele, wenn ich mich von dem Bild befreien könnte, das mich hartnäckig verfolgt. Diese Zärtlichkeit übertrifft meine kühnsten Annahmen! Weiß Gott, ich hätte mich mit weniger zufriedengegeben ...

Anaïs deutet auf eine Zeichnung von Gil Baër – sie zeigt einen bartlosen schmächtigen Stutzer, der aussieht wie eine verkappte Frau – und gesteht mit erstaunlichen Anzeichen von Verwirrung, wohl von der Lektüre des *Carnet de Lyonnette* zu Vertraulichkeiten angeregt: »Mein Vetter schaut ganz ähnlich aus! Er heißt Raoul und geht ins Gymnasium. Wir sehen uns in den Ferien!«

Diese Enthüllung erklärt mir die verhältnismäßig weise Beschränkung, die sie sich seit neuestem auferlegt: sie korrespondiert mit den Jungen der Nachbarschaft derzeit nur auf das spärlichste. Die Zwillinge tun, als seien sie von der schlüpfrigen Zeitung angeekelt, Marie Belhomme wirft auf dem Weg zu unserer Bank ein Tintenfaß um. Kaum hat sie ein paar Zeilen gelesen und die Bilder angesehen, als sie entsetzt wieder davonläuft, die langen Hände ringt und ausruft:

»Das ist ja ganz abscheulich! Den Rest lese ich bestimmt erst nach der Pause!«

Wenig später – Marie ist noch fieberhaft damit beschäftigt, die verschüttete Tinte aufzutrocknen – erscheint Mademoiselle Sergent mit undurchdringlicher Miene, doch aus ihren leuchtenden Augen schimmert noch ein Abglanz der letzten zehn Minuten. Ich betrachte sie fast zweifelnd. Ist diese gestrenge Lehrerin wirklich das kußfreudige Weib von vorhin!

»Marie, Sie sitzen heute eine Stunde nach und werden diese Zeit dazu verwenden, einen Aufsatz über die Ungeschicklichkeit zu verfassen!« Dann fährt sie fort: »Morgen kommt eine neue Hilfslehrerin, Mademoiselle Griset. Sie wird sich ausschließlich mit den Kleinen beschäftigen.«

– Mademoiselle Aimée verläßt uns wohl? Diese Frage

schwebt mir auf der Zunge. Doch die Erklärung läßt nicht auf sich warten: »Mademoiselle Lanthenay ist in der zweiten Klasse nicht am Platz. Sie braucht ein anspruchsvolleres Tätigkeitsfeld und wird Sie von nun an in Geschichte, Zeichnen und Handarbeiten unterrichten, unter meiner Oberleitung.«

Ich betrachte Mademoiselle Sergent mit unverschämtem Lächeln und werfe den Kopf zurück, als wolle ich sie zu diesem wirklich gelungenen Arrangement beglückwünschen. Sie gerät prompt in Wut, runzelt die Brauen und sagt mit schneidender Stimme:

»Claudine, zeigen Sie mir Ihre Arbeit! Mehr haben Sie nicht gemacht? Ihr Fleiß ist ja bemerkenswert!«

Ich setze meine dümmste Miene auf:

»Bitte, Mademoiselle, ich bin vorhin in die zweite Klasse gegangen, um Sie zu fragen, ob ich das Eichenblatt mit Grün Nr. 2 sticken solle, konnte Sie aber nicht finden. Darauf suchte ich Sie im Stiegenhaus, aber auch da waren Sie nicht.«

Ich spreche langsam, laut und mit Genuß. Ein Dutzend Nasen hebt sich von halbfertigen Socken und Gobelins. Man lauscht atemlos – schon recht! –, und die Größeren fragen sich, was die Schulleiterin wohl dazu bewogen haben mochte, ihre Schülerinnen im Stich zu lassen. Mademoiselle Sergent wird dunkelrot und erwidert wie aus der Pistole geschossen:

»Ich habe mich um die Unterkunft der neuen Hilfslehrerin gekümmert! Das Schulgebäude ist fast fertig, und man entzündet bereits große Feuer, um die Wände rascher zu trocknen. Wir werden zweifellos bald übersiedeln können!«

Ich beschränke mich auf eine Geste untertäniger Abwehr, als wolle ich andeuten, daß es mir nicht anstehe, Rechenschaft über ihre Handlungen zu fordern, könne es sich doch bei ihrer Abwesenheit nur um einen Akt der Pflichterfüllung gehandelt haben. Doch im stillen schreie ich ihr entgegen: »Nein, du Muster von einer Schulleiterin, du hast dich bei Gott nicht um die neue Hilfslehrerin gekümmert, sondern um die alte, um die süße kleine Aimée, in deinen vier Wänden, mit langen, zärtlichen Küssen!«

Der Gedanke, daß ich ihr diese Antwort ins Gesicht schleudern könnte, verschafft mir eine Befriedigung, die beinahe an Raserei grenzt.

Mittlerweile hat die rote Hexe ihre Beherrschung wiedergewonnen und befiehlt mit klarer Stimme:

»Nehmen Sie die Aufsatzhefte zur Hand! Titel: ›Die Zeit mißachtet, was man ohne sie vollbringt.‹ Sie haben anderthalb Stunden, um diesen Gedanken zu erläutern und zu kommentieren.«

O Jammer! O Bekümmernis! O schrecklicher Triumph des Stumpfsinns! Wie viele einfältige Behauptungen werde ich mir wieder abringen müssen! Nein, die Gefühlsregungen der Zeit interessieren mich ganz und gar nicht, soll sie mißachten, »was man ohne sie vollbringt«. Muß sie denn überall dabei sein? Das ist wieder einmal ein Aufsatzthema, das sich gewaschen hat! Kaum glaublich, daß es noch dümmere gibt, jawohl noch dümmere: Neujahr steht vor der Türe, und das Damoklesschwert der unvermeidlichen kleinen Stilübung über die Neujahrsgeschenke, diesen ehrwürdigen alten Brauch, schwebt bereits drohend über unseren Häuptern: frohe Kinder, liebreiche Eltern, Spielsachen, Bücher und Bonbons unter blütenweißen Kopfpolstern (ohne Umlaut wie Bogen, Kasten, Kragen, Magen und Wagen), von der herzbewegenden Erwähnung all der kleinen Armen, die leer ausgehen und an diesem Festtag daher unseres besonderen Mitgefühls bedürfen, ganz zu schweigen!

Während ich meine Wut in mich hineinfresse, »konzipieren« die anderen bereits, mit Ausnahme der langen Anaïs, die auf meine Einleitung wartet, um sich dann in Ruhe daran zu inspirieren. Die musterhaften Zwillinge denken scharf nach, und Marie Belhomme hat schon eine ganze Seite mit Albernheiten, widerspruchsvollen Behauptungen und einigen wenigen zutreffenden Beobachtungen vollgeschrieben, die dafür mit dem Thema nicht das geringste zu schaffen haben. Nach einer Viertelstunde herzhaften Gähnens gebe ich mir einen Ruck, nehme das Heft »Französische Aufsätze« zur Hand und schreibe mein Werk in einem nieder, ohne Konzept, was die andern stets neu empört.

Um vier Uhr stellt sich heraus, daß Anaïs und ich an der Reihe sind, die Klasse auszukehren. Für gewöhnlich hasse ich diese Arbeit, aber heute ist mir alles recht. Ich gehe die Gießkanne holen. Dabei treffe ich Mademoiselle Aimée. Ihre Wangen sind gerötet, ihre Augen glänzen.

»Guten Tag, Mademoiselle! Nun, wann wird geheiratet?«

»Wie! ... Diese Mädchen wissen aber auch alles! Es ist doch noch nichts festgesetzt ... das Datum, meine ich ... Sicher während der Ferien ... Sie finden ihn doch nicht häßlich, Monsieur Duplessis, oder?«

»Häßlich? Richelieu? Ganz im Gegenteil! Er sieht zehnmal besser aus als Rabastens! Sie lieben ihn also?«

»Was für eine Frage! Ich habe ihm doch mein Jawort gegeben!«

»Na, und? Halten Sie mich für Marie Belhomme? Ich will Ihnen etwas sagen, Mademoiselle Aimée:

Sie lieben ihn überhaupt nicht! Sie finden ihn recht nett, das ist alles. Sie wollen sich verheiraten, um zu sehen, wie das ist, um Ihre Eitelkeit zu befriedigen und um Ihre Schulkolleginnen zu ärgern, die allesamt alte Jungfern bleiben werden! Machen Sie ihm das Leben nicht allzu sauer, das ist das mindeste, was ich ihm wünschen kann, denn er würde eine liebevollere Frau verdienen als Sie!«

Das sitzt! Ich drehe mich um, laufe davon und hole Wasser. Sie rührt sich nicht vom Fleck, stumm und fassungslos. Endlich verschwindet sie im Schulhaus. Will sie die Säuberung der zweiten Klasse überwachen? Oder geht sie, um ihrer Busenfreundin meine Worte brühwarm zu wiederholen? Soll sie nur! Ich habe genug von diesen beiden Närrinnen, deren eine genau weiß, was sie will! Und ich gieße, gieße, rastlos und rabiat, begieße den Boden, Anaïs, die Bänke und die Landkarten, um nachher aus Leibeskräften auszukehren, bis die Ermüdung meine Müdigkeit vertreibt.

Gesangstunde! Rabastens tritt auf, mit himmelblauer Krawatte. Auch Mademoiselle Aimée stellt sich ein, von einem Mädchen gefolgt, das noch kleiner ist als sie und aussieht, als sei es höchstens dreizehn. Weitere Kennzeichen: flaches Gesicht, grüne Augen, frischer Teint, dunkles, seidiges Haar, weicher, wiegender Gang. Das Mädelchen ist auf der Schwelle stehengeblieben wie ein Pferd, das plötzlich scheut, und Mademoiselle Aimée wendet sich um und sagt lachend: »So komm doch, hab keine Angst! Luce, hörst du nicht?«

Alle Wetter, das ist ja ihre Schwester! Dieses Detail hatte ich völlig vergessen! Damals, als sie mir von ihr erzählte, war zwischen uns noch alles in Ordnung ...

Daß sie das Schwesterchen ausgerechnet hierher bringt, erfüllt mich mit grenzenloser Heiterkeit, und ich zwicke Anaïs, kitzle Marie und führe hinter Mademoiselle Sergents Rücken ein kleines Freudentänzchen auf: Anaïs gackert, Marie miaut und Rabastens findet diese Freiheiten entzückend. Die kleine Schwester besieht mich aus verhängten Augen, Mademoiselle Aimée bricht in Gelächter aus (seit neuestem lacht sie über alles, sie ist ja so glücklich!) und sagt:

»Um alles in der Welt, Claudine, verdrehen Sie dem Kind nicht vollends den Kopf! Es ist ohnehin schon verschreckt genug!«

»Mademoiselle, ich werde über die junge Dame wachen wie über meine persönliche Tugend! Wie alt ist das Schwesterchen?«

»Fünfzehn, seit vorigem Monat.«

»Fünfzehn! Man lernt nie aus! Ich hätte sie für höchstens dreizehn gehalten!«

Die Kleine ist in den Anblick ihrer eigenen – übrigens recht zierlichen – Füße versunken, hochrot und verlegen, drängt sich nahe an die Schwester und umklammert deren Arm, als könne er ihr Mut und Kraft verleihen. Wart nur, ich werde dich Courage lehren!

»Komm nur, Kleine, komm zu mir! Hab keine Angst! Ich werde dich mit deiner Umgebung vertraut machen! Dieser Herr, der uns zu Ehren so berauschende Krawatten trägt, ist unser wackerer Musikprofessor. Leider bekommst du ihn nur an Sonn- und Donnerstagen zu Gesicht! Diese jungen Damen hier sind deine Mitschülerinnen. Du wirst sie noch früh genug kennenlernen. Was mich betrifft, so bin ich die Musterschülerin, das Paradestück, das nie gescholten wird (nicht wahr, Mamselle?), und stets so brav ist wie heute. Ich werde dir eine zweite Mutter sein!«

Mademoiselle Sergent lacht, ohne es zeigen zu wollen, Rabastens bewundert mich sichtlich, und aus den Augen des Neuankömmlings spricht aufrichtige Sorge um meinen Geisteszustand. Aber ich lasse es genug sein, das Spiel mit dieser kleinen Luce hat schon zu lange gedauert. Mein Interesse ist erloschen. Während sie sich hilfesuchend an ihre Schwester wendet, frage ich ungeniert:

»Wo soll dieses Kind schlafen? Hier ist doch noch alles im Urzustand!«

»Bei mir!« erwidert Aimée.

Ich presse die Lippen zusammen, blicke der Frau Direktor voll ins Gesicht und sage laut und deutlich:

»Nein, wie lästig!«

Rabastens grinst verstohlen – sollte ihm etwas aufgefallen sein? – und gibt der Meinung Ausdruck, daß man unter Umständen vielleicht mit der Gesangstunde beginnen könnte. O gewiß, man könnte! Und man singt sogar! Die Neue ist allerdings nicht dazu zu bewegen, den Mund aufzumachen, und verharrt in hartnäckigem Schweigen.

»Können Sie am Ende keine Noten lesen, Mademoiselle Lanthenay *junior*?« fragt der bezaubernde Antonin mit einem Lächeln, das er einem Weinvertreter abgeguckt zu haben scheint.

»Doch, Monsieur, ein bißchen«, erwidert die kleine Luce mit kaum hörbarer, aber wohllautender Stimme. Sicher klingt sie sehr angenehm, wenn die Angst sie nicht gerade abwürgt.

»Nun, also?«

Nichts, also! Laß doch dieses Kind in Ruhe, du Cannebière-Casanova!

Der gute Antonin neigt sich zu mir und flüstert: »Wenn die jungen Damen immer so müde sind wie heute, halte ich den Unterricht für zwecklos!«

Welche Kühnheit, so vertraulich mit mir zu sprechen! Eilig blicke ich in die Runde. Aber Rabastens hat recht. Meine Kolleginnen beschäftigen sich mit der Neuen, sprechen ihr zu und verwöhnen sie nach allen Regeln der Kunst. Von so viel Entgegenkommen ermutigt, taut die Kleine sichtlich auf und steht zutraulich Rede und Antwort. Was hingegen die Schmeichelkatze Lanthenay und ihre vielgeliebte Herrin betrifft, so haben sie es sich in einer Fensternische bequem gemacht und ihre Umgebung anscheinend völlig vergessen. Mademoiselle Sergent schlingt den Arm um Aimées Taille. Die beiden Damen plaudern unhörbar oder auch gar nicht. Schließlich kommt es auf eins heraus. Antonin folgt meinem Blick und lacht:

»Ist das eine Freundschaft!«

»Das kann man wohl sagen. Rührend, nicht, Monsieur?«

»Rührend?« wiederholt der dralle Einfaltspinsel, unfähig, seine Gefühle zu verbergen, »sagen Sie lieber peinlich! Vor allem für die Umwelt! Sonntag abend, als ich die Noten zurückbrachte, habe ich die beiden Damen in der dunklen Klasse überrascht! Ich trete ein – schließlich ist die Klasse ein öffentlicher Aufenthaltsort, oder nicht? –, und was sehe ich, im schwachen Licht der Abenddämmerung? Mademoiselle Sergent und Mademoiselle Aimée, eng aneinandergeschmiegt, die sich küssen, was das Zeug hält! Glauben Sie, die beiden hätten sich etwa stören lassen? Ganz und gar nicht! Mademoiselle Sergent hat sich bloß umgedreht und gefragt: ›Wer ist da?‹ mit schmelzender Stimme! Ich halte mich im allgemeinen nicht für schüchtern, müssen Sie wissen, aber da war ich wie auf den Mund gefallen!«

(Sprich nur weiter, unschuldsvoller Hilfslehrer! Du erzählst mir nichts Neues! Aber fast hätte ich das Wichtigste vergessen:)

»Und wie geht es Ihrem Kollegen, Monsieur? Ist er seit seiner Verlobung mit Mademoiselle Lanthenay nicht überaus glücklich?«

»Das schon, aber der arme Teufel hat wirklich keinen Grund dazu!«

»Oh! Warum denn?«

»Mademoiselle Aimée ist doch weiches Wachs in den Händen ihrer Vorgesetzten! Sie macht mit ihr, was sie will!

Ist das vielleicht ein angenehmer Zustand für den zukünftigen Gatten? Ich würde es mir verbitten, daß meine Frau auf solche Weise außer mir noch jemand anderem gehorcht!«

Ich kann ihm nur beistimmen. Aber das Interesse an der Neuen erlahmt, und wir tun wohl besser daran, unsere Unterhaltung abzubrechen. Wohlan, frisch gesungen! Doch nein: neuerliche Galgenfrist: Armand tritt ein – o beispiellose Kühnheit! –, stört die beiden Turteltauben und betrachtet hingerissen seine Verlobte, die ihn kokett anlächelt und mit den anmutig geschwungenen Wimpern klappert. Mademoiselle Sergent hüllt ihn in den zufrieden-zärtlichen Blick der Schwiegermutter, die ihre Tochter unter die Haube gebracht hat, und die Klasse befleißigt sich neuerlicher Konversation. Rabastens hat recht. Diese Gesangstunden sind wirklich »kommisch«!

Am nächsten Morgen treffe ich beim Schultor eine blasse, unscheinbare Person mit mattem Haar, grauen Augen und schlechtem Teint, die ihr Wolltuch fröstelnd um die schmalen, eckigen Schultern zieht und den jammervollen Eindruck einer verängstigten, frierenden Katze erweckt. Anaïs deutet mit dem Kinn auf sie und schneidet eine unzufriedene Grimasse. Ich schüttle den Kopf und sage mitleidig: »Die wird was auszustehen haben! Die beiden andern sind ein Herz und eine Seele und werden sie quälen, was das Zeug hält!«

Schau, schau! Wie schnell doch die beiden Schulgebäude in die Höhe wachsen! Angeblich hat Dutertre dem Bauunternehmer eine Prämie versprochen, für den Fall, daß zu einem bestimmten Datum alles fix und fertig sei. Ich möchte nicht wissen, wie viele schmutzige Machenschaften da wieder dahinterstecken!

Zeichenstunde, unter der Leitung von Mademoiselle Aimée Lanthenay. »Wiedergabe eines Gebrauchsgegenstands.« Diesmal ist es eine geschliffene Karaffe, die auf dem Pult Mademoiselles steht.

Wir kennen und lieben diese Stunden, verschaffen sie uns doch tausend Vorwände, um aufzustehen, »unüberwindliche Hindernisse« zu entdecken und alle möglichen und unmöglichen Stellen mit Tusche zu beklecken. Auch heute lassen die Einsprüche nicht auf sich warten. Ich eröffne das Feuer:

»Mademoiselle Aimée, von meinem Platz *kann* ich die Karaffe nicht sehen! Das Ofenrohr ist davor!«

Mademoiselle Aimée, emsig damit beschäftigt, den roten Nacken der briefschreibenden Frau Direktor zu kitzeln, wendet sich mir zu und erwidert unwillig: »Beugen Sie sich vor, und die Karaffe wird Ihnen kaum entgehen!«

Anaïs fährt fort:

»Mademoiselle, ich kann das Modell *wirklich* nicht sehen! Claudines Kopf ist davor!«

»Gott, seid ihr lästig! Stellt euren Tisch anders! Dann seht ihr alle beide!«

Jetzt ist Marie Belhomme an der Reihe. Sie stöhnt: »Mademoiselle, ich habe keine Zeichenkohle mehr! Und das Blatt, das Sie mir gegeben haben, hat einen Fehler in der Mitte! So kann ich die Karaffe wirklich nicht zeichnen!«

Jetzt explodiert Mademoiselle Sergent: »Schluß mit dem Gejammer! Wenn ich noch einen Laut höre, zeichnet ihr mir ein ganzes Tafelservice, verstanden?«

Lähmende Stille. Man könnte eine Fliege atmen hören – ganze fünf Minuten lang, dann setzt leises Summen ein, jemand läßt einen Holzschuh fallen, Marie Belhomme hustet. Ich gehe mit ausgestrecktem Arm Höhe und Breite der Karaffe abmessen. Die lange Anaïs folgt meinem Beispiel und nützt die gute Gelegenheit – man muß ein Auge zukneifen –, um diabolische Grimassen zu schneiden, die Marie Belhommes Heiterkeit erregen. Ich habe die Karaffe bereits skizziert und stehe auf, um die Tusche aus dem Wandschrank zu holen, der sich hinter dem Katheder befindet. Die beiden Lehrerinnen scheinen uns völlig vergessen zu haben, plaudern mit leiser Stimme, lachen vergnügt, und zuweilen weicht Mademoiselle Aimée in reizend gespieltem Entsetzen ein wenig zurück, mit einer kleinen Schmollmiene, die ihrem Mündchen bestens ansteht. Die beiden tun sich so wenig Zwang an, daß ich nicht einsehe, warum etwa wir uns genieren sollten! Wartet nur, meine Süßen!

Mit einem vorsichtigen »Psst!« versichere ich mich der Aufmerksamkeit meiner Kameradinnen, deute auf das Liebespaar Sergent-Lanthenay und halte von rückwärts meine segnenden Hände über beide Häupter. Marie Belhomme weiß sich nicht zu fassen, die Zwillinge schlagen tadelnd die Augen nieder, ich wende mich wieder dem Wandschrank zu, entnehme ihm die Tuscheflasche und begebe mich auf meinen Platz zurück.

Im Vorübergehen werfe ich einen Blick auf die Zeichnung der langen Anaïs. Sie sieht ihr zum Verwechseln ähnlich! Ihre Flasche ist zu lang, der Hals zu dünn geraten. Ich mache sie darauf aufmerksam. Doch sie ist so sehr darein vertieft, auf ihren Knien eine Portion Jamjam zuzubereiten, zu Nutz und Frommen der kleinen Luce, daß sie nicht einmal den Kopf hebt. (Unter »Jamjam« versteht man ein nahezu hartes Gemisch aus geriebener Zeichenkohle und schwarzer Tusche, das in Federschächtelchen aufgewartet wird und Finger, Kleider und Hefte auf das abscheulichste bekleckert.) Die arme Luce wird ihre Hände beschmieren, ihre Zeichnung besudeln und ausgescholten werden. Um sie zu rächen, bemächtige ich mich mit raschem Griff der Zeichnung, verziere die Flasche mit einem Gürtel samt

Schnalle und schreibe darunter »Porträt der langen Anaïs«, mit Tinte, wohlgemerkt! Kaum habe ich den letzten Buchstaben geschrieben, schiebt Anaïs der Kleinen das Jamjam hinüber, mit einladendem Lächeln. Luce errötet vor Freude und dankt. Anaïs nimmt ihre Zeichnung wieder zur Hand und fährt in die Höhe. Ihr ebenso lautes wie entrüstetes »Ooooh!« ruft unsere Turteltauben in die rauhe Wirklichkeit zurück.

»Sie sind wohl übergeschnappt, Anaïs?«

»Mademoiselle!! Sehen Sie nur, was Claudine mit meiner Zeichnung gemacht hat!«

Zorngeschwellt trägt sie das Blatt zum Katheder. Mademoiselle Sergent wirft einen strengen Blick darauf, um sogleich in Gelächter auszubrechen, zur wütenden Verzweiflung der langen Anaïs, die vor Gift und Galle am liebsten weinen würde! Wenn ihr doch die Tränen nur etwas lockerer säßen! Doch schon ist die direktoriale Heiterkeit versiegt und Mademoiselle Sergent sagt mit tadelnder Stimme:

»Wenn Sie glauben, Claudine, daß derlei Scherze Ihre Aussichten auf ein zufriedenstellendes Prüfungsresultat verbessern, so täuschen Sie sich gewaltig! Aber abgesehen davon war Ihre Kritik an Anaïs Zeichnung, die in der Tat zu lang und zu schmal geraten ist, nicht ganz unberechtigt.«

Die lange Latte kommt zurück, geknickt und aufs tiefste verwundet. Ich bereite ihr einen würdigen Empfang:

»Das wird dich lehren, diesem armen Ding, das dir überhaupt nichts getan hat, eine Schachtel Jamjam zu schikken!«

»Hört, hört! Du willst dich wohl bei der Kleinen für deine Abfuhr bei der Großen entschädigen, daß du sie mit so heiligem Eifer verteidigst, wie?«

Peng!

Eine ungeheure Ohrfeige brennt auf ihrer Wange. Ich

habe sie ihr mit aller Kraft versetzt, von einem zusätzlichen »Scher dich gefälligst um deine eigenen Angelegenheiten!« begleitet. Die Klasse summt wie ein Bienenstock. Mademoiselle Sergent hält es für geboten, vom Podium herabzusteigen. Meine letzte Tätlichkeit liegt mehr als ein Jahr zurück, und man war bereits zu der Überzeugung gelangt, daß ich mich gebessert hätte. (Früher hatte ich die üble Gewohnheit, meine Händel allein auszutragen, mit Püffen und Faustschlägen, ohne es – wie meine Mitschülerinnen – für nötig zu erachten, die Obrigkeit von unseren Meinungsverschiedenheiten in Kenntnis zu setzen.)

Anaïs heult.

»Mademoiselle Claudine«, sagt die Frau Direktor in scharfem Ton, »ich befehle Ihnen, sich zu mäßigen! Sollten Sie wieder damit anfangen, Ihre Kameradinnen zu prügeln, würde ich mich gezwungen sehen, Sie aus der Schule zu entfernen!«

Sie hat Pech. Ich bin entfesselt, und mein Lächeln ist so unverschämt, daß sie sofort in Wut gerät.

»Claudine, senken Sie den Blick!«

Ja, das würde dir so passen! Ich senke überhaupt nichts.

»Claudine, verlassen Sie das Klassenzimmer!«

»Mit Vergnügen, Mademoiselle!«

Ich rausche hinaus, merke, daß ich barhäuptig bin, und kehre sofort zurück, meinen Hut zu holen. In der Klasse herrscht Grabesstille. Aimée ist zu Mademoiselle Sergent geeilt und spricht auf sie ein, leise und schnell. Ehe ich die Schwelle erreicht habe, werde ich zurückgerufen:

»Claudine, kommen Sie her. Setzen Sie sich. Ich will davon absehen, Sie auszuschließen, da Sie nach der Reifeprüfung ohnedies austreten werden. Außerdem sind Sie alles andere als eine schlechte, wenn auch sehr oft eine schwierige Schülerin, und als Prüfungskandidatin möchte ich mich

Ihrer nur im äußersten Notfall berauben. Hängen Sie Ihren Hut wieder auf.«

Wieviel sie das wohl gekostet haben mag! Noch jetzt ist sie außer sich, und das fast unmerkliche Beben der Blätter in ihren Händen verrät das rasche, ungestüme Pochen ihres Herzens.

»Danke, Mademoiselle«, sage ich mit ausdrucksloser Stimme, ein Muster an Wohlerzogenheit, und nehme meinen Platz neben der langen Anaïs wieder ein. Der Schreck über den Sturm, den sie heraufbeschworen hat, sitzt ihr noch in allen Gliedern.

Ich frage mich betroffen, welche Gründe die unversöhnliche rote Schlange wohl dazu bewogen haben mögen, mich zurückzurufen. Hat sie Angst vor dem etwaigen Echo meines Hinauswurfs in der Kreisstadt? Oder fürchtet sie, daß ich »aus der Schule« plaudern könnte? Zu schildern wäre freilich genug: die häufigen Vorsprachen des Distriktskandidaten bei unseren Lehrerinnen, sein handgreifliches Interesse für die halbwüchsigen Mädchen, das oftmalige Fernbleiben der beiden Damen und ihr stark ausgeprägtes Zärtlichkeitsbedürfnis, das sie daran hindert, ihren Schülerinnen das nötige Interesse zuzuwenden, die mehr als lockere Lektüre Mademoiselle Sergents (Journal *Amusant*, leicht anrüchige Zolas und Schlimmeres), der galante, sangesfreudige Hilfslehrer, der mit den Prüfungskandidatinnen flirtet, kurzum, die ganzen Mißstände dieser Schule, die den Eltern ewig verborgen bleiben werden, weil sich die Großen, die ihren Spaß daran haben, hüten, ihnen die Augen zu öffnen, während die Kleinen noch nicht klar sehen. Ja, das wird es wohl sein! Sie fürchtet einen Skandal. Tatsächlich könnte er sowohl ihren Ruf als auch die Zukunft der schönen neuen Schule, die mit solchem Kostenaufwand gebaut wird, auf das empfindlichste schädigen. Doch sie sei unbesorgt: ich schmiede keine Ränke, ganz im Gegenteil! Meine Erregung ist abgeflaut, ebenso wie die ihrige, und ich weiß, daß ich die Schule jedem anderen Aufenthaltsort vorziehe. Wo fände ich jemals so viel zu lachen? Ungerührt betrachte ich die marmorierte Wange der langen Anaïs und murmle gutgelaunt: »Na, Alte, das hält warm, wie?«

Mein drohender Hinauswurf hat sie so verschreckt (hätte ich sie nicht beschuldigen können, die Ursache gewesen zu sein?), daß sie mir nichts nachträgt und lachend erwidert:

»Das glaub ich! Handschuhnummer 45, wie? Du bist wohl nicht ganz bei Trost, dich wegen einer Kleinigkeit so aufzuregen?«

»Reden wir nicht mehr davon, ja? Schwamm drüber! Wahrscheinlich hatte ich im rechten Arm nervöse Zuckungen?«

Schlecht und recht entkleidet die lange Anaïs die Karaffe ihres unheilvollen Gürtels. Auch meine Zeichnung ist beendet, und Mademoiselle Aimée, fiebrig und zerfahren, verbessert unsere Werke.

Was ist los? Der Schulhof liegt öde und verlassen, doch das Treppenhaus des Kindergartens widerhallt von Gelächter und Geschrei, und man hört Ausrufe wie: »Paß doch auf!« oder »Teufel, ist das schwer!«

Mit zwei Sätzen bin ich an Ort und Stelle.

»Was gibt's?«

»Das siehst du ja!« erklärt die lange Anaïs. »Wir helfen den Damen beim Übersiedeln.«

»Schnell, gib mir was zu tragen!«

»Geh nur hinauf, oben ist genug!«

Eilends begebe ich mich in das Zimmer Mademoiselle Sergents, dasselbe, durch dessen Türspalt ich vor einigen

Wochen ... ach was, denken wir nicht mehr daran! Die rustikale Mutter – in der Hitze des Gefechts hat sie ihre Haube verkehrt aufgesetzt – vertraut mir und Marie Belhomme einen großen länglichen Korb an, der die Toilettenartikel ihrer Tochter enthält. Was es da nicht alles gibt! Kristallflakons aller Größen, Manikürzeug, Parfümzerstäuber, Bürsten, Pinzetten und Puderquasten, riesige Waschbecken und »kleines Pferd«, nein, so stellt man sich die Toilettenartikel einer Landschullehrerin wahrhaftig nicht vor! Zum Vergleich braucht man nur das Waschzeug Mademoiselle Aimées oder Mademoiselle Grisets zu betrachten, das wir anschließend hinunterbefördern: Zahnbürste, Seife, Waschbecken, ein mittelgroßer Wasserkrug und ein kleiner runder Spiegel. Dennoch hält Aimée sehr viel auf ihr Äußeres und ist parfümiert und gepudert, besonders seit ein paar Wochen. Wie macht sie das bloß? Fünf Minuten später bemerke ich auf dem Grund ihres Wasserkrugs eine dicke Staubschicht. Aha.

Das neue Schulgebäude ist noch zu feucht, um mich zu begeistern, und riecht unangenehm nach Gips. Dafür nimmt der Mitteltrakt des Haupthauses langsam Gestalt an. Er wird das Bürgermeisteramt sowie einige Privatwohnungen beherbergen und die beiden vollendeten Flügel miteinander verbinden.

Plötzlich kommt mir der geniale Einfall, das Gerüst zu erklettern. Die Maurer sind noch beim Mittagessen. Gedacht, getan. Schon steige ich von der höchsten Leitersprosse auf ein schwankendes Brett, wo ich nach Herzenslust herumspazieren kann. O Schreck! Die Arbeiter kommen zurück. Ich flüchte hinter einen Mauervorsprung. Sie sind schon auf der Leiter, der schwarze und der rote Houette, ich kenne die beiden vom Sehen. Ach was, sie werden mich schon nicht verraten!

Sie zünden ihre Pfeifen an und setzen ihre Unterhaltung fort:

»Klar, die wird mir nicht den Kopf verdrehen!«

»Welche?«

»Na, die Neue, die gestern angekommen ist!«

»Das arme Ding! Die schaut so traurig aus! Lange nicht so fröhlich wie die beiden ändern!«

»Laß mich mit denen in Ruh! Die hab' ich schon gefressen! Das reinste Liebespaar! Jeden Tag dieselbe Geschichte, ich seh' es ja von hier! Das schleckt sich ab, macht das Fenster zu, und bumms, nichts mehr zu sehen! Pfui Teufel! Dabei ist die Kleine gar nicht übel, aber mir graust direkt vor ihr! Und dabei will sie der Hilfslehrer heiraten, dieser arme Teufel! Der muß wohl verklebte Augen haben!«

Ich unterhalte mich großartig, muß aber blutenden Herzens wieder hinunter, in aller Eile (glücklicherweise herrscht kein Mangel an Leitern!), um gerade noch beim letzten Glockenton in der Klasse anzulangen, staubig und gipsbeschneit. Mademoiselle Sergent empfängt mich mit einem schneidenden: »Wo kommen Sie her? Wenn Sie sich noch einmal so beschmutzen, wird man auf Ihre Hilfe beim Übersiedeln verzichten!« (Eigentlich war ich auf Schlimmeres gefaßt gewesen.) Meine Freude über das gesunde Urteil der beiden Maurer kennt keine Grenzen.

Leseübung. Mit lauter Stimme werden »Ausgewählte Stücke« vorgetragen. Um nicht einzuschlafen, entfalte ich auf meinen Knien das *Echo de Paris*, das ich für solche Fälle stets bei mir führe, und vertiefe mich in die genußreiche Lektüre einer Geschichte von Lucien Muhlfeld: »Verderbliche Begierde.«

»Claudine, weiter!« ruft Mademoiselle Sergent. Ich habe keine Ahnung, wo wir sind, und fahre jäh in die Höhe, zum Äußersten entschlossen, um eine Beschlagnahme meiner Zeitung zu verhindern. Während ich noch schwanke, ob ich das Tintenfaß umwerfen, mein Buch zerreißen oder »Es lebe die Anarchie!« schreien soll, klopft es an die Türe. Mademoiselle Lanthenay steht auf, öffnet und drückt sich diskret an die Wand: Dutertre ex machina! Dieser Doktor kommt wohl geradewegs vom Begräbnis seiner letzten Patienten? Wie anders wäre dieses Übermaß an Freizeit zu erklären?

Mademoiselle Sergent läuft ihm entgegen. Er schüttelt ihr die Hand, wendet jedoch den Blick nicht von Aimée, die verlegen lächelt. Ihre Wangen färben sich dunkelrot. Warum nur? Sie ist doch sonst nicht so schüchtern? Gott, wie mich diese Leute ermüden! Ununterbrochen zwingen sie einen dazu, ihren Absichten und Taten nachzuspüren ...

Dutertre hat mich nicht übersehen, um so weniger, als ich ihn stehend betrachte. Aber diesmal beschränkt er sich auf ein flüchtiges Lächeln, ohne sein halblautes Geplauder mit den beiden Damen zu unterbrechen. Ich setze mich brav wieder nieder und höre, wie Mademoiselle Sergent, die ihren schönen Distriktskandidaten ohne Unterlaß verliebt betrachtet, plötzlich mit erhobener Stimme sagt:

»Sie können sich selbst davon überzeugen, Monsieur! Mademoiselle Lanthenay wird Sie führen. Der Riß, von dem ich sprach, durchzieht die ganze Mauer, links vom Bett, und des Nachts schließe ich kein Auge! Sie müssen zugeben, daß es durchaus nicht beruhigend ist, wenn in einem funkelnagelneuen Haus die Wände bersten!«

Mademoiselle Aimée scheint widersprechen zu wollen, besinnt sich aber eines Besseren und verläßt wortlos die Klasse. Dutertre folgt ihr auf dem Fuß, nicht ohne vorher der Frau Direktor kräftig die Hand zu schütteln. Es sieht aus, als wolle er sich bedanken.

Nein, ich bedauere wahrhaftig nicht, im Schoß der

Schule verblieben zu sein. Aber so vertraut mir das seltsame Gehaben dieser Leute auch ist, so wenig mich ihre wunderlichen Sitten in Erstaunen zu setzen vermögen, diesmal bin ich aufs äußerste betroffen! Was erhofft sie sich davon, das Mädchen in Gesellschaft dieses stadtbekannten Schürzenjägers in ihr Schlafzimmer zu schicken, zur Feststellung eines Mauerrisses, der sicher nur in ihrer Phantasie existiert!

»Eine gerissene Geschichte, findest du nicht?« Diese Worte flüstere ich der langen Anaïs zu, die ihrer Begeisterung über dieses zweifelhafte Abenteuer durch die Vertilgung ganzer Radiergummiberge Ausdruck verleiht. Von ihrem Beispiel angesteckt, ziehe ich ein Heftchen Zigarettenpapier aus der Tasche (ich esse nur Nil) und beginne mit Hingabe zu kauen.

»Das Beste kennst du ja noch nicht«, sagt Anaïs. »Ich habe etwas Phantastisches gefunden!«

»Was denn? Alte Zeitungen?«

»Nein! Zweifarbige Bleistiftminen! Das blaue Ende ist etwas besser als das rote. Ich habe mir schon fünf aus dem Kasten geholt. Schmeckt großartig!«

»Laß kosten ... nein, ich kann mich beherrschen! Ich bleibe bei Nil.«

»Du weißt eben nicht, was gut ist!«

Während wir leise schwätzen, liest die kleine Luce weiter. Doch Mademoiselle Sergent, sichtlich mit anderen Dingen beschäftigt, hört kaum zu. Was könnte ich wohl erfinden, um zu erreichen, daß man dieses Mädelchen neben mich setzt? Ich würde sie über ihre Schwester aushorchen, höchstwahrscheinlich mit Erfolg. Es kann nicht allzu schwer sein, die kleine Luce zum Sprechen zu bringen, um so mehr, als sie mir mit schüchternem Lächeln und großen staunenden Augen nachblickt, sooft ich die Klasse durchquere. Sie sind mit langen, tiefschwarzen Wimpern besetzt und smaragdfarben, von jenem seltsam schimmernden Grün, das sich bei Dämmerlicht in dunkles Gold verwandelt.

Wie lange werden die beiden noch ausbleiben? Sollte dieses Muster an guten Sitten am Ende unsere Geographiestunde vergessen haben?

»Was sagst du, Anaïs? Schon zwei Uhr?«

»Na, und? Je später, desto besser! Vielleicht fällt die Geographie ins Wasser, das wär' fein! Ist deine Karte Frankreichs schon fertig, Alte?«

»Bis auf die Kanäle. Denk dir nur, wenn heute der Inspektor käme! Bei diesem Sauhaufen! Mademoiselle Sergent schwebt in höheren Regionen! Schau nur, wie sie zum Fenster hinausstarrt!«

Die lange Anaïs windet sich vor Lachen:

»Was sie wohl so lange treiben? Wahrscheinlich ist Dutertre dabei, die Breite des Spalts zu vermessen!«

»Glaubst du, daß es ein breiter Spalt ist?« fragt die unschuldsvolle Marie, während sie ihren Gebirgszügen mit Hilfe eines sinnreich zugespitzten Bleistifts den letzten Schliff verleiht. So viel Einfalt erregt meine Heiterkeit, und ich platze heraus. Habe ich nicht zu laut gelacht? Nein, nein, die lange Anaïs beruhigt mich sofort:

»Kein Grund zur Besorgnis! Mademoiselle weilt nicht auf dieser Erde! Wir könnten tanzen, ohne daß sie was merkte!«

»Tanzen? Wetten, daß ich es tue?«

Ich stehe vorsichtig auf.

»Ich setze zwei Glaskugeln, daß du nicht tanzen wirst, ohne ein Pensum abzukriegen!«

Ich entledige mich sachte meiner Holzschuhe und nehme in der Mitte der Klasse Aufstellung, zwischen den Bankreihen. Alles blickt auf. Das angekündigte Husarenstück stößt offenbar auf lebhaftes Interesse. Vorwärts, los! Ich werfe den Kopf zurück – das lange Haar ist aber auch zu hinderlich! –, raffe meinen Rock und tanze eine zwar stumme, darum aber nicht minder beifällig aufgenommene »Polka schnell«. Die Begeisterung kennt keine Grenzen, und Marie Belhomme ist außerstande, ein Kreischen der Heiterkeit zurückzuhalten, Gott segne sie! Mademoiselle Sergent erwacht und dreht sich um, doch ich habe die rettende Bank erreicht und sitze bereits auf meinem Platz, stolz und atemlos, während die Frau Direktor mit seltsam unbeteiligter Stimme verfügt: »Belhomme, Sie werden mir das Zeitwort ›lachen‹ konjugieren, und zwar schriftlich, in mittlerer Rondschrift. Es ist wirklich bedauerlich, daß man sogenannte junge Damen von fünfzehn Jahren keine Sekunde aus den Augen lassen kann, ohne daß sie sich schlecht aufführen!«

Die arme Marie! Sie ist den Tränen nahe. Wie kann man aber auch so dumm sein! Ich wende mich an die lange Anaïs und reklamiere meine zwei Glaskugeln. Sie überreicht sie mir mit offensichtlichem Unwillen.

Was die beiden Spaltpilze wohl so lange treiben? Mademoiselle Sergent starrt noch immer zum Fenster hinaus. Nein, so kann das nicht weitergehen, es ist schon halb drei! Wir müssen ihr wenigstens zu verstehen geben, daß die regelwidrige Abwesenheit ihres Herzblatts durchaus nicht unbemerkt geblieben ist. Ich huste. Umsonst. Ich huste neuerlich und frage mit unterwürfiger Stimme à la Jaubert:

»Mademoiselle, wir haben Mademoiselle Lanthenay Landkarten zur Korrektur vorzulegen. Sollte die Geographiestunde am Ende ausfallen?«

Die rote Schlange fährt herum, wirft einen Blick auf die

Pendeluhr, runzelt ungeduldig die Brauen und erwidert ärgerlich:

»Mademoiselle Aimée wird jeden Augenblick zurückkommen. Sie wissen doch, daß ich sie ins neue Schulhaus geschickt habe. Wiederholen Sie einstweilen Ihre Lektion. Sie werden sie nie zu gut können!«

Bravo! Es sieht ganz danach aus, als bliebe uns die Geographie für heute erspart. Freudentaumel. Er wird geschickt in fieberhafte Tätigkeit umgefälscht. Die Komödie des »Wiederholens« beginnt. Je eine Schülerin ergreift das Buch, während ihre Nachbarin das ihre schließt, die Aufgabe hersagt oder die Fragen beantwortet, die ihre Kameradin an sie richtet. Außer den Zwillingen wiederholt kein Mensch. Man stellt einander alle möglichen und unmöglichen Fragen, mit leiser Stimme und ernster Miene, und bewegt die Lippen, als sage man Lektionen her. Die lange Anaïs hat den Atlas aufgeschlagen und fragt mich: »Was ist eine Schleuse?«

Ich erwidere mit leiernder Stimme:

»Zum Teufel mit den Kanälen! Schau lieber Mademoiselle an, das ist viel interessanter!«

»Was halten Sie vom Benehmen Mademoiselle Lanthenays?«

»Nicht sonderlich viel! Ich vermute, daß sie zweifelhaften Freuden huldigt, in Gesellschaft Monsieur Dutertres, seines Zeichens Distriktskandidat und behördlich konzessionierter Spaltvermesser.«

»Was versteht man unter einem Spalt?«

»Einen Riß, der sich von Rechts wegen in einer Mauer befinden sollte, gelegentlich jedoch auch an anderen Stellen anzutreffen ist, mitunter sogar an solchen, die der Sonnenbestrahlung am wenigstens ausgesetzt sind.«

»Was versteht man unter einer ›Verlobten‹?«

»Ein ebenso scheinheiliges wie lockeres Frauenzimmer, das einem verliebten Hilfslehrer voreheliche Hörner aufsetzt.«

»Was täten Sie anstelle besagten Hilfslehrers?«

»Ich würde die Hinterseite des Distriktskandidaten mit Fußtritten, die junge Dame hingegen, die ihn zur Feststellung besagter Spalten ermutigt, mit Ohrfeigen traktieren.«

»Was wäre die Folge einer derartigen Maßnahme?«

»Die teilweise Erneuerung des Lehrkörpers.«

Von Zeit zu Zeit hebt die lange Anaïs den Atlas vors Gesicht, um in Ruhe lachen zu können. Doch ich halte es nicht länger aus. Ich muß die beiden zurückkommen sehen. Bedienen wir uns zur Abwechslung einmal des gewöhnlichsten Mittels.

»Mamselle?«

Schweigen.

»Mamselle, bitte darf ich hinaus?«

»Ja, aber bleiben Sie nicht zu lange.«

Die Antwort kommt völlig ausdruckslos. Offensichtlich ist sie mit allen Sinnen und Gedanken drüben, in ihrem Schlafzimmer, wo die rissige Mauer einzustürzen droht!

Eilig verlasse ich das Klassenzimmer und laufe zu dem – natürlich! – provisorischen Klosett, um sofort in dem ekelerregenden Verschlag verschwinden zu können, falls jemand unvermutet auftauchen sollte. Nichts regt sich. Die Frist verstreicht.

Tief enttäuscht wende ich mich zum Gehen, da – ha! – tritt Dutertre aus dem Tore des neuen Schulgebäudes (allein!), streift mit befriedigter Miene die Handschuhe über und geht direkt in die Stadt, ohne sich umzusehen, ohne zurückzukommen. Aimée ist nicht bei ihm, aber das ist mir ganz gleich, ich habe genug gesehen! Schon will ich in die Klasse zurück, als ich wie angewurzelt stehenbleibe:

oberhalb der neuen, etwa anderthalb Meter hohen Mauer – sie gehört zu der »Bedürfnisanstalt« der Knaben, die der unseren an Prunk und Provisorium nicht nachsteht – erscheint der Kopf Armands. Armer Duplessis! Er ist bleich und verstört, und der halbirre Blick, den er auf die neue Schule heftet, verheißt nichts Gutes. Ich sehe ihn etwa fünf Sekunden. Dann dreht er sich um und stürzt davon, den Wäldern zu. Ich lache nicht mehr. Wie wird das enden?

Schnell in die Klasse zurück!

Dort hat sich inzwischen nichts geändert. Es geht drunter und drüber. Marie Belhomme hat drei Vierecke auf das Pult gezeichnet und weiht die kleine Lanthenay in die Geheimnisse des herrlichen Mühlenspiels ein. Arme Luce! Sicher findet sie diese Schule herrlich! Mademoiselle Sergent schaut noch immer zum Fenster hinaus.

Die lange Anaïs, eifrig damit beschäftigt, die Porträts der widerwärtigsten »großen Männer Frankreichs« zu kolorieren, empfängt mich mit einem neugierigen:

»Na??«

»Alte, jetzt wird's ernst! Duplessis hat sie belauert! Er war hinter der Klomauer versteckt! Dutertre ist in die Stadt gegangen und Richelieu in den Wald, in einem Irrsinnstempo!«

»Das kannst du deiner Großmutter erzählen!«

»Nein, glaub mir, ich bin wirklich nicht zum Lachen aufgelegt! Es ist die reine Wahrheit, Ehrenwort!«

Drama in Aussicht! Diese Hoffnung verschlägt uns die Rede. Dann fragt Anaïs:

»Wirst du's den anderen erzählen?«

»Woher! Diese Kühe würden es überall herumschreien! Nur Marie!«

Ich setze Marie vom Stand der Dinge in Kenntnis. Ihre

Kugelaugen werden noch runder, und sie prophezeit mit düsterer Stimme: »Das wird ein schlechtes Ende nehmen!«

Die Tür geht auf, Mademoiselle Aimée erscheint, rosigen Gesichts und außer Atem. Mademoiselle Sergent läuft ihr entgegen und unterläßt es gerade noch im letzten Moment, sie in die Arme zu ziehen. Die Frau Direktor lebt sichtlich auf, zerrt die kleine Buhlerin in eine Fensternische und überschüttet sie mit Fragen. Und unsere Geographiestunde, bitte sehr? Die verlorene Tochter, deren Gleichmut mir bemerkenswert erscheint, antwortet mit kleinen Floskeln, die der Wißbegierde ihrer würdigen Vorgesetzten offensichtlich nicht zu genügen vermögen. Eine drängendere Frage beantwortet sie mit reizendem »Nein«, kopfschüttelnd und schelmisch seufzend. Die rote Schlange stößt einen Seufzer der Erleichterung aus. Von unserem Beobachtungsposten in der ersten Bank verfolgen Marie, Anaïs und ich die Szene mit atemloser Spannung.

Ich zittere ein wenig um die skrupellose Kleine und fühle mich beinahe versucht, sie vor Armand zu warnen. Aber würde ihre tyrannische Freundin nicht sofort behaupten, daß ich selbst sie an Richelieu verraten hätte, womöglich mittels anonymer Briefe? Ich entscheide mich für völlige Neutralität.

Wie lange soll dieses Getuschel noch dauern? Es geht mir auf die Nerven, und ich beschließe, den Vertraulichkeiten ein jähes Ende zu bereiten. Mit einem halblauten »Psst!« versichere ich mich der Aufmerksamkeit meiner Kameradinnen und wir beginnen den »Brummbaß«: zunächst nur ein leises Bienengesumme, gewinnt er stetig an Lautstärke, um schließlich als dröhnendes Getöse an die Ohren unserer verrückten Lehrerinnen zu branden. Sie tauschen einen unruhigen Blick, doch Mademoiselle Sergent läßt sich nicht einschüchtern und geht beherzt zum Angriff über:

»Ruhe! Wenn ich weiterbrummen höre, sitzt die ganze Klasse nach, bis sechs Uhr, verstanden? Bildet ihr euch vielleicht ein, daß wir den Unterricht auf normale Weise führen können, solange die neuen Gebäude nicht fertig sind? Ihr seid alt genug, um zu wissen, daß ihr allein zu arbeiten habt, sobald eine von uns anderweitig beschäftigt ist! Einen Atlas! Die Schülerin, die ihre Lektion nicht fehlerfrei beherrscht, wird mir eine Woche lang Strafarbeiten schreiben!«

Sie ist nicht ohne, diese häßliche Frau, bei aller Leidenschaft und Eifersucht, das muß man ihr lassen! Alles verstummt, sobald sie die Stimme erhebt, und wir lernen, daß die Fetzen fliegen! Niemand will unangenehm auffallen, denn der scharfe Wind der plötzlich um unsere Ohren pfeift, schmeckt nach Strafarbeit und Karzer. Ich überlege fieberhaft, wie ich es wohl anstellen könnte, um der nächsten Zusammenkunft Aimées und Armands beizuwohnen. Lieber lasse ich mich hinauswerfen (was mich das schon kostet!), bevor ich dieses Schauspiel versäume!

Vier Uhr fünf Minuten. Das tägliche »Schluß für heute, antreten!« kommt mir viel zu früh. Ich verlasse das Schulhaus nur widerwillig, tröste mich aber mit dem Gedanken, daß zwischen Schürzung des dramatischen Knotens und Höhepunkt der Tragödie gemeiniglich eine gewisse Zeit verstreicht. Sicher ist das unverhoffte Drama erst für morgen zu erwarten. Ich beschließe, recht zeitig zu kommen, um mir ja nichts entgehen zu lassen.

Am nächsten Morgen erscheine ich viel zu früh und beginne zum Zeitvertreib ein Gespräch mit Mademoiselle Griset, die sich, bleich und furchtsam wie eh und je, durchaus nicht wohlzufühlen scheint.

»Gefällt es Ihnen hier, Mademoiselle?«

Sie wirft einen ängstlichen Blick in die Runde.

»Oh, nicht sehr! Ich habe gar keine Ansprache!«

»Aber Ihre Kollegin? Und Mademoiselle Sergent? Sind sie nicht nett zu Ihnen?«

»Ich ... ich weiß nicht. Sie kümmern sich überhaupt nicht um mich!«

»Was Sie nicht sagen!«

»Ja ... bei Tisch sprechen sie wohl ein wenig mit mir, aber kaum sind die Hefte korrigiert, gehen sie fort und ich bleibe mit Madame Sergent allein, die sich in ihre Küche einsperrt, sobald sie den Tisch abgeräumt hat.«

»Wo gehen die beiden Damen denn hin?«

»Auf ihr Zimmer natürlich!«

Meint sie »ihr Zimmer« oder »ihre Zimmer«? Bedauernswertes Geschöpf! Nein, deine fünfundsiebzig Francs im Monat hast du wirklich nicht gestohlen!

»Soll ich Ihnen vielleicht Bücher leihen, Mademoiselle?«

Die Ärmste! Vor Freude werden ihre Wangen beinahe rosig! »Oh, wenn Sie wirklich die Güte hätten ... Sie sind sehr liebenswürdig ... aber meinen Sie nicht, daß es die Frau Direktor am Ende verstimmen könnte?«

»Mademoiselle Sergent? Wenn Sie glauben, daß sie es je erfahren wird, machen Sie sich noch Illusionen! So viel Bedeutung mißt Ihnen diese rothaarige Megäre bestimmt nicht bei!«

Sie lächelt fast vertrauensvoll und fragt, ob ich ihr am Ende den »Roman eines armen jungen Mannes« leihen könnte, sie würde ihn gar zu gerne lesen. Aber gewiß, mit Vergnügen! Schon morgen soll sie ihren romantischen Schmöker bekommen. Ich würde sie ja gern zur Verbündeten erheben, aber auf dieses farblose Wesen, das bei jedem Geräusch zusammenschrickt, ist bestimmt kein Verlaß.

Unhörbaren Schritts nähert sich Luce Lanthenay, die Schwester der Favoritin. Sicher will sie mit mir plaudern. Sie begegnet mir mit scheuer Bewunderung und sucht meine Gegenwart, obgleich ich ihr sichtlich Angst einflöße.

»Guten Morgen, Äffchen! Antworte: ›Guten Morgen, Hoheit‹, auf der Stelle! Hast du gut geschlafen?«

Ich streiche ihr über das Haar, eine rüde Zärtlichkeitsbezeigung, die ihr durchaus nicht zu mißfallen scheint, und ihre grünen Augen lachen mich an. Gleichen sie nicht denen Fanchettes, meiner schönen Katze?

»Ja, Hoheit, ich habe gut geschlafen.«

»Wo schläfst du?«

»Oben.«

»Bei deiner Schwester Aimée, natürlich?«

»Nein, sie hat ein Bett im Zimmer Mademoiselle Sergents.«

»Ein Bett? Wirklich? Hast du's gesehen?«

»Nein ... das heißt, ja ... es ist ein Diwan. Aber er hat ein Bett eingebaut, man braucht ihn nur auseinanderzunehmen. Sie hat es mir gesagt.«

»So? Sie hat es dir gesagt? Gurke! Blöde Gans! Versuchsstück des Menschengeschlechts! Auf dem Misthaufen aufgelesenes Stück Abfall!«

Sie flüchtet entsetzt, denn ich skandiere meine Schmähungen mit Hieben – oh, ganz leichten! –, und während sie im Stiegenhaus verschwindet, werfe ich ihr noch eine letzte fürchterliche Beleidigung nach:

»Mach's nur wie deine Schwester, du halbe Portion! Die ist das richtige Vorbild für dich!«

Ein eingebautes Bett! Daß ich nicht lache! Eher könnte man diese Wand »auseinandernehmen!« Wie man nur so verblödet sein kann. Dabei schaut die Kleine durchaus nicht tugendhaft aus, mit ihren schräg gestellten Mandelaugen!

Anaïs trifft ein und fragt sofort, was los ist.

»Gar nichts. Ich habe bloß die kleine Luce geprügelt, um sie etwas aufzumuntern.«

»Sonst nichts?«

»Nein. Noch niemand in Sicht. Spielen wir eine Partie?«

»Ich habe keine neun Kugeln mehr.«

»Aber ich! Die zwei von neulich, du weißt ja! Komm, spielen wir!«

Wir geraten in Feuer. Die Kugeln prallen aneinander, daß die Funken sprühen. Während ich mich zugekniffenen Auges auf einen ganz besonders schwierigen Stoß konzentrierte, flüstert die lange Anaïs: »Achtung! Besuch!«

Rabastens hat den Hof betreten. So früh des Morgens? Wir haben allen Grund zu staunen. Der schönste aller Antonins glänzt bereits vor Sauberkeit und öliger Pomade. Bei meinem Anblick erhellen sich seine Züge, und er steuert geradewegs auf mich zu:

»Wie doch die Erregung des Spiels Ihre Wangen mit zarten Pastelltönen färbt, Mademoiselle Claudine!«

O heilige Einfalt! Lächerlicher kann man sich kaum machen. Dennoch richte ich mich hoch auf, betrachte ihn wohlgefällig und klappere mit den Wimpern. Die lange Anaïs soll zerspringen!

»Was führt Sie zu so morgendlicher Stunde zu uns, Monsieur? Die beiden Damen sind noch auf ihren Zimmern.«

»Ja ... gewiß ... ich weiß auch nicht recht, was ich sagen soll, außer, daß der Verlobte Mademoiselle Aimées dem gestrigen Abendessen ferngeblieben ist ... angeblich hat man ihn gesehen, mit leidender Miene ... ich fürchte, daß es ihm nicht gut geht, und möchte Mademoiselle Aimée vom krankhaften Zustand ihres Verlobten in Kenntnis setzen ...«

Der krankhafte Zustand ihres Ver-lob-ten ... Wie zierlich er sich ausdrückt, dieser Adonis aus Marseille! Er sollte sich als Hiobsbote etablieren. Ich könnte mir für die schonende Ankündigung von »Todes- und anderen Unglücksfällen« niemand Besseren vorstellen! Viktoria, die Krise nähert sich!

Im Gegensatz zu meiner gestrigen Erwägung, ob es nicht angezeigt sei, die verbrecherische Aimée vor ihrem eifersüchtigen Verlobten zu warnen, bin ich heute entschlossen, sie kaltblütig ihrem Schicksal zu überlassen. Nein, Rabastens soll nicht mit ihr sprechen! Vor ihr die Sintflut! Sensationsgier und Gemeinheit beherrschen mich ganz und gar, und ich lasse es mir angelegen sein, den schönen Antonin zurückzuhalten. Kinderleichtes Unterfangen! Unschuldsvoller Blick und träumerisch geneigtes Köpfchen, daß mein Haar längs des Gesichts herniederwallt, mehr braucht es nicht. Er beißt sofort an.

»Ist es wahr, Monsieur, daß Sie reizende Verse machen? In der Stadt spricht man davon ...«

Eine faustdicke Lüge! Aber was würde ich nicht alles erfinden, um Rabastens daran zu hindern, zu den Lehrerinnen hinaufzugehen! Er stottert, krebsrot und fassungslos vor freudigem Staunen:

»Woher können Sie wohl ... nein, nein, sicher verdiene ich nicht, daß man ... seltsam, ich glaube nicht, mit irgend jemandem darüber gesprochen zu haben ...«

»Sie sehen, der Ruhm verrät Ihre Bescheidenheit!« (Noch fünf Minuten, und ich rede genauso geschraubt wie er!) – »Wäre es unbescheiden, Sie zu bitten ...«

»Oh, Mademoiselle ... ich bin aufs höchste verwirrt ... ich könnte Ihnen nichts Nennenswertes zeigen ... bloß ein paar Liebesgedichte, armselig, aber rein ...« (er verstrickt sich immer tiefer), »... natürlich hätte ich niemals gewagt, mir zu erlauben ...«

»Monsieur, höre ich nicht Ihre Glocke schrillen?«

Geh doch, geh! Gleich kommt Aimée herunter, du wirst mit ihr sprechen, sie wird auf der Hut sein, und dann ade, Drama!

»Ja ... aber es ist noch nicht halb acht ... diese nichtsnutzigen Bengel spielen mit der Glocke, hängen sich an die Kette ... man kann sie nicht eine Sekunde allein lassen ... und mein Kollege ist noch immer nicht da ... Ah, es ist wirklich nicht leicht, alles allein überwachen zu müssen!«

Deine Naivität möchte ich haben! Diese Überwachungstätigkeit, die offenbar darin besteht, mit den halbwüchsigen Mädchen zu flirten, scheint nicht über die Maßen ermüdend zu sein!

»Sie sehen, Mademoiselle, die Pflicht ruft! Ich muß drakonische Maßnahmen ergreifen! Aber Mademoiselle Lanthenay ...«

»Oh, um elf können Sie immer noch mit ihr sprechen, falls Ihr Kollege bis dahin noch nicht aufgetaucht sein sollte ... aber das würde mich sehr wundern! Sicher wird er jeden Augenblick eintreffen ...«

Geh doch, geh, lächerlicher Drakon, Nimrod unzähliger Böcke! Genug gelächelt, genug gegrüßt, vorwärts, weiter! Endlich!

Die lange Anaïs, von der beharrlichen Unaufmerksamkeit des Hilfslehrers ein wenig verstimmt, enthüllt mir mißgünstig, daß Rabastens in mich verliebt sei. Ich zucke die Achseln.

»Spielen wir weiter! Das ist gescheiter, als Blödsinn zu sagen!« Wir spielen unsere Partie zu Ende. Die Klasse füllt sich, und die Lehrerinnen erscheinen im letzten Moment. Sie scheinen sich voneinander kaum losreißen zu können, und Aimée, dieses kleine Biest, spielt bereits das verzogene Kind.

Unterrichtsbeginn. Mademoiselle Sergent überläßt uns der Favoritin, die unsere Hausaufgaben überprüft.

»Anaïs, zur Tafel!«

Das Problem ist ziemlich verzwickt, aber der langen Anaïs, die sich zwischen Zügen, Uhrzeigern und proportionellen Aufteilungen wie zu Hause fühlt, bereitet die Arithmetik keinerlei Schwierigkeiten. O weh, jetzt bin ich an der Reihe!

»Claudine, zur Tafel! Ziehen Sie die Quadratwurzel aus zwei Millionen dreiundsiebzigtausendsechshundertzwanzig.«

Mein Widerwille gegen alles, was klein und ausziehbar ist, kennt keine Grenzen. Außerdem ist Mademoiselle Sergent nicht da. Ich gehorche der Eingebung, meiner Ex-Freundin einen Streich zuspielen. Du hast's gewollt, Abtrünnige! Hissen wir die Fahne der Revolte.

Ich stehe vor der Tafel, schüttle den Kopf und sage mit sanfter Stimme:

»Nein.«

»Was soll das heißen, ›nein‹?«

»Daß ich heute keine Wurzeln ziehen will. Ich fühle mich nicht dazu aufgelegt.«

»Claudine! Sie sind wohl verrückt geworden!«

»Ich weiß nicht, Mademoiselle. Aber ich fühle, daß ich sofort krank würde, wenn ich diese Wurzel zöge, oder irgendeine andere.«

»Wollen Sie eine Strafe, Claudine?«

»Oh, ich will alles, was Sie wollen, nur keine Wurzeln! Wirklich nicht aus Ungehorsam, glauben Sie mir! Aber weil ich keine Wurzeln ziehen kann. Es tut mir furchtbar leid. Wirklich!«

Die Klasse trampelt vor Freude. Mademoiselle Aimée ist bleich vor Zorn:

»Wollen Sie gehorchen, ja oder nein? Ich werde Mademoiselle Sergent von Ihrem empörenden Betragen in Kenntnis setzen! Dann werden wir ja sehen!«

»Ich wiederhole Ihnen, daß ich aufs tiefste bedauere, Ihrem Wunsche nicht entsprechen zu können!«

Aber innerlich schrei ich ihr entgegen:

›Nein, du gemeines kleines Biest, ich habe nicht die geringste Ursache, Rücksicht auf dich zu nehmen, ganz im Gegenteil! Es ist mir eine wahre Wonne, dir das Leben sauer zu machen!‹

Sie steigt vom Katheder herunter – er steht zwei Stufen erhöht – und steuert auf mich zu, in der unbestimmten Hoffnung, mich einzuschüchtern. Ich habe alle Mühe, das Lachen zu verbeißen, krampfhaft darauf bedacht, meinen ehrerbietig-bedauernden Gesichtsausdruck zu wahren. Dieser Dreikäsehoch! Die Kleine reicht mir bis zum Kinn, es ist kaum zu glauben!

Die Klasse wiehert vor Vergnügen. Anaïs verschlingt vor Freude einen ganzen Bleistift, Holz und Mine.

»Mademoiselle Claudine, ich frage Sie zum letztenmal: wollen Sie gehorchen, ja oder nein?«

Mit übertriebener Sanftmut beginne ich meine Litanei von vorne. Aimée steht dicht vor mir, und ich sage mit gedämpfter Stimme:

»Noch einmal, Mademoiselle: Sie können mir antun, was Sie wollen, aufgeben, was Ihnen einfällt, ich will gern alles machen, was Sie mir befehlen, Dreiecke konstruieren, Brüche auf gemeinsamen Nenner bringen, Mauerrisse feststellen, alles, alles, nur keine Quadratwurzeln!«

Meinen Mitschülerinnen – Anaïs ausgenommen – ist nichts aufgefallen, denn ich habe den Pfeil abgeschnellt, ohne die Worte besonders hervorzuheben. Mademoiselle Lanthenay jedoch scheint er ins Herz getroffen zu haben. Fassungslos vor Zorn, schreit sie, hochroten Gesichts:

»So eine ... Frechheit, so eine bodenlose Frechheit. Das sage ich Mademoiselle Sergent!«

Sie stürzt zur Türe hinaus, ich ihr nach. Auf dem Gang hole ich sie ein und halte sie am Arm zurück, während sich meine Mitschülerinnen vor Lachen winden, auf die Bänke klettern und ihrer Begeisterung durch ohrenbetäubendes Gebrüll Ausdruck verleihen. Aimée sucht sich loszumachen, wortlos, ohne mich anzusehen, mit der ganzen Kraft ihrer schwachen Arme und fest zusammengebissenen Zähne.

»So hören Sie mich doch an! Die Zeit der geselligen Gespräche ist für uns schließlich vorbei, oder nicht? Wir sind allein und können offen sprechen: wenn Sie mich bei Mademoiselle Sergent verklagen, erzähle ich Ihrem Verlobten die Geschichte vom Mauerriß, das schwöre ich Ihnen! Nun? Sind Sie noch immer entschlossen, zur Frau Direktor zu laufen?«

Aimée ist stehengeblieben, wie versteinert, spricht kein Wort und hält den Blick hartnäckig gesenkt. Ihre Lippen sind ein schmaler Strich.

»So reden Sie doch! Gehen Sie in die Klasse zurück! Wenn nicht, tue ich es ebensowenig, begebe mich spornstreichs zu Richelieu und erzähle ihm ein paar Neuigkeiten, die ihn brennend interessieren werden! Vorwärts, entscheiden Sie sich!«

Endlich macht sie den Mund auf und murmelt, ohne mich anzusehen:

»Lassen Sie mich los! Ich werde schweigen!«

»Bestimmt? Ist das Ihr Ernst? Sie wissen ganz genau, daß die rote Furie außerstande ist, sich zu verstellen! Wenn Sie plaudern, merke ich es binnen fünf Minuten! Also? Sie werden wirklich nichts sagen? Sie ... versprechen es mir?«

»Ich werde schweigen. Lassen Sie mich los. Ich gehe sofort wieder hinein!«

Ich gebe ihren Arm frei, und wir kehren gemeinsam in die Klasse zurück. Im Bienenstock wird's unvermittelt still. Mein Opfer erklimmt das Podium und befiehlt uns kurz angebunden, die Rechenaufgaben ins reine zu schreiben. Anaïs fragt flüsternd:

»Na? Ist sie hinaufgegangen?«

»Nein. Ich habe mich entschuldigt. Ohne mir dabei etwas zu vergeben, klarerweise! Aber du verstehst, ich wollte die Sache nicht auf die Spitze treiben!«

Mademoiselle Sergent bleibt unsichtbar, und Mademoiselle Aimée leitet den Unterricht mit undurchdringlicher Miene und hartem, unversöhnlichem Blick. Um halb elf beginnen wir herumzuwetzen. Nur mehr eine halbe Stunde! Ich hole glühende Kohlen aus dem Ofen und stecke sie in meine Holzschuhe, eine ebenso unfehlbare wie streng verbotene Methode, sie zu wärmen. Mademoiselle Lanthenay merkt nichts. Sie hat, bei Gott, andere Sorgen als unsere Holzschuhe! Stumm und verbissen nährt sie ihren Zorn und ihre goldenen Augen gleichen zwei kalten Topasen. Auch gut! Nein, großartig!

Halt, was ist das? Wir spitzen die Ohren. Man hört Geschrei, eine wütende Männerstimme, eine zweite, die sie zu übertönen sucht. Raufende Maurer? Ich glaube kaum. Mir schwant etwas anderes. Aimée ist aufgesprungen, weiß wie ein Laken. Auch sie scheint böse Vorahnungen zu haben. Plötzlich stürzt Mademoiselle Sergent herein. Alle Röte ist aus ihren Wangen gewichen.

»Gehen Sie sofort nach Hause! Ich weiß, ich weiß, es ist noch nicht elf, aber das macht nichts ... nein, nicht antreten, gehen Sie, gehen Sie! Hören Sie denn nicht? So gehen Sie doch schon endlich!«

Alle Teufel! Die Zeit der zarten Rücksichtnahme ist offensichtlich vorbei! Lieber ließe ich mich vierteilen, als daß ich in einem solchen Augenblick die Schule verließe! Ich geselle mich zu meinen Mitschülerinnen, die verdutzt dem Ausgang zustolpern. Draußen hört man die belfernde Stimme ganz deutlich. Mein Gott, das ist ja Armand, bleich wie ein Toter, mit bläulich umschatteten Augen, Tannennadeln im Haar, Grashalme am Anzug! Er hat im Wald geschlafen, das sieht man sofort, und die einsame Nacht im Freien scheint seinen Schmerz zur Raserei gesteigert zu haben. Schreiend will er sich in unsere Klasse stürzen, irren Blicks, mit geballten Fäusten. Rabastens stemmt sich ihm entgegen und rollt entsetzt die Augen. Welch tolle, unglaubliche Szene!

Marie Belhomme läuft davon, so rasch sie ihre zitternden Beine tragen, die zweite Abteilung hinterdrein. Luce verschwindet, nicht ohne mir Zeit zu lassen, ihr boshaftes Lächeln zu bemerken. Die Zwillinge enteilen fluchtartig und drehen sich nicht einmal um. Anaïs ist nirgends zu sehen, doch ich möchte wetten, daß sie in einem Winkel kauert und dieses erhebende Schauspiel bis ins letzte auskostet.

»Huren!« Das ist das erste deutlich vernehmbare Wort. Armand hat seinen erschöpften Kollegen in die Klasse mitgeschleift, wo sich die Lehrerinnen zitternd aneinanderdrängen, und brüllt:

»Huren! Huren seid ihr, daß ihr's nur wißt! Ich gehe nicht, ohne es euch wenigstens ins Gesicht gesagt zu haben! Und wenn ich darüber meine Stelle verliere! Was, du elendes kleines Luder, du schmust für Geld mit diesem Schwein von einem Distriktskandidaten, wie? Du bist ärger als eine Straßendirne! Und diese verfluchte Rote ist noch gemeiner als du, denn sie zieht dich in ihren Dreck hinunter! Zwei Huren seid ihr, zwei ganz gemeine Huren, sonst gar nichts, und dieses Haus ist ...«

Was es ist, höre ich nicht mehr. Dem wackeren Rabastens (anscheinend verfügt er über doppelte Muskeln wie Tartarin) ist es endlich gelungen, den Unglücklichen hinauszuzerren. Armand erstickt fast an den unflätigsten Beleidigungen. Mademoiselle Griset, völlig verstört, drängt ein paar fürwitzige Mädelchen in die zweite Klasse zurück. Ich mache mich davon, durchaus nicht unbeeindruckt. Ein Glück, daß der Zornesausbruch des betrogenen Armand so prompt erfolgt ist! Jetzt kann mich Aimée wenigstens nicht beschuldigen, ihrem Exbräutigam die Augen geöffnet zu haben.

Am Nachmittag besteht der Lehrkörper lediglich aus Mademoiselle Griset. Sie empfängt jeden Neuankömmling mit dem gleichen Satz:

»Mademoiselle Sergent ist krank, Mademoiselle Lanthenay fährt nach Hause. Die Schule bleibt eine Woche geschlossen.«

Schon recht, wir gehen wieder. Aber Hand aufs Herz: ist diese Schule nicht ihr Geld wert?

In dieser vom Himmel gefallenen Ferienwoche erkrankte ich an Masern, was mich zu drei Wochen Bettruhe, vierzehn Tagen Rekonvaleszenz und weiteren zwei Wochen Quarantäne verurteilte (im Interesse der »schulischen Sicherheit«). Fanchette und meine Bücher waren mein einziger Trost, obzwar diese Feststellung Papas Verdienste nur ungebührend würdigt: er hätte die seltenste Schnecke kaum hingebungsvoller pflegen können! Der festen Überzeugung, daß man die Wünsche einer kleinen Kranken widerspruchslos erfüllen müsse, brachte er mir sogar Kastanieneis. Wahrscheinlich versprach er sich davon eine fiebersenkende

Wirkung. Fanchette hauste eine Woche lang auf meinem Bett, leckte sich von Kopf bis Schweif, spielte durch die Decke hindurch mit meinen Zehen und bezog, sobald das Fieber gewichen war, unverzüglich wieder ihren Stammplatz auf meinem Schlüsselbein.

Endlich kehre ich in die Schule zurück, blässer, schmäler und sehr begierig, die letzten Ruhmestaten unseres bemerkenswerten Lehrkörpers zu vernehmen. Während meiner Krankheit lebte ich von der Außenwelt völlig abgeschnitten. Niemand kam mich besuchen, weder Anaïs noch Marie Belhomme: Die Ansteckungsgefahr war zu groß.

Punkt halb acht betrete ich den Schulhof, an einem lauen, sonnigen Morgen. Dieser Februar schmeckt schon ganz nach Vorfrühling. Ich werde stürmisch begrüßt (die Zwillinge erkundigen sich vorsichtshalber, ob ich auch ganz gesund sei, ehe sie sich näher heranwagen) und benütze die erste Ruhepause, von all dem Lärm noch ein wenig benommen, um die lange Anaïs mit Fragen zu überschütten.

»Armand Duplessis ist fort.«

»Armer Richelieu! Versetzt oder entlassen?«

»Versetzt. Dutertre hat ihm eine neue Stellung verschafft.«

»Dutertre?«

»Klar! Hätte Richelieu geplaudert, dann ade, Abgeordnetenstuhl! Dutertre hat überall herumerzählt, daß der unglückliche junge Mann einen heftigen Fieberanfall erlitten hätte – ein höchst gefährliches Fieber, versteht sich –, und daß er, der Schularzt, gerade noch im letzten Moment verständigt worden sei.«

»So, so! Man hat ihn also rechtzeitig verständigt! Da hat die Vorsehung wirklich den Bock zum Gärtner gemacht! Und Mademoiselle Aimée? Etwa auch versetzt?«

»Wo denkst du hin! Nach acht Tagen war ihr nichts

mehr anzumerken, und sie lachte mit Mademoiselle Sergent, als sei nichts passiert!«

Seltsames Geschöpf! Kein Herz, kein Hirn, kein Gedächtnis! Sicher wird sie ohne die geringsten Skrupel einem neuen Hilfslehrer den Kopf verdrehen, mit dem Distriktskandidaten weiterschäkern, bis die zweite Bombe platzt, und gleichzeitig glücklich und zufrieden mit diesem heißblütigen, eifersüchtigen Weib zusammenleben, das jedes Abenteuer mit einem Stück Gesundheit bezahlt. Fast überhöre ich die Mitteilung der langen Anaïs, daß Rabastens für die Fortschritte meiner Genesung lebhaftes Interesse bekundet habe. Richtig, der arme Antonin! Den hatte ich ganz vergessen!

Es läutet. Diesmal ruft uns die Glocke ins neue Schulhaus. Bald wird der Mitteltrakt vollendet sein, der die beiden Flügel miteinander verbinden soll.

Mademoiselle Sergent bezieht einen funkelnagelneuen Katheder. Adieu, alte, altersschwache Tische, wackelig, beschmiert und unbequem! Die Pulte, an denen wir uns niederlassen, sind hochmodern, schräggestellt, mit aufklappbaren Fächern, die Bänke mit Rückenlehnen versehen. Außerdem sind sie nur mehr für je zwei Schülerinnen bestimmt.

Wen finde ich neben mir, anstelle der langen Anaïs? Luce Lanthenay. Glücklicherweise stehen die Pulte so eng nebeneinander, daß ich mit Anaïs, die am Nachbartisch sitzt, ebenso bequem schwätzen kann wie eh und je. Man hat Marie Belhomme neben sie gesetzt, da Mademoiselle Sergent je einer Schlafmütze (Luce und Marie) absichtlich je eine »Aufgeweckte« beigibt (Anaïs und mich), damit wir sie ein wenig wachrütteln. Keine Sorge, das machen wir schon! Meine Krankheit hat Energien in mir aufgespeichert, die dringend eines Auspuffs bedürfen, ich spüre es förmlich in mir brodeln. Während ich meine neue Umgebung in Augenschein nehme, ordne ich Bücher und Hefte. Luce nimmt Platz und betrachtet mich verstohlen, aus schmalen, furchtsamen Augen. Aber noch geruhe ich nicht, das Wort an sie zu richten, sondern unterhalte mich mit Anaïs über die neue Schule. Die lange Latte kaut mit Hingabe an etwas Undefinierbarem. Sind es nicht grüne Triebe?

»Was frißt du da? Mistäpfel?«

Anaïs schüttelt den Kopf.

»Lindenknospen, meine Liebe! Das Allerbeste! Jetzt ist gerade die richtige Jahreszeit. Anfang März sind sie am schmackhaftesten!«

»Gib her. Gar nicht übel, fast so klebrig wie Obstbaumharz! Ich werde mich bei den Linden im Schulhof bedienen. Was steht noch auf deinem Speisezettel?«

»Ach, nichts Besonderes! Man kann nicht einmal mehr Buntstifte essen! Die heurigen sind sandig, ganz miserabel: Schund, mit einem Wort! Dafür schmeckt das Löschpapier ausgezeichnet. Recht gut zum Kauen – schlucken darf man sie freilich nicht – sind auch die Leinenmuster, die wir von den Pariser Geschäften bekommen.«

»Pfui Teufel! Dankend abgelehnt ... Paß auf, kleine Luce: du wirst dich neben mir ordentlich aufführen, verstanden? Sonst setzt es Püffe und Prügel.«

»Jawohl, Mademoiselle«, erwidert die Kleine mit gesenkten Lidern. Sie weiß nicht, soll sie lachen oder weinen.

»Ich gestatte dir, mich zu duzen. Schau mir in die Augen: gut. Hat man dir nicht gesagt, daß ich verrückt bin? Na also. Richte dich gefälligst danach! Wenn man mich ärgert, gerate ich in Wut und fange an, zu beißen und zu kratzen. Gib mir deine Hand, ich zeig dir, wie.«

Ich grabe meine Nägel in ihr Fleisch. Sie preßt die Lippen zusammen, gibt aber keinen Laut von sich. »Du hast nicht geschrien. Gut. In der Pause werde ich dich prüfen.«

Die Türe zur zweiten Klasse steht offen: Mademoiselle Aimée wird sichtbar, rosig, kokett und sorgfältig frisiert, die unveränderte putzige Schmeichelkatze. Nur die Samtaugen strahlen noch heller, noch goldener aus dem frischen Gesicht. Kleines Biest! Sie sendet ihrer Vorgesetzten ein hinreißendes Lächeln, und die Frau Direktor verliert sich in den Anblick ihrer Untergebenen. Aber nicht für lange. Schon reißt sie sich aus ihrer Verzückung und befiehlt:

»Geschichtsübung: ›1871‹. Nehmen Sie die Hefte zur Hand.«

Dann fügt sie mit sanfterer Stimme hinzu: »Claudine, Sie haben zwei Monate gefehlt. Fühlen Sie sich trotzdem imstande, diesen Aufsatz mitzuschreiben?«

»Ich will es versuchen, Mademoiselle. Er wird etwas kürzer ausfallen. Das ist alles.«

Tatsächlich verfasse ich eine Abhandlung, deren beschränkter Umfang fast an Frechheit grenzt, und verweile über Gebühr bei den letzten zehn Zeilen, um in Ruhe meine Beobachtungen anstellen zu können. Die Frau Direktor hat sich um kein Jota verändert. Noch immer dieselbe zurückgestaute Leidenschaft, die alte Eifersucht, der gleiche Wagemut. Ihre kleine Aimée diktiert in der Nachbarklasse Rechenaufgaben, spaziert dabei lässig herum und nähert sich zuweilen, wie von ungefähr, ohne das Diktat zu unterbrechen. Nein, diese kokette Sicherheit der verwöhnten Katze ist mir an ihr völlig neu! Kein Zweifel, sie steht auf dem Gipfel ihrer Macht, als angebetetes Schoßtier, verzogen und verzärtelt, und scheint auf dem besten Weg, sich zur kleinen Haustyrannin zu entwickeln. Ich fange Blicke auf, flehende Blicke Mademoiselle Sergents, die das Mädchen beschwören, näherzukommen, unter irgendeinem Vorwand. Und wie reagiert die bedenkenlose Aimée? Mit kapriziösem Kopfschütteln und belustigten, vor Freude blitzenden Augen, die klar und deutlich »nein« sagen. Die rote Despotin, offensichtlich zur Sklavin herabgesunken, hält nicht länger an sich, geht zu Aimée und fragt mit lauter Stimme:

»Mademoiselle Lanthenay, haben Sie vielleicht das Klassenbuch?«

Viktoria, sie hat's erreicht. Schon schwatzen die beiden mit leiser Stimme. Ich benütze die willkommene Ruhepause, um die kleine Luce einem rüden Verhör zu unterziehen.

»Leg dein Heft weg und antworte: gibt es im ersten Stock einen Schlafsaal?«

»Natürlich! Dort schlafen wir ja, die Internen und ich.«

»Du bist eine Gans.«

»Warum?«

»Das geht dich nichts an. Was ist mit den Gesangsstunden?«

Luce zuckt die Achseln.

»Wir haben's versucht, aber ohne Sie ... ohne dich, meine ich, war nichts zu machen. Monsieur Rabastens wußte sich nicht zu helfen.«

»Aha. Hat sich der Knutscher blicken lassen?«

»Wer?«

»Der Knutscher. Dutertre.«

»Ich weiß nicht mehr ... doch, ja, einmal, aber nur auf ein paar Minuten. Er ist gar nicht heraufgekommen, sondern hat im Hof mit Mademoiselle und meiner Schwester gesprochen.«

»Ist die rote Hexe nett zu dir?«

Ihre schräggestellten Augen verdüstern sich.

»Nein ... sie sagt, daß ich dumm bin, dumm und faul, daß meine Schwester nicht nur die ganze Schönheit, sondern auch die ganze Intelligenz abbekommen hat ... aber daran bin ich gewöhnt. Es ist immer dasselbe, soweit ich zurückdenken kann. Alles dreht sich um Aimée, und von mir will keiner was wissen.«

Luce ist den Tränen nahe, wütend auf diese feinere Schwester, von der sie anscheinend stets verdunkelt wurde. Im übrigen ist sie höchstwahrscheinlich um keinen Deut besser als Aimée, lediglich scheuer und wilder, weil von Kindesbeinen daran gewöhnt, sich selbst überlassen zu bleiben.

»Armes Ding! Hast du Freundinnen? In deiner früheren Schule, meine ich?«

»Nein. Dazu waren die Mädchen viel zu brutal. Außerdem haben sie mich immer verlacht.«

»Zu brutal? Dann stört es dich also, wenn ich grob zu dir bin!«

Sie lacht, ohne den Blick zu heben.

»Bei Ihnen – bei dir, meine ich – ist das etwas anderes – ich merke ja, daß du's nicht aus Gemeinheit tust. Irgendwie braucht man's nicht ernstzunehmen, auch wenn du mich ›dumme Gans‹ nennst. Ich weiß genau, daß du's nicht so meinst. Im Gegenteil, wenn ich weiß, daß keine Gefahr dabei ist, hab ich sogar gern ein wenig Angst.«

Dummes Zeug! Im Grunde ähneln diese Lanthenays einander wie ein Ei dem andern: pervers, egoistisch, jedes moralischen Empfindens bar. Ihre Gewissenlosigkeit ist beinahe erheiternd. Jedenfalls haßt Luce ihre Schwester, und ich glaube, daß ich ihr im Tausch gegen Prügel und Bonbons eine Menge interessanter Enthüllungen über Aimée herauslocken werde.

»Bist du mit deinem Aufsatz fertig?«

»Ja, aber ich krieg' sicher eine schlechte Note. Ich kenn' mich überhaupt nicht aus.«

»Zeig her.«

Ich überfliege ihre Arbeit – sie ist alles andere als bemerkenswert –, diktiere meiner Nachbarin ein paar vergessene Einzelheiten und gebe ihren Sätzen ein wenig Schliff. Sie weiß sich vor freudiger Überraschung nicht zu fassen und betrachtet mich verstohlen, mit entzückt-erstauntem Blick.

»Siehst du, jetzt schaut die Sache gleich anders aus! Sag einmal – wie ist das eigentlich mit den Jungen? Die haben ihren Schlafsaal dem euren gegenüber?«

Ein neues schillerndes Licht blitzt aus ihren Augen, als sie erwidert: »Ja, stell dir vor, am Abend gehen sie zur selben Zeit schlafen wie wir, absichtlich, weißt du, und dabei haben wir keine Jalousien vor den Fenstern! Sie versuchen, uns im Nachthemd zu sehen, und wir wiederum heben einen Vorhangzipfel auf, um hinüberzuschauen. Solange das Licht brennt, paßt Mademoiselle Griset auf, aber trotzdem gelingt es uns fast jeden Abend, mit einem Ruck einen der Vorhänge wegzuziehen, ganz plötzlich, weißt du, so daß die Jungen immer auf der Lauer liegen!«

»Ihr scheint euch ja beim Ausziehen recht gut zu unterhalten!«

»Und ob!«

Ihre Scheu verliert sich zusehends, sie wird zutraulich und beredt. Unsere Lehrerinnen plaudern noch immer in der Nebenklasse. Aimée zeigt der Frau Direktor gerade einen Brief, und die beiden lachen aus voller Kehle, allerdings fast unhörbar.

»Weißt du, wo sich Aimées Ex-Armand seinem Gram hingibt?«

»Nein. Meine Schwester spricht niemals mit mir über ihre Privatangelegenheiten.«

»Das dachte ich mir. Ihr Zimmer liegt ebenfalls im ersten Stock?«

»Ja. Sie hat das allerhübscheste. Es ist viel schöner und viel leichter zu heizen als das Kabinett Mademoiselle Grisets. Mademoiselle Sergent hat es mit rosageblümten Vorhängen und einem kleinen Teppich ausgestattet, Linoleum legen und das Bett weiß lackieren lassen. Aimée wollte mir einreden, daß sie diese ganzen Herrlichkeiten von ihren Ersparnissen gekauft hätte, aber ich habe geantwortet: ›Ich werde Mama fragen, ob das stimmt.‹ Darauf sagte sie: ›Wenn du Mama ein Wort davon erzählst, sage ich, daß du nicht ordentlich lernst, und lasse dich aus der Schule hinauswerfen.‹ Natürlich ist mir nichts anderes übriggeblieben, als den Mund zu halten.«

»Pst! Mademoiselle!«

Tatsächlich erscheint die Frau Direktor wieder in unserer Mitte, vertauscht die zärtliche Freudenmiene mit ihrem strengsten Schulgesicht und sagt:

»Schluß. Nehmen Sie die Rechenhefte zur Hand.«

Schmerzliches Protestgeheul. Man fleht um eine Galgenfrist von fünf Minuten. Mademoiselle Sergent bleibt unbeugsam – derlei Bitten hört sie dreimal täglich – und beginnt seelenruhig, die Angabe zu diktieren. Der Teufel hole alle gleichseitigen Dreiecke! Zwecks völliger Verführung der kleinen Luce komme ich fortan nie ohne Bonbons zur Schule. Sie nimmt sie gierig in Empfang, mit aufgehaltenen Händchen, dankt kaum, versteckt die kostbare Gabe in einem alten Perlmutter-Ei, ehemaliger Behausung eines Rosenkranzes (um ein Päckchen Pfefferminzdragees würde sie ihre Schwester verkaufen, und ein Brüderchen obendrein), reißt den Mund auf, atmet tief ein, um die Kühle der Minze auszukosten, und jammert mit entzückter Miene: »Meine Zunge friert, meine Zunge friert!«

Anaïs bettelt mich schamlos um Pastillen an, verschlingt so viele auf einmal, daß es aussieht, als hätte sie plötzlich Mumps bekommen, und fordert unverzüglich Nachschub, mit einer unwiderstehlichen Grimasse gespielten Widerwillens:

»Schnell, schnell, noch ein paar, daß ich den Geschmack loswerde! Die waren ranzig!«

Erstaunlicher Zufall! Wir spielen gerade Drittabschlagen, als Rabastens unseren Schulhof betritt, Hefte in der Hand, die seinen Besuch nur ungenügend motivieren. Bei meinem Anblick mimt er freudige Überraschung und nützt eilends die Gelegenheit, mir eine Romanze vorzulegen, deren sentimentalen Text er mit schmachtender Stimme deklamiert. Armer Einfaltspinsel, du warst mir ja nie sehr nützlich, aber jetzt ist auch der letzte Funke meines Interesses für dich erloschen! Höchstens wirst du mir noch einige Zeit dazu dienen, meine Heiterkeit und die Eifersucht meiner Kameradinnen zu erregen, besonders letzteres! Wie wär's, wenn du wieder gingest?

»Monsieur, die Damen sind bereits in der Klasse. Wenigstens habe ich sie auf der Stiege bemerkt, nicht wahr, Anaïs?«

Er bildet sich ein, daß ich ihn meiner Mitschülerinnen wegen fortschicke – sie lassen uns nicht aus den Augen, anzüglich grinsend –, wirft mir einen sprechenden Blick zu und macht sich aus dem Staub. Marie und Anaïs räuspern sich vielsagend. Ich quittiere ihren Kommentar mit einem Achselzucken, und wir spielen weiter. Luce, dieser Neuling, macht Fehler über Fehler, aber wir lassen Nachsicht walten. Diese Kinder verstehen's eben nicht besser!

Handarbeitsstunde, Prüfungsarbeit. Es gilt, binnen einer Stunde Nähmuster auszuführen, die bei der Reifeprüfung verlangt werden. Mademoiselle Sergent verteilt Leinenfleckchen und malt mit ihrer klaren, gleichmäßigen Schrift, deren Ober- und Unterlängen mich stets an kleine Keulen erinnern, folgende Angabe an die Tafel:

Knopfloch; 10 cm überwendliche Naht; Initiale »G« in Schlingstich; 10 cm englischer Saum.

Diese Angabe entlockt mir ein widerwilliges Knurren. Knopfloch und Naht, das geht noch. Was jedoch Initiale und englischen Saum anlangt, so bin ich leider außerstande, sie richtig zu »perlen«, wie Mademoiselle Aimée bereits mehr als einmal bedauernd festgestellt hat. Ich nehme daher zu dem ebenso einfachen wie sinnreichen Mittel Zuflucht, mir von der kleinen Luce, die göttlich näht, ein traumhaftes »G« verfertigen zu lassen, gegen das entsprechende Quantum Pfefferminzbonbons. »Helfet einander!« Haben wir dieses erbauliche Gebot der Nächstenliebe nicht gestern erst kommentiert?

Marie Belhommes »G« sieht einem hockenden Affen ähnlich, worüber sich diese einfache Seele nicht beruhigen kann. Sie lacht noch immer. Die Internen pressen die Ellbogen an die Hüften, senken die Köpfe, nähen, was das Zeug hält, schwätzen mit fast unhörbarer Stimme und tauschen von Zeit zu Zeit wissende Blicke mit der kleinen Luce, die sich allem Anschein nach auf die Jungen der Nachbarschule beziehen. Ich möchte nicht wissen, welch unterhaltsame Szenen diese unschuldsvollen Kleinen von ihrem friedlichen Schlafsaal aus allabendlich erspähen! Mademoiselle Lanthenay und Mademoiselle Sergent haben die Rollen getauscht. Aimée überwacht die Handarbeitsstunde, während die Frau Direktor in der Nebenklasse eine Leseübung leitet. Die Favoritin ist mit der Beschriftung des Klassenbuchs beschäftigt (ihre Rondschrift ist ein Gedicht!). Plötzlich ruft ihre Busenfreundin:

»Mademoiselle Lanthenay!«

»Was willst du?« schreit die unbesonnene Aimée.

Entgeisterte Stille. Wir starren einander an. Die lange Anaïs hält sich die Hüften, die Zwillinge beugen sich noch tiefer über ihre Handarbeit. Die Internen geben einander heimliche Rippenstöße. Marie Belhomme platzt heraus, besinnt sich jedoch eines Besseren, und ihr Gelächter klingt wie ersticktes Niesen. Ich hefte einen unerschrockenen Blick auf das bestürzte Gesicht Aimées und sage laut und deutlich:

»Ein guter Witz!«

Die kleine Luce lacht kaum – derlei Entgleisungen sind sicher nichts Neues für sie – und besieht ihre Schwester aus hämischen Augen.

Mademoiselle Aimée fährt auf mich los:

»Irren ist menschlich, Mademoiselle Claudine! Ich bitte Mademoiselle Sergent, meine Unaufmerksamkeit entschuldigen zu wollen!«

Die Frau Direktor hat sich bereits vom ärgsten Schreck erholt, fühlt genau, daß wir diese Erklärung nicht schlukken, und zuckt die Achseln, als strecke sie die Waffen vor diesem nicht wiedergutzumachenden Schnitzer. Die öde Handarbeitsstunde endet unter allgemeiner Heiterkeit. Was für ein närrischer Zwischenfall. Er kam mir gerade recht!

Um vier habe ich die gute Idee, ein Heft zu vergessen, weiß ich doch, daß die Internen nach Schluß des Unterrichts Wasser schleppen müssen. Da ich ihren Schlafsaal noch nicht kenne, fest entschlossen bin, ihn einer gründlichen Inspektion zu unterziehen, und außerdem von der kleinen Luce erfahren habe, daß sie heute »wassern« muß, schleiche ich auf leisen Sohlen in den ersten Stock, einen vollen Krug in den Händen, um für den Fall etwaiger Begegnungen gewappnet zu sein. Der Schlafsaal erstrahlt in makellosem Weiß: weiße Wände, weißer Plafond, acht weiße Betten. Luce zeigt mir das ihre. Als ob ich darauf neugierig wäre! Statt dessen gehe ich sofort zum Fenster. Tatsächlich, man sieht in den Schlafsaal der Jungen. Ein paar vierzehn- bis fünfzehnjährige Bengel schauen herüber und zeigen auf ihre Betten. Nichtsnutzige Lauser! Wenn sie wenigstens verführerisch wären! Luce ist entsetzt oder tut wenigstens so und schließt das Fenster mit übertriebener Eile. Sicher verflüchtigt sich ihre Prüderie gegen Abend. Das neunte Bett steht am äußersten Ende des Schlafsaals und verschwindet fast hinter großen weißen Vorhängen, die an einer Art Baldachin angebracht sind.

»Hier schläft die Aufsichtsperson«, erklärt Luce. »Die Hilfslehrerinnen haben abwechselnd Dienst.«

»Aha. Das heißt, eine Woche Mademoiselle Griset, eine Woche deine Schwester?«

»Hm – ja – so sollte es eigentlich sein ... aber bis jetzt hat immer nur Mademoiselle Griset hier geschlafen – ich weiß nicht, warum ...«

»Ah, du weißt nicht, warum? Wart nur, du kleiner Tartuffe!«

Ich gebe ihr einen Rippenstoß, sie jammert ohne Überzeugung. Arme Mademoiselle Griset!

Luce versorgt mich mit weiteren Informationen:

»Du kannst dir nicht vorstellen, Claudine, wie es am Abend hier zugeht! Wir kommen aus dem Lachen nicht heraus! Wir laufen im Nachthemd herum und machen die tollsten Polsterschlachten. Manche verstecken sich hinter den Vorhängen, weil sie sich nicht vor den ändern ausziehen wollen, und die älteste, Rose Raquenot, wäscht sich so selten, daß ihre Wäsche schon nach drei Tagen ganz grau ist! Gestern haben sie mir mein Nachthemd versteckt, und ich hätte um ein Haar die ganze Nacht im Waschraum sitzen müssen, splitternackt! Zum Glück ist Mademoiselle

Griset gekommen. Und dann ist da noch eine, denk dir nur, die ist so fett, daß sie sich überall einpudern muß! Und Flunder – fast hätte ich das vergessen – trägt eine Nachtmütze, mit der sie ausschaut wie ein altes Weib, und zieht sich erst aus, wenn der Waschraum leer ist! Ah, wir führen kein trauriges Leben, das kannst du mir glauben!«

Der Waschraum ist sauber, aber auf das spärlichste ausgestattet: ein blechbeschlagener Tisch, acht Waschschüsseln, acht Seifen, acht Schwämme und sechzehn Handtücher, mit Wäschetinte gemerkt.

»Badet ihr auch hin und wieder?«

Luce nickt lachend.

»Und ob! Ist das erst eine Sache! In der neuen Waschküche kommt ein Riesenbottich aufs Feuer – er ist so groß wie die Weinlesezuber, weißt du –, und wenn das Wasser richtig warm ist, steigen wir alle hinein.«

»Nackt?«

»Wie denn? Sonst könnten wir uns doch nicht einseifen! Rose Raquenot wollte zuerst nicht, weil sie so mager ist. Du solltest sie sehen!« fügt Luce mit gesenkter Stimme hinzu, »nichts als Haut und Knochen und eine Brust wie ein Junge, ganz flach! Jousse dagegen hat zwei so große wie eine Amme! Und die mit der Nachtmütze – wir nennen sie Flunder – ist voller Haare, überall, wie ein Bär! Außerdem hat sie blaue Schenkel.«

»Blaue Schenkel? Wieso?«

»Ich weiß nicht, aber blau sind sie, das kannst du mir glauben! Richtig blau, so wie wenn es draußen friert und die Haut vor Kälte anläuft!«

»Das muß ja einladend aussehen!«

Luce schüttelt sich vor Abscheu.

»Wenn ich ein Junge wäre, würde ich mich nicht darum reißen, mit ihr zu baden!«

»Aber ihr wäre es vielleicht nicht alles eins, wie?«

Wir prusten vor Lachen, doch meine Heiterkeit erfährt ein jähes Ende: Mademoiselle Sergent geht über den Gang, Schritt und Stimme sind unverkennbar. Mit einem Satz springe ich auf das Himmelbett der armen einschichtigen Griset, ziehe die Vorhänge vor, warte, bis die Luft wieder rein ist, und stürze davon, mit einem leisen »Auf Wiedersehen!«

Die Sonne strahlt heute besonders hell. Wie schön ist doch dieser warme, vorwitzige Frühling, wie reizend kleidet er mein geliebtes Montigny! Vorigen Sonntag bin ich bereits in den herrlichen, veilchendurchdufteten Wäldern umhergestreift, mit der sanften Claire, meiner Kommunionsgefährtin, die mir ihre neuesten Liebesabenteuer erzählte. Seitdem es so warm ist, trifft sie ihren Verehrer des Abends, am Saum des Tannenwalds, und wer weiß, wie das noch enden wird! Doch nein, man kann ganz unbesorgt sein: Claire ist gefeit! Gewählte Worte (die sie nicht immer versteht), Küsse, Kniefälle – mehr braucht sie nicht. Vorausgesetzt, alles ist so, »wie's in den Büchern steht«.

Aber, aber, was soll denn das? In der einsamen Klasse finde ich die kleine Luce. Sie hat den Kopf auf den Arm gelegt und schluchzt zum Steinerweichen. Ich richte sie gewaltsam auf. Ihre Augen sind verschwollen und groß wie Spiegeleier.

»Bist du aber schön! Was ist los, Kleine? Warum heulst du?«

»Sie ... sie ... hat mich ... geprügelt!«

»Deine saubere Schwester?«

»J-ja.«

»Warum?«

Sie wischt sich die Augen und berichtet:

»Ich habe die Rechenaufgabe nicht verstanden, also habe ich sie nicht gemacht. Daraufhin wird sie wütend, schreit, daß ich eine dumme Gans bin, daß es nicht dafürsteht, daß die Eltern das Internat für mich bezahlen, daß ich ihr auf die Nerven gehe, und so weiter ... Ich habe geantwortet:

›Laß mich in Ruhe!‹ Da ist sie noch wütender geworden und hat mich geohrfeigt, mitten ins Gesicht, sie ist gemein, gemein, gemein, und ich hasse sie!«

Neuerliche Sintflut.

»Meine arme Luce, du bist wirklich eine Gans! Warum hast du dich prügeln lassen? Hättest du ihr lieber ihren Ex-Armand unter die Nase gerieben!«

Ihre Augen weiten sich vor Entsetzen. Ich fahre herum: Mademoiselle Sergent steht auf der Schwelle. Tableau! Was wird sie sagen?

»Alle Achtung, Mademoiselle Claudine! Sie geben diesem Kind gute Ratschläge!«

»Und Sie ein gutes Beispiel!«

Meine Antwort versetzt die kleine Luce in sprachloses Entsetzen. Mich jedoch kann die Frau Direktor nicht erschüttern, und wenn sie mich zehnmal mit ihren Blicken durchbohrt, bebend vor Zorn und Erregung. Ihre Augen funkeln wie glühende Kohlen. Doch diesmal, zu klug, um sich fortreißen zu lassen, bleibt sie Herrin der Lage, schüttelt lediglich den Kopf und sagt:

»Gut, daß der Monat Juli näherrückt, Mademoiselle Claudine! Sie werden mir wohl beipflichten, daß es für mich täglich schwieriger wird, Sie hierzubehalten?«

»Zweifellos! Aber meiner Meinung nach beruht das auf einem grundlegenden Mißverständnis. Unsere Beziehungen haben unter einem schlechten Stern begonnen.«

»Gehen Sie in den Hof, Luce!« sagt die Frau Direktor statt jeglicher Antwort.

Die Kleine läßt sich das nicht zweimal sagen, schneuzt sich geräuschvoll und läuft hinaus. Mademoiselle Sergent fährt fort:

»Das ist wahrhaftig nicht meine Schuld! Sie haben sich von allem Anfang an widerspenstig und störrisch gezeigt und mein Entgegenkommen, wenn es auch wirklich nicht an mir war, um ihre Zuneigung zu werben! Doch Sie schienen mir sowohl klug als auch hübsch genug, um mich, die ich weder Kind noch Schwester habe, zu interessieren.«

Der Teufel soll mich holen, wenn ich jemals vermutet hätte, daß ... Deutlicher kann sie mir wohl kaum zu verstehen geben, daß es nur an mir gelegen hätte, ihre kleine Aimée zu werden! Nein, danke schön! Selbst im nachhinein erscheint mir der Gedanke nicht verlockend. Zu denken, daß Aimée jetzt auf mich eifersüchtig wäre ... was für eine Komödie!

»Mag sein, Mademoiselle. Aber leider wäre es trotzdem schiefgegangen, und zwar wegen Mademoiselle Aimée. Sie haben sich allzu leidenschaftlich bemüht, ihre ... Freundschaft zu erwerben und die Zuneigung zu zerstören, die sie für mich empfinden mochte!«

Sie wendet sich ab:

»Ich habe nicht versucht, die Zuneigung zu zerstören ... wie Sie behaupten ... Mademoiselle Aimée hätte Ihnen weiterhin Englischstunden geben können, ich hätte sie nicht daran gehindert ...«

»Sagen Sie das doch nicht! Ich bin noch nicht völlig verblödet, und wir sind allein! Ich war lange genug wütend, verzweifelt sogar, denn ich bin fast ebenso eifersüchtig wie Sie! Warum haben Sie sie mir genommen! Ich war so unglücklich, ja, freuen Sie sich, ich war unglücklich! Aber ich habe auch erkannt, daß sie im Grund nicht viel wert ist, und das hat mir genügt! Außerdem werde ich in meinem

Leben noch genug Dummheiten machen. Auf die, über Sie triumphieren zu wollen, kann ich verzichten! Das wär's! Jetzt habe ich nur einen einzigen Wunsch: Mademoiselle Lanthenay soll hier nicht zur allmächtigen Favoritin werden! Ferner möge sie ihre kleine Schwester in Ruhe lassen! Luce ist weder schlechter noch besser als Aimée, das können Sie mir glauben! Daheim spreche ich nie über das, was hier vorgeht. Nach den Ferien komme ich nicht mehr her, und auf die Prüfung bereite ich mich vor, weil Papa sich einbildet, Wert darauf zu legen. Außerdem gönne ich Anaïs nicht den Triumph, mich durchfallen zu sehen. Können Sie mich bis dahin nicht in Ruhe lassen? Ich tue Ihnen doch nichts mehr ...«

Ich könnte noch lange weitersprechen. Ihr Interesse ist erloschen. Ich verzichte auf ihren Liebling, mehr hat sie nicht gehört. Sie steht in Gedanken versunken, fährt plötzlich in die Höhe, jeder Zoll eine Respektsperson, und beendet unser Zwiegespräch von Frau zu Frau:

»Gehen Sie hinunter, Claudine. Es ist acht Uhr vorbei, und Sie müssen antreten.«

»Was hast du so lange mit Mademoiselle zu reden gehabt?« fragt die lange Anaïs. »Ihr versteht euch seit neuestem wohl glänzend?«

»Ganz recht, meine Liebe! Die wahre Seelenfreundschaft!«

Der Unterricht beginnt. Die kleine Luce drängt sich an mich, wirft mir zärtliche Blicke zu und streichelt meine Hände. Ihre Liebe geht mir auf die Nerven. Das einzige, was mir Spaß macht, ist, sie zu plagen, zu prügeln und in Schutz zu nehmen, wenn sie von den anderen schikaniert wird.

Plötzlich fliegt die Tür auf, Mademoiselle Aimée stürzt herein, flüstert: »Der Schulinspektor!« und ist schon wieder draußen. Die Klasse gerät in Aufruhr. Jede Gelegenheit, Wirbel zu machen, ist hochwillkommen. Unter dem Vorwand, unsere Bücher zu ordnen, öffnen wir die Pulte, wühlen in den Fächern und führen hastige Gespräche hinter senkrecht offenstehenden Deckeln. Anaïs fegt sämtliche Hefte Maries zu Boden – arme Marie Belhomme, so verwirrt und wehrlos! –, entnimmt den schützenden Seiten ihrer »Geschichte Frankreichs« einen *Gil Blas Illustré* und läßt das schlüpfrige Heftchen in ihrer Schürzentasche verschwinden. Ich bringe ein paar herrliche Tiergeschichten von Rudyard Kipling (endlich einmal jemand, der die Tiere versteht!) in Sicherheit, obgleich man diese Lektüre bei schlechtestem Willen nicht als gewagt bezeichnen kann. Man schwätzt, steht auf, nimmt wieder Platz, sammelt herumliegende Papiere, trägt sie zum Papierkorb und rettet die Bonbons, die in den Pulten schlummern, denn Papa Blanchot schielt zwar, merkt aber alles. Die Verbindungstüre zur Nachbarklasse steht offen. Mademoiselle Lanthenay stößt die Mädelchen herum, säubert den Katheder, schreit und ist die verkörperte Geschäftigkeit. Plötzlich erscheint die arme Griset, beistand- und schutzheischend. »Verzeihung, Mademoiselle, wird der Herr Inspektor die Hefte der Kleinen verlangen? Sie sind so schmutzig! Die Allerkleinsten machen doch erst Striche ...« Die gemeine Aimée lacht ihr ins Gesicht, Mademoiselle Sergent zuckt die Achseln: »Sie werden ihm zeigen, was er zu sehen wünscht. Aber wenn Sie allen Ernstes meinen, daß er sich für die Hefte Ihrer Kleinen interessiert ...«

Die traurige Vogelscheuche geht in ihre Klasse zurück. Der Höllenspektakel wird bei ihrem Eintritt kaum schwächer. Kein Wunder: ihre Autorität ist gleich Null.

Unsere Vorbereitungen sind nahezu beendet. Mademoiselle Sergent befiehlt hastig: »Die Lesebücher zur Hand, und etwas plötzlich, wenn ich bitten darf! Anaïs, spucken Sie auf der Stelle den Bleistift aus, den Sie im Mund haben! Wenn ich Sie noch ein einziges Mal bei der Vertilgung derartiger Delikatessen erwische, werfe ich Sie hinaus, vor Monsieur Blanchot! Claudine, würden Sie vielleicht einen Augenblick damit aufhören, Luce Lanthenay zu zwicken! Belhomme, legen Sie unverzüglich Ihre drei Halstücher ab, und Ihren einfältigen Gesichtsausdruck nicht minder! Bei Gott, ihr seid samt und sonders dümmer als die Allerkleinsten, und den Strick nicht wert, euch aufzuhängen!«

Schon gut, sie muß sich abreagieren, dafür habe ich Verständnis. Ich weiß, daß Mademoiselle Sergent den Besuchen des Inspektors mit größter Unruhe entgegensieht: Blanchot ist ein Freund des Abgeordneten, der Dutertre, den eventuellen Usurpator, mit tödlichem Haß verfolgt. Dutertre wiederum protegiert Mademoiselle Sergent. (Gott, ist das Leben kompliziert!) Endlich herrscht eine Abart von Ordnung. Anaïs, beunruhigend lang, erhebt sich und beginnt, mit bleistiftgeschwärztem Mund »Das Gewand« vorzutragen, ein Gedicht des weinerlichen Manuel.

> In enger Bodenkammer, armselig, fahl und grau,
> beschimpft die Frau den Gatten,
> schilt der Gemahl die Frau ...

Höchste Zeit! Ein hoher Schatten gleitet über das Gangfenster, heiliger Schauer durchrieselt die Klasse, und in dem Augenblick, da Papa Blanchot die Türe aufstößt, springen wir auf. (Vor Respekt, versteht sich!)

Des Inspektors wallender graumelierter Backenbart umrahmt ein Gesicht von beängstigender Feierlichkeit. Er predigt gern – sein Franche-Comté-Akzent ist hörenswert –, kaut seine Worte ebenso begeistert wie Anaïs den Radiergummi und trägt stets steife, altmodische Anzüge. Der Teufel soll ihn holen, diesen alten Esel! Vor einer Stunde werden wir ihn bestimmt nicht los! Er wird uns nicht nur mit den einfältigsten Fragen quälen, sondern auch davon zu überzeugen suchen, daß wir samt und sonders den Lehrberuf ergreifen könnten, wenn wir uns nur »eifriger dem Studium hingäben«. Immer noch besser, als sich ihm hinzugeben.

»Guten Tag, meine Damen! Setzt euch, liebe Kinder!«

Die »lieben Kinder« setzen sich, wahre Muster an Bescheidenheit und guten Sitten. Ich liefe am liebsten auf und davon. Mademoiselle Sergent eilt dem Inspektor entgegen, feindselig, aber respektvoll. Die tugendhafte Aimée verschwindet in ihre Klasse.

Monsieur Blanchot lehnt seinen silberbeschlagenen Krückstock in eine Ecke. Seine erste Amtshandlung besteht darin, die Frau Direktor zum Fenster zu führen und in ein langes Gespräch über Prüfungsfragen, Studienerfolge, Ausdauer und Fleiß zu verwickeln, das die rote Schlange unter Aufbietung ihrer ganzen Beherrschung über sich ergehen läßt. Allerdings beschränkt sie sich darauf, hin und wieder »Ja, Herr Inspektor!« zu sagen, während ihre Augen ganz schmal werden und immer tiefer zurückzuweichen scheinen. Sicher würde sie den Alten am liebsten verprügeln.

Sieh da, er hat sie lange genug angeödet. Jetzt kommen wir an die Reihe.

»Was las dieses junge Mädchen, als ich eintrat?«

Das junge Mädchen spuckt unauffällig einen Klumpen rosa Löschpapier aus und unterbricht eine offensichtlich mehr als zweideutige, von Marie Belhomme mit hochroten Wangen, schockierter, aber gespannter Miene und entsetzt aufgerissenen Vogelaugen verfolgte Erzählung. Schmierige Anaïs! Wovon wohl die Rede war?

»Nun, mein Kind? Was lasen Sie?«

»›Das Gewand‹, Herr Inspektor.«

»Fahren Sie fort!«

Anaïs mimt schüchterne Verwirrung und beginnt von vorne. Blanchot mustert uns aus schmutzig-grünen Augen. Koketterie ist ihm ein Greuel, und wenn er an einem zarten Hals ein Stückchen schwarzen Samt oder an Stirn und Schläfen kleine Löckchen entdeckt, furcht er zürnend die Stirn. Auf mich hat er es besonders scharf, denn meine losen Locken und die großen weißen Plisseekragen, die ich zu dunklen Stoffen zu tragen pflege – ich liebe den strengen Stil! –, sind ihm ein Dorn im Auge. Man findet kaum einfachere Kleider als die meinen. Aber dennoch wirken sie hübsch genug, um ihm in höchstem Maße verdächtig zu erscheinen. Die lange Anaïs hat das »Gewand« vollendet und wird damit beauftragt, ein paar Verse logisch (oder was beißt mich!) zu analysieren. Dann fragt er:

»Mein Kind, weshalb umgaben Sie (sie!) Ihren Hals mit diesem Stück schwarzen Sammets?«

Anaïs, durchaus nicht schlagfertig, kommt mit der einfältigen Antwort: »Weil mir kalt ist, Herr Inspektor!«

»Weil Ihnen kalt ist? Glauben Sie nicht, daß zum Zwekke der Erwärmung ein Halstuch weit besser am Platze wäre?«

Ein Halstuch! Warum nicht gleich eine Strickjacke, du alter Einfaltspinsel! Ich kann mich des Lachens nicht erwehren, was unfehlbar seine Aufmerksamkeit erregt.

»Und Sie, mein Kind? Warum lassen Sie Ihr Haar so unordentlich herabhängen, anstatt es zu einem Knoten zu frisieren oder mittels einiger Haarnadeln aufzustecken?«

»Weil ich sonst Kopfweh bekomme, Herr Inspektor.«

»Aber Sie können es doch zu Zöpfen flechten, sollte man meinen!«

»Gewiß könnte ich das, aber Papa ist dagegen.«

Er hat es auf mich abgesehen, ich wußte es ja! Noch ein letztes mißbilligendes Zungenschnalzen, dann nimmt er Platz und macht sich ans grause Werk: Marie wird mit dem amerikanischen Unabhängigkeitskrieg geplagt, ein Zwilling mit den Küsten Spaniens, der andere mit rechtwinkeligen Dreiecken. Dann ruft er mich zur Tafel und befiehlt mir, einen Kreis zu zeichnen. Ich erzeuge ein Gebilde, das man mit einigem guten Willen tatsächlich einen Kreis nennen kann.

»Teilen Sie diesen Kreis in eine fünfblättrige Rosette, nehmen Sie an, daß sie von links beleuchtet werde, und schraffieren Sie die beschatteten Blätter.«

Mit Vergnügen! Hätte er mir eine Rechenaufgabe gestellt, wäre ich höchstwahrscheinlich auf der Strecke geblieben. Jedoch mit Schatten und Rosetten weiß ich umzugehen und mache daher meine Sache ziemlich gut, zur großen Enttäuschung der heimtückischen Zwillinge.

»Das ist ... recht ordentlich, ja, recht ordentlich. Sie treten heuer zur Reifeprüfung an?«

»Jawohl, Herr Inspektor. Im Juli.«

»Und Sie haben tatsächlich nicht die Absicht, die Lehrerinnenbildungsanstalt zu besuchen?«

»Nein, Herr Inspektor. Ich habe die Absicht, mich meiner Familie zu widmen.«

»Ah? Hm! Allerdings glaube ich kaum, daß Sie zum Lehramt berufen sind.«

In eben demselben Tonfall hätte er sagen können: »Allerdings halte ich Sie für eine Kindesmörderin.« Armer Mann! Lassen wir ihm seine Illusionen! Aber ich würde viel darum geben, hätte er zum Beispiel dem Zornesausbruch des guten Armand beigewohnt, oder könnte er sehen, wie oft wir uns selbst überlassen bleiben, stundenlang, während unsere Lehrerinnen im ersten Stock weilen, mit dem Austausch von Zärtlichkeiten beschäftigt.

»Würden Sie mir nun Ihre zweite Klasse zeigen, Mademoiselle?«

Die Frau Direktor willfahrt unverzüglich diesem Wunsch des Herrn Inspektors und heftet sich an seine Sohlen, um ihren Liebling vor etwaiger Unbill zu behüten. Mittlerweile ziere ich die Tafel mit einer Karikatur des alten Blanchot, samt Backenbart und allem Drum und Dran, die das helle Entzücken meiner Mitschülerinnen auslöst. Rasch schmükke ich das Porträt noch mit zwei Eselsohren, lösche es wieder aus und kehre gelassen auf meinen Platz zurück. Die kleine Luce, zutraulich und anschmiegsam, schiebt ihren Arm unter den meinen und versucht mir einen Kuß zu geben. Ich stoße sie zurück, gebe ihr ein Kopfstück und werde als »sehr garstig« bezeichnet.

›»Sehr garstig?‹ Ich werde dich lehren, dir derartige Freiheiten herauszunehmen! Halte deine Gefühle gefälligst im Zaum und erzähl mir lieber, ob Mademoiselle Griset noch immer die einzige Hilfslehrerin ist, die in eurem Schlafsaal übernachtet.«

»Nein. Zweimal hintereinander hat Aimée bei uns geschlafen, zwei Nächte hindurch!«

»Viermal also? Du bist eine Gans! Was heißt, eine! Du bist ein ganzer Gänsestall! Verhalten sich deine Zimmergenossinnen ruhiger, wenn deine keusche Schwester unter dem Baldachin ruht?«

»Kaum. Einmal ist einem Mädel schlecht geworden, mitten in der Nacht. Wir sind aufgestanden, haben das Fenster aufgerissen, und ich habe meine Schwester gerufen, weil wir Zündhölzer gebraucht hätten. Aber sie hat sich nicht gerührt. Muß die einen festen Schlaf haben!«

»Festen Schlaf! Festen Schlaf! Was für eine Kuh! Mein

Gott, warum läßt du zu, daß sich auf dieser Erde Wesen herumtreiben, denen es am primitivsten Hausverstand gebricht! Ich könnte blutige Tränen weinen!«

»Was hab' ich denn schon wieder angestellt?«

»Nichts, nichts! Aber da hast du auf jeden Fall ein paar Hiebe, zur Geist- und Nervenstärkung!«

Luce wirft sich in komischer Verzweiflung auf die Bank und läßt sich mit Hochgenuß prügeln. Offenbar bereitet es ihr wahres Entzücken, hart angefaßt zu werden.

Halt, fast hätte ich vergessen:

»Anaïs, was hast du da vorhin Marie erzählt? Sie war ja röter als die Damen der Bastille!«

»Welcher Bastille?«

»Das tut nichts zur Sache! Schieß los!«

»Komm näher her!«

Ihr lasterhaftes Gesicht prickelt vor Erregung. Sicher handelt sich's um sehr häßliche Dinge. »Am letzten Weihnachtsabend hat der Bürgermeister seine Geliebte bei sich gehabt, die schöne Julotte. Außerdem ist der Gemeindesekretär gekommen, mit einer Pariserin. Beim Dessert haben sie die beiden Damen dazu überredet, sich auszuziehen. Dann haben sie sich ebenfalls ausgezogen, und dann haben alle vier gemeinsam eine Quadrille getanzt, splitternackt! Was sagst du jetzt, Alte?«

»Nicht übel! Wer hat dir das gesagt?«

»Niemand. Papa hat es Mama erzählt, als ich schon im Bett lag. Ich behaupte nämlich, daß ich mich in der Nacht fürchte. Darum lassen sie die Türe einen Spalt offen, und ich höre alles.«

»Du scheinst dich ja nicht gerade zu langweilen, in deinem Bett! Erzählt dein Vater öfters solche Geschichten?«

»Nein. Zumindest keine so guten. Aber manchmal wälze ich mich vor Lachen.«

Und sie erfreut mich mit weiteren mehr oder weniger schmutzigen Kapiteln der lokalen Skandalchronik. Ihr Vater, Angestellter des Bürgermeisteramts, sitzt an der Quelle. Ich höre zu, und die Zeit vergeht.

Mademoiselle Sergent tritt ein, ganz unvermittelt. Wir können gerade noch die Bücher aufschlagen, irgendwo, auf gut Glück. Doch sie achtet nicht auf unser Tun und Treiben, sondern kommt geradewegs auf mich zu und sagt:

»Claudine, können Sie Ihre Kameradinnen etwas singen lassen? Sie haben während Ihrer Abwesenheit einen reizenden zweistimmigen Chor gelernt: ›In diesem sanften Haine‹. Es wäre gut, wenn der Inspektor ihn hören könnte.«

»An mir soll's nicht scheitern! Aber leider betrachtet Monsieur Blanchot meine Frisur mit solchem Mißvergnügen, daß ihm darüber die Lust an der Musik vergehen mag!«

»Stellen Sie die Mädchen auf und reden Sie keinen Unsinn, dazu ist jetzt wirklich nicht der Augenblick! Monsieur Blanchot scheint mit der zweiten Klasse ziemlich unzufrieden, und ich zähle darauf, daß ihn der Gesang ein wenig aufheitern wird.«

Nicht möglich! Monsieur Blanchot ist unzufrieden! Das Gegenteil hätte mich erstaunt. Mademoiselle Lanthenay nimmt sich ihrer Klasse nur an, wenn sie gerade nichts Besseres zu tun hat. Und selbst dann beschränkt sie sich darauf, ihren Schülerinnen endlose schriftliche Arbeiten aufzubürden, um mit der geliebten Frau Direktor in Ruhe schäkern zu können, während die Kinder Berge von Papier beschmieren. Was mich betrifft, so bin ich gern bereit, den Chor zu dirigieren. Was mich das schon kostet! Mademoiselle Sergent holt den verhaßten Blanchot. Ich stelle meine Mitschülerinnen im Halbkreis auf, verstärke ihre Reihen mit der ersten Abteilung der zweiten Klasse, vertraue der langen Anaïs die erste, Marie Belhomme die zweite Stimme an (unselige zweite!) und werde selbst dort mitsingen, wo das Gebäude am bedrohlichsten ins Wanken gerät. Achtung, Auftakt, eins, zwei, drei:

»In diesem sanften Haine,
auf dieser grünen Flur
erblühet uns das reine
Entzücken der Natur!
Herbei, herbei ihr Nymphen ...«

Welch unverhofftes Glück! Der alte Dickhäuter taktiert die Musik Rameaus kopfnickend mit (allerdings im falschen Zeitmaß) und scheint entzückt zu sein. O ewiger Orpheus! Hast du nicht schon vor urdenklichen Zeiten die wilden Tiere gebändigt?

»Hübsch, hübsch! Und gut gesungen! Von wem ist dieser Chor? Von Gounod, nicht wahr?«

(Warum sagt er »Gounode«?)

»Ja, Monsieur.« (Erhalten wir ihn bei guter Laune!)

»Dacht' ich's mir doch! Ein nettes altes Stück!« (Nettes altes Stück du selber!)

Mademoiselle Sergent beißt sich in die Lippen. Die Großzügigkeit des Herrn Inspektors, der dem Komponisten des Faust kaltblütig eine Komposition Rameaus in die Schuhe schiebt, erregt anscheinend ihre Heiterkeit.

Blanchot ist versöhnt, seine Stirne hat sich entwölkt. Noch einige Artigkeiten, dann trollt er sich – endlich, endlich! –, nicht ohne vorher den Partherpfeil eines Aufsatzthemas abgeschnellt zu haben:

»Der Müßiggang gleicht dem Rost.« Dieser Ausspruch Franklins ist zu erläutern und zu kommentieren.

Vorwärts! Hie der blanke Schlüssel, glänzend und glatt

von täglichem Gebrauch, hie der häßliche Sperrhaken, krumm und rostzerfressen ... Hie der wackere Arbeiter, früh aus dem Bett, fröhlich am Werk, kraftstrotzend und munter, hie der Tagedieb auf orientalischem Diwan, lässig hingegossen, auf dessen verschwenderisch gedeckter Tafel ... usw. usw. ... die erlesensten Gerichte ... usw. usw. ... den abgestumpften Gaumen ... usw. usw. ... nicht mehr zu reizen vermögen! Oh! Schluß, Punktum. Ich hab's geschafft!

Als ob ein weicher Fauteuil vielleicht zu verachten wäre! Als ob die Arbeiter, die ihr ganzes Leben lang schuften, etwa nicht an Erschöpfung stürben! Doch, Verzeihung, das gehört nicht hierher. Im Lehrplan ist kein Platz für die Wirklichkeit.

Der kleinen Luce fällt nichts ein, sie winselt um Ideen, und ich gebe ihr großzügig mein Werk zu lesen. Was sie mir schon stehlen kann!

Endlich ist es vier Uhr. Die Internen fallen über ihre Jause her (sie wird von der rustikalen Mutter zubereitet), ich werfe einen prüfenden Blick auf die Fensterscheiben, um festzustellen, ob mein Hütchen auch richtig sitzt, und dann mache ich mich auf den Heimweg, begleitet von Marie und der langen Anaïs.

Ein Glück, daß der alte Blanchot uns nicht hören kann! Wir lassen kein gutes Haar an ihm. Lästiger Alter! Wenn es nach ihm ginge, müßten wir alle in Sack und Asche gehen, mit steif nach rückwärts gebürstetem Haar!

»Ich glaube, daß er mit der zweiten Klasse trotzdem recht unzufrieden war«, meint Marie Belhomme, »obwohl du ihn mit der Musik besänftigt hast!«

»Kein Wunder!« sagt die lange Anaïs. »Die zweite ist ja auch kein Prunkstück! Schließlich widmet sich Mademoiselle Lanthenay ihren Schutzbefohlenen ein wenig ... oberflächlich.«

»Du hast leicht reden! Sie kann doch nicht alles machen! Der Dienst bei Mademoiselle Sergent nimmt sie voll und ganz in Anspruch. Sie wäscht sie sogar in der Früh!«

»Das ist nicht wahr!« rufen Marie und Anaïs aus einem Mund.

»Doch! Wenn ihr mir nicht glaubt, braucht ihr nur durch den Schlafsaal in die Zimmer der Hilfslehrerinnen zu gehen – es ist gar nichts dabei, man muß nur Wasser hinauftragen – und die Hand in Mademoiselle Aimées Waschschüssel tauchen. Keine Gefahr, ihr werdet nicht naß! Sie ist ganz verstaubt!«

»Das ist zu stark!« sagt Marie Belhomme im Brustton der Überzeugung.

Die lange Anaïs geht schweigend fort, in Gedanken versunken. Sicher wird sie nicht verfehlen, den hochaufgeschossenen Bengel, mit dem sie diese Woche flirtet, von diesen reizenden Einzelheiten in Kenntnis zu setzen. Über ihre Seitensprünge ist mir nur sehr wenig bekannt. Versuche ich, sie auszuhorchen, so blickt sie mich spöttisch an, und es ist, als stieße ich auf eine undurchdringliche Wand.

Seit neuestem langweile ich mich in der Schule, nie dagewesenes, beunruhigendes Symptom! Dabei bin ich in niemanden verliebt. (Vielleicht deshalb?) Aus purem Überdruß mache ich meine Aufgaben nahezu gewissenhaft und sehe ruhigen Bluts mit an, wie unsere Lehrerinnen miteinander kosen, schnäbeln und – zanken, um die Liebe nachher nur um so süßer auszukosten. Sie verschmähen nunmehr jegliche Zurückhaltung und benehmen sich so ungezwungen, daß selbst der unerschütterliche Rabastens bei ihrem Anblick außer Fassung gerät und verlegen herumzustottern beginnt. Dann funkelt boshafte Freude aus Aimées Katzenaugen, und Mademoiselle Sergent lacht vor Entzücken, ihren Liebling so fröhlich zu sehen. Bei Gott, sie sind erstaunlich, diese beiden! Und wie anspruchsvoll die Kleine geworden ist! Man möchte es nicht für möglich halten. Ein Zeichen genügt, ein unmerkliches Runzeln der samtenen Brauen, und schon ist Mademoiselle Sergent zur Stelle, mit völlig verändertem Gesichtsausdruck, des kleinsten Winks gewärtig.

Und Luce? Sie beobachtet dieses zärtliche Einverständnis, hält Augen und Ohren offen und lernt. Sie lernt sogar sehr schnell. Schon benützt sie jedes zufällige Tête-à-tête, um mir unmißverständliche Avancen zu machen, drängt sich an mich, verspielt und schmeichelnd, mit halboffenem, frischem Mündchen, und senkt die langen, seidigen Wimpern über ihre meergrünen Augen. Nein, sie reizt mich nicht. Warum versucht sie's nicht bei der langen Anaïs? Auch sie interessiert sich seit neuestem für die zärtlichen Spiele unserer Turteltauben, die uns, sofern sie nichts Besseres zu tun haben, auch den im Lehrplan vorgesehenen Unterricht erteilen, und weiß sich vor Verwunderung nicht zu fassen. Ja, ab und zu zeigt sie erstaunliche Bildungslücken!

Heute früh habe ich die kleine Luce tüchtig durchgewalkt. Sie hatte den unglücklichen Einfall, mich küssen zu wollen – in dem Geräteschuppen, wo wir die Gießkannen abstellen –, ließ die Prügel stillschweigend über sich ergehen, fing nur ganz zum Schluß zu weinen an und schluchzte so lange, bis ich ihr begütigend übers Haar strich und sagte:

»Kleiner Dummkopf, gedulde dich doch eine Weile! In der Lehrerinnenbildungsanstalt hast du mehr als genug Gelegenheit, deinen Zärtlichkeitsüberschuß abzureagieren!«

»Ja, aber ohne dich!«

»Das will ich meinen! Aber sei unbesorgt! Du wirst noch

keine zwei Tage dort sein, werden sich schon zwei ›Große‹ deinetwegen zerstritten haben, du garstiges kleines Tier!«

Sie läßt sich mit Wonne beleidigen und wirft mir dankbare Blicke zu.

Warum langweile ich mich nur so sehr? Habe ich Heimweh nach der alten Schule? Nach den staubigen Winkeln, wo man sich hinter Bergen von Schmutz und Gerümpel verstecken konnte, nach den verworrenen Gängen dieses alten Kaninchenbaus, mit den kaum feststellbaren Grenzen zwischen Schultrakt und Lehrerwohnungen, wo man so selbstverständlich im Zimmer des Hilfslehrers landen konnte, daß man sich nachher kaum zu entschuldigen brauchte?

Oder werde ich langsam alt? Mein sechzehnter Geburtstag rückt in beängstigende Nähe. Sollte mich schon die Last der Jahre drücken? Wie dumm von mir!

Vielleicht ist der Frühling an allem schuld. Er ist aber auch zu schön heuer, man weiß sich kaum zu helfen. Jeden Sonn- und Donnerstag laufe ich auf und davon und besuche meine kleine Claire, die augenblicklich bis über beide Ohren in ein ebenso dummes wie aussichtsloses Abenteuer mit dem Gemeindesekretär verstrickt ist. Er will sie nicht heiraten. Kunststück! Das Gegenteil wäre schwer durchführbar. Angeblich litt er bereits in seiner Schulzeit an einer jener Krankheiten, deren »Sitz« ein ewiges Geheimnis bleibt, und man sagt, daß er nicht imstande sei, seine Gelüste »zu befriedigen«.

Ich weiß zwar nicht genau, was das heißen soll, ich verstehe es sogar nur sehr annähernd, tue aber, was ich kann, um meiner lieben Claire diese spärlichen Informationen einzuhämmern. Dann blickt sie zum Himmel, ebenso unschuldsvoll wie verständnislos, schüttelt den Kopf und sagt mit verzückter Miene: »Was hat das schon zu bedeuten? Er ist so schön, er hat einen seidigen Schnurrbart, seine Worte machen mich glücklich, er küßt mich auf den Hals und spricht von Poesie und Sonnenuntergang ... was brauche ich mehr?«

Ich kann ihr nur beipflichten. Wenn sie sich damit zufriedengibt ...

Bin ich ihrer Schwärmereien müde, so gebe ich vor, heimgehen zu müssen (Du weißt ja, Papa wartet ...), bleibe aber im Wald, freue mich meiner Einsamkeit, suche mir einen Platz von besonderem Zauber und werfe mich ins weiche Moss. Unzählige Tierchen laufen an meiner Nase vorbei – zuweilen benehmen sie sich sehr schlecht, aber schließlich sind sie so winzig! –, würzige Gerüche erfüllen die Luft, es duftet nach Erde und frischen Krautern, die der Sonne entgegenreifen – oh, meine geliebten Wälder!

Ich komme zu spät in die Schule. (Kaum verlösche ich das Licht, tanzen die Gedanken in tollem Wirbel um mich her, und der Schlaf läßt lange auf sich warten.) Mademoiselle Sergent thront am Katheder, mißbilligend und würdevoll, Direktorin von Kopf bis Fuß. Die Mädchen haben penetrant brave Mienen aufgesetzt und verharren in feierlichem Schweigen. Was ist los? Aha! Die lange Anaïs, auf ihrem Pult zusammengesunken wie ein Haufen Elend, schluchzt mit solchem Kraftaufwand, daß ihre Ohren vor Anstrengung bereits ganz blau sind. Fröhlicher Morgen in Sicht! Behutsam nehme ich meinen Platz neben der kleinen Luce ein, die mir ins Ohr flüstert: »Denk dir nur, ein ganzer Pack Liebesbriefe im Pult eines Jungen! Anaïs hat sie geschrieben, und soeben hat sie der Lehrer der Frau Direktor zum Lesen gebracht!«

Tatsächlich, Mademoiselle Sergent liest sie, aber in aller Stille! Schrecklich, schrecklich! Drei Lebensjahre des guten Antonin gäbe ich ohne zu zögern für das Recht, diese Korrespondenz durchackern zu dürfen. Wird denn niemand die rote Schlange auf die Idee bringen, uns einige Gustostücke vorzulesen? Weh, weh, dreimal weh! Mademoiselle Sergent hat ihre Lektüre beendet.

Ohne ein Wort an die lange Anaïs zu verlieren – sie ist noch immer über ihr Pult hingegossen –, steht sie feierlich auf, geht gemessenen Schrittes zum Ofen (er befindet sich in meiner allernächsten Nähe), öffnet ihn, faltet die schmachvollen Papiere zusammen, läßt sie in dessen Bauch verschwinden, steckt sie umständlich in Brand und schließt das Türchen. Dann richtet sie sich auf und sagt zu der Verbrecherin:

»Mein Kompliment, Anaïs! Sie kennen sich besser aus als so mancher Erwachsene! Da Sie zur Reifeprüfung angemeldet sind, will ich Gnade vor Recht ergehen lassen und Sie bis dahin hierbehalten. Ich werde jedoch Ihren Eltern mitteilen, daß ich mich jeder Verantwortung für Ihre Person entledige! Schreiben Sie Ihre Arbeiten ab, Mesdemoiselles, und verschwenden Sie Ihre Aufmerksamkeit nicht an diese Unwürdige!«

Während dieses rhetorischen Kabinettstücks nehme ich mein flaches Zeichenlineal zur Hand, schiebe es – sachte, sachte – unter der Bank bis zum Ofen und stoße den kleinen Riegel vor, der die Luftzufuhr drosselt. Nein, ich kann nicht tatenlos zusehen, wie die literarischen Werke der langen Anaïs verbrennen! Lieber schreibe ich eine Strafarbeit. Doch niemand merkt etwas. Ob es mir wohl gelungen ist, die Flamme zu ersticken? Wie dem auch sei, bis Ende des Unterrichts muß ich mich gedulden. Wird es denn niemals elf Uhr werden? Ich spitze die Ohren. Das Singen des Ofens verstummt bereits nach wenigen Sekunden. Was kümmern mich die zwei Stück Stoff, die beim Waschen $^1/_{19}$ ihrer Länge und $^1/_{22}$ ihrer Breite einbüßen! Meinetwegen können sie bis zur Unkenntlichkeit zusammenschrumpfen, das ist mir egal.

Mademoiselle Sergent geht zur kleinen Aimée hinüber, höchstwahrscheinlich, um den guten Spaß mit ihr zu belachen. Kaum ist sie verschwunden, hebt Anaïs den Kopf, Zielscheibe sämtlicher Blicke. Sie hat fleckige Wangen und geschwollene Augen – was hat sie sie auch so fest gerieben! – und vertieft sich unverzüglich in die Betrachtung ihres Rechenhefts. Marie Belhomme neigt sich zu ihr und sagt mit lärmender Anteilnahme: »Na, Alte, jetzt setzt's was daheim, wie? Waren die Briefe sehr arg?«

Anaïs erwidert mit überlauter Stimme, ohne sich zu rühren:

»Pah! Was soll mir das schon ausmachen? Sie sind nicht von mir!«

Entrüstung. Die Mädchen werfen einander empörte Blikke zu:

»Wau! Hat man schon so was gehört! Diese Lügnerin!«

Endlich läutet es. Ich hatte schon gedacht, der Unterricht würde nie ein Ende nehmen. Umständlich räume ich mein Pult zusammen und verlasse als letzte den Raum. »Wart auf mich, Anaïs, ja? Ich bin gleich wieder da.«

Ich laufe in die leere Klasse zurück, auf leisen Sohlen. Vorsichtig den Ofen aufgemacht: Viktoria! Es gelingt mir, ihm eine Handvoll halbverkohlter Papiere zu entnehmen, mit wahrhaft mütterlicher Sorgfalt. Ober- und Unterseite des Paketes sind dahin, aber die Mitte ist ziemlich unversehrt. Mühelos erkenne ich die Schrift der langen Anaïs, berge die wertvollen Papiere in meiner Schultasche, um sie daheim in aller Ruhe auszukosten, und geselle mich wieder zu der Autorin, die einstweilen friedlich auf und ab gegangen ist. Wir setzen uns in Bewegung. Anaïs betrachtet mich verstohlen. Plötzlich bleibt sie wie angewurzelt stehen und seufzt tief auf, angstvoll und beklommen. Ihr entsetzter Blick ist auf meine Hände gerichtet: sie sind rußgeschwärzt. Soll ich sie anlügen? Kommt gar nicht in Frage. Ich schreite unverzüglich zum Angriff:

»Paßt dir vielleicht etwas nicht?«

»Du hast im Ofen gewühlt, was?«

»Klar! Du glaubst doch nicht im Ernst, daß ich mir die einmalige Gelegenheit entgehen lassen werde, deine Briefe zu lesen?«

»Sind sie verbrannt?«

»Gott sei Dank nicht. Schau her!«

Ich zeige ihr die Briefe, halte sie aber fest. Sie durchbohrt mich mit mörderischen Blicken, wagt aber nicht, auf meine Schultasche loszufahren. Durch Schaden wird man klug: sie weiß genau, daß ich sie windelweich prügeln würde. Mein Gott, sie tut mir fast leid. Trösten wir sie ein wenig!

»Paß auf: ich lese, was noch übrig ist. Dieser Versuchung kann ich beim besten Willen nicht widerstehen. Aber dann geb' ich dir deine Briefe wieder zurück. Ist das nicht ein anständiges Angebot?«

Sie traut mir nicht.

»Ehrenwort! Heute nachmittag, vor dem Unterricht!«

Was bleibt ihr übrig? Sie geht, machtlos, länger und gelber denn je.

Daheim angelangt, stürze ich mich über die Briefe. Tiefe Enttäuschung! Dieses Gemisch aus Backfischsentimentalität und praktischen Anweisungen entspricht durchaus nicht meinen Erwartungen: »Bei Mondenschein denke ich immer an dich ... vergiß nicht, nächsten Donnerstag den Strohsack mitzubringen, den du das letzte Mal mitgebracht hast ... mehr brauche ich nicht, als daß Mama die Grasflecken auf meinem Kleid bemerkt!« Es folgen unklare Anspielungen, die den jungen Herrn wahrscheinlich an schmutzige Abenteuerchen erinnern sollen. Ja, ich bin schwer enttäuscht und werde ihr die Episteln mit Vergnügen zurückerstatten. Sie sind bei weitem nicht so unterhaltend wie Anaïs selbst in ihrer bizarren, kalten Unberechenbarkeit.

Als ich sie ihr überreichte, glaubte die lange Latte ihren Augen nicht zu trauen. Ihre Freude war so groß, daß sie mir sogar verzieh, die Briefe gelesen zu haben, die sie nach Rückerhalt eilends ins Klo stopfte. Nun zeigt ihr Gesicht wieder die alte Undurchdringlichkeit. Von Demütigung keine Spur. Beneidenswertes Wesen!

Ich habe mir einen Schnupfen geholt und kuriere ihn in Papas Bibliothek, bei der Lektüre von Michelets närrischer, in Alexandrinern geschriebenen »Geschichte Frankreichs«. (Vielleicht übertreibe ich ein wenig?) Nein, ich langweile mich ganz und gar nicht in meinem Lehnstuhl, von Büchern umgeben, während meine schöne Fanchette, diese klügste aller Katzen, mir Gesellschaft leistet. Sie liebt mich mit Selbstverleugnung, ungeachtet aller Miseren, die sie mit mir auszustehen hat, ungeachtet der Spuren meiner Zähne in ihren rosigen Ohren und der anstrengenden Dressur, der ich sie zu unterwerfen pflege.

Sie hat mich so gern, daß sie versteht, was ich sage, beim Klang meiner Stimme hervorkommt und meine Lippen mit kleinen Liebkosungen streift. Und sie schätzt die Bücher, diese Fanchette, wie ein alter Gelehrter! Allabendlich plagt sie mich so lange, bis ich einige dicke Bände vom Regal nehme (Papas Konversationslexikon). Dadurch entsteht ein viereckiges Zimmerchen, in dem sie sich häuslich niederläßt, leckt und putzt. Ich schiebe die Glasscheibe vor und ihr gefangenes Schnurren tönt wie gedämpfter Trommelschlag. Ab und zu blicke ich sie an.

Dann zieht sie die Augenbrauen in die Höhe, seltsam menschengleich.

Schöne Fanchette, wie fesselnd bist du, wie verständnisvoll! (Weit mehr als Luce Lanthenay, diese Katze minderer Art!) Seitdem du auf der Welt bist, erfreue ich mich an dir! Du vermochtest kaum noch ein Auge offenzuhalten, da versuchtest du schon, in deinem Körbchen umherzustolzieren, kriegerischen Schritts. Dabei konntest du kaum aufrecht stehen, und deine vier Zahnstocher drohten jeden Augenblick einzuknicken! Seither lebst du in den Tag hinein, fröhlich und unbekümmert, und dein Tun und Treiben ist mir eine Quelle ständiger Heiterkeit und Freude: deine Bauchtänze zu Ehren der Maikäfer und Schmetterlinge, der ungeschickte Lockruf, mit dem du die Vögel zu täuschen suchst, die knappen, kurzen Pfotenhiebe auf meine Hände, mit denen du dein Mißfallen auszudrücken pflegst. Du führst das unwürdigste Leben, das man sich vorstellen kann! Zwei- bis dreimal jährlich bemerke ich dich auf der Gartenmauer, lächerlich, verrückt, von einem Kometenschweif liebestoller Kater gefolgt. Ich kenne auch deinen Liebling, entartete Fanchette, ein schmutziggraues, ausgemergeltes Vieh mit Hasenohren, das zusehends die Haare verliert! Wie kannst du dich nur an diesen Plebejer wegwerfen, noch dazu so oft? Doch selbst in dieser Zeit der Tollheit brauche ich nur vorüberzugehen, und du nimmst für einen Augenblick dein normales Aussehen wieder an und läßt ein freundschaftliches Miauen hören, das wohl heißen soll: »Sieh, so weit ist es mit mir gekommen! Verachte mich nicht allzusehr! Die Natur stellt gewisse Forderungen, aber bald komme ich wieder nach Hause, und dann werd' ich mich lange, lange lecken, um mich von der Erinnerung an diese zügellose Zeit zu reinigen!« O schöne weiße Fanchette! Wie gut steht es dir an, dich schlecht zu benehmen!

Mein Schnupfen ist geheilt. Ich kehre in die Schule zurück und finde die Klasse in heller Aufregung: die Prüfung ist in beängstigende Nähe gerückt. Wir haben bereits Ende Mai und sollen am 5. Juli antreten: fast tut es mir leid, diesem Ereignis so gleichmütig entgegenzusehen, aber dafür machen die anderen meinen Mangel an Erregung durchaus wett, besonders die kleine Luce Lanthenay, die bei Erhalt einer schlechten Note unweigerlich in Tränen ausbricht. Was Mademoiselle Sergent anlangt, so ist sie unermüdlich tätig, kümmert sich um alles und mehr als das, hat sie doch zusätzlich noch die Launen ihrer kleinen goldäugigen Tyrannin zu befriedigen. Sie ist aufgeblüht, diese Aimée mit dem Pfirsichteint und den strahlenden Augen, es ist kaum zu glauben! Kein Vergleich zum vorigen Jahr. Heuer ist sie noch zehnmal hübscher, und sie weiß es wohl, selbstsicher und triumphierend. Wer spricht da noch von »zu flachem Gesicht«, wer merkt, daß sich der linke Mundwinkel beim Lachen auf unschöne Weise krümmt? Und wenn schon! Sie hat so hübsche Zähnchen! Ihre liebestrunkene Freundin braucht sie nur anzusehen, um fast in Ohnmacht zu sinken, und gibt sich bedenkenlos dem unwiderstehlichen Drang hin, ihr Herzblatt alle drei Minuten abzuküssen ...

Trotz des heißen Nachmittags summt die Klasse vor Geschäftigkeit: alles murmelt das »ausgewählte Stück«, das wir bis drei Uhr auswendig können sollen. Ich döse vor mich hin. Plötzlich muß ich mich rekeln und dehnen, habe das Bedürfnis, jemanden zu packen, zu beißen und zu kratzen ... Dieser Jemand ist zufällig die kleine Luce. Ich grabe meine Nägel in ihren Nacken. Sie tut nichts dergleichen, und ich versinke von neuem in gereizte Erschlaffung ...

Die Türe fliegt auf, und Dutertre erscheint auf der Schwelle, mit heller Krawatte, windzerzaustem Haar, jünger und angriffslustiger denn je. Hält er es nicht einmal mehr für nötig, anzuklopfen? Mademoiselle Sergent, gut abgerichtet, grüßt kaum, kann nicht verhindern, daß ihre Stickerei zu Boden fällt, und beschränkt sich darauf, Dutertre mit leidenschaftlichen Blicken zu verzehren. (Wen liebt sie mehr? Aimée oder ihn? Seltsame Frau!) Die Mädchen sind aufgestanden. Ich bleibe sitzen, aus purem Mutwillen. Natürlich bemerkt mich der Herr Distriktskandidat auf den ersten Blick.

»Guten Tag, Mademoiselle! Guten Tag, Kinder! Was ist mit dir los?«

»Ich bin hin. Ich spüre meine Beine nicht mehr.«

»Bist du krank?«

»Nein, ich glaube nicht. Das Wetter. Frühjahrsmüdigkeit.«

»Komm her, laß dich anschauen!«

Wieder die alte Walze? Wieder die endlosen Untersuchungen, unter dem fadenscheinigen Vorwand medizinischen Interesses?

Die Frau Direktor wirft mir flammende Blicke zu. Offenbar empören sie meine schlechten Manieren und die Art, wie ich ihrem geliebten Distriktskandidaten begegne. Nein, genieren werde ich mich! Außerdem ist er von solchen Ungezogenheiten entzückt. Ich schleppe mich zum Fenster, mit aufreizender Faulheit.

»Hier ist es zu dunkel! Die Bäume nehmen das ganze Licht weg. Komm auf den Gang hinaus, dort ist es sonnig. Du siehst sehr schlecht aus, mein Kleines!«

Lüge über Lüge! Ich sehe sehr gut aus, er kann mir nichts vormachen! Und wenn er die Ringe unter meinen Augen für Krankheitssymptome hält, ist er auf dem Holzweg! Je dunkler sie umschattet sind, desto besser fühle ich mich. Glücklicherweise ist es drei Uhr nachmittags. Sonst würde ich mich sogar davor hüten, mit diesem Kerl, dem ich mißtraue wie der Pest, in einen glasverschlagenen Schulkorridor zu gehen!

Die Türe fällt hinter uns ins Schloß. Ich wende mich um und sage:

»Ich bin weder krank, noch sehe ich schlecht aus. Warum behaupten Sie das Gegenteil?«

»Und diese schwarzen Ringe unter deinen Augen? Fast bis zum Mund? Die bilde ich mir wohl ein, wie?«

»Das ist mein Teint, sonst nichts.«

Er setzt sich auf die Bank – ich stehe vor ihm – und drückt mich gegen seine Knie.

»Sei still, du redest Unsinn. Warum bist du immer so garstig zu mir?«

»...?«

»Doch, doch, du verstehst sehr gut! Du hast ein Gesicht, weißt du, das man nicht so bald vergißt!«

Ich lache dämlich. O himmlischer Vater, gib mir Geist, gute Einfälle, witzige Antworten! Ich fühle mich wie ausgedörrt.

»Stimmt's, daß du immer allein im Wald spazierengehst?«

»Ja. Warum?«

»Warum, warum? Um deinen Geliebten zu treffen, du durchtriebenes Geschöpf, wie? Wahrscheinlich paßt man daheim zu scharf auf dich auf?«

Ich zucke die Achseln.

»Sie kennen doch die hiesigen Burschen! Können Sie sich einen einzigen davon als meinen Liebhaber vorstellen?«

»Nein ... da hast du recht. Aber du wärst verderbt genug ...«

Er hält meine Arme umklammert, läßt Augen und Zähne blitzen.

Gott, was für eine Hitze! Ließe er mich doch wieder in die Klasse zurück ...

»Warum kommst du nicht in meine Ordination, wenn du krank bist?«

»Fällt mir gar nicht ein!« erwidere ich viel zu rasch und suche meine Arme loszumachen. Aber er hält mich fest und blickt aus bösen, glühenden Augen zu mir auf – aber schön sind sie doch, das muß man ihnen lassen.

»O Kleine, süße Kleine, warum fürchtest du dich? Du hast so unrecht, Angst vor mir zu haben! Hältst du mich für einen Lümmel? Du kannst unbesorgt sein, wirklich! Oh, kleine Claudine, du gefällst mir so gut mit deinen wilden Locken und deinen warmen braunen Augen! Sicher siehst du aus wie eine bezaubernde kleine Statue ...«

Er richtet sich auf, zieht mich jäh in die Arme und küßt mich, ehe ich noch eine Bewegung machen kann. Er ist zu stark und zu entschlossen, und meine Gedanken tanzen einen wilden Reigen ... Das hat mir gerade noch gefehlt! Ich weiß nicht mehr, was ich sage, in meinem Kopf geht es drunter und drüber... Nein, so kann ich nicht in die Klasse zurück, krebsrot und außer Atem, und dabei spüre ich seine Gegenwart dicht hinter mir ... gleich wird er mich wieder küssen ... ich reiße die Tür auf, die in den Schulhof führt, nehme je zwei Stufen auf einmal, flüchte zur Pumpe und stürze einen ganzen Becher Wasser hinunter. Uff! Aber ich muß wieder hinauf. Und wenn er mir im Korridor auflauert? Ach was! Dann schreie ich eben ... Dabei hat er mich auf den Mundwinkel geküßt, dieser Schuft, mehr ist ihm nicht geglückt ...

Gott sei Dank, er ist fort! Ich betrete das Klassenzimmer: Dutertre steht neben dem Katheder und plaudert mit Mademoiselle Sergent, als wäre nichts geschehen. Ich setze mich nieder. Er mißt mich von oben bis unten und sagt:

»Du hast doch nicht zuviel getrunken? Diese Kinder stürzen das kalte Wasser becherweise hinunter! Dabei ist das in höchstem Maße gesundheitsschädlich!«

Vor so zahlreichem Publikum finde ich meine Sprache wieder und antworte mit fester Stimme:

»Nein, ein Schluck genügt vollkommen! Sie können sicher sein, daß es auch mein letzter war!«

Er lacht zufrieden:

»Du bist gescheiter, als du aussiehst!«

Mademoiselle Sergent versteht nicht, worum es geht, doch ihre unruhevoll gefurchte Stirne glättet sich nach und nach, und die Entrüstung über das unqualifizierbare Benehmen, das ich ihrem Idol gegenüber an den Tag lege, verwandelt sich zusehends in abgrundtiefe Verachtung.

Mir ist noch immer heiß. So ein Idiot! Die lange Anaïs ahnt etwas und kann sich die Frage: »Er hat dich wohl sehr ausführlich abgeklopft, daß du noch immer so aufgeregt bist?« nicht verkneifen. Nein, meine Liebe, du wirst mich nicht zum Reden bringen!

»Sei doch nicht so blöd! Ich sag' dir doch, daß ich von der Pumpe komme!«

Jetzt ist die kleine Luce an der Reihe. Sie reibt sich an meiner Schulter wie eine erregte Katze und gestattet sich die Bemerkung:

»Was fällt ihm denn ein, meine Claudine so mir nichts dir nichts zu entführen!«

»Erstens bin ich nicht ›deine‹ Claudine. Und zweitens geht's dich überhaupt nichts an, kleine Gans! Er wollte meine Ansicht über eine eventuelle Erhöhung der Pensionistenbezüge hören. Jawohl, das wollte er.«

»Du sagst mir nie etwas, und ich erzähl' dir alles!«

»Alles? Was, alles? Was mir das schon ausmacht, zu wissen, daß deine Schwester weder ihr noch dein Kostgeld bezahlt, daß Mademoiselle Olympe sie mit Geschenken überhäuft, daß sie seidene Unterröcke trägt ...«

»Pst! Sei doch still, um Gottes willen! Wenn man wüßte, daß ich dir alles erzählt habe ...«

»Also! Dann halt gefälligst den Mund. Wenn du brav bist, schenke ich dir mein schönes Ebenholzlineal, du weißt ja, das mit der kupfernen Unterlage!«

»Oh, das ist lieb von dir! Ich würde dir ja gern einen Kuß geben, aber das magst du nicht ...«

»Ruhe! Morgen kriegst du's ... wenn ich will!«

Wieder ein schlechtes Zeichen: meine Leidenschaft für »Büroartikel« ist im Abflauen begriffen. Alle meine Mitschülerinnen – ich war genauso – berauschen sich an Papierwaren, ruinieren sich für den Ankauf linierter, in schillerndes »Metallpapier« gebundener Hefte, erstehen um schweres Geld Rosenholzbleistifte, lackierte Federschachteln, so glänzend, daß man sich darin spiegeln kann, Federstiele aus Ölbaumholz, Lineale aus Mahagoni oder Ebenholz, wie das meine, das von Kupferleisten durchzogen ist und stets aufs neue den blassen Neid der weniger begüterten Internen erweckt. Mit unseren großen Schultaschen, mehr oder weniger aus Leder, würde jeder Diplomat mehr oder weniger Ehre einlegen, und wenn wir davon absehen, uns zu Weihnachten Farbdeckel für unsere Schulbücher zu wünschen, so ist der einzige Grund der, daß sie nicht uns gehören. Sie sind und bleiben Eigentum der Gemeinde, die sie uns für die Dauer unseres Schulstudiums großzügigerweise zur Verfügung stellt. Und da die Bücher nun einmal der Schule verbleiben, die wir auf Nimmerwiedersehen verlassen werden, hassen wir sie von ganzem Herzen, betrachten sie als Fremdkörper und spielen ihnen fürchterliche Streiche: im Winter fallen sie zufälligerweise in den Ofen und verbrennen. Im Sommer sind sie die reinsten Blitzableiter.

Andere wiederum – seltsam, seltsam! – besitzen eine verhängnisvolle Anziehungskraft für epileptische Tintenfässer, kurzum, sie sind den eigentümlichsten, unvorhergesehensten Mißgeschicken ausgesetzt. Man kann nur den Kopf schütteln. Mademoiselle Sergent und Mademoiselle Lanthenay hingegen quittieren die bedauerlichen Abenteuer der armen »Gemeindebücher« je nach Temperament mit lautem Jammern oder fürchterlichen Strafpredigten.

Gott, sind die Frauen dumm! (Mädchen oder Frau, es kommt alles auf eins heraus!) Sollte man es für möglich halten, daß ich seit dem »unehrenhaften Überfall« dieses rasenden Dutertre so etwas wie Stolz empfinde? Welch demütigende Feststellung! Aber ich kenne den Grund. Sage ich mir nicht: dieser Mann, der unzählige Weibergeschichten gehabt hat, in Paris und überall, findet dich anziehend. Das heißt also, daß du nicht allzu häßlich sein kannst. Das ist alles. Pure Eitelkeit! Ich dachte wohl, nicht gerade abstoßend zu sein. Aber es tut gut, Gewißheit zu haben! Außerdem freut es mich, ein Geheimnis zu besitzen, das weder Marie Belhomme noch Luce Lanthenay noch die lange Anaïs zu vermuten wagen.

Die Schülerinnen sind jetzt schon gut abgerichtet, das muß man sagen! Sämtliche Kinder, die Allerkleinsten inbegriffen, wissen bereits, daß man während der Pause niemals eine Klasse betreten darf, in der sich die Lehrerinnen aufhalten. Natürlich war diese Erziehung nicht von heute auf morgen möglich, und wohl mehr als fünfzigmal mußte das zärtliche Paar in seiner Liebeslaube überrascht werden, eng aneinandergeschmiegt oder in leises Gezwitscher versunken, ehe auch der letzte Groschen fiel. Selbst die Dümmsten begannen sich langsam Gedanken zu machen, wenn sie Mademoiselle Aimée auf dem Schoß ihrer hingebungsvollen Vorgesetzten ertappten, die den Eindringling mit einem drohenden Runzeln der buschigen Brauen und einem unwilligen: »Was haben Sie hier noch zu suchen?« schleunigst in die Flucht schlug.

Auch ich habe das trauliche Beisammensein des öfteren gestört, manchmal sogar unabsichtlich. Anfangs fuhren die beiden schnell auseinander, oder die eine tat, als stecke sie den aufgelösten Knoten der anderen zurecht, später jedoch verzichteten sie selbst darauf, und jetzt tun sie sich in meiner Gegenwart keinerlei Zwang an. Darum unterhält es mich nicht mehr, sie zu stören. Auch Rabastens hält sich fern. Er hat des öfteren erklärt, »für diese Art der Zuneigung Abneigung zu empfinden«, und scheint diese Art, sein Mißfallen auszudrücken, als reizendes Wortspiel zu betrachten. Was die beiden Damen betrifft, so ignorieren sie ihre Umwelt völlig, sind unzertrennlich, gehen ineinander auf, ein Herz, eine Seele, fast möchte man meinen, ein Schatten. Kurzum, sie lieben einander so rückhaltlos, daß ich schon vor geraumer Zeit darauf verzichtet habe, sie zu plagen, und mich beinahe versucht fühle, sie um die köstliche Abgeschiedenheit ihres elfenbeinernen Turms zu beneiden.

O Schreck! Da haben wir die Bescherung: Brief der kleinen Luce. Ich finde ihn zu Hause, in einem Seitenfach meiner Schultasche.

»Meine geliebte Claudine!
Ich habe Dich furchtbar gern, und Du tust immer so, als wüßtest Du von nichts! Du kannst Dir nicht vorstellen, wie sehr mich das kränkt. Du bist gut und garstig zu mir, willst mich niemals ernst nehmen und behandelst mich wie einen kleinen Hund. Ich kann Dir gar nicht sagen, wie weh mir das tut! Dabei könnten wir miteinander so glücklich sein!

Du brauchst nur meine Schwester und Mademoiselle anzuschauen! Sie sind so glücklich, daß sie alles rund um sich vergessen. Wenn Du mir wegen dieses Briefs nicht böse bist, so sag mir bitte morgen früh kein Wort, ich wäre im Augenblick zu verlegen. Aber ich werde gleich merken, an der Art, wie Du dann später mit mir sprechen wirst, ob Du meine große Freundin sein willst oder nicht. Ich küsse Dich von ganzem Herzen, meine allerliebste Claudine, und zähle darauf, daß Du diesen Brief verbrennen wirst, denn ich weiß, daß Du ihn nicht herumzeigen wirst, um mir zu schaden, das ist nicht Deine Art. Ich küsse Dich noch einmal zärtlichst und warte mit solcher Ungeduld auf morgen!

Deine kleine LUCE«

Nein, zum Teufel, ich habe nicht die geringste Lust! Wenn, so müßte der andere stärker und klüger sein als ich, mich ein wenig hart anfassen und zum Gehorchen zwingen. Aber dieses winselnde kleine Schoßtier, lasterhaft und krallenbewehrt, das vielleicht eines gewissen Reizes nicht entbehrt, außer Liebkosungen jedoch nichts zu bieten hat ... nein, das genügt mir nicht! Der Brief ist lieb und ohne Falsch, aber ich zerreiße ihn auf der Stelle und stecke die Schnitzel in ein Kuvert, um sie meiner Verehrerin bei der ersten Gelegenheit zurückzugeben.

Als ich mich am nächsten Morgen der Klasse nähere, klebt sich ein sorgenvolles Gesichtchen an die Fensterscheiben. Arme kleine Luce, ihre Smaragdaugen sind hell vor Seelenangst! Nur nicht weich werden! Ich kann doch schließlich nicht, nur um ihr Kummer zu ersparen ...

Ich betrete die Klasse. Zum Glück sind wir allein.

»Da, kleine Luce. Da sind die Überreste deines Briefs. Wie du siehst, habe ich ihn nicht lange behalten.«

Sie nimmt automatisch das Kuvert und schweigt.

»Kindskopf! Was hast du denn am Balkan – will sagen, am Balkon – zu suchen gehabt, hinter den Schlüssellöchern von Mademoiselle Sergents Zimmer? Da siehst du, wohin das führt! Aber ich kann nichts für dich tun.«

»Oh!« stößt sie hervor, keines Wortes fähig.

»Nein, mein armes Kleines! Nicht etwa aus Tugend, das kannst du dir wohl denken, meine Tugend muß erst aufgepäppelt werden, sie ist noch zu schwach, aber weil mich eine große Leidenschaft versengt hat, in zartester Jugend! Ich habe geliebt! Zum Wahnsinn! Und der Mann, dem meine Leidenschaft galt, ließ mich auf seinem Totenbett schwören, niemals ...«

Sie unterbricht mich stöhnend. »Jetzt machst du dich noch lustig über mich! Oh, ich wollte dir nicht schreiben, du hast kein Herz! Oh, ich bin so unglücklich! Oh, du bist abscheulich!«

»Jetzt reißt mir aber langsam die Geduld! Schluß mit dem Geheule! Soll ich dich vielleicht durchprügeln und an den Haaren auf den Pfad der Tugend schleifen?«

»Was mir das schon ausmacht! Als ob mir zum Lachen zumute wäre!«

»Da hast du, halbe Portion! Gib mir eine Bestätigung!«

Ich versetze ihr eine Ohrfeige, die sofortiges Verstummen zur Folge hat. Luce blickt mich verstohlen an, mit sanften Augen, und reibt sich sichtlich getröstet die tränennasse Wange. Nein, wie gern sie sich prügeln läßt, es ist kaum zu glauben!

»Achtung, die lange Anaïs! Und ein paar andere dazu! Mach ein halbwegs normales Gesicht, ja? Der Unterricht wird sofort beginnen, die Turteltauben sind schon im Anzug.«

Noch zwei Wochen bis zur Reifeprüfung! Der Juni lastet schwer auf uns. Wir schwitzen in den Klassenzimmern, mit schweren Lidern, und schweigen aus lauter Überdruß, zu müde, um zu schwätzen. Nur mit größter Anstrengung führe ich mein Tagebuch weiter. Und dabei verlangt man von uns, in die Geheimnisse der Politik Ludwigs XV. einzudringen, bei dieser Backstubentemperatur, die Funktion des Magensaftes zu erläutern, Akanthusblätter zu skizzieren und den Gehörapparat in äußeres, mittleres und inneres Ohr einzuteilen. Gerechtigkeit, du bist ein Wahn! Ludwig XV. tat, was ihm gerade einfiel, und niemand hat ihm dreingeredet. Was habe ich mit seiner Politik zu schaffen? Nichts, gar nichts, weniger als irgend jemand!

Die Hitze beraubt uns aller Koketterie oder verändert vielmehr deren Erscheinungsformen. Wir stellen unsere Haut zur Schau! Ich kreiere viereckig ausgeschnittene Gewänder mittelalterlichen Stils, deren Ärmel nur bis zum Ellbogen reichen. Meine Arme sind zwar noch etwas mager, aber durchaus nicht unschön, und was das Dekolleté betrifft, so kann ich's mit einer jeden aufnehmen! Die anderen eifern mir nach. Anaïs trägt zwar keine kurzärmeligen Kleider, krempelt aber dafür ihre langen Ärmel bis zur Schulter auf. Marie Belhomme überrascht uns mit zwei runden Armen – sie stehen zu ihren langen schmalen Händen in seltsamem Gegensatz – und zeigt ihren frischen Hals, der heute schon ahnen läßt, wie fett er in zehn Jahren sein wird. Ah! Was würde man nicht alles herzeigen bei dieser Affenhitze! In aller Heimlichkeit vertausche ich meine Strümpfe mit Söckchen. Binnen drei Tagen weiß es die ganze Klasse, die ungeheure Neuigkeit geht von Ohr zu Ohr, und ich werde im Flüsterton gebeten, meinen Rock aufzuheben.

»Laß deine Socken anschauen! Ist es wahr, daß du Socken trägst? Laß sehen!«

»Bitte.«

»Glückspilz! Aber trotzdem ... ich würde mich nicht trauen ...«

»Warum? Wegen der guten Sitten?«

»Klar ...«

»Laß nur, ich weiß schon, warum! Weil du Haare auf den Beinen hast ...«

»Das ist nicht wahr! Du bist eine Lügnerin! Ich habe keine Haare auf den Beinen! Jedenfalls nicht mehr als du! Aber ich würde mich schämen, unter meinem Rock meine nackten Beine zu spüren!«

Die kleine Luce entblößt furchtsam ihre Haut, deren wunderbar zarte Weiße die lange Anaïs mit solchem Neid erfüllt, daß sie während der Handarbeitsstunde »versehentlich« hineinsticht.

Ade, ruhiges Leben! Damit ist's jetzt endgültig vorbei! Die nahende Reifeprüfung nebst der bei dieser Gelegenheit von uns einzulegenden Ehre, deren Abglanz natürlich auf die schöne neue Schule zurückstrahlen soll, hat unsere beiden Lehrerinnen endlich aus ihrer süßen Zweisamkeit gerissen. Wir, die sechs unglücklichen Kandidatinnen, werden eingesperrt, mit Prüfungen gequält, zum Aufpassen, Merken, ja, sogar zum Verstehen gezwungen, eine Stunde früher in die Schule zitiert, eine Stunde später entlassen! Wir erbleichen, ermüden und verdummen. So manche bringen Arbeit und Angst um Schlaf und Appetit. Was mich betrifft, so kann ich nicht klagen. Da ich mich einerseits nicht übermäßig aufrege, andererseits mit matter Haut begabt bin, sehe ich noch ziemlich frisch aus, ebenso wie die kleine Luce Lanthenay, deren zarter Pfirsichteint sämtlichen Beanspruchungen standhält. Das dürfte in der Familie liegen ...

Mademoiselle Sergent wird uns in die Kreisstadt begleiten, soviel wissen wir bereits, mit uns im Hotel wohnen, sämtliche Ausgaben bestreiten und nach der Rückkehr mit unseren Familien abrechnen. Ohne die verdammte Prüfung wäre diese kleine Lustfahrt ganz reizend.

Die letzten Tage sind jammervoll. Lehrerinnen und Schüler, am Ende ihrer Kraft, explodieren beim geringsten Anlaß, Aimée flüchtet in ihr Zimmer, nachdem sie einer Internen bei der dritten Wiederholung desselben Rechenfehlers das Heft ins Gesicht geworfen hat, und ohrfeigt die kleine Luce, die in meinen Armen Tröstung sucht. Ich prügle Anaïs, die mich zur Unzeit ärgert, ein Zwilling bekommt einen Weinkrampf, um unverzüglich darauf von einer nicht minder fürchterlichen Nervenkrise heimgesucht zu werden, weil sie »niemals durchkommen wird«! (Ausgewundene Handtücher, Riechsalz, ermutigender Zuspruch.) Auch Mademoiselle Sergent ist nahe am Zusammenbruch und entlädt ihre Nervosität auf die arme Marie Belhomme, die regelmäßig vergißt, was sie am Vortag gelernt hat, und sich vor der Tafel dreht wie ein Kreisel.

Der einzige Ort, an dem ich Ruhe finde, ist ein knorriger, vom Wind sacht hin und her geschaukelter Ast in der Krone unseres mächtigen Nußbaums, die einzige Zeit: der Abend. Nacht, Wind, Blätterrauschen ... zuweilen stattet mir Fanchette einen Besuch ab. Schon lange vorher vernehme ich das Kratzen ihrer fest zupackenden Krallen. Wie sicher sie heraufklettert! Da gibt es keinen Fehltritt ... Bei mir angelangt, läßt sie ein staunendes Miauen hören, etwa: – Was treibst denn du auf diesem Baum? Ich kann es mir erlauben, hier zu sein, ich bin dafür geschaffen! Aber du? Nein, das ist nicht in Ordnung! – Dann spaziert sie in den Seitengassen herum, auf kleinen Ästen und dünnen Zweigen, ein weißer, geschmeidiger Schatten, und spricht voll heiliger Einfalt zu den schlafenden Vögeln, in der Hoffnung, daß sie die Güte haben werden, geradewegs in ihren Magen zu spazieren. Aber, Fanchette! Wie kann man nur so kindisch sein?

Morgen ist es soweit! Unsere Koffer stehen bereits in der Schule. (Ein Kleid und etwas Wäsche, wir bleiben nur zwei Tage fort.) Dafür ist heute schulfrei. Um halb zehn soll's losgehen, in Papa Racalins stinkendem Gefährt. Es wird uns zur Bahn bringen.

So, da wären wir wieder. Wir sind gestern aus der Kreisstadt zurückgekommen, lorbeerbekränzt, mit Ausnahme der armen Marie Belhomme. (Wie zu erwarten, ist sie durchgefallen.) Mademoiselle Sergent trägt nach diesem Riesenerfolg die Nase noch höher als sonst. Aber ich will von Anfang an erzählen:

Am Morgen der Abfahrt verlädt man uns in den Wagen des alten Racalin. Wie sich's schon so trifft, ist der gute Mann stockbesoffen, lenkt sein Fuhrwerk wie ein Irrer von einem Straßengraben zum anderen, fragt, ob man uns alle zur Hochzeit führe, und beglückwünscht sich zu der Meisterlichkeit, mit der er uns durcheinanderrüttelt. »Ja, fahren muß man können, wie?« Marie stößt spitze Schreie aus, grün vor Angst. Am Bahnhof angelangt, pfropft man uns in den Wartesaal, während Mademoiselle Sergent die Fahrkarten löst und sich von ihrer kleinen Aimée, die uns bis hierher begleitet hat, auf das zärtlichste verabschiedet. Das Herzblatt, frischer und hübscher als eine Heckenrose, in hellem Rohleinenkleid und einfachem breitkrempigem Hut, erregt die Bewunderung dreier Handelsvertreter, die dicke Zigarren schmauchen. Die Abreise dieses Mädchenpensionats erfüllt sie mit sichtlicher Erheiterung, sie kommen in den Wartesaal, um sowohl Ringe als auch ihren

Geist funkeln zu lassen, und halten es für angebracht, gepfefferte Anzüglichkeiten von sich zu geben. Ich versetze Marie Belhomme einen Rippenstoß, um sie auf das Gespräch aufmerksam zu machen. Sie spitzt die Ohren, versteht aber nicht, worum es sich handelt. Dafür läßt sich die lange Anaïs kein Wort entgehen und verrenkt sich fast bei ihren krampfhaften Bemühungen, eine anmutige Pose einzunehmen, von dem erfolglosen Kraftaufwand, zu erröten, ganz zu schweigen.

Der Zug raucht und pfaucht, ein Pfiff ertönt. Wir ergreifen unsere Koffer. Ein Waggon zweiter Klasse verschluckt uns mit Haut und Haar. Er ist stickig und überheizt. Glücklicherweise dauert die Reise nur drei Stunden. Um etwas Luft zu haben, wähle ich einen Eckplatz. Während der ganzen Fahrt werden keine drei Worte gesprochen. Viel lustiger ist's, die Landschaft vorbeiflitzen zu sehen. Die kleine Luce – natürlich hat sie sich an meiner Seite installiert – schiebt zärtlich den Arm unter den meinen, doch ich mache mich los: »Laß mich, es ist zu heiß!« Dabei trage ich ein viereckig ausgeschnittenes, mit handbreitem Gürtel zusammengehaltenes Sommerkleid aus leichter Seide, nach Art der Babykleidchen gezogen. Anaïs steckt in einem roten Leinenkleid und sieht vorteilhafter aus denn je. Auch Marie Belhomme, in Halbtrauer – malvenfarbenes Leinen mit schwarzem Muster –, wirkt recht nett. Luce hat ihre schwarze Pensionstracht anbehalten, samt schwarzem, rotbändertem Hut. Die beiden Jaubert sind schattenhaft wie immer und ziehen eine Liste Prüfungsfragen aus der Tasche, um im Zug weiterzulernen. Von solchem Übereifer angewidert, befiehlt ihnen Mademoiselle Sergent, die Heftchen wieder einzustecken. Staunend sperren die Zwillinge ihre vier Augen auf.

Fabrikschlote, weiße Häuser. Sie werden immer zahlreicher und drängen sich näher und näher aneinander. Da ist der Bahnhof! Wir steigen aus. Mademoiselle Sergent verfrachtet uns in einen Omnibus, und wir holpern über schmerzhaftes Katzenkopfpflaster bis zum »Hotel Post«. In den beflaggten Straßen stehen die Burschen herum und halten Maulaffen feil (morgen wird der Namenstag des heiligen Sowieso gefeiert, das Ereignis des Jahres, und am Abend gibt's ein Platzkonzert).

Die Leiterin des Hotels, eine dicke betuliche Dame namens Cherbay (sie ist eine Bekannte Mademoiselle Sergents), macht sich mit aufdringlicher Freundlichkeit um uns zu schaffen. Endlose Stiegen, Gänge und – drei Zimmer für sechs Mädchen! Damit hatte ich nicht gerechnet! Mit wem man mich wohl zusammenspannen wird? Zu dumm! Ich hasse es, mein Bett mit jemandem zu teilen!

Endlich läßt uns Madame Cherbay in Frieden und geht. Gefrage, Geschrei. Alles spricht durcheinander. Koffer werden aufgerissen. Marie hat ihren Kofferschlüssel verloren und jammert. Ich falle auf einen Stuhl, schon erschöpft. Mademoiselle überlegt.

»Vor allem müßt ihr einmal untergebracht werden ...« Sie hält inne, offenbar in das Problem vertieft, wie wir am besten zusammenpassen ... Die kleine Luce gleitet an meine Seite und drückt meine Hand. Sie hofft wohl, daß man uns miteinander in ein Bett stecken wird. »Jaubert, ihr schlaft natürlich zusammen!« verkündet die Frau schließlich. »Sie, Claudine, mit ... (sie blickt mich durchdringend an, aber ich zucke mit keiner Wimper) Marie Belhomme, Anaïs mit Luce Lanthenay. So ist's am besten, glaube ich.« Die kleine Luce ist anderer Meinung. Mürrisch belädt sie sich mit ihrem Bündel und schleicht davon, im Kielwasser der langen Anaïs. Das Zimmer der beiden liegt dem meinen gegenüber.

Marie und ich richten uns häuslich ein. Ich reiße mir die Kleider vom Leib, um den Reisestaub abzuwaschen, und hinter geschlossenen Fensterläden – auch hier brennt die Sonne erbarmungslos vom Himmel – gehen wir mit wahrer Wonne im Hemd spazieren, diesem vernünftigsten aller Kleidungsstücke.

Aus dem Hofe tönt Gesang. Ich werfe einen Blick hinunter: die dicke Hoteldame sitzt in schattigem Winkel, von Burschen und Mädchen umgeben, offenbar dem Personal. Man blökt schmachtende Romanzen: »Manon, die Sonne strahlt aufs neu!«, mit der Verfertigung von Papierrosen und Efeugirlanden beschäftigt, die wohl beim morgigen Fest die Hotelfassade zieren sollen. Der Boden ist mit Tannenzweigen bestreut, der blaugestrichene Eisentisch mit Gläsern und Bierflaschen angeräumt. Kurzum, das Paradies auf Erden!

Man klopft. Mademoiselle Sergent möchte hereinkommen. Soll sie nur, ich habe nichts dagegen. Ich empfange die Frau Direktor im Hemd, während Marie Belhomme in aller Eile einen Unterrock überwirft, aus purer Ehrerbietung. Mademoiselle Sergent scheint ihn nicht einmal zu bemerken und treibt uns zur Eile an: das Mittagessen ist aufgetragen. Wir gehen in den Speisesaal hinunter. Luce klagt in bewegten Tönen. Ihr Zimmer hat nur ein Deckenfenster. Man kann nicht einmal hinausschauen.

Schlechte Gasthausküche.

Da die schriftliche Prüfung morgen stattfindet, verbannt uns Mademoiselle Sergent auf unsere Zimmer, mit dem strikten Auftrag, das, was wir am schlechtesten können, ein letztesmal zu wiederholen. Nein, dazu sind wir wirklich nicht hergekommen! Viel lieber ginge ich die Familie X besuchen, reizende Freunde Papas und hervorragende Musiker. Die Frau Direktor setzt hinzu:

»Wenn ihr euch ordentlich aufführt, dürft ihr nachher mit mir in den Hof, und wir machen Rosen mit Madame Cherbay und ihren Töchtern.« Freudiges Gemurmel. Meine Mitschülerinnen sind ausnahmslos begeistert. Ich nicht. Die Vorstellung, in Gesellschaft dieser schwabbligen Person in einem Lichthof zu sitzen und Papierrosen zu erzeugen, vermag bei mir keinen Freudentaumel auszulösen. Wahrscheinlich ist mir der Mangel an Begeisterung deutlich anzumerken, denn die rote Schlange sagt sofort, sichtlich aufgebracht:

»Natürlich zwinge ich niemanden! Wenn Mademoiselle Claudine es vorzieht, sich auszuschließen –«

»Ganz recht, Mademoiselle. Ich bleibe lieber auf meinem Zimmer. Ich fürchte, gar zu unnütz zu sein ...«

»Bleiben Sie ruhig oben, wir werden auf Sie zu verzichten wissen! Nur sehe ich mich in diesem Fall gezwungen, Ihren Zimmerschlüssel an mich zu nehmen. Schließlich bin ich für Sie verantwortlich.«

Teufel! Damit hatte ich nicht gerechnet. Es verschlägt mir die Rede.

Wir ziehen uns auf unsere Zimmer zurück und vergähnen den ganzen Nachmittag, über unsere Bücher geneigt. Die bevorstehende Prüfung zerrt an unseren Nerven. Weit besser wäre es, spazierenzugehen, denn wir bringen nichts fertig, weniger als nichts ...

Zu denken, daß sie mich abends einsperren wird! Einsperren! Alles, was nur im entferntesten einer Freiheitsberaubung gleicht, macht mich verrückt. Ich gerate außer mir, sobald man mich einsperren will. Schon als kleines Mädelchen vermochte man mich aus diesem Grund in kein Internat zu geben. Bei dem Gedanken, daß es mir verboten war, die Schwelle zu überschreiten, packten mich wahre Wutkrämpfe. Zweimal versuchte man es, als ich neun Jahre zählte, und zweimal mußte man mir die Freiheit wiedergeben. Schon am ersten Abend stürzte ich zum Fenster wie ein unvernünftiger Vogel, schrie, biß und kratzte, bis ich halb bewußtlos zu Boden fiel. Die einzige Schule, in der ich es aushielt, war eben die unwahrscheinliche Bude von Montigny, wo ich mir nicht gefangen vorkam und außerdem allabendlich im eigenen Bett schlafen konnte.

Oh, ich bin ganz krank vor Demütigung und Zorn, wenn es die anderen auch nicht ahnen. Aber ich werde nicht um Verzeihung bitten, nein, diese Freude mache ich dir nicht, du rote Schlange! Wenn sie wenigstens den Schlüssel auf der Innenseite stecken ließe. Aber nicht einmal darum werde ich bitten, nein, nein, nein! Möge die Nacht rasch vorübergehen ...

Vor dem Abendessen werden wir von Mademoiselle Sergent längs des Flusses spazierengeführt. Die kleine Luce zerfließt fast vor Mitleid und sucht mich zu trösten:

»Du brauchst sie doch nur ordentlich darum zu bitten! Sie würde dich bestimmt hinunterlassen ...«

»Du bist wohl übergeschnappt! Lieber laß ich mich acht Monate, acht Tage, acht Stunden und acht Minuten einsperren!«

»Du bist unvernünftig, so zu trotzen! Wir werden Rosen machen und singen, wir –«

»Lauter reine Freuden! Paßt nur auf, daß ich euch kein Wasser auf die Köpfe schütte!«

»Sei still! Du hast mir den ganzen Tag verdorben! Ohne dich werde ich mich nicht freuen können!«

»Werd mir ja nicht rührselig, hörst du? Im übrigen muß ich für den morgigen ›großen Tag‹ Kräfte sammeln und lege mich schlafen.«

Neuerliches Garküchennachtmahl in Gesellschaft von Pferdehändlern und drittklassigen Geschäftsreisenden. Die lange Anaïs, vom wilden Wunsch besessen, sich bemerkbar zu machen, posiert auf das anmutigste, sitzt keine Minute still und stößt ihr Weinglas um, daß sich das rötliche Wasser über das weiße Tischtuch ergießt. Um neun ziehen wir uns zurück. Meine Kameradinnen wappnen sich mit Schals, um gegen die Abendkühle gefeit zu sein, und ich ... ich bleibe auf meinem Zimmer. Oh, ich bewahre Haltung, aber ich vernehme ohne Wohlwollen, wie sich der Schlüssel im Schloß dreht, um unmittelbar darauf in Mademoiselle Sergents Tasche zu verschwinden ... Ich bin allein. Wenig später treffen meine Mitschülerinnen im Hof ein, ich erkenne die Stimmen ganz deutlich und könnte die Mädchen vom Fenster ohne weiteres sehen. Doch ehe ich mein Bedauern durch Neugier bekunde, sterbe ich lieber. Also? Worauf warte ich denn noch? Marsch ins Bett.

Ich hake meinen Gürtel auf, in den Anblick der Kommode verloren, die gleichzeitig als Waschtisch dient, und erstarre. Steht sie nicht vor einer Verbindungstür? Führt diese Verbindungstüre nicht in ein Nebenzimmer (der Riegel ist auf meiner Seite!), das Nebenzimmer auf den Gang? O Vorsehung, ich erkenne deinen Fingerzeig! Nein, die rote Schlange soll sich nicht rühmen, mich eingesperrt zu haben! Diesen Triumph gönne ich ihr nicht, komme, was da mag.

Her mit dem Gürtel, den Hut aufgesetzt. Oh, ich begebe mich nicht in den Hof, so dumm bin ich nicht! Ich gehe zu Papas Freunden, liebenswürdigen, gastfreundlichen Leuten, die mich gut aufnehmen werden. Daß eine Kommode aber auch so schwer sein kann! Mir wird ganz heiß. Auch der Riegel läßt sich nicht leicht zurückschieben, man merkt, es ist das erste Mal seit langer, langer Zeit, und die Türe knirscht in den Angeln, aber sie geht auf! Mit erhobener Kerze wage ich mich in den Nachbarraum. Er ist leer, das

Bett ungemacht. Ich laufe zum Ausgang. Oh, die gesegnete Türe! Sie ist nicht versperrt und öffnet sich – sachte, sachte – auf den köstlichsten aller Gänge! Wie leicht atmet sich's doch, wenn man nicht eingesperrt ist ... Nur jetzt nicht erwischt werden! Die Treppe liegt verlassen da, im kleinen Büro ist niemand zu sehen, alles macht Rosen. Macht Rosen, liebe Leute, macht Rosen, laßt euch nicht stören, macht Rosen, aber ohne mich!

Draußen, in der lauen Nacht, lache ich still in mich hinein. Aber vorwärts, ich muß zu den X ... Das Schlimme ist, daß ich den Weg nicht weiß, am allerwenigsten des Nachts. Ach was, ich frage eben. Beherzt folge ich dem Flußlauf, um mich beim Licht einer Straßenlaterne plötzlich zu entschließen: »Verzeihen Sie, bitte, wie komme ich zum Theaterplatz?« Der Herr, dem meine Frage gilt, bleibt stehen, neigt sich zu mir, betrachtet mich eingehend und sagt:

»Gestatten Sie mir, Sie hinzuführen, schönes Kind! Allein werden Sie nie ...«

Der Teufel soll ihn holen! Ich wende mich brüsk ab, verschwinde eilends im Dunkel, erkundige mich bei einem Greißlergehilfen, der eben unter Getöse den Geschäftsrolladen herunterläßt, nach dem Weg und frage mich schließlich von Straße zu Straße bis zum Theaterplatz durch, verfolgt von Gelächter und so manchem vertraulichen Zuruf. Ich schelle am vertrauten Haus und platze mitten in ein Trio für Klavier, Geige und Cello, von zwei Blondinen und deren Vater ausgezeichnet gespielt. Sie springen auf, überrascht und erfreut. »Sie? Wieso? Warum? Und ganz allein?« Ich erzähle von meinem Zimmerarrest, meiner Flucht und der morgigen Reifeprüfung. Die Schwestern lachen sich krumm.

»Nein, wie spaßig! So etwas kann auch nur Ihnen einfallen!« Der Vater lächelt nachsichtig: »Keine Angst, das bringen wir schon wieder in Ordnung! Wir werden Sie zurückbegleiten und Ihre Begnadigung erwirken.« Wie schon gesagt – es sind nette Leute. Wir musizieren ohne die leisesten Gewissensbisse. Um zehn verabschiede ich mich und setze durch, nur von einer alten Bediensteten heimbegleitet zu werden. Wir gehen durch verödete Gassen. Der Mond steht hoch am Himmel. Wie sie mich wohl empfangen wird, die jähzornige Rote?

Die Alte folgt mir ins Hotel. Meine Kameradinnen trinken Bier und Limonade und sind noch mit der Verfertigung von Papierrosen beschäftigt. Ich könnte unbemerkt in mein Zimmer zurückkehren, habe aber nicht das Herz, auf meine kleine Sensation zu verzichten. Bescheiden trete ich vor Mademoiselle Sergent. Sie springt auf: »Wo kommen Sie her?« Ich deute mit dem Kinn auf das Hausfaktotum, das näherkommt und gelehrig sein Sprüchlein hersagt: »Mademoiselle hat den Abend bei Monsieur X und dessen Töchtern verbracht.« Dann murmelt sie noch einen undeutlichen Gruß, verschwindet und läßt mich allein – eins, zwei, drei – mit ... einer Furie! Ihre Augen sprühen Feuer, die buschigen Brauen stoßen zusammen, meine entgeisterten Kameradinnen stehen wie die Salzsäulen, halbfertige Rosen in den Händen. Die blitzenden Augen der kleinen Luce, die hochroten Wangen Maries und das fiebrige Aussehen der langen Anaïs lassen mich vermuten, daß die Guten ein wenig über den Durst getrunken haben. Wenn schon! Da ist schließlich nichts dabei. Noch immer spricht Mademoiselle Sergent kein Wort. Wahrscheinlich weiß sie nicht, was sie sagen soll. Oder sie tut sich Zwang an, um nicht zu explodieren. Endlich macht sie den Mund auf, wendet sich aber an die anderen: »Vorwärts, Schlafenszeit.«

Der Zornesausbruch wird also vertagt? Oder soll's erst in meinem Zimmer losgehen? Bitte sehr, ganz nach Belieben!

Während wir die Stiege hinaufsteigen, beäugen mich die Kleinen wie eine Aussätzige. Luce wirft mir fragend-flehende Blicke zu.

Oben angelangt, läßt die Schreckliche erst einige Sekunden feierlichen Schweigens verstreichen, ehe sie mit fürchterlichem Nachdruck fragt:

»Wo waren Sie?«

»Sie haben es ja gehört. Bei den X, Freunden meines Vaters.«

»Wie konnten Sie es wagen, sich zu entfernen?«

»Ich habe die Kommode weggeschoben, die vor der Verbindungstüre steht.«

»Ihre Unverschämtheit spottet jeder Beschreibung! Ich werde Ihren Herrn Vater von Ihrem empörenden Betragen in Kenntnis setzen! Er wird zweifellos seine helle Freude daran haben!«

»Papa? Oh, er wird sagen: ›Gott, ja, dieses Kind ist äußerst freiheitsliebend‹ und voll Ungeduld das Ende Ihres Rapports abwarten, um sich von neuem in die ›Malakologie des Fresnois‹ vertiefen zu können!«

Sie merkt, daß die anderen zuhören, und fährt herum: »Marsch ins Bett, alle miteinander! Wenn in einer Viertelstunde die Kerzen nicht verlöscht sind, könnt ihr was erleben! Und was Mademoiselle Claudine betrifft, so entledige ich mich hiermit jeder weiteren Verantwortung für ihre Person und stelle ihr frei, sich heute nacht entführen zu lassen, wenn's ihr Spaß macht!«

Oh! Shocking! Mademoiselle! Die Mädchen stieben auseinander wie aufgescheuchte Mäuse. Ich bleibe mit Marie Belhomme allein, die bewundernd sagt:

»Man kann dich wirklich nicht einsperren! Ich wäre niemals auf die Idee gekommen, die Kommode wegzuschieben!«

»Ja, ich habe einen netten Abend verbracht. Aber mach weiter, sonst kommt sie am Ende noch die Kerze ausblasen!«

Man schläft schlecht im fremden Bett. Außerdem habe ich mich die ganze Nacht an die Wand gedrückt, um nicht an Maries Beine anzustreifen.

Um halb sechs werden wir geweckt. Wir stehen auf, müde und schlaftrunken, und ich überschütte mich mit kaltem Wasser, um halbwegs munter zu werden. Während ich herumplansche, kommen Luce und Anaïs herein, wollen meine parfümierte Seife, einen Korkzieher, dieses und jenes, und Marie bittet mich, ihr beim Frisieren zu helfen. (Sie trägt einen komplizierten Knoten.) All diese schläfrigen, spärlich bekleideten Kleinen – was für ein possierliches Schauspiel!

Meinungsaustausch über die gewitzigsten, gegen die Tükke der Herren Professoren zu ergreifenden Vorsichtsmaßnahmen: Anaïs hat sämtliche Jahreszahlen, deren sie nicht sicher ist, auf den äußersten Zipfel ihres Taschentuchs geschrieben (ich würde ein Tischtuch brauchen!), Marie Belhomme einen winzigen Atlas verfertigt, der in der hohlen Hand Platz findet. Luce ist ein wandelndes Lexikon: ihre weißen Manschetten sind mit Daten, Regierungszeiten und arithmetischen Formeln geziert. Selbst die beiden Jauberts haben eine Fülle von Informationen auf hauchdünne Papierstreifen gemalt und in ihren Federstielen versteckt. Aber unsere größte Besorgnis gilt den Prüfungen selbst, und ich höre, wie Luce gerade sagt:

»In Mathematik prüft Lerouge, in Physik und Chemie Roubaud, angeblich ein ganz gemeiner Kerl, in Literatur Papa Sallé –«

Ich falle ihr ins Wort:

»Welcher Sallé? Doch nicht der ehemalige Gymnasialdirektor?«

»Doch.«

»Großartig!«

Der Gedanke, von diesem gütigen alten Herrn, einem langjährigen Bekannten Papas, der auch mir wohlgesinnt ist, examiniert zu werden, stimmt mich äußerst fröhlich. Er wird mir nicht weh tun.

Mademoiselle Sergent erscheint, angesichts der nahenden Schlacht wortkarg und gefaßt. »Habt ihr alle eure Sachen? Vorwärts, gehen wir!«

Unser kleines Bataillon überquert die Brücke und kämpft sich durch Straßen und Gäßchen bis an ein halbverfallenes Portal heran, auf dessen Türe ein verblichenes Schild prangt: *Institut Rivoire*. Ist das nicht das Mädchenpensionat, das vor ein paar Jahren wegen Überalterung aufgelassen wurde? (Warum steckt man uns ausgerechnet hier herein?) Im Hof, dessen Pflastersteine zum größten Teil durch Abwesenheit glänzen, schnattern bereits an die sechzig Halbwüchsige, in scharf abgezirkelten Gruppen. Die Schulen fraternisieren nicht. Da gibt es Mädchen aus Villeneuve, aus Beaulieu, aus einem guten Dutzend kleinerer Kreisstädte des Departements. Sie scharen sich um ihre Lehrerinnen, und ihren unermüdlichen Bemerkungen über die Angehörigen der anderen Schulen mangelt es in betrüblichstem Maße an Wohlwollen.

Kaum treten wir ein, werden wir erbarmungslos gemustert. Die Blicke reißen uns förmlich die Kleider vom Leib. Besonders mein weißes Blaugestreiftes und der große Spitzenumhang, die sich von den schwarzen Anstaltstrachten so hell und fröhlich abheben, erregen allgemeines Ärgernis. Da ich jedoch die giftigen Blicke meiner Konkurrentinnen mit unverschämtem Lächeln erwidere, wenden sie sich verachtungsvoll wieder ab. Luce und Marie erröten angesichts so vieler unnachsichtiger Augenpaare und verkriechen sich in sich selbst. Anaïs läßt sich mit Genuß anstarren.

Die Herren Professoren sind noch nicht erschienen. Man ist ungeduldig. Ich langweile mich. Plötzlich bemerke ich eine kleine, halb offenstehende Türe, die auf einen dunklen Gang führt. Sein Ende ist in Licht gebadet. Während Mademoiselle Sergent mit ihren Kolleginnen kühle Höflichkeiten austauscht, gehe ich auf Entdeckungsreisen. Vorsichtig dringe ich bis zu der geheimnisvollen Lichtquelle vor, finde eine Glastüre, vielmehr deren Reste, schiebe den verrosteten Riegel zurück und stehe unversehens inmitten eines viereckigen Gärtchens. Hier duftet der Jasmin, gelb und verschwenderisch, hier wächst wilder Wein, hier wiegen sich würzige Krauter im Wind, hier steht sogar ein kleiner Pflaumenbaum. Stilles, grünendes Ende der Welt! Aber noch eine herrliche Entdeckung wartet meiner: reife, duftende Erdbeeren.

Schnell, die anderen geholt! Unbemerkt kehre ich in den Hof zurück und setze meine Mitschülerinnen vom Vorhandensein dieses verzauberten Obstgartens in Kenntnis. Nach einigen furchtsamen Blicken auf Mademoiselle Sergent (sie konversiert mit einer mittelalterlichen Lehrerin) sowie auf die Türe, die hartnäckig geschlossen bleibt (den Herren Professoren geht der Schlaf wohl über alles!), entschließen sich Marie, Luce und die lange Anaïs, mir zu folgen. Die Zwillinge lehnen dankend ab. Wir fallen über die Reben her, tun uns an Erdbeeren gütlich und schütteln den Pflaumenbaum, bis uns ein plötzliches Anschwellen und ebenso jähes Verstummen des fernen Stimmengewirrs auf die Ankunft unserer Peiniger schließen läßt.

Eilends durchqueren wir den Korridor und kommen gerade zurecht, um einen Rattenschwanz schwarzgekleideter Herren das baufällige Gebäude betreten zu sehen, feierlich und stumm. Nein, schön sind sie nicht, das kann man bei bestem Willen nicht behaupten. Wir heften uns an ihre Fersen und trampeln die Stiege hinauf – wir sind mehr als sechzig –, werden aber an der Schwelle eines ausgedienten Studiensaals abgefangen: die Herren müssen sich erst häuslich einrichten. Wir sehen zu, wie sie an einem langen Tisch Platz nehmen, ihre Stirnen trocknen und allem Anschein nach beraten. Worüber wohl? Ob es angezeigt sei, uns eintreten zu lassen? Kaum! Eher tauschen sie ihre Eindrücke über das Wetter aus und erzählen einander die neuesten Familiennachrichten. Inzwischen hat man alle Mühe, uns auf dem Stiegenabsatz zusammenzupferchen, und der Strom der Prüflinge ergießt sich über die Treppen.

Ich stehe in der ersten Reihe und kann daher die Leuchten der Wissenschaft aus nächster Nähe betrachten: Sallé, groß, mit angegrautem Haar, knorrig und gichtig. Seine Hände gleichen wilden Ranken und er sieht aus wie ein harmloser Großpapa. Neben ihm ein kurzer Dickwanst, in eine pastellgetönte Krawatte gezwängt, die aus Rabastens' Garderobekasten zu stammen scheint: Roubaud, der Schreckliche. Er wird uns morgen in Physik und Chemie prüfen.

Einer der Herren, eine lange Liste in der Hand, weist uns die Plätze zu, ängstlich darauf bedacht, Angehörige derselben Schule, ja sogar Bewohner desselben Distrikts so weit wie möglich voneinander zu entfernen, um jegliche Verständigungsmöglichkeit zu unterbinden. Weiß er denn nicht, daß man sich immer verständigen kann?

Ich lande auf einem Eckplatz neben einem schwarzgekleideten Mädchen mit großen ernsten Augen. Wo sind meine Kameradinnen? Dort drüben bemerke ich Luce, verstörten Blicks. Sie macht mir verzweifelte Zeichen. Dicht vor ihr wetzt Marie Belhomme herum ... Sie können einander helfen, die beiden Nieten! Roubaud wandert umher und verteilt Siegeloblaten sowie große weiße Blätter, die in der linken oberen Ecke einen blauen Stempel aufweisen. Wir wissen, was das zu bedeuten hat: in die Ecke haben wir unseren Namen zu schreiben sowie den Namen der Schule, an der wir unsere Studien absolviert haben. Dann wird sie umgebogen und versiegelt. (Niemand soll glauben, daß bei der Beurteilung unserer Arbeiten etwa Voreingenommenheit geherrscht habe!)

Die Formalität ist erfüllt. Wir warten. Wann wird man endlich geruhen, uns etwas zu diktieren? Ich lasse den Blick durch die Klasse schweifen. Lauter unbekannte Gesichter. Manche erregen mein Mitleid, so viel Angst spricht aus den angespannten Zügen. Man fährt in die Höhe. Roubaud hat das Wort ergriffen:

»Orthographieexamen! Schreiben Sie, bitte. Ich wiederhole nur ein einziges Mal.«

Er beginnt zu diktieren, während er lässig in der Klasse herumspaziert. Heilige Stille. Kunststück! Für die meisten dieser Kleinen steht die ganze Zukunft auf dem Spiel. Zu denken, daß sich das alles »dem Lehrberuf hingeben«, von sieben Uhr früh bis fünf Uhr abends schuften und vor einer – höchstwahrscheinlich unausstehlichen – Schulleiterin zittern wird, um pro Monat fünfundsiebzig Francs zu verdienen! Zwei Drittel dieser sechzig Mädchen stammen aus Arbeiter- oder Bauernfamilien. Lieber als Pflug oder Nadel zu führen, nehmen sie vergilbten Teint, hohles Kreuz und die langsame, aber sichere Deformierung ihrer rechten Schulter in Kauf und schrecken nicht davor zurück, drei Jahre in ihrer Lehrbildungsanstalt zu verbringen (Tagesbeginn: fünf

Uhr früh, Zapfenstreich: halb neun, zwei Stunden Freizeit täglich) und sich auf Lebenszeit den Magen zu ruinieren, der nur in den seltensten Fällen der Gemeinschaftskost gewachsen ist. Aber dafür werden sie weder anderer Leute Kleider nähen noch Kübel zum Brunnen schleppen, kein Vieh hüten, einen Hut tragen und ihre Eltern verachten. Mehr verlangen sie nicht. Und ich, Claudine? Warum bin ich hier? Weil ich nichts Besseres zu tun habe, weil Papa, während ich die Fragen dieser Herren über mich ergehen lasse, in Ruhe mit seinen Schnecken hantieren kann und weil es, wenn eine mehr bei der Reifeprüfung durchkommt, der Schule zur Ehre gereicht, dieser schönsten, herrlichsten, unwahrscheinlichsten aller Schulen ...

Das Diktat strotzt von Partizipien, hinterhältigen Pluralformen und grammatikalischen Fußangeln. Die Sätze, verbildet und verbogen, haben bereits jeglichen Sinn eingebüßt. Wie albern!

»Schluß. Ich lese vor.«

Ich glaube der Fehlerlosigkeit meines Diktats zwar sicher sein zu können, lese es aber dennoch aufmerksam durch, um die Akzente zu überprüfen. Für solche nämlich, die nicht haargenau über dem Buchstaben schweben, zu dem sie gehören, werden einem halbe oder Viertelfehler angerechnet! Plötzlich fällt ein mit unnachahmlicher Geschicklichkeit geschleudertes Papierkügelchen auf mein Pult. Ich entrolle es in der hohlen Hand. Es stammt von der langen Anaïs und enthält die Frage: »*Trouvé* im zweiten Satz: mit s?«

Sie ist ja von kindlicher Vertrauensseligkeit, diese Anaïs! Soll ich sie hineinlegen? Nein, ich verachte die Mittel, deren sie sich gemeiniglich bedient, hebe den Kopf, nicke fast unmerklich, und sie korrigiert mit unerschütterlicher Miene.

»Sie haben fünf Minuten, um zu verbessern!« verkündet Roubaud. »Dann folgt die Kalligraphieprüfung.«

Zweite Papierkugel, rundlicher als die erste. Ich wende mich um. Sie stammt von Luce. Ihr Blick sucht angstvoll den meinen. Aber, aber! Gleich vier Wörter, das ist ja fürchterlich! Wenn ich die Kugel zurückwerfe, wird man sie abfangen. Für derlei Dinge habe ich einen sechsten Sinn. Doch plötzlich kommt mir eine Erleuchtung: ich nehme meine schwarze Ledertasche (die Prüflinge müssen alles aus eigenen Mitteln beistellen), verwende ein Stückchen Mauerwerk als Kreide, male die vier Sorgenkinder auf die improvisierte Tafel und hebe die Tasche unvermittelt in die Höhe, die leere Seite den Herren Professoren zugewendet, die sich, nebenbei bemerkt, kaum um uns kümmern. Die Züge der kleinen Luce erhellen sich, und sie verbessert eilends. Die Trauerweide neben mir hat die kleine Szene verfolgt und spricht mich an: »Sie sind nicht ängstlich, das muß man sagen!«

»Nicht allzusehr, wie Sie sehen. Schließlich muß man einander helfen, oder nicht?«

»Hm ... ja, sicher. Aber ich würde es nicht wagen. Sie heißen Claudine, nicht wahr?«

»Ja. Woher wissen Sie das?«

»Oh, man ›spricht‹ schon seit langem von Ihnen. Ich gehe in Villeneuve zur Schule. Unsere Lehrerinnen sagten: ›Diese Claudine ist blitzgescheit, aber frech wie ein Junge. Weder ihre Frisur noch ihr Lausbubenbenehmen ist nachahmenswert. Sollte sie sich aber Mühe geben, ist sie eine der gefährlichsten Konkurrentinnen.‹ Auch in Bellevue sind Sie nicht unbekannt. Man bezeichnet Sie dort als leicht verrückt und ziemlich exzentrisch ...«

»Ihre Lehrerinnen sind ja reizend, das muß man ihnen lassen! Aber ihr Interesse an mir übertrifft bei weitem das meine an ihnen! Sie können ihnen einen schönen Gruß von mir ausrichten. Sie sind nichts als ein paar giftige alte Jungfern, das lass' ich ihnen sagen!«

Meine Nachbarin hüllt sich in entrüstetes Schweigen. Außerdem zwängt bereits Roubaud sein Bäuchlein durch die Bankreihen, sammelt die Blätter ein und übergibt sie seinen Helfershelfern. Dann versorgt er uns mit Papier für die Kalligraphieprüfung, geht zur Tafel und malt mit »Schönschrift« folgende Verse an die Tafel:

Entsinne dich, Cinna, des Glücks und Waffenruhms ...

»Diese Zeilen sind in starker, mittelstarker und feiner Kurrent-, starker, mittelstarker und feiner Rond- sowie starker, mittelstarker und feiner Steilschrift auszuführen. Sie haben eine Stunde Zeit.«

Eine wahre Erholung. Wir brauchen uns nicht sonderlich anzustrengen: die Kalligraphen sind, gottlob, nicht anspruchsvoll. Rond- und Steilschrift bereiten mir keine Schwierigkeiten, kann man sie doch beinahe zeichnen. Meine Kurrentbuchstaben hingegen spotten jeder Beschreibung, gelingt es mir doch nur höchst selten, meinen Lettern »Körper« und »Schatten« zu geben. Na ja! Die Stunde ist um. Wir stehen auf, müde und ausgehungert, und verlassen fluchtartig das moderne Klassenzimmer. Im Hof werden wir von unseren Lehrerinnen erwartet. Sie stehen aufgeregt in kleinen Gruppen beisammen, im Schatten, der sich von der Sonne kaum unterscheidet, und empfangen uns mit einer Flut von Worten.

»Wie war das Diktat? Erinnert ihr euch an schwierige Sätze?«

»– ich habe *indication* mit s geschrieben – ich ohne – das Partizip war unveränderlich, nicht wahr, Mademoiselle –

ich wollte es noch ausbessern – dann hab' ich es gelassen – so ein schweres Diktat –«

Gejammer, Gefrage, Geschrei.

Es hat längst zwölf geschlagen, und das Hotel ist so weit ...

Ich gähne vor Erschöpfung. Mademoiselle Sergent führt uns in ein nahes Restaurant. Sie hat ganz recht. Bei dieser brütenden Hitze wäre der weite Weg zu unserem Hotel viel zu anstrengend.

Marie Belhomme weint in ihren Teller und bringt keinen Bissen hinunter. Sie hat drei Fehler verbrochen, deren jeglicher die Note um zwei Punkte vermindert. Die Frau Direktor scheint meine gestrige Eskapade vergessen zu haben. Ich erzähle ihr von unseren Verständigungsmethoden. Sie lacht zufrieden und empfiehlt uns lediglich, nicht allzu unvorsichtig zu sein. Bei Prüfungen ermutigt sie uns zu den ärgsten Schwindeleien. Alles für die Ehre der Schule!

In Erwartung des französischen Aufsatzes schlafen wir fast ein, sitzend, von Hitze übermannt. Mademoiselle wirft einen Blick auf die Uhr, läßt ihre illustrierte Zeitschrift sinken und erhebt sich:

»Vorwärts, Kinder, wir müssen gehen ... Trachtet nach Möglichkeit, euch nicht allzu dumm anzustellen! Und was Sie betrifft, Claudine, so werfe ich Sie in den Fluß, wenn Sie mir mit weniger daherkommen als achtzehn!«

»Dort wäre mir wenigstens nicht so heiß!«

Was für Idioten, diese Professoren! Der dümmste Tropf hätte bedacht, daß wir des Morgens bessere Aufsätze liefern würden als bei dieser sengenden Mittagshitze. Nicht so die Herren Examinatoren. Was können wir jetzt schon zusammenbringen?

Im Schulhof herrscht dasselbe Gedränge wie vormittags, jedoch weit größere Ruhe. Die Herren lassen wiederum auf sich warten, es ist kaum zu glauben! Ich gehe in mein Gärtchen, setze mich ins Gras, in den Schatten des wilden Weins, und schließe die Augen, trunken vor Müdigkeit und Schlaf.

»Claudine! Claudine!« Ich fahre in die Höhe, mein Kopf brummt – ich habe tief und fest geschlafen –, und blicke in die verstörten Augen der kleinen Luce, die mich am Arm rüttelt und mit sich fortzieht. »Du bist wohl nicht bei Trost? Weißt du nicht, was los ist? Seit einer Viertelstunde sind wir oben, das Aufsatzthema steht schon an der Tafel! Schließlich hab' ich mir ein Herz gefaßt und gemeldet, daß du nicht da bist ... Marie Belhomme auch ... wir haben dich gesucht, Mademoiselle Sergent ist auf die Straße gegangen ... und ich habe gedacht, daß du vielleicht hier spazierengehst ... du wirst was erleben!«

Ich stürze die Stiege hinauf, Luce mir nach. Bei meinem Eintritt erhebt sich Gemurmel, und die Herren, deren rote Gesichter von einem reichhaltigen Mittagsmahl zeugen, wenden sich mir zu:

»Sie sind wohl vergeßlich, Mademoiselle? Wo waren Sie?«

Der Frager ist Roubaud, sein Ton ein Gemisch aus Schärfe und Liebenswürdigkeit.

»Im Garten. Ich schlief.«

Ein Fensterflügel zeigt mir mein Bild, dunkel und verschwommen, doch ich bemerke malvenfarbene Blüten in meinen Locken, Blätter an meinem Kleid, eine kleine grüne Raupe und ein Marienkäferchen, die sich auf meiner Schulter verspätet haben. Mein Haar ist wirrer denn je und der Gesamteindruck im großen und ganzen durchaus nicht übel, zumindest scheinen die Herren dieser Ansicht zu sein, denn sie betrachten mich länger als unbedingt nötig, und Roubaud fragt unvermittelt:

»Kennen Sie zufällig Botticellis ›Primavera‹?«

Wart nur, du sollst mich kennenlernen!

»Gewiß, Monsieur! Das hat man mir schon einmal gesagt.«

Ich habe ihm den Boden unter den Füßen weggezogen, und er erstickt fast an seinem Kompliment, ärgerlich und erbost. Das wird er mir heimzahlen. Roubaud beißt sich in die Lippen. Die schwarzen Männer lachen verstohlen. Der wackere Sallé, der mich nicht einmal erkennt – er ist kurzsichtig wie ein Maulwurf –, brummt mir beruhigend zu: »Es ist noch nicht zu spät. Schreiben Sie das Thema von der Tafel ab, Ihre Kameradinnen haben noch nicht begonnen.« Schon gut, hab keine Angst, ich werde dich nicht schelten!

Thema: Kommentieren Sie folgenden Ausspruch Chrysales:

»Was tut's, wenn sie die Worte Vaugelas' mißachtet ...«

Nicht möglich! Das Thema ist weder dumm noch undankbar. Rund um mich her wird getuschelt, angstvoll und verzweifelt. Die wenigsten dieser Kleinen haben jemals von Chrysale oder den »Klugen Frauen« gehört, und ich muß schon jetzt lachen, wenn ich an den Wirrwarr denke, der da herauskommen wird! Ich schreite an die Verfertigung eines nicht ganz uninteressanten Machwerks, garniere es mit einigen ausgewählten Zitaten (warum soll man schließlich nicht zeigen, daß man seinen Molière im kleinen Finger hat!) und vertiefe mich zuletzt so sehr in meine Arbeit – sie schreitet recht gut voran –, daß ich meine Umgebung völlig vergesse. Als ich den Kopf hebe, auf der Jagd nach einem widerspenstigen Wort, merke ich, daß Roubaud mein Porträt in sein Notizbuch kritzelt. Soll er! Wie von ungefähr nehme ich die alte Pose wieder ein.

Bums! Ein Papierkügelchen. Es kommt von Luce:

»Kannst du mir ein paar Gedanken aufschreiben? Ich bin verzweifelt. Ich küsse dich von weitem.« Ich schaue sie an: ihr armes Gesichtchen ist angstentstellt, die Wangen hochrot, die Augen verschwollen. Sie erwidert meinen Blick mit einer verzweifelten Kopfbewegung. Ich kritzle alles, was mir gerade einfällt, auf ein Stück Pauspapier und sende das Kügelchen zurück, nicht auf dem Luftweg, das wäre zu gefährlich, sondern werfe es auf den Boden, zwischen die beiden Bankreihen, und Luce stellt behende ihren kleinen Fuß darauf.

Dem Schluß wende ich mein besonderes Augenmerk zu, feile und verfeinere ihn nach allen Regeln der Kunst und entwickle Ideen, die mir mißfallen, jedoch großen Anklang finden werden. Ah! Fertig, Punktum! Schauen wir, was die anderen treiben!

Die gemeine Anaïs arbeitet gesenkten Haupts, um ihre Nachbarin am Abschreiben zu hindern. Roubaud hat seine Skizze beendet. Die Zeit verrinnt, obgleich die Sonne kaum tiefer zu stehen scheint als zuvor. Ich bin am Ende meiner Kräfte. Heute abend werde ich brav zu Bett gehen, gleichzeitig mit meinen Kameradinnen, ohne Eskapaden, ohne Musik. Ich lasse den Blick weiter umherschweifen: ein ganzes Bataillon von Pulten steht in Viererreihen nebeneinander, bis nach rückwärts, von kleinen schwarzgekleideten Mädchen besetzt. Man sieht nichts als glatte Knoten oder hängende Zöpfe, die Seilen ähneln, so fest sind sie gedreht. Außer den Schülerinnen der Landschulen trägt niemand helle Kleider. Die grünen Bänder am Halsausschnitt der Internen von Villeneuve stechen hervor. Es herrscht Grabesstille, nur vom leisen Rascheln der Blätter oder Seufzern der Erschöpfung unterbrochen. Endlich faltet Roubaud den *Moniteur du Fresnois* zusammen, bei dessen Lektüre er um ein Haar eingenickt wäre, zieht seine Uhr und sagt:

»Schluß. Ich sammle ab.« Stöhnen. Die Kleinen, die noch nicht fertig sind, flehen um eine Gnadenfrist von fünf Minuten, die ihnen großzügigerweise gewährt wird. Dann nehmen die Herren unsere Aufsätze an sich und lassen uns ziehen. Wir stehen auf, gähnen, rekeln und dehnen uns und stürzen die Stiege hinunter, um uns unverzüglich wieder in kleinen Gruppen zusammenzufinden. Anaïs stürzt auf mich zu:

»Was hast du geschrieben? Wie hast du angefangen?«

»Du ödest mich an! Glaubst du im Ernst, daß ich meinen Aufsatz auswendig kann?«

»Aber das Konzept!«

»Ich hab' keins gemacht. Bloß ein paar Sätze, die ich vor der endgültigen Niederschrift ein wenig frisieren mußte.«

»Du bist wohl nicht bei Trost! Mademoiselle wird dich ganz gehörig ausschelten, meine Liebe! Ich habe mein Konzept mitgenommen, um es ihr zu zeigen.«

Auch Marie Belhomme hat ihr Konzept mitgebracht, und Luce, und all die anderen. Das ist so Sitte.

Wir betreten den Hof. Obwohl die Sonne schon am Horizont verschwunden ist, strahlt er noch sommerliche Wärme aus. Mademoiselle Sergent sitzt auf einem Mäuerchen, in einen Roman vertieft, den sie bei unserem Anblick unverzüglich sinken läßt. »Ah, da seid ihr ja endlich! Her mit den Konzepten! Hoffentlich habt ihr euch nicht allzu viele Dummheiten geleistet!« Sie liest, prüft, gibt ihr Urteil ab. Die Arbeit der langen Anaïs ist, scheint's, »nicht ganz unbeachtlich«. Luce »hat gute Ideen« (Kunststück, die meinen!), die jedoch nicht genügend entwickelt sind, Maries Aufsatz ist »das übliche Gewäsch«, die Werke der beiden Jaubert sind »sehr ordentlich«.

»Ihr Konzept, Claudine?«

»Ich habe keins gemacht.«

»Keins gemacht? Sie sind wohl verrückt, mein Kind! Kein Konzept bei der Reifeprüfung! Ich verzichte langsam darauf, von Ihnen irgend etwas Vernünftiges zu erwarten! Heraus mit der Sprache! Ist der Aufsatz schlecht?«

»Aber nein, Mademoiselle, ich halte ihn durchaus nicht für schlecht ...«

»Wieviel erhoffen Sie? Siebzehn?«

»Siebzehn? Oh, Mademoiselle, die Bescheidenheit verbietet mir ... Siebzehn ist eine sehr gute Note ... Gott, ich glaube, daß er seine guten achtzehn wert ist ...«

Meine Kameradinnen beäugen mich mit neidisch-mißgünstiger Miene. Hat diese Claudine ein Glück, ihre Note vorhersagen zu können! Als ob es ihr Verdienst wäre! Begabt ist sie, das ist alles, schreibt französische Aufsätze wie nichts, und so weiter, und so weiter ...

Rund um uns schnattern die Prüflinge, zeigen den Lehrerinnen ihre Konzepte, schreien durcheinander und stoßen laute »Ah!« des Bedauerns aus, sooft ihnen eine verspätete Idee einfällt... Der Hof gleicht einem Vogelbauer.

An diesem Abend flüchte ich nicht in die Stadt, sondern gehe zeitig zu Bett. Seite an Seite plaudern Marie und ich über den großen Tag. Sie erzählt:

»Meine Nachbarin kommt aus einer Klosterschule. Denk dir nur, Claudine, vor dem Diktat, während Roubaud die Blätter austeilt, zieht sie plötzlich einen Rosenkranz aus der Tasche, so wahr ich Marie heiße, weißt du, einen Rosenkranz mit ganz dicken runden Perlen, er hat fast so ausgesehen wie diese Kinderrechenmaschinen, und beginnt, ihn halblaut herunterzubeten. Das sollte ihr Glück bringen.«

»Na, und? Nützt's nichts, so schadet's nichts. Halt, was ist denn da los?«

Mir scheint, als kämen verdächtige Geräusche aus dem

gegenüberliegenden Zimmer. Schon fliegt die Türe auf und Luce stürzt herein, in kurzem Hemdchen und höchster Erregung:

»Claudine, hilf mir! Anaïs ist so gemein!«

»Was hat sie dir denn angetan?«

»Sie hat Wasser in meine Stiefelchen gegossen! Und im Bett gibt sie mir dauernd Fußtritte, zwickt mich in die Schenkel und sagt, daß ich auf dem Bettvorleger schlafen kann, wenn's mir nicht paßt!«

»Warum gehst du nicht zu Mademoiselle Sergent?«

»Mademoiselle! Mademoiselle! Du bist gut! Ich war vor ihrem Zimmer, aber sie ist nicht da. Und das Stubenmädchen hat gesagt, daß sie mit Madame Cherbay ausgegangen ist. Was soll ich bloß tun?«

Sie weint. Armes Ding, so winzig im weißen Hemdchen! Es läßt ihre wohlgeformten Arme und hübschen Beine sehen. Nackt und verschleierten Gesichts wäre sie zweifellos verführerischer. (Etwa noch zwei Löcher für die Augen?) Doch jetzt ist nicht der geeignete Moment, derlei Überlegungen anzustellen. Mit zwei Sätzen bin ich im Zimmer gegenüber. Anaïs okkupiert die Mitte des Bettes, die Decke bis zum Kinn gezogen, und hat ihre allergemeinste Miene aufgesetzt.

»Du bist wohl übergeschnappt? Auf einmal soll Luce nicht mit dir schlafen dürfen?«

»Das hab ich nicht gesagt. Aber sie will den ganzen Platz für sich, und da habe ich sie gestoßen.«

»Das kannst du deiner Großmutter erzählen! Du zwickst sie und hast Wasser in ihre Schuhe gegossen.«

»Nimm sie doch zu dir ins Bett! Ich kann auf sie verzichten!«

»Tu nur nicht so angeekelt! Ihre Haut ist viel frischer als die deine! Aber das ist freilich keine Kunst.«

»Schon recht, schon recht! Man weiß ja, daß dir die kleine Schwester ebensogut gefällt wie die große!«

»Wart nur, meine Teure, ich werde dich gleich auf andere Gedanken bringen!«

Ich werfe mich auf ihr Bett – im Nachthemd, wie ich bin –, reiße die Decke herunter, packe Anaïs bei den Füßen und zerre sie auf dem Rücken zu Boden, ungeachtet der scharfen Nägel, die sie stumm und verbissen in meine Schultern krallt. Ohne ihre Pfoten loszulassen, rufe ich Luce und Marie herbei.

Eine kleine Prozession weißer Hemdchen nähert sich aufgeregt, auf bloßen Füßen. Man schreit durcheinander: »Halt, halt, trennt sie, holt Mademoiselle!«

Anaïs preßt die Lippen zusammen, gibt keinen Laut von sich, durchbohrt mich mit mörderischen Blicken und strampelt mit den Beinen, krampfhaft zu verbergen bemüht, was ich aller Welt zur Schau stelle: zwei gelbe Schenkel, einen birnenförmigen Hintern. Ich fürchte schon, sie loszulassen, so sehr schüttelt mich das Lachen, und erläutere:

»Dieses reizende Fräulein Anaïs, dessen Füße ich hier festhalte, hat die kleine Luce gezwickt, aus dem Bett gestoßen und ihre Schuhe mit Wasser angefüllt, lauter Dinge, die sie in Zukunft besser bleiben lassen wird.«

Kühles Schweigen. Die Zwillinge sind zu vorsichtig, um Partei zu ergreifen. Nach einer Weile löse ich meine Hände von den Knöcheln der langen Anaïs. Sie springt auf und zieht mit hastiger Bewegung das Nachthemd herunter.

»Du wirst jetzt schlafen gehen und dieses Kind gefälligst in Frieden lassen! Sonst verspreche ich dir eine Tracht Prügel, die sich gewaschen hat.«

In stummer Wut läuft sie zu ihrem Bett, springt hinein und kehrt das Gesicht zur Wand. Sie fürchtet nichts so sehr wie Schläge, und ihre Feigheit überwiegt ihren Zorn bei weitem. Die weißen Gespenster verschwinden in ihren Zimmern. Luce legt sich furchtsam neben ihre Peinigerin, die nicht lebendiger zu sein scheint als ein Stück Holz. (Am nächsten Morgen berichtet mein Schützling, daß Anaïs sich in der ganzen Nacht nur ein einziges Mal bewegt habe: um vor Wut ihren Polster zu Boden zu schleudern.)

Niemand setzt Mademoiselle Sergent von dem nächtlichen Zwischenfall in Kenntnis. Wir haben bei Anbruch dieses aufregenden Tages wahrlich andere Dinge im Kopf. Das Programm ist aber auch besonders reichhaltig: vormittags Mathematikexamen, nachmittags Zeichnen, abends Aushang der Namen der zur »mündlichen« zugelassenen Auserwählten.

Wir stürzen unsere Schokolade hinunter und eilen davon. Um sieben Uhr früh herrscht bereits drückende Hitze. Heute kennen wir uns schon besser aus, gehen selbst auf unsere Plätze und verplaudern die Zeit bis zur Ankunft der geehrten Herren mit sittsamer Mäßigung. Man fühlt sich schon heimischer, schlängelt sich zwischen Pulten und Bänken hindurch, ohne blaue Flecken abzubekommen, und reiht Bleistifte, Federstiele, harte und weiche Radiergummi vor sich auf, als hätte man zeit seines Lebens nichts anderes getan. Das macht sich sehr gut. Es fehlt wenig, und wir bekämen Schrullen.

Einzug der Allmächtigen. Sie haben schon einen guten Teil ihres Ansehens eingebüßt und werden von den Kühnsten bereits ruhigen Bluts betrachtet. Roubaud – er trägt einen Pseudopanama, unter dem er sich äußerst elegant vorkommt – zappelt vor Ungeduld: »Vorwärts, vorwärts! Wir haben uns verspätet, und die versäumte Zeit muß eingebracht werden.«

Das hab' ich gern! Noch ein paar Minuten, und dann

sind wir daran schuld, daß die Herren nicht zeitgerecht aus dem Bett gekrochen sind! Eins, zwei, drei, schon sind die Pulte blätterbeschneit, schon haben wir die Ecke versiegelt (meinen Namen sollt ihr nie erfahren! ...), schon erbricht der beschleunigte Roubaud das Siegel des großen gelben, mit dem Stempel des Landesschulrats gezierten Kuverts und entnimmt ihm folgende fürchterliche Angabe:

1) Ein Privater kauft 3 ½%ige Wertpapiere zum Kurs von Francs 94,60 usw. usw.

Der Hagel durchbohre seinen Pseudopanama! Börsenspekulationen sind mir ein Greuel. Da wimmelt es von Maklergebühren, $^1/_{800}$% und anderen Feinheiten, die ich nur mit allergrößter Mühe im Gedächtnis behalten kann.

2) Die Teilbarkeit durch 9.

»Sie haben eine Stunde Zeit.«

Das ist wahrlich nicht zuviel! Was die Teilbarkeit durch 9 betrifft, so habe ich sie, gottlob, so lange gebüffelt, daß ich sie mir sogar gemerkt habe. Aber damit ist es nicht getan, zuerst heißt es, die »nötigen Vorbedingungen« zu schaffen. Was für ein Krampf!

Die anderen Prüflinge sind schon fest an der Arbeit, die Köpfe über das Papier geneigt, konzentriert und aufmerksam. Man hört leise geflüsterte Ziffern, halblaut ausgeführte Nebenrechnungen.

... Uff! Das erste Problem ist »gelöst«. Nachdem ich jede Rechnung sicherheitshalber zweimal gemacht habe (ich irre mich so leicht!), erzielt mein »Privater« einen Profit von 22 850 Francs. Nicht übel! Dieses beruhigende Sümmchen flößt mir zwar Vertrauen ein, aber dennoch halte ich es für angezeigt, mich bei Luce zu vergewissern, die mit den Ziffern auf das meisterlichste zu hantieren versteht. Der Großteil der Prüflinge ist fertig, und ich bemerke fast ausschließlich zufriedene Gesichter. Im übrigen zeichnen sich die meisten dieser Töchter rafferischer Bauern und flinker Näherinnen durch eine mathematische Begabung aus, deren Ausgeprägtheit ich schon des öfteren mit Betroffenheit festgestellt habe. Ich könnte mich auch an meine düstere Nachbarin wenden – sie ist ebenfalls fertig –, aber auf diese finsteren, verschlossenen Augen ist kein Verlaß. Lieber verfertige ich eine Papierkugel – sie enthält die Ziffer 22 850 –, die wohlgezielt vor Luce niederfällt. Die Kleine antwortet mit strahlendem Nicken. Alles in Ordnung! Befriedigt wende ich mich an meine Nachbarin: »Was bringen Sie heraus?« Sie zögert und murmelt zurückhaltend:

»Mehr als 20 000 Francs.«

»Ich auch, aber wieviel mehr?«

»Gott ... mehr als 20 000.«

»Herrje, ich will sie mir ja nicht ausborgen! Behalten Sie Ihre blöden 22 850 Francs, Sie sind nicht die einzige mit dem richtigen Resultat, Sie schwarze Ameise Sie!«

In unserer näheren Umgebung wird gelacht. Der Gegenstand meines Spotts dagegen scheint meine Worte nicht gehört zu haben, kreuzt die Arme und senkt schweigend den Blick.

»Fertig?« lärmt Roubaud. »Sie sind entlassen. Die Zeichenprüfung beginnt um zwei Uhr. Seien Sie pünktlich zur Stelle.«

Fünf Minuten vor zwei betreten wir das Institut Rivoire. Der Anblick dieses halbverfallenen Zwingers erweckt in mir stets aufs neue stärksten Widerwillen sowie den übermächtigen Wunsch, davonzulaufen.

Im hellsten Winkel der Klasse hat Roubaud zwei Sesselreihen im Halbkreis um je einen Schemel gruppiert. Was man wohl daraufstellen wird? Wir sind ganz Auge. Professor Faktotum verschwindet und kehrt wenig später zurück, als

Träger zweier gläserner Henkelkrüge. Ehe er noch Zeit hat, sie auf die Schemel zu placieren, erhebt sich bereits allgemeines Geflüster: »Meine Liebe, wie schwierig! Bedenken Sie, die Transparenz!«

Roubaud ergreift das Wort: »Die Platzwahl bleibt Ihnen überlassen. Sie haben diese beiden Töpfe« (selbst Topf, ah, Tropf, wollte ich sagen) »mit Kohle zu skizzieren, sodann die Skizze mit Tusche und Farbstift auszuführen, bei strengstem Verbot, Lineale oder lineaähnliche Gegenstände zu verwenden. Ihre Zeichenkartons haben Ihnen als Unterlage zu dienen.«

Die kleine Ansprache ist noch nicht beendet, als ich bereits dem Sessel zustürze, mit dem ich schon die ganze Zeit kokettiert habe: ein ausgezeichneter Platz, der mir gestattet, den Krug im Profil zu zeichnen, mit dem Henkel an der Seite. Mehrere folgen meinem Beispiel, und ich sehe mich zwischen Luce und Marie Belhomme. »Strengstes Verbot, Lineale zu verwenden?« Pah! Man weiß, was das zu bedeuten hat! Wir alle sind im Besitz zehn Zentimeter langer Streifen steifen Papiers (mit Zentimeterunterteilung, wohlgemerkt!), die im Handumdrehen versteckt werden können. Obwohl wir miteinander sprechen dürfen, machen wir von diesem Recht nur sparsam Gebrauch. Viel lieber schneiden wir Grimassen, mit fachmännisch zugekniffenem Auge und ausgestrecktem Arm, während wir ein Stück Zeichenkohle zum Maßnehmen verwenden. Mit ein wenig Geschicklichkeit ist nichts leichter, als den Krug mit dem Lineal zu konstruieren, mittels zweier kreuzförmiger Linien und eines Rechtecks für die bauchige Wölbung.

Tumult im anderen Sesselkreis, erstickte Ausrufe und die schneidende Stimme des gestrengen Roubaud: »Mehr brauchen Sie nicht, Mademoiselle, um von der Prüfung ausgeschlossen zu werden!« Diese Worte gelten einer schwindsüchtigen Kleinen, in deren Händen er eben ein Metermaß erspäht hat. Sie schluchzt in ihr Taschentuch. Roubauds Argwohn ist erwacht, er beäugt uns aus nächster Nähe. Aber wie durch Zauberschlag sind sämtliche Papierstreifen verschwunden. Im übrigen brauchen wir sie nicht mehr.

Mein Krug nimmt zusehends Gestalt an, formschön und bauchig, ein wahres Meisterwerk! Ich betrachte ihn mit Wohlgefallen, während uns unser Kerkermeister, vom schüchternen Eintritt der Lehrerinnen abgelenkt, die nachfragen kommen, »ob die Aufsätze im großen und ganzen gut ausgefallen sind«, eine kurze Atempause gönnt. Luce zupft mich am Ärmel. »Bitte, schau doch meine Zeichnung an! Ich glaube, etwas stimmt nicht!«

Ich erkläre nach gewissenhafter Überprüfung:

»Kunststück, der Henkel sitzt viel zu tief! Deshalb sieht deine Vase aus wie ein geprügelter Hund, der den Schwanz hängen läßt.«

»Und meine?« fragt Marie Belhomme von der anderen Seite.

»Deine hat rechts einen Buckel. Zieh ihr ein orthopädisches Korsett an!«

»Was?«

»Ich sage, du sollst sie links ausstopfen! Ihre Kurven sind sonst zu einseitig! Frag doch Anaïs, vielleicht borgt sie dir einen ihrer falschen Busen!« (Die lange Anaïs läßt sich nicht davon abbringen, zwei Taschentücher in ihr Korsett zu stopfen. Alle unsere hämischen Bemerkungen haben sie noch nicht dazu zu bewegen vermocht, auf diesen kindischen Kunstgriff zu verzichten.)

Mein Rat erregt die maßlose Heiterkeit meiner Nachbarinnen. Luce wirft sich zurück, reißt ihr Katzenmäulchen auf und lacht, daß die weißen Zähne funkeln. Marie bläst ihre Wangen auf wie einen Dudelsack. Plötzlich versteinern beide, und die Heiterkeit findet ein jähes Ende: das fürchterliche Augenpaar Mademoiselle Sergents ist medusengleich auf Luce und Marie gerichtet, schrecklich funkelnd. Die Stunde verrinnt unter heiligem Schweigen.

Wir enteilen dem Institut Rivoire, lärmend und fiebrig bei dem Gedanken, daß die Namen der erfolgreichen Kandidatinnen heute abend auf langer Liste an dieser Türe prangen werden. Mademoiselle Sergent vermag uns kaum zu bändigen. Unser Geschnatter ist unerträglich.

»Gehst du die Namen lesen, Marie?«

»Nein, sollte mir einfallen! Wenn ich nicht dabei bin, machen sich die ändern über mich lustig.«

»Ich gehe!« verkündet die lange Anaïs. »Ich will sehen, was die Durchgefallenen für Gesichter machen!«

»Und wenn du selber durchgefallen bist?«

»Pah! Schließlich steht mir mein Name nicht im Gesicht geschrieben! Ich werde eben zufrieden dreinschauen, dann merkt kein Mensch was, und niemand ...«

»Ruhe!« unterbricht Mademoiselle Sergent. »Ihr macht mich noch verrückt! Paßt nur auf, daß ich die Namen nicht allein lesen gehe! Vor allem gehen wir jetzt nicht ins Hotel zurück, sondern essen im Restaurant. Ich habe keine Lust, bei dieser Hitze zweimal hin und her zu laufen!«

Sie verlangt ein Extrazimmer. Man weist uns einen winzigen würfelförmigen Raum zu, eine Art Badekabine, von einem Deckenfenster trüb erhellt. Unsere Erregung fällt um einige Grade, und wir stürzen uns wortlos über das Essen. Sechs kleine Wölfe könnten kaum weniger vertilgen.

Nun ist der erste Hunger gestillt, und wir fragen alle zehn Minuten:

»Wie spät ist es?«

Mademoiselle Sergent versucht erfolglos, unsere Nervosität in vernünftige Bahnen zu lenken, indem sie uns zu bedenken gibt, daß die Herren Professoren die stattliche Anzahl von sechzig Aufsätzen vor neun Uhr abends kaum gelesen haben können. Ihre Bemühungen sind fruchtlos. Wir zappeln vor Ungeduld.

Der Aufenthalt in dieser Schachtel wird immer unerträglicher. Mademoiselle Sergent will uns nicht auf die Straße lassen. Kein Wunder! Um diese Zeit haben die Garnisonssoldaten Ausgang, und die rotbehosten Lümmel tun sich keinerlei Zwang an. Schon auf dem Weg ins Restaurant konnte unser kleines Bataillon Lächeln, Zungenschnalzen und Kußhände ernten, Sympathiekundgebungen, die unweigerlich den rasenden Zorn der Frau Direktor hervorrufen. Dann durchbohrt sie die kühnen Krieger mit messerscharfem Blick, aber so leicht lassen sich die nicht abschrecken.

Das Licht schwindet, die Unruhe wächst, und wir zeigen uns von unserer schlechtesten Seite. Anaïs und Marie stehen einander gegenüber wie kämpfende Hühner, mit gesträubten Federn, nach giftigem Wortwechsel. Die Zwillinge sinnen anscheinend über die Zerstörung Karthagos nach, und ich weise spitzen Ellbogens die kleine Luce in die Schranken, die sich wieder einmal durch allzu großes Zärtlichkeitsbedürfnis auszeichnet. Mademoiselle Sergent, kaum weniger nervös als wir, läutet, ruft nach Licht und verlangt zwei Pakete Spielkarten. Gute Idee!

Beim Schein der Gaslampen bessert sich unsere Laune, und der Anblick der Spielkarten entlockt uns sogar ein Lächeln.

»Schnapsen wir, ja?«

Da haben wir's! Die Zwillinge können nicht schnapsen! Auch gut. Mögen sie fortfahren, über die Fragwürdigkeit des menschlichen Geschicks zu meditieren, wir spielen Karten, während Mademoiselle Sergent Zeitschriften durchblättert.

Wir lachen viel und spielen schlecht. Anaïs schwindelt. Ab und zu halten wir inne, stützen die Ellbogen auf den Tisch und fragen mit gespannter Miene: »Wie spät?«

Marie überrascht uns mit der Vermutung, daß es zu dunkel sein würde, um die Namen zu entziffern.

»Kindskopf! Und die Straßenlaternen?«

»Ja, sicher ... wenn es aber gerade dort keine gibt?«

»Dann stehle ich eben eine Kerze aus dem Leuchter«, erwidere ich leise, »und du nimmst Zündhölzer mit! Los, spielen wir weiter! Herz ist Atout!«

Mademoiselle Sergent zieht die Uhr hervor. Wir lassen sie nicht aus den Augen. Sie steht auf. Wir folgen ihrem Beispiel, so jäh, daß einige Sessel umfallen. Neuerlicher Aufruhr. Wir schwirren herum, holen unsere Hüte, und während ich vor dem Spiegel stehe, um den meinen aufzusetzen, stibitze ich eine Kerze.

Mademoiselle Sergent bemüht sich nach Kräften, uns am Laufen zu hindern, und die Vorübergehenden lachen über dieses Rudel, das verzweifelt versucht, nicht zu galoppieren. Wir lachen zurück. Endlich blinkt uns die Türe entgegen. Wenn ich sage »blinkt«, gestatte ich mir eine dichterische Freiheit. Man möchte es nicht für möglich halten, aber es gibt wirklich keine Laterne! Vor dem geschlossenen Portal geistern kleine Schatten herum, schreien, klagen oder hüpfen vor Freude: unsere Konkurrentinnen. Im jäh aufflammenden, rasch verlöschenden Licht der Zündhölzer, beim zitternden Schein spärlicher Kerzen bemerken wir einen großen Bogen weißen Papiers, mit vier Reißnägeln an die Türe genagelt. Jetzt kann uns nichts mehr halten. Wir stürzen darauf los, unter rücksichtslosem Gebrauch der Ellbogen, doch die tanzenden Silhouetten scheinen uns nicht einmal zu bemerken.

Ich halte die gestohlene Kerze so gerade wie möglich, lese, errate und entziffere in alphabetischer Reihenfolge, von den Anfangsbuchstaben geleitet: »Anaïs, Belhomme, Claudine, Jaubert, Lanthenay!« Alle, alle! Juchhe! So. Jetzt nehmen wir einmal die Punkte in Augenschein: Das Minimum beträgt 45. Sie sind neben den Namen vermerkt, die einzelnen Noten in Klammern. Entzückt notiert Mademoiselle Sergent die Ergebnisse: »Anaïs 65, Claudine 68, wieviel haben die Jauberts? 63 und 64, Luce 49. Marie Belhomme 44 ½. Was soll das heißen, 44 ½? Dann sind Sie also durchgefallen? Was ist das wieder für eine Geschichte?«

»Nein, Mademoiselle«, sagt Luce, von neuerlichem Kontrollgang zurückkommend, »sie hat 44 ¾ und ist mit einem Minus-Viertelpunkt gnadenhalber durchgelassen worden.«

Arme Marie! Der Schreck sitzt ihr noch in allen Gliedern, und sie stößt einen tiefen Seufzer der Erleichterung aus. Die Herren haben gut daran getan, ihr den Viertelpunkt zu schenken, aber ich fürchte, daß sie bei der mündlichen Prüfung versagen wird.

Anaïs hat sich von der ersten Freude erholt und gibt ein seltenes Beispiel der Nächstenliebe: sie leuchtet den Neuankömmlingen, allerdings nicht ohne sie mit heißem Wachs zu beträufeln, das böse Mädchen!

Wir sind außer Rand und Band. Mademoiselle Sergent versucht es mit einer kalten Dusche:

»Ihr seid noch lange nicht durchgekommen! Wartet nur bis morgen abend, was ihr da für Gesichter machen werdet!«

Doch selbst diese düsteren Prophezeiungen bleiben erfolglos, und sie hat alle Mühe, uns ins Hotel zurückzubringen: wir singen und tanzen im Mondlicht.

Kaum ist die Frau Direktor im Bett, kaum sind wir sicher, daß sie in festem Schlaf liegt, stehen Anaïs, Luce, Marie und ich behutsam wieder auf (ohne die Jauberts natürlich!) und tanzen mit fliegendem Haar und zierlich gerafftem Nachthemd das ausgelassenste aller Menuette. Pst, regt sich da nicht etwas? Ist die schreckliche Schläferin am Ende erwacht? Kaum. Doch der heimliche Ball bricht unvermittelt ab, die Tänzerinnen stieben auseinander, bloße Füße tappen davon, und Gelächter perlt auf, um eilig zu verstummen.

Am nächsten Morgen erwache ich viel zu früh und mache mich unverzüglich daran, das Paar Anaïs-Luce (die beiden schlafen unter Einsatz ihrer ganzen Persönlichkeit, tief und gewissenhaft) in Angst und Schrecken zu versetzen. Ich kitzle die Nase der kleinen Luce mit meinen Locken. Sie niest, schlägt die Augen auf und strampelt herum, wodurch Anaïs munter wird, die sich maulend aufsetzt und mich zum Teufel schickt. Ich sage mit ernster Miene: »Du lebst wohl auf dem Mond, meine Liebe! Es ist sieben vorbei! In einer Stunde fängt die ›mündliche‹ an!« Dann warte ich geruhsam, bis die beiden aus dem Bett gesprungen, in die Kleider gefahren sind und ihre Schnürstiefelchen zugeknöpft haben, ehe ich ihnen mitteile, daß es erst sechs Uhr ist und ich mich leider geirrt hätte. Große Enttäuschung. Ihr Ärger entspricht bei weitem nicht meinen Erwartungen.

Um dreiviertel sieben erscheint Mademoiselle Sergent, treibt uns zur Eile an, zwingt uns dazu, Schokolade zu trinken und mit vollem Mund einen letzten Blick auf unsere Geschichtstabellen zu werfen, und hetzt uns auf die sonnendurchflutete Straße hinaus, noch ganz verwirrt und schlaftrunken. Luce hat sich mit ihren beschriebenen

Manschetten bewaffnet, Anaïs mit ihrem Miniaturatlas, Marie mit einem hohlen Federstiel, der die wichtigsten Daten enthält. Die Mädchen klammern sich mit aller Kraft an diese winzigen Rettungsanker, verzweiflungsvoller als gestern, gilt es doch heute, zu reden und diesen Herren, die man kaum kennt, Rede und Antwort zu stehen, angesichts dreißig kleiner Mädchen, die sechzig mißgünstige Ohren aufsperren. Die einzige Anaïs macht gute Miene zu bösem Spiel: sie kennt Schüchternheit nur vom Hörensagen.

Im Hof der Schulruine tummeln sich lange nicht mehr so viele Prüflinge wie gestern. Die »schriftliche« hat fürchterliche Opfer gefordert. Um so besser. Je mehr bei der »schriftlichen« durchfallen, desto weniger müssen bei der »mündlichen« daran glauben.

Die meisten der Mädchen zappeln herum, bleich und aufgeregt, gähnen vor Nervosität und klagen über »Druck in der Magengegend« wie Marie Belhomme. Oh, dieses leidige Lampenfieber! Die schwarzen Männer halten ihren Einzug. Schweigend folgen wir ihnen in den ersten Stock: der große Studiensaal hat über Nacht sämtliche Sessel eingebüßt, bis auf einen Stuhl in jeder Ecke, auf dem je ein Professor Platz nimmt, an einem Tisch, der in besseren Zeiten wohl gleichfalls schwarz war. Die Herren Examinatoren machen ernste, ja todernste Gesichter, es ist zum Fürchten! Verschreckt stauen wir uns auf der Schwelle, eingeschüchtert von der großen Entfernung, und bestaunen das schauerlich-schöne Arrangement. Mademoiselle Sergent bugsiert uns über die Schwelle:

»Vorwärts! So geht doch weiter! Wollt ihr vielleicht hier Wurzeln schlagen?«

Wir fassen uns ein Herz und rücken ein, im Gänsemarsch. Papa Sallé, knorrig, gebeugt und unwahrscheinlich kurzsichtig, betrachtet uns, ohne uns zu sehen. Roubaud spielt mit seiner Uhrkette, zerstreuten Blicks; der alte Lerouge wartet geduldig, in die Lektüre der Namensliste vertieft, und eine der Fensternischen wird fast zur Gänze von einer dicken, harmlosen Frau ausgefüllt, die Notenblätter vor sich liegen hat. (Im übrigen ist sie ein Fräulein und heißt Michelot.)

Fast hätte ich den grimmen Lacroix vergessen: er knurrt in sich hinein, zuckt wütend die Achseln, während er in seinen Büchern wühlt, und scheint mit sich selbst zu streiten. Sein Anblick entsetzt die Kleinen, die ihn für »schrecklich streng« halten. Lacroix entschließt sich als erster dazu, einen Namen hervorzustoßen: »Mademoiselle Aubert!«

Besagte Aubert, ein langes, schlaksiges, schlecht gewachsenes Geschöpf, scheut wie ein Pferd, schielt, verstummt auf der Stelle, stürzt nach vorne, in heißem Bemühen, ihre Sache gut zu machen, und trompetet mit unmißverständlichem bäuerlichem Akzent:

»Das bin ich, Monsieur, das bin ich!«

Wir brechen in Gelächter aus, und dieses unverhoffte herzliche Lachen, das uns entfährt, ehe wir uns dessen versehen, gibt uns neuen Mut.

Lacroix, diese Bulldogge, nimmt den Ausruf des unglücklichen Wesens mit wildem Stirnrunzeln zur Kenntnis und schnappt: »Hat vielleicht jemand das Gegenteil behauptet?«, was zur Folge hat, daß die arme Aubert völlig außer sich gerät.

»Mademoiselle Vigoureux!« ruft Roubaud, der das Alphabet von rückwärts beginnt. Ein dickes Mädchen rollt herbei. Es trägt den weißen margeritengeschmückten Hut der Schülerinnen von Villeneuve.

»Mademoiselle Mariblom!« bellt Papa Sallé, in der irrigen Annahme, die Mitte des Alphabets erwischt zu haben. Marie Belhomme läßt sich ihm gegenüber nieder, krebsrot und aufgeregt. Er wirft ihr einen durchdringenden Blick zu und fragt sie nach der Ilias. Hinter mir seufzt Luce:

»Marie hat wenigstens angefangen! Der Anfang ist das Schwerste!«

Die unbeschäftigten Kandidatinnen, zu denen auch ich zähle, zerstreuen sich in der Klasse, furchtsam und befangen. Manche hören ihren Leidensgefährtinnen zu, die auf dem Armesünderstuhl sitzen. Des Spaßes halber beschließe ich, dem Examen der jungen Aubert beizuwohnen. Der alte Lacroix fragt gerade:

»Sie wissen also wirklich nicht, mit wem sich Philipp der Schöne vermählte?«

Arme Aubert! Ihre Augen treten aus den Höhlen, ihr knallrotes Gesicht glänzt vor Schweiß, aus ihren Halbhandschuhen ragen zehn Wurstfinger. »Er vermählte sich ... nein, er vermählte sich nicht ...« Sie stockt, um plötzlich verstört auszurufen: »Mossieur, Mossieur, ich habe alles vergessen! Alles!«

Sie zittert. Dicke Tränen rollen über ihre Wangen. Lacroix betrachtet sie ungerührt und sagt mitleidslos: »So? Sie haben alles vergessen? Das gibt eine glatte Null!«

»Ja, ja«, stottert sie, »das macht nichts, das ist mir gleich, ich fahre sofort nach Hause zurück, heute noch ...«

Sie wird hinausgeführt, von Schluchzen geschüttelt. Durchs Fenster kann man hören, wie sie ihrer niedergeschmetterten Lehrerin folgende Rede hält: »Ja, ja, lieber hüte ich das Vieh daheim! Und ich komme nie wieder zurück, nein, nein, und ich fahre mit dem Zweiuhrzug nach Hause, ja, das mach' ich ...«

Inzwischen sprechen ihre Kameradinnen mit ernster, tadelnder Miene vom »bedauerlichen Zwischenfall«. »Wie kann man nur so dumm sein, meine Liebe! Eine so kinderleichte Frage! Ich hätte Gott gedankt, wenn ich eine so einfache Frage bekommen hätte!«

»Mademoiselle Claudine!«

O weh, die Mathematik! Der alte Lerouge verlangt nach mir. Zum Glück sieht er aus wie ein harmloser Großpapa. Nein, er wird mich nicht beißen.

»Nun, mein Kind, Sie wissen wohl etwas von rechtwinkeligen Dreiecken?«

»Ja, Monsieur, obzwar sie von mir nichts wissen wollen.«

»Nun, nun, Sie machen sie schwärzer, als sie sind! Kommen Sie her, zeichnen Sie mir ein liebes kleines rechtwinkeliges Dreieck an die Tafel, geben Sie ihm Dimensionen und erzählen Sie mir eine nette kleine Geschichte über das Quadrat der Hypothenuse ...«

Um bei einem solchen Menschen durchzufallen, müßte man sich förmlich anstrengen! Folglich bin ich sanfter als ein Lämmchen mit rosa Halsband und sage alles, was ich weiß. Das ist im übrigen bald getan.

»Das geht ja ausgezeichnet! Wenn Sie mir jetzt noch sagen, woran man erkennt, ob eine Zahl durch 9 teilbar ist, lasse ich Sie laufen.«

Ich lasse das Werkchen abschnurren: »Ziffernsumme – Vorbedingungen – usw. usw.«

»Danke, mein Kind. Das genügt.«

Ich erhebe mich mit einem Seufzer der Erleichterung und bemerke Luce, die der Prüfung beigewohnt hat. Sie sagt froh: »Du hast Glück gehabt, das freut mich!«

Die Worte kommen ihr aus dem Herzen, und zum erstenmal streichle ich ihren Hals ohne böse Hintergedanken.

»Mademoiselle Claudine!«

Was? Schon wieder ich? Man hat wirklich keine Sekunde Ruhe! O weh, diesmal ist es Lacroix, das Stachelschwein!

Jetzt wird's aufregend. Ich nehme Platz. Er mustert mich über den Rand seines Monokels hinweg und sagt wie aus der Pistole geschossen:

»Ha! Was wissen Sie über den Rosenkrieg?«

Das fängt ja gut an! Ich bin auf den ersten Streich erledigt. Über den Rosenkrieg weiß ich keine zehn Worte. Ich nenne die Namen der Anführer und verstumme.

»Und dann? Und dann? Und dann?«

Es geht mir auf die Nerven! Ich breche los:

»Und dann haben sie gerauft wie die Bierkutscher. Jahrelang. Aber das hab ich mir nicht gemerkt.«

Er starrt mich an, perplex. Jetzt wird's was setzen!

»So lernen Sie Geschichte, ha?«

»Reinster Chauvinismus, Monsieur! Ich interessiere mich nur für die Geschichte Frankreichs!«

Unverhofftes Glück: er lacht!

»Unverschämte Prüflinge sind mir immer noch lieber als dumme! Sprechen Sie über das Jahr 1742 in der Regierungszeit Ludwigs XV.«

»Mit Vergnügen. Es ist dies die Epoche, da Madame de la Tournelle auf den Monarchen ihren bedauerlichen Einfluß ausübte ...«

»Donnerwetter! Das habe ich Sie nicht gefragt!«

»Verzeihung, Monsieur, es ist die reine Wahrheit! Die besten Geschichtsforscher ...«

»Was? Die besten Geschichtsforscher?«

»Ja, Monsieur, ich habe es bei Michelet gelesen, mit allen Einzelheiten.«

»Michelet? Das ist ja heller Wahnsinn! Michelet, hören Sie, hat einen historischen Roman in zwanzig Bänden verfaßt und die Kühnheit besessen, dieses Machwerk ›Geschichte Frankreichs‹ zu titulieren! Und Sie haben die Frechheit, mir mit Michelet zu kommen?«

Wutentbrannt schlägt er mit der Faust auf den Tisch. Ich bleibe ihm nichts schuldig. Die anderen Kandidatinnen umstehen uns wie die Salzsäulen und wagen ihren Ohren kaum zu trauen. Mademoiselle Sergent stürzt herbei, außer sich, bereit, einzuschreiten. Als sie hört, wie ich erkläre: »Michelet ist jedenfalls bei weitem nicht so langweilig wie Duruy!« wirft sie sich gegen den Tisch und beschwört den schäumenden Lacroix:

»Monsieur, ich bitte Sie, zu verzeihen ... das Kind hat den Kopf verloren ... sie wird sich augenblicklich zurückziehen ...«

Er schneidet ihr das Wort ab, trocknet sich die Stirne und keucht: »Lassen Sie nur, Mademoiselle, das hat nichts zu bedeuten. Ich stehe zu meiner Meinung, aber ich liebe es, wenn auch die anderen zu der ihren stehen. Diese junge Dame vertritt irrige Ansichten und liest schlechte Bücher, aber es mangelt ihr durchaus nicht an Persönlichkeit! Gänse gibt es mehr als genug! Aber um wieder auf unser Examen zurückzukommen. Sie Michelet-Kennerin, sagen Sie mir unverzüglich, wie Sie per Schiff von Amiens nach Marseille fahren, oder ich gebe Ihnen eine Zwei, die Sie so bald nicht vergessen werden!!«

»Ich schiffe mich in Amiens ein, fahre die Somme flußaufwärts usw. usw. ... Kanäle usw. usw. ... und treffe nach kürzestens sechs Monaten in Marseille ein. Allerdings kann es unter Umständen auch zwei Jahre dauern.«

»Das ist nicht gefragt. Orographie Rußlands, und etwas plötzlich!«

Das orographische System Rußlands gehört zwar nicht zu meinen Stärken, doch ich ziehe mich schlecht und recht aus der Affäre, unter Offenlassung einiger Lücken, was mein Peiniger bedauerlich findet.

»Und die Balkanstaaten? Die übergehen Sie wohl?«

»Aber ganz und gar nicht, Monsieur! Ich habe sie nur bis zuletzt aufgehoben, als guten Bissen.«

»Danke, das genügt.«

Das Publikum weicht auseinander, leicht indigniert. Die lieben Kleinen!

Kurze Atempause. Ich vernehme mit Grauen, wie Marie Belhomme dem schrecklichen Roubaud erklärt, daß man, um Schwefelsäure zu gewinnen, »Wasser auf Kalk schütten muß, daß es zischt. Dann kann man das Gas in einem Ballon auffangen«.

Ach, ich kenne ihr Gesicht: heute ist der Tag der gigantischen Schnitzer. Da ist nichts zu machen. Einmal in diesem verhängnisvollen Fahrwasser, findet die arme Marie nie wieder heraus, verzapft mit erstaunlicher Zungenfertigkeit die größten Ungeheuerlichkeiten, reiht Dummheit an Dummheit, Stumpfsinn an Stumpfsinn. Man könnte ihr ins Ohr schreien, sie würde nichts hören. Auch Anaïs lauscht und amüsiert sich königlich, die Gute. Ich frage:

»Was hast du schon hinter dir?«

»Musik, Geschichte, Geographie ...«

»Wie war der alte Lacroix? Gemein?«

»Und wie! Zum Glück hat er mich leichte Sachen geprüft, den Dreißigjährigen Krieg, den Westfälischen Frieden usw. Was sagst du zu Maries Entgleisung?«

»›Entgleisung‹ scheint mir ein schwacher Ausdruck zu sein!«

Die kleine Luce gesellt sich zu uns, zufrieden und zerrauft:

»Geschichte, Geographie, alles überstanden! Und ich hab' was gekonnt! Oh, das tut gut!«

»Da bist du ja, kleine Ziege! Ich geh' zur Pumpe, sonst sterb' ich noch vor Durst! Wer kommt mit?«

Niemand. Erstens sind sie nicht durstig, zweitens fürchten sie, einen Aufruf zu versäumen. Unten, in einer Art Vestibül, stoße ich auf die Schülerin Aubert. Ihre geröteten Wangen und verschwollenen Augen zeugen noch von der Verzweiflung der letzten halben Stunde. Sie sitzt an einem Tischchen und schreibt ihren Eltern, getröstet bei dem Gedanken, auf den väterlichen Bauernhof zurückzukehren. Ich sage:

»Vorhin stellten Sie sich doch dümmer, als Sie sind, nicht wahr?«

Sie blickt auf, aus großen, arglosen Kalbsaugen.

»Ich werd' ganz verrückt bei so was! Meine Mutter hat mich ins Internat gesteckt, mein Vater hat nicht wollen. Ich sollte die Wirtschaft führen wie meine Schwestern, hat er gesagt, mein Vater nämlich. Wäsche waschen und den Garten umstechen, aber sie hat nicht wollen, meine Mutter, und auf sie hat man gehört! Ganz krank gemacht haben sie mich mit der Lernerei! Sie sehen ja, was dabei herausgekommen ist! Aber ich hab' es immer gesagt, jawohl, das hab' ich! Jetzt werden sie mir wenigstens glauben!«

Und mit Seelenruhe schreibt sie ihren Brief weiter.

In der Klasse herrscht drückende Hitze. Fast alle Mädchen haben rote, schweißglänzende Gesichter (gottlob neige ich nicht dazu, rot anzulaufen) und sind auf dem besten Weg, die Nerven zu verlieren. In fieberhafter Spannung warten sie darauf, aufgerufen zu werden, von der Zwangsvorstellung gepeinigt, dumme Antworten zu geben. Wird es denn niemals Mittag werden?

Anaïs kommt zurück. Sie hat Physik und Chemie überstanden, gelb und kühl wie immer. Ich glaube, man könnte sie in einen Kessel kochendes Wasser stecken, ohne daß sich ihre Gesichtsfarbe merklich verändern würde.

»Na, wie ist es gegangen?«

»Gut, Gott sei Dank! Ich bin fertig! Hast du gewußt, daß

Roubaud obendrein noch Englisch prüft? Er hat mich lesen und übersetzen lassen und sich, während ich gelesen habe, vor Lachen gebogen! Möcht' wissen, warum! Wahrscheinlich, weil er blöd ist.«

Oh, ich kann mir schon denken, warum! Wegen der Aussprache! Teufel, Mademoiselle Aimée Lanthenay, unsere Englischlehrerin, spricht die Sprache Shakespeares sicher nicht mit übertriebener Meisterschaft. Ich habe es immer geahnt. Das heißt also, daß sich dieser Esel von einem Professor auch über mich lustig machen wird, denn meine Aussprache ist um keinen Deut besser als die der anderen! Das sind ja nette Aussichten! Der Gedanke, von diesem Idioten verlacht zu werden, macht mich rasend!

Zwölf Uhr! Die Herren erheben sich, wir tun desgleichen. Lacroix – sein Haar steht wirr zu Berg und die Augen treten aus ihren Höhlen – verkündet, daß die Volksbelustigung um halb drei weitergehen wird. Mademoiselle Sergent hat alle Mühe, ihre Schäflein aus dem schnatternden Haufen herauszufangen, und führt uns ins nahe Restaurant. Sie ist wegen des »empörenden Benehmens«, das ich dem alten Lacroix gegenüber an den Tag gelegt habe, auf mich noch immer sehr schlecht zu sprechen, aber das läßt mich völlig ungerührt. Ich bin müde und heiser und die Hitze ist erdrückend.

Oh, wie fern sind meine Wälder, die geliebten Wälder von Montigny! Um diese Tageszeit sind sie von einem einzigen Summen erfüllt, ich weiß es genau, Bienen und Wespen pumpen den Honig aus den Linden- und Holunderblüten, daß die Wälder orgelgleich erdröhnen. Die Vögel schweigen. Wenn die Sonne am höchsten steht, sitzen sie aufrecht auf schattigen Zweigen, glätten ihr Gefieder und durchforschen das dichte Unterholz mit glänzenden, beweglichen

Äuglein. Ich läge am Waldesrand, dort an dem köstlichen Wiesensaum, von dem man die ganze Stadt überblicken kann, zugedeckt von warmem Wind, halbtot vor Faulheit und Behagen ...

Luce merkt, daß ich weit, weit weg bin, und zupft mich am Ärmel, mit ihrem einladendsten Lächeln. Mademoiselle Sergent liest Zeitung, meine Kameradinnen führen stockende, schlaftrunkene Gespräche. Ich greine. Luce protestiert mit sanfter Stimme:

»Du redest überhaupt nicht mehr mit mir! Den ganzen Tag werden wir geprüft, am Abend gehen wir ins Bett, und bei Tisch bist du so unfreundlich und schlecht gelaunt, daß ich gar nicht mehr weiß, wann ich mit dir sprechen kann!«

»Ganz einfach! Laß mich eben in Ruh!«

»Oh, du bist häßlich zu mir! Du merkst nicht einmal, wie geduldig ich auf dich warte, obwohl du mich dauernd zurückstößt ...«

Die lange Anaïs lacht wie eine schlecht geölte Türe, und die Kleine hält jäh inne, sehr verschüchtert. Dabei hat sie recht: ihre Geduld ist wirklich eisern! Zu denken, daß ihr die ganze Beharrlichkeit nichts nützen wird, aber auch schon gar nichts! Traurig, traurig!

Anaïs hat einen gemeinen Plan: die einfältigen Antworten Maries sind noch frisch in ihrem Gedächtnis, und sie fragt die Ärmste, die verstört und regungslos dasitzt, mit freundlicher Miene:

»Was hat man dich in Physik geprüft?«

»Das ist ganz egal!« knurrt Mademoiselle Sergent. »Geantwortet hat sie auf jeden Fall einen Unsinn.«

»Ich weiß nicht mehr«, sagt Marie, den Tränen nahe. »Die Schwefelsäure, glaube ich ...«

»Und was haben Sie verzapft?«

»Oh, zum Glück hab' ich mich ausgekannt, Mademoiselle! Ich habe gesagt, daß man Wasser auf Kalk gießen muß und daß das Gas, das dabei entsteht, Schwefelsäure ist ...«

»Was haben Sie gesagt?« fragt Mademoiselle Sergent fassungslos, und es ist, als wolle sie die arme Marie mit Haut und Haaren auffressen.

Anaïs zerbeißt vor Freude ihre eigenen Fingernägel, Marie, völlig niedergeschmettert, verharrt in düsterem Schweigen, und die Frau Direktor, rüde und rot, führt uns im Sturmschritt zur Schicksalspforte. Wir folgen wie sechs Hündchen. Ein Wunder, daß wir bei dieser sengenden Sonne nicht die Zunge heraushängen lassen.

Wir haben jegliches Interesse an den auswärtigen Konkurrentinnen verloren. Auch sie scheinen sich nicht mehr um uns zu kümmern. Hitze und Nervosität benehmen uns jegliche Koketterie, jegliche Feindseligkeit. Nur die Schülerinnen des Gymnasiums von Villeneuve, die »Apfelgrünen«, wie sie des grünen Bandes wegen heißen, das ihren Halsausschnitt ziert (das Geheimnis dieser grellen, abscheulichen Farbe scheint den Mädchenpensionaten vorbehalten zu sein), setzen noch prüde oder verachtungsvolle Mienen auf, wenn sie an uns vorübergehen (warum wohl? Wir werden es nie erfahren!), aber selbst das gibt sich mit der Zeit. Man beruhigt sich zusehends, denkt bereits an die morgige Abreise und berauscht sich an der Vorfreude, den durchgefallenen Kameradinnen sowie denjenigen, die auf Grund »schlechten Fortgangs« nicht antreten konnten, lange Nasen zu schneiden. Wie wird sich Anaïs in die Brust werfen, auf und ab stolzieren wie ein Pfau und von der Lehrerinnenbildungsanstalt sprechen, als hätte sie sie gepachtet. Pfui! Meine Verachtung kennt keine Grenzen.

Seh' ich recht? Die Herren haben sich schon dazu entschlossen, ihren Einzug zu halten? Tatsächlich, da sind sie, schnaufend, schweißglänzend und häßlich. Sie trocknen ihre Stirnen mit großen Taschentüchern. Gott, ich möchte bei diesem Wetter nicht verheiratet sein ... Zu denken, daß ich mit einem Herrn schlafen müßte, der so schwitzt wie die ... (Im übrigen werde ich im Sommer zwei Betten haben ...) Und der Gestank, der in dieser stickigen Klasse herrscht! Er ist kaum auszuhalten! Wahrscheinlich tragen nur die allerwenigsten dieser Kleinen saubere Wäsche. Am liebsten ginge ich fort!

Auf einem Sessel zusammengesunken, höre ich zerstreut den anderen zu, mehr liegend als sitzend, während ich darauf warte, vorgeladen zu werden. Ich sehe die Glückliche, die als erste fertig ist. Sie hat's hinter sich! Mit einem Seufzer der Erleichterung verläßt sie die Klasse, begleitet von Komplimenten, neidischen Blicken und halblauten Zurufen. »Hast du aber ein Glück!« Bald folgt ihr eine zweite, die Auserwählten gehen in den Hof hinunter, setzen sich, plaudern, tauschen ihre Eindrücke aus und pflegen der Ruhe.

Auch Papa Sallé hat eine Atempause eingeschaltet und läßt seine gichtigen Glieder von der Sonne bescheinen. Es bleibt ihm auch nichts anderes übrig. Der Prüfling, den er erwartet, ist anderweitig beschäftigt. Wie wär's mit einem kleinen Anschlag auf seine Tugend?

Behutsam nähere ich mich und nehme auf dem Sesselchen Platz, das seinem Thron gegenübersteht.

»Guten Tag, Monsieur Sallé!«

Er schaut mich an, fingert an seiner Brille, blinzelt und erkennt mich nicht.

»Claudine, Sie wissen ja!«

»Ah! Ist's möglich! Guten Tag, mein liebes Kind! Ihr Herr Vater ist wohlauf?«

»Danke, ja!«

»Und Sie? Alles in Ordnung? Die Prüfung bald überstanden?«

»Schön wär's, Monsieur Sallé! Aber mir blühen noch Chemie und Physik, Englisch, Musik sowie die durch Sie repräsentierte Literatur ... Madame Sallé befindet sich wohl?«

»Das glaub' ich! Sie geht auf dem Land spazieren! Sie täte zwar besser, sich um mich zu kümmern, aber ...«

»Hören Sie, Monsieur Sallé, da Sie mich nun einmal in Ihrer Gewalt haben – befreien Sie mich bitte von der Literatur!«

»Aber ich bin noch lange nicht bei Ihrem Namen, weit davon entfernt! Sie kommen erst in einer Weile dran ...«

»Monsieur Sallé, was macht das schon aus!«

»Das macht, das macht, daß ich mich eben eines Augenblicks wohlverdienter Ruhe erfreute! Außerdem hieße das alle Regeln brechen! Die alphabetische Reihenfolge muß eingehalten werden!«

»Monsieur Sallé, lassen Sie sich erweichen! Sie brauchen mich ja nichts zu fragen! Sie wissen doch, daß ich in Literatur mehr weiß, als der Lehrplan vorschreibt! Schließlich bin ich Bücherwurm in Papas Bibliothek!«

Papa Sallé räuspert sich.

»Tja ... das ist richtig! Nun, eigentlich kann ich Ihnen diesen Gefallen schon tun. Ich hatte die Absicht, Sie über die Minnesänger auszufragen ...«

»Seien Sie unbesorgt, Monsieur Sallé! Mit den Minnesängern bin ich auf du und du! Ich stelle sie mir vor wie den Minstrel Florentin, etwa so.«

Ich stehe auf, werfe mich in Positur, stütze das rechte Bein auf die Sesselleiste und verwende Papa Sallés grünen Sonnenschirm als Laute. Gottlob schaut uns niemand zu!

Nur Luce betrachtet mich von ferne mit überraschtem, entgeistertem Blick. Der arme gichtige Alte lacht. Er hat ja so wenig Zerstreuung!

»... Sie tragen eine Samtmütze, lockiges Haar, zuweilen ein zweifarbiges Gewand (blau-gelb zum Beispiel macht sich sehr gut!), eine Laute an seidenem Band, und singen etwa: ›Herzlibste mîn, der Maie! Der Maie zieht ins Land!‹ So stelle ich mir die Minnesänger vor, Monsieur Sallé. Und dann gibt es noch den napoleonischen Troubadour.«

»Sie sind zwar ein wenig närrisch, liebes Kind, aber unterhaltend! Was verstehen Sie nur unter einem ›napoleonischen Troubadour‹ um Christi willen? Sprechen Sie leise, meine kleine Claudine, wenn die Herren uns sähen ...«

Ich flüstere: »Den napoleonischen Troubadour kenne ich aus den Liedern Papas. Hören Sie gut zu!« Ich trällere ganz leise:

»Von Kampfesgeist und heißer Liebe trunken,
beherzt, behelmt, bei süßem Leierspiel,
ruft seiner Liebsten, die ihm nachgewunken,
der Minnesänger zu, am Weg ins Schlachtgewühl:
Nur dir meine Liebe,
dem Feind meine Hiebe!
Zufrieden sterben für Liebe und Ruhm,
das ist das wahre Minnesängertum!«

Papa Sallé lacht aus vollem Hals. »Gott, waren diese Leute lächerlich! Ich weiß zwar genau, daß wir es in zwanzig Jahren nicht minder sein werden, aber die Vorstellung von einem Troubadour mit Helm und Leier ...! Schnell, mein Kind, laufen Sie! Sie bekommen eine gute Note! Richten Sie Ihrem Vater meine besten Grüße aus, versichern Sie ihn meiner Wertschätzung und sagen Sie ihm, daß ich finde, er bringt seiner Tochter bemerkenswerte Lieder bei!«

»Danke, Monsieur Sallé, adieu, danke, daß Sie mich nicht geprüft haben, ich werde Sie nicht verraten, seien Sie unbesorgt!«

Was für ein wackerer Mann! Sofort steigt mein Lebensmut um einige Grade, und ich schaue so fröhlich drein, daß Luce auf mich zugestürzt kommt und fragt:

»Du hast sicher alles gekonnt! Was hat er dich gefragt? Wozu hast du seinen Sonnenschirm gebraucht?«

»Ah! Das ist es eben! Er hat mich sehr schwierige Dinge gefragt, über die Minnesänger und die Form ihrer Instrumente ... Zum Glück wußte ich alle diese Einzelheiten!«

»Die Form der Instrumente? Mich trifft der Schlag! Wenn ich denke, daß er mich das gefragt hätte ... die Form der ... aber das steht doch nicht im Lehrplan! Ich werde es Mademoiselle sagen!«

»Ganz recht, wir werden reklamieren! Bist du fertig?«

»Ja, Gott sei Dank! Mir ist ein Stein vom Herzen! Ich glaube, außer Marie waren alle dran.«

»Mademoiselle Claudine!«

Achtung, das ist Roubaud. Ich nehme ihm gegenüber Platz, wohlerzogen und zurückhaltend. Er zeigt sich von seiner liebenswürdigsten Seite und spielt den Salonlöwen, aber ich merke genau, daß dieser nachträgerische Kerl mir noch nicht verziehen hat, sein botticelleskes Madrigal so brüsk zurückgewiesen zu haben.

»Nun, Mademoiselle«, sagt er mit schnarrender Stimme, »heute sind Sie nicht sanft entschlummert auf den grünen Matten?«

»Habe ich dies als Prüfungsfrage zu betrachten, Monsieur?«

Er hüstelt. Ich habe einen groben Fehler begangen!

»Vielleicht haben Sie die Güte, mir mitzuteilen, auf welche Weise Sie sich Tinte beschaffen würden.«

»Gott, Monsieur, es gibt verschiedene Möglichkeiten. Die einfachste bestünde natürlich darin, in die nächste Papierhandlung zu gehen ...«

»Das Witzchen ist zwar nett, dürfte Ihnen aber kaum zu einer erstklassigen Note verhelfen ... Vielleicht entschließen Sie sich dazu, mir zu sagen, mit welchen Ingredienzien Sie Tinte herstellen würden?«

»Galläpfel ... Eisenoxyd ... Gerbsäure ... Gummi ...«

»Die Proportionen sind Ihnen nicht bekannt?«

»Nein.«

»Das ist bedauerlich! Was wissen Sie über den Glimmer?«

»Nichts, als daß man daraus die Fensterchen der Petroleumöfen herstellt.«

»In der Tat? Noch bedauerlicher. Woraus werden Bleistiftminen hergestellt.«

»Aus Graphit, einem weichen Stein. Man sägt ihn zu Stäbchen, die in Holzzylinder eingeschlossen werden.«

»Ist das die einzige Verwendung des Graphits?«

»Eine andere ist mir nicht bekannt.«

»Äußerst bedauerlich! Man verwendet Graphit also lediglich zur Bleistiftfabrikation?«

»Ja, aber man fabriziert ungeheure Mengen! Soviel ich weiß, gibt es in Rußland Graphitminen. Man sollte es kaum für möglich halten, wie groß der Bedarf an Bleistiften ist. Man verwendet sie in der ganzen Welt! Insbesondere Professoren, die ihre Schülerinnen abkonterfeien, brauchen stets frischgespitzte Bleistifte ...«

Roubaud wird rot, wetzt herum und schlägt ein Büchlein auf. (Novellen von Miß Edgeworth.)

»Ich gehe zum Englischen über. Bitte übersetzen Sie.«

»Übersetzen, gern. Aber lesen – das ist eine andere Sache.«

»Warum?«

»Weil unsere Englischprofessorin eine lächerliche Aussprache hat. Daher ist die meine nicht besser.«

»Was hat das schon zu bedeuten!«

»Sehr viel. Ich mache mich nicht gern lächerlich!«

»Lesen Sie ein paar Zeilen. Ich werde Sie sofort unterbrechen.«

Ich lese mit kaum hörbarer Stimme, deute die Silben nur an und übersetze, noch ehe ich beim letzten Wort angelangt bin. Roubaud erstickt fast vor Lachen. Mein leidenschaftliches Bestreben, die Unzulänglichkeit meiner Englischkenntnisse zu verbergen, erheitert ihn maßlos. Als ob das meine Schuld wäre! Mich juckt's in allen Fingern.

»Danke. Nennen Sie mir einige unregelmäßige Verben, mit Imperfekt und Mittelwort der Vergangenheit.«

»*... To see, i saw, seen. To be, i was, been. To drink, i drank, drunk. To ...*«

»Danke, das genügt. Viel Glück, Mademoiselle!«

»Zu gütig, Monsieur.«

Am nächsten Tag habe ich erfahren, daß es dieser elegante Tartüffe nicht verschmähte, sich mit einer erbärmlichen Klassifikation – drei Punkte unterhalb des Durchschnitts – an mir zu rächen. Hätten die Noten der schriftlichen Prüfung, besonders die des französischen Aufsatzes, nicht für mich gesprochen, wäre ich glatt durchgefallen. Nein, diesen aalglatten Kavalieren ist nicht zu trauen, mag ihre Krawatte noch so schön geknüpft, ihr Schnurrbart noch so glänzend gebürstet, ihr Blick noch so schmachtend sein, mag ihr Interesse selbst so weit gehen, daß sie Porträts in ihre Notizbücher malen ... wohl hatte ich ihn verstimmt, aber das gehört auf ein anderes Blatt.

Die knurrenden, bärbeißigen Köter à la Lacroix sind mir tausendmal lieber!

Chemie, Physik und Englisch sind glücklich überstanden. Ich setze mich nieder und versuche, die Wirrnis meiner Haare in kunstvolles Chaos zu verwandeln. Luce kommt zu mir, immer die gleiche zärtlichkeitsbedürftige Schmeichelkatze, und wickelt spielerisch eine meiner Locken um den Finger. Das nenn' ich Unternehmungsgeist, bei dieser Hitze!

»Wo sind die andern, Kleine?«

»Alle fertig! Sie warten unten im Hof, mit Mademoiselle Sergent. Die von den anderen Schulen sitzen auch unten.«

Tatsächlich leert sich die Klasse zusehends.

Endlich werde ich aufgerufen: Mademoiselle Michelot, die Straßenwalze, wünscht mich zu sehen, so müde und heißgelaufen, daß selbst Anaïs bei ihrem Anblick Mitleid empfinden müßte. Ich nehme Platz. Sie betrachtet mich wortlos, aus großen, verdatterten Kuhaugen.

»Sie sind ... musikalisch gebildet, sagte mir Mademoiselle Sergent?«

»Ja, Mademoiselle. Ich spiele Klavier.«

Sie wirft die Arme zum Himmel und ruft aus:

»Dann können Sie ja viel mehr als ich!«

Diese Worte kommen ihr aus dem Herzen. Ich kann mich des Lachens nicht erwehren.

»Wissen Sie was? Ich lasse Sie etwas vom Blatt singen, etwas Schwieriges, und Schluß. Sie werden es schon zusammenbringen.«

Das »schwierige« Stück ist nichts anderes als eine einfache Übung in Ces-Dur, deren sieben b Mademoiselle Michelot schwarz und fürchterlich erscheinen. Ich singe das Preislied *allegro vivace*, umgeben von einem bewundernden Kreis kleiner Mädchen, die vor Neid ächzen. Mademoiselle

Michelot wirft den Kopf zurück, verzichtet auf weitere Beweise meiner Kunst und verkündet: »Zwanzig.« Dem Auditorium vergeht Hören und Sehen.

Mit einem Stoßseufzer der Erleichterung stürme ich die Treppe hinunter. Aus, Schluß! Bald werden wir die liebe Schule wiedersehen und von neuem den Erlustigungen unserer Lehrerinnen beiwohnen können! (Arme kleine Aimée! Sicher verzehrt sie sich vor Sehnsucht, so ganz allein!) Ich bin die letzte. Mademoiselle Sergent springt auf: »Fertig?«

»Ja, Gott sei Dank! Ich habe zwanzig in Musik.«

»Zwanzig in Musik!« tönt es im Chor. Meine Kameradinnen sind außer sich. Mademoiselle Sergent sagt nachlässig:

»Das hätte gerade noch gefehlt, daß Sie in Musik weniger bekämen als zwanzig!«

Aber im Grund ist sie geschmeichelt.

»Trotzdem«, erklärt die neidische Anaïs mit unverhohlenem Ärger, »zwanzig in Musik, neunzehn für den französischen Aufsatz ... wenn alle deine Noten so aussehen ...«

»Beruhige dich, süßes Kind! Der elegante Roubaud gleicht alles wieder aus!«

»Wieso?« fragt Mademoiselle Sergent, sogleich beunruhigt.

»Weil ich ihm nicht sonderlich viel zu sagen hatte. Er wollte wissen, aus welchem Holz man die Flöten, nein, die Bleistifte macht, oder so was Ähnliches ... und dann unterhielten wir uns über Tinte ... und über Botticelli ... kurz und gut, Antipathie auf den ersten Blick.«

Die fröhliche Laune der Frau Direktor ist verflogen. Sie sagt ärgerlich: »Es wäre ja das reinste Wunder gewesen, wenn Sie nicht irgendeinen Unsinn angerichtet hätten! Sollten Sie durchfallen, so brauchen Sie sich nur selbst bei der Nase zu nehmen!«

»Wer weiß! Vielleicht trifft alle Schuld Monsieur Antonin Rabastens! Die heftige Leidenschaft, die ich für ihn empfinde, hat meine Studien auf das bedauerlichste beeinträchtigt ...«

Marie Belhomme faltet die Hebammenhände und erklärt, daß sie es nicht so schamlos an die große Glocke hängen würde, wenn sie verliebt wäre. Anaïs wirft mir scheele Blikke zu. Sie weiß nicht, ob sie meinen Worten trauen soll. Mademoiselle Sergent zuckt die Achseln und treibt uns zum Hotel. Sie hat ihre liebe Not mit uns. Alle zehn Schritte bleiben wir stehen, halten Maulaffen feil, gehen verloren, müssen mühsam wieder eingefangen werden, und an jeder Straßenecke heißt es, mindestens eine Nachzüglerin zu erwarten. Das Abendessen verläuft unter Gähnen. Doch um neun packt uns das alte Fieber und wir wollen davonstürzen, um vom Tor dieses häßlichsten aller Paradiese die Namen der Seligen herunterzulesen. Plötzlich erklärt Mademoiselle Sergent: »Ich gehe allein. Ihr bleibt hier und wartet.«

Herzzerreißendes Gestöhne. Sie läßt sich erweichen und nimmt uns mit.

Wiederum versehen wir uns mit Kerzen, aber diesmal ist die Vorsichtsmaßregel überflüssig: eine mitleidige Hand hat oberhalb des großen weißen Blattes, das unsere Namen trägt, eine Laterne befestigt. Was sage ich da? Unsere Namen? Und wenn der meine nicht dabei wäre? Anaïs würde vor Freude in Ohnmacht fallen. Beim Tor herrscht der übliche Wirbel. Geschrei, Gedränge, Händeklatschen. Fieberhaft lese ich die Namen und meine Aufregung verwandelt sich in Entzücken: Anaïs, Claudine ... alle, alle! Doch nein, nur keine vorschnelle Freude: Marie ist nicht dabei. »Marie fehlt!« murmelt Luce. »Marie ist durchgefallen!« flüstert Anaïs, kaum imstande, ihre Schadenfreude zu verbergen.

Die arme Marie Belhomme steht vor dem gemeinen

Blatt Papier, bleich und regungslos, wie vom Donner gerührt. Ihre glänzenden Vogelaugen werden runder und runder. Plötzlich zuckt es um ihre Mundwinkel und sie bricht in lärmendes Weinen aus, zum großen Ärger Mademoiselle Sergents, die das heulende Häufchen Elend mit sich fortzieht. Wir folgen, ohne die Passanten zu beachten, die sich belustigt umdrehen.

»Mein liebes Kind«, begütigt Mademoiselle Sergent, »so nehmen Sie doch Vernunft an! Aufgeschoben ist nicht aufgehoben! Sie treten eben im Oktober noch einmal an! Mein Gott, zwei Monate Arbeit, was ist da schon dabei ... Sie werden dann um so glücklicher sein ...«

»Buhuhu!« plärrt Marie, untröstlich.

»Sie kommen durch, sage ich Ihnen! Ehrenwort! Sind Sie jetzt zufrieden?«

Tatsächlich übt diese Versicherung eine vorteilhafte Wirkung aus. Maries Schmerzbezeigungen verwandeln sich mehr und mehr in das Geknurre eines einmonatigen Hündchens, das man am Saugen hindert, um schließlich ganz und gar zu verstummen. Jetzt betupft sie nur noch gelegentlich die Augen.

Während wie die Brücke überqueren, windet sie ungeniert ihr tränennasses Taschentuch aus, und Anaïs, das gemeine Biest, sagt mit halblauter Stimme: »Die Zeitungen melden eine beachtliche Hebung des Wasserstands der Lisse ...« Marie verfällt in hemmungsloses Weingelächter, wir stimmen ein, und schon zeigt das Köpfchen dieses Wetterhuhns wieder in Richtung Sonnenschein. Sie denkt daran, daß sie im Herbst durchkommen wird, ihre Züge heitern sich auf, und wir alle (jawohl alle, selbst die Zwillinge!) finden an diesem Abend nichts Besseres zu tun, als auf dem Hauptplatz Schnur zu springen, bis zehn Uhr, bei drückender Hitze und Mondenschein.

Am nächsten Morgen reißt uns Mademoiselle Sergent bereits um sechs aus den Federn. Dabei geht der Zug erst um zehn Uhr!

»Vorwärts, vorwärts, ihr Faultiere! Ihr müßt noch Koffer packen und frühstücken! Die Zeit wird euch schon nicht zu lang werden!«

Die Frau Direktor ist wie ausgewechselt! Sie bebt vor freudiger Erregung, versetzt Luce einen Rippenstoß, daß die Kleine schlaftrunken taumelt, und traktiert Marie Belhomme, die sich die Augen reibt, mit freundschaftlich-rüden Püffen. Ihre scharfen Augen funkeln wie ein kleines Feuerwerk. Marie, im Nachthemd, sucht vergebens nach ihren Pantoffeln und scheint sich in der rauhen Wirklichkeit nicht zurechtfinden zu können. Wir sind halbtot vor Müdigkeit. Dennoch betrachten wir verwundert die seltsame Wandlung der Frau Direktor: sie hat mit der gestrengen Gardedame der letzten drei Tage nicht das geringste mehr gemein. Das Glück verklärt sie geradezu. Sie wird ihre geliebte kleine Aimée wiedersehen! Während der ganzen Autobusfahrt zum Bahnhof umspielt ein seliges Lächeln ihre Lippen. Dafür scheint Marie bedrückt zu sein, aber ich glaube fast, daß sie es für ihre Pflicht und Schuldigkeit hält, eine zerknirschte Miene aufzusetzen. Wir schnattern durcheinander, ohne die mindeste Zurückhaltung, und eine jede schildert fünf anderen, die nicht zuhören, die Reifeprüfung in allen Einzelheiten.

»Ich sag dir, Alte«, ruft Anaïs, »kaum höre ich, daß er ...«

Mademoiselle unterbricht den Redestrom:

»Ich habe die Anrede ›Alte‹ schon hundertmal verboten!«

Anaïs setzt flüsternd fort:

»Alte, ich habe gerade noch Zeit gehabt, mein Notizbuch aufzuschlagen und nachzusehen! Und das Tollste ist, daß er es bemerkt hat, Ehrenwort! Aber er hat kein Wort gesagt, stell dir das nur vor!«

»Schämst du dich nicht, solche Märchen zu erzählen!« ereifert sich die ehrliche Marie Belhomme, während ihr vor Entrüstung die Augen aus den Höhlen treten, »nichts hat er gesehen, überhaupt nichts! Sonst hätte er dir dein Notizbuch schleunigst weggenommen! Schließlich hat man dem einen Mädel aus Villeneuve auch das Lineal konfisziert!«

»Du hast's nötig, dich aufzuregen! Geh doch zu Roubaud und erzähl ihm, daß die Hundsgrotte mit Schwefelsäure angefüllt ist!«

Marie wird blutrot, senkt das Haupt und beginnt zu weinen, ihrer Unbill schmerzlich eingedenk. Ich tue, als wolle ich einen Regenschirm aufspannen, und Mademoiselle erwacht aus süßen Träumereien.

»Anaïs, Sie sind unausstehlich! Wenn Sie Ihre Kameradinnen nicht in Frieden lassen, werden Sie in einem anderen Waggon reisen.«

»Und zwar im Raucherabteil«, füge ich hinzu.

»Sie hat niemand um Ihre Meinung gefragt! Rasch, nehmen Sie Koffer und Mäntel, vorwärts, los, seien Sie doch nicht so bleiern!«

Im Zug würdigt sie uns keines Wortes. Es ist, als seien wir nicht mehr vorhanden. Luce legt den Kopf auf meine Schultern und nickt ein. Die Zwillinge sind in den Anblick des bläßlichen Schäfchenhimmels und der vorüberflitzenden Landschaft versunken, Anaïs beißt Nägel und Marie schläft in Gesellschaft ihres Grams.

Bresles, letzte Station vor Montigny. Wir geraten in Aufruhr. Noch zehn Minuten, dann sind wir daheim. Mademoiselle zieht einen kleinen Spiegel hervor und wirft einen prüfenden Blick auf ihren Hut, das rote Drahtverhau ihres Haars, die grausamen Purpurlippen. Die Umwelt ist für sie versunken. Sie zittert ihrer Aimée entgegen, nahezu irren Blicks. Anaïs kneift sich in die Wangen, von der tollkühnen Hoffnung beseelt, einen rosigen Schimmer darauf hervorzuzaubern. Ich stülpe meinen riesigen Hut auf den Kopf. Für wen strengen wir uns so an? Doch nicht für Mademoiselle Aimée. Um die Wahrheit zu sagen: für niemanden, für alle: für die Bahnhofsangestellten, für den alten Racalin, diesen sechzigjährigen Trunkenbold – er wird uns von der Bahn abholen –, für den einfältigen Zeitungsverkäufer, für die Hunde, die uns auf der Straße nachlaufen werden.

Da ist schon der Jungwald und der große Forst von Bel Air und die Gemeindewiese und der Güterbahnhof ... Die Bremsen kreischen, endlich, endlich! Wir springen auf den Bahnsteig, aufgeregtes Gefolge Mademoiselle Sergents, die ihrer kleinen Aimée entgegeneilt. Munter und quecksilbrig erwartet das Herzblatt die Freundin. Mademoiselle Sergent zieht sie so leidenschaftlich in die Arme, daß die zartbesaitete Hilfslehrerin jäh errötet und sichtlich in Verlegenheit gerät. Wir laufen auf sie zu und begrüßen sie, wie es braven Schülerinnen geziemt.

»... Tag, Mmmmselle! Wie geht's, Mmmmselle?«

Es ist schön, und wir haben keine Eile. Darum laden wir unser Gepäck in den Autobus und schlendern in die Stadt, langsam und genießerisch, zwischen hohen blühenden Hekken hindurch. Da duftet der wilde Wein, da leuchtet das »Ave Maria«, dessen weiße Blüten kleinen Kreuzen gleichen. Wie herrlich, frei zu sein, keine Geschichte Frankreichs wiederholen, keine Landkarten kolorieren zu müssen! Wir können keinen Augenblick gesittet gehen, sondern tanzen um die beiden Damen herum, die Arm in Arm dahinschreiten und leise plaudern. Aimée gibt ihrer

Schwester einen flüchtigen Kuß und einen Klaps auf die Wange, sagt leichthin: »Siehst du, Spatz, daß nichts so heiß gegessen wird wie gekocht?« und gerät sogleich wieder in den Bann ihrer Herzensfreundin, ganz Auge, ganz Ohr.

Neuerliche Enttäuschung der armen Luce. Sie folgt mir wie mein Schatten, weiß nicht, ob sie lachen oder weinen soll, und stößt halblaute Verwünschungen aus. »Das hat man davon, daß man sich fast das Hirn herausschwitzt! So ein Lob entschädigt einen wirklich für alles! Die zwei können sich sehen lassen! Meine Schwester hängt ja an ihr wie ein Henkelkorb! Was sich die Leute wohl denken!« Die Leute? Daß ich nicht lache! Sie sind den beiden völlig egal.

Triumphale Heimkehr! Die ganze Stadt weiß, woher wir kommen, kennt das Prüfungsresultat. Mademoiselle Sergent hat es telegraphisch mitgeteilt. Die Leute stehen auf den Schwellen ihrer Häuser und winken uns zu. Marie verfällt neuerlich in Trübsinn und macht sich so unsichtbar wie möglich.

Und erst die Schule! Wie hat sie sich während unserer Abwesenheit herausgeputzt! Fix und fertig, weiß und glänzend, geschniegelt und gestriegelt steht sie da, und der Herrlichkeiten ist kein Ende: da gibt es das funkelnagelneue Bürgermeisteramt, flankiert von der Knaben- und der Mädchenschule, den großen Hof, dessen Zedern gottlob unangetastet blieben, die kleinen gestutzten Hecken à la *française*, die neuen Eisentore – zu schwer und zu furchteinflößend –, die hinter uns ins Schloß fallen werden, die großartigen WCs zu sechs Kabinen, drei für die Großen, drei für die Kleinen (rührende Regung der Schamhaftigkeit: die Kabinen der Großen sind mit ganzen, die der Kleinen mit halben Türen ausgestattet!), die Schlafsäle im ersten Stock, deren helle Scheiben und weiße Vorhänge man von außen bewundern kann. Unglückliche Steuerzahler! Diese Pracht wird euch teuer zu stehen kommen! Die reinste Kaserne, so schön ist alles!

Die Schuljugend bereitet uns einen lärmenden Empfang, hat doch die gute Aimée beide Klassen kurzerhand der schwindsüchtigen Griset anvertraut, um in Ruhe zum Bahnhof spazieren zu können. Die Klassenzimmer sind papierübersät, mit Holzschuhen bespickt (der fliegende Holzschuh – das beste Wurfgeschoß!) und mit abgenagten Äpfeln aufgeputzt. Doch Mademoiselle Sergent braucht nur die roten, die schrecklichen Brauen zu runzeln, und Ruhe und Ordnung kehren reumütig zurück, verstohlene Hände sammeln die Apfelstrünke ein und magere Kinderbeine werden länger und länger, um schließlich im rettenden Holzschuh zu landen.

Mein Magen rebelliert. Ich eile nach Hause, entzückt beim Gedanken an das bevorstehende Wiedersehen mit Fanchette, dem Garten und Papa. Fanchette nimmt gerade ihr Schönheits-Sonnenbad – das ist gut für die Linie – und begrüßt mich mit kurzem, erstauntem »Miau«, der Garten liegt grün und verwildert da, seine Gräser strecken sich der Sonne entgegen, auf der Suche nach dem Licht, das ihnen die alten Bäume vorenthalten, und Papa empfängt mich mit einem zärtlichen Nasenstüber und der interessierten Frage: »Wo steckst du denn die ganze Zeit? Ich sehe dich überhaupt nicht mehr!«

»Aber Papa! Ich habe meine Prüfung gemacht!«

»Was für eine Prüfung?«

Ich sagte Ihnen ja, es gibt nicht seinesgleichen! Willfährig schildere ich die Ereignisse der letzten Tage. Er zupft an seinem wallenden rotgrauen Bart und scheint zufrieden und guter Dinge. Wahrscheinlich hat er bei seiner letzten Schneckenkreuzung unverhoffte Resultate erzielt.

Ich gönne mir ein paar Tage Ferien, gehe Claire besuchen und finde mein Kommunionsschwesterchen in Tränen aufgelöst: ihr Herzallerliebster hat sich aus dem Staub gemacht, ohne es für nötig zu erachten, sie von seiner Abreise in Kenntnis zu setzen. Aber keine Sorge! In acht Tagen tritt sicher ein neuer Held auf den Plan, der sie binnen dreier Monate neuerlich verlassen wird. Claire ist nicht gerieben genug, um die Männer zurückzuhalten, und zu unpraktisch, um sie zur Ehe zu zwingen. Außerdem versteift sie sich darauf, tugendhaft zu bleiben ... nein, es ist kein Ende abzusehen!

Mittlerweile hütet sie ihre fünfundzwanzig Schafe. Mit ihrem breitkrempigen Strohhut (ja, ja, meine Liebe! Die Sonne bleicht das Haar und schadet dem Teint!), ihrem blauen, weißgestickten Schürzchen und dem weißen, rotbetitelten Roman, den sie in ihrem Weidenkörbchen verbirgt, würde diese kleine Schäferin in jede komische Oper passen. (Zu denken, daß ich ihr dieses Buch geliehen habe, »Feststimmung« von Auguste Germain, um sie in die Geheimnisse der eleganten Welt einzuweihen! Am Ende bin ich jetzt für alle Dummheiten verantwortlich, die sie noch machen wird.) Sicher weidet sie sich an ihrem eigenen poetischen Unglück, diese arme verlassene Braut, gefällt sich in wehmütigen Posen, wirft die Arme in die Luft »wie stumpfe Waffen« und neigt das von wallenden Locken verhängte Köpfchen traurig zur Seite. Während sie mir die mageren Neuigkeiten der letzten vier Tage erzählt und ihre Unbill schildert, kümmere ich mich um die Schafe, hetze die Schäferhündin herum – »Hol sie, Lisette! Bring sie her!« und schreie »Brrrr!«, um die Tiere vom Hafer fortzuscheuchen. Ja, ich kenne mich aus!

»Als ich erfuhr, mit welchem Zug er fahren würde«, seufzt Claire, »habe ich die Schafe Lisette überlassen und bin zur Bahnübersetzung gegangen. Beim Schranken habe ich dann auf den Zug gewartet, du weißt ja, da fährt er ganz langsam, weil es bergauf geht. Ich habe ihn gesehen! Ich habe ihm mit dem Taschentuch nachgewunken und Küsse zugeworfen! Ich glaube, er hat mich bemerkt ... weißt du, ich bin nicht ganz sicher, aber ich glaube, daß seine Augen rot waren ... vielleicht haben ihn seine Eltern gezwungen, zurückzukommen ... vielleicht wird er mir schreiben ...«

Schon recht, du romantische Seele! Hoffnung kostet nichts. Außerdem würdest du mir nicht glauben, wenn ich versuchen wollte, sie dir auszutreiben!

Fünf Tage lang durchstreife ich nach Herzenslust die Wälder, zerkratze Arme und Beine an Dornen, pflücke Kornblumen und Margeriten, bringe Riesensträuße wilder Nelken heim und tue mich an Vogelkirschen und bitteren Weichseln gütlich. Dann packen mich Neugier und Schulweh. Ich eile zurück. Die Großen sitzen im Hof, auf schattigen Bänken, lässig damit beschäftigt, an den »Ausstellungsstücken« zu arbeiten. Die Kleinen planschen bei der Pumpe. Mademoiselle sitzt in einem Korbsessel, ihr zu Füßen Aimée, auf einer umgestürzten Blumenkiste. Die beiden flüstern, als sei dies ihre einzige Beschäftigung auf Erden. Bei meinem Anblick gerät Mademoiselle Sergent in Bewegung und fährt herum mitsamt ihrem Stuhl:

»Ah! Da sind Sie ja! Beeilt haben Sie sich ja nicht gerade! Mademoiselle Claudine durchstreift die Wälder, ohne auch nur im entferntesten daran zu denken, daß die Preisverteilung vor der Türe steht und daß die Schülerinnen noch keinen Ton der Hymne können, die bei dieser Gelegenheit gesungen werden soll!«

»Aber ... ich dachte, Mademoiselle Aimée erteile jetzt Musikunterricht? Und Monsieur Rabastens (Antonin)?«

»Reden Sie keinen Unsinn! Sie wissen recht gut, daß die zarte Stimme Mademoiselle Lanthenays den Anforderungen des Gesangunterrichtes nicht gewachsen ist! Und was Monsieur Rabastens betrifft, so haben seine Besuche und Lektionen in der Stadt anscheinend übertriebenes Interesse erregt. Oh, die schmutzige Phantasie der Leute! Was hier geklatscht wird! Es ist nicht auszuhalten! Kurzum, er kommt nicht mehr. Sie sind daher für den Unterricht unentbehrlich, ein Umstand, den Sie sich sichtlich auf ungebührende Weise zunutze machen! Heute um vier werden wir die Stimmen verteilen, und Sie werden die einzelnen Strophen von der Tafel abschreiben lassen.«

»An mir soll's nicht liegen! Was wird denn heuer einstudiert?«

»Die ›Hymne an die Natur‹. Marie, holen Sie die Noten. Sie liegen auf meinem Pult. Claudine wird unverzüglich mit der Lektion beginnen.«

Oh, ich kenne diesen dreistimmigen Chor! Er scheint eigens für ein Mädchenpensionat geschrieben worden zu sein! Die Soprane piepsen mit Überzeugung:

»Dort in der Ferne
verblassen die Sterne,
die Hymne des Morgens ertö ...«,

während die Altstimmen eine Begleitung beisteuern, die aus einem Mittelding zwischen Echo und Glockenimitation besteht (ding, dong, ding, dong!). Das wird sicher großen Beifall finden. Welch ein Götterleben steht mir wieder bevor! Ich werde mich ausschreien dürfen, dreihundertmal dieselbe Melodie singen, vom rhythmischen Antitalent meiner Schülerinnen zur Verzweiflung getrieben werden und stockheiser nach Hause gehen. Wenn ich dafür wenigstens etwas bekäme!

Anaïs, Luce und einige andere haben ein gutes Gedächtnis – wenigstens etwas! – und singen beim drittenmal bereits mit. Dann wird Schluß gemacht, auf Befehl Mademoiselles. Es wäre auch allzu grausam, uns bei dieser afrikanischen Temperatur noch länger schreien zu lassen.

»Daß ihr mir die ›Hymne an die Natur‹ ja nicht außerhalb der Gesangstunden trällert!« befiehlt Mademoiselle. »Sonst verlernt ihr alles und seid nicht imstande, bei der Preisverteilung richtig zu singen. Und jetzt marsch an die Arbeit, und daß ich kein lautes Wort höre!«

Wir, die Großen, dürfen im Freien bleiben, um in Ruhe und Bequemlichkeit die berückenden Arbeiten ausführen zu können, die für die »Handarbeitsausstellung« bestimmt sind. (Handarbeiten! Was denn? Ich habe noch nie von »Fußarbeiten« gehört!) Kaum ist die Preisverteilung überstanden, erscheint nämlich die ganze Stadt, um unsere Werke zu bewundern, die auf den Pulten zweier Klassenzimmer ausgebreitet liegen: Spitzen, Gobelins, Stickereien und bänderbesetzte Wäsche, während die Wände mit ajourierten Vorhängen, gehäkelten Bettdecken, bestickten Kamindeckchen aus Plüsch und geknüpften Bettvorlegern bespannt sind, aus deren grünem Wollmoos rosarote Blümchen (ebenfalls aus Wolle) hervorgucken.

Doch was ist der Stolz dieser großen Kleinen? Die prunkvolle Unterwäsche, die herrlich verzierten Hemdchen aus geblümtem Batist, die spitzenbesetzten Höschen, die säuberlich gearbeiteten Strumpfbänder, die kunstvoll bestickten Leibchen. All das prangt auf blauem, rosa und malvenfarbenem Seidenpapier und ist mit Kärtchen versehen, auf denen man die Namen der Erzeugerinnen lesen kann, in schöner Rondschrift. Längs der Wand sind Kreuzsticharbeiten ausgestellt, auf unzähligen Schemeln. Hier ruhen greuliche Katzen – die Augen bestehen aus fünf Stichen, vier grüne und ein schwarzer in der Mitte – und nicht minder abscheuliche, rotbäuchige, violettpfotige Hunde, aus deren aufgesperrtem Rachen eine übermanganfarbene Zunge heraushängt.

Diese Wäscheausstellung hat's unseren Burschen angetan. Sie strömen scharenweise herbei, verweilen bei den geblümten Hemdchen und bebänderten Höschen, geben einander Rippenstöße, lachen und machen hinter vorgehaltener Hand gepfefferte Bemerkungen.

Gerechtigkeitshalber sei vermerkt, daß sich die Knabenschule gleichfalls einer Ausstellung rühmen darf, die mit der unseren aufs schärfste konkurriert. Unsere Rivalen haben zwar keine Reizwäsche zu bieten, trumpfen aber dafür mit anderen Sehenswürdigkeiten auf: da gibt es kunstvoll gedrechselte Tischbeine, gewundene Säulchen (meine Liebe! Das ist das allerschwerste!), kleistertriefende Schachteln und Tongebilde, armselig, plump und pappig, die sich nicht entblöden, den Parthenon-Fries oder ähnliche Reliefs darstellen zu wollen, zum hellen Entzücken des Lehrers, der in seiner Bescheidenheit nicht ansteht, diesen Saal »Skulptur-Abteilung« zu taufen.

In der »Gemäldegalerie« geht es kaum tröstlicher zu. Die Abruzzen-Räuber schielen, der König von Rom hat Mumps, Nero schneidet eine fürchterliche Grimasse und Präsident Loubet, in rot-weiß-blauem Rahmen (kombinierte Papp- und Tischlerarbeit!), scheint knapp am Erbrechen.

»Er denkt an sein Ministerium!« erläutert Dutertre, wütend, noch immer kein Abgeordneter zu sein. An den Wänden hängen verwaschene Aquarelle, Grundrisse und eine Schwarte folgenden schönen Titels: »Voraus-Sicht der großen Weltausstellung 1900«, ein Bild, das meiner Ansicht nach zweifellos den Ehrenpreis verdienen würde.

Wir lassen alle Bücher beiseite, arbeiten lässig im Schatten der Gartenmauer, springen alle fünf Minuten auf, um unsere Hände waschen zu gehen – welch herrlicher Vorwand zum Herumflanieren! –, damit die weißen Stoffe und hellen Garne nicht fleckig werden! Ich stelle heuer nicht viel aus: drei rosa Batisthemdchen, Schnitt »Baby«, mit passenden Höschen. Letztere sind mit einem Bündchen geschlossen, was meine Kameradinnen einstimmig skandalös finden, Ehrenwort!

Ich mache es mir zwischen Luce und Anaïs bequem. Neben mir sitzt Marie Belhomme. Aus alter Gewohnheit stekken wir noch immer beisammen. Arme Marie! Sie muß für die Oktoberprüfung lernen, langweilt sich in der Klasse zum Sterben und darf daher gnadenhalber bei uns sitzen, in einen Atlas oder die »Geschichte Frankreichs« vertieft. Wenn ich sage, vertieft ... Das Buch liegt auf ihren Knien. Sie neigt sich darüber, wirft uns verstohlene Blicke zu und spitzt die Ohren. Das Prüfungsergebnis kann ich mir schon jetzt lebhaft vorstellen!

»Ich verdurste!« stöhnt Anaïs. »Hast du eine Flasche?«

»Nein! Vergessen! Aber Marie hat bestimmt eine.«

Diese Flaschen! Lächerliche, unwandelbare Tradition. Kaum beginnen die Hundstage, gerät das Pumpenwasser in den Ruf gefährlichster Untrinkbarkeit (was, nebenbei bemerkt, völlig den Tatsachen entspricht – allerdings ohne Rücksicht auf die Jahreszeit!), weshalb eine jede von uns ihre Flasche mitbringt, auf dem Grund eines Körbchens, in Schultasche oder Leinensack. Sie enthält ein erfrischendes Getränk, für dessen absonderliche, verrückte Zusammensetzung alljährlich ein neuer Wettstreit ausgefochten wird. Keine Kokosmilch! Die ist für die Kleinen! Wir trinken Essigwasser, so sauer, daß alles Blut aus den Lippen weicht und der Magen sich zusammenkrampft, Zitronaden, die fast kein Stäubchen Zucker enthalten, Pfefferminzsäfte, aus frischen Blättern eigenhändig gepreßt, Branntwein, daheim stibitzt und mit Zucker verkleistert, grünen Johannisbeersaft, bei dem es einen »zusammenzieht«. Noch heute hat die lange Anaïs den Austritt der Apothekerstochter nicht verwunden, belieferte sie uns doch mit ganzen Flaschen Franzbranntweins und gezuckerten Botot-Wassers. Ich, eine einfache Seele, begnüge mich mit einer Mischung aus Weißwein, Sodawasser, Zucker und ein paar Tropfen Zitronensaft. Anaïs ist dem Essig verfallen, Marie einem Gebräu aus Lakritzen, so konzentriert, daß seine Farbe ins Schwarze spielt. Die Verwendung der Flaschen ist strengstens verboten. Darum bringt, wie bereits erwähnt, eine jede die ihrige mit.

Der Verschluß ist ein äußerst sinnreicher: durch einen Korkstöpsel treibt man einen ausgehöhlten Federstiel. Das gestattet uns, einen herzhaften Schluck zu tun, ohne die Flasche aus ihrem schützenden Körbchen zu nehmen, während es so aussieht, als bückten wir uns nach einer zu Boden gefallenen Garnspule. Während der kleinen viertelstündigen Pausen (um neun und um drei Uhr) stürzt alles zur Pumpe, um die Flaschen einzukühlen. Vor drei Jahren stolperte eine der Kleinen mitsamt ihrer Flasche und stach sich ein Auge aus – jetzt ist es ganz weiß –, worauf sämtliche Behälter konfisziert wurden. Die flaschenlose Zeit währte eine ganze Woche. Dann tauchte die erste Flasche wieder auf, andere folgten ihrem Beispiel, und einen Monat später ging alles seinen gewohnten Gang. Sollte dieser Vorfall der Frau Direktor unbekannt sein? Möglich. Er ereignete sich vor ihrem Regierungsantritt. Aber vielleicht spielt sie die Unwissende, um ihre Ruhe zu haben.

Einförmig schleppen sich die Tage dahin, ohne die geringste Abwechslung. Die Hitze raubt uns jeglichen Unternehmungsgeist: selbst Luce verschont mich fast zur Gänze mit ihren lästigen Zärtlichkeitsbezeigungen. Kaum angedeutete Streitereien flackern auf, um sofort wieder zu verglimmen. Wir sind zu faul, um zu zanken. Windstille, Apathie. Zuweilen bricht ein Juligewitter los, läßt taubeneigroße Hagelkörner vom Himmel prasseln und jagt uns unter das schützende Dach. Eine Stunde später strahlt der Himmel wieder in wolkenloser Bläue.

Wir haben Marie Belhomme einen gemeinen Streich gespielt: sie brüstete sich, daß sie ohne Hose zur Schule kommen würde. (Von wegen der Hitze!)

Eines Nachmittags saßen wir zu viert auf einer Bank, in nachstehender Reihenfolge: Marie – Anaïs – Luce – Claudine.

Leise instruiere ich meine Nachbarinnen. Sie stehen auf und gehen zur Pumpe, um sich die Hände zu waschen. Die Mitte der Bank bleibt leer. Marie sitzt an einem Ende, ich am anderen. Sie schläft fast über ihrem Rechenbuch. Ich springe auf, die Bank gibt nach, Marie erwacht, fällt zu Boden, die Beine in die Luft gestreckt, schreit wie ein abgemurkstes Huhn (das Geheimnis dieser Jammerlaute hat ihr noch niemand abgeschaut) und zeigt uns ... daß sie tatsächlich keine Hose trägt. Gelächter und Geschrei, der Lärm kennt keine Grenzen. Die Frau Direktor will ein Donnerwort sprechen. Es bleibt ihr in der Kehle stecken und sie windet sich vor Lachen. Aimée Lanthenay macht sich aus dem Staub. Anscheinend zieht sie es vor, sich im geheimen auszuschütten, um nicht ihren Schülerinnen das Schauspiel einer hysterisch zuckenden Katze zu bieten.

Dutertre hat sich schon lange nicht blicken lassen. Angeblich ist er am Meer, faulenzt und flirtet. (Wo er nur das Geld hernimmt?) Ich kann ihn mir lebhaft vorstellen, mit weißen Flanellhosen, weichen Hemden, zu breiten Gürteln und zu gelben Schuhen. Er liebt diese saloppe Tracht, Hochstapler, der er ist, zu grell gekleidet, zu braun gebrannt, mit funkelnden Augen, spitzen Zähnen und rötlich schwarzem, wie versengtem Schnurrbart. Sein jäher Überfall im Schulkorridor ist mir fast aus dem Gedächtnis entschwunden. Der Eindruck war zwar stark, aber von kurzer Dauer. Gott, bei ihm weiß man so genau, woran man sich zu halten hat! Ich bin vielleicht das dreihundertste kleine Mädchen, das er in seine Ordination zu locken versucht. Der Zwischenfall zählt weder für ihn noch für mich. Gewichtig wäre die Sache erst geworden, wenn sie geklappt hätte.

Unsere Gedanken kreisen um die Toiletten, die wir bei der Preisverteilung tragen werden. Mademoiselle Sergent läßt sich von ihrer tüchtigen Mutter ein schwarzes, mit Federnstickerei geziertes Seidenkleid schneidern: große Bukette in allen Schattierungen von Lila bis Violett, Zweige, die sich am Busen emporranken, zarte Girlanden längs des Saums, sehr vornehm, sehr gediegen, ein wenig ältlich, aber von untadeligem Schnitt. Die Frau Direktor kleidet sich stets dunkel und einfach, und sämtliche Damen der guten Gesellschaft von Montigny – Frau Notar, Frau Steuereinnehmer, Ladeninhaberinnen und »Private« – verblassen neben ihrer eleganten Erscheinung. (Süße Rache einer häßlichen, gutgewachsenen Frau!)

Sie betrachtet es auch als ihre Pflicht, Aimée für den großen Tag auf das reizendste auszustaffieren, bestellt bei den bedeutendsten Pariser Kaufhäusern Stoffmuster und Modelle, und die beiden Freundinnen treffen bedächtig ihre Wahl, ohne sich um ihre Schülerinnen zu kümmern, die einstweilen im Schatten sitzen, stickend, häkelnd und strickend. Dieses Kleid dürfte Mademoiselle Aimée kaum teuer zu stehen kommen. Aber hat sie nicht recht? Von ihren fünfundsiebzig Francs monatlich, abzüglich dreißig Francs Kostgelt (die sie einspart), dreißig Francs für Luces Pension (die sie nicht bezahlt) und zwanzig Francs, die sie ihren Eltern schickt – das hat Luce mir erzählt –, von diesen fünfundsiebzig Francs, wiederhole ich, könnte sie sich niemals das reizende weiße Mohairkleid leisten, dessen Abbildung ich gesehen habe.

In Schülerkreisen macht es sich gut, bezüglich der Preisverteilungstoilette völlige Gleichgültigkeit zu mimen. Dabei denken die Mädchen seit einem Monat an nichts anderes mehr, quälen ihre Mütter, um die Anschaffung neuer Spitzen und Bänder, zumindest jedoch die Modernisierung des alten Kleides durchzusetzen. Kaum, daß man wie von ungefähr die Frage stellt: »Was ziehst du heuer an?« in beiläufigem, uninteressiertem Ton, als gehorche man lediglich dem Gebot primitivster Höflichkeit. Die Antwort erfolgt in der gleichen nachlässig-herablassenden Weise, und man tut, als hätte man sie überhört.

Die lange Anaïs, der Gepflogenheit getreu, erkundigt sich nach meiner Toilette, mit zerstreuter Miene, den Blick in die Ferne verloren. Ich erwidere geistesabwesend, mit gleichgültiger Stimme:

»Ach, nichts Besonderes! Weißer Musselin ... spitzer Ausschnitt ... gekreuztes Oberteil, Ärmel à la Ludwig XV., bis zum Ellbogen, mit gezogenen Musselinmanschetten.«

Bei der Preisverteilung erscheinen wir alle in Weiß. Da unsere Kleider aber mit pastellfarbenen Bändern, Maschen, Buketts und Gürteln geschmückt sind, deren kunstreiche Schattierung uns viel Kopfzerbrechen verursacht, bestehen wir darauf, sie alljährlich zu ändern.

»Was für Bänder?« fragt Anaïs mit spitzen Lippen. (Die Frage war vorauszusehen.)

»Weiße.«

»Aber, meine Liebe! Das reinste Brautgewand! Ich kenne so manche, die in so viel Weiß schwärzer aussehen würde als ein Floh auf einem Leintuch.«

»Ja, ja. Glücklicherweise steht mir Weiß sehr gut.«

(Zerspring, süßes Kind! Deine gelbe Haut ist stadtbekannt, und man weiß, daß du deinem Kleid mit roten oder orangefarbenen Bändern nachhelfen mußt, um nicht wie eine Zitrone auszusehen.)

»Und deine Bänder? Orange?«

»Was fällt dir ein! Die hatte ich doch voriges Jahr! Changierende, à la Ludwig XV., aus Rips und Seide, elfenbein- und mohnblumenfarben! Das Kleid ist aus leichtem Wollstoff, nicht weiß, sondern creme.«

»Ich«, verkündet Marie Belhomme ebenso laut wie unaufgefordert, »ich trage heuer ein weißes Musselinkleid mit vergißmeinnichtfarbenen Bändern! Es wird sehr hübsch!«

»Und ich«, läßt sich Luce aus meiner nächsten Nähe vernehmen – stets nistet sie in meinen Röcken oder kauert in meinem Schatten –, »habe zwar das Kleid, weiß aber nicht, was für Bänder ich annähen soll! Aimée will, daß ich blaue nehme ...«

»Blaue? Deine Schwester ist eine Gans, bei aller schuldigen Ehrfurcht! Wer Augen hat wie du, nimmt doch keine blauen Bänder! Beim bloßen Gedanken daran wird mir übel! Die Modistin am Hauptplatz hat sehr hübsche Satinbänder, grün und weiß ... dein Kleid ist weiß?«

»Ja, aus Musselin.«

»Aha. Dann mußt du deine Schwester eben so lange plagen, bis sie dir grüne Bänder kauft.«

»Nicht nötig. Ich kaufe sie selbst.«

»Um so besser! Du wirst sehr hübsch sein, glaub mir! Außer dir kann sich's kaum jemand erlauben, grüne Bänder zu tragen. Es ist zu riskant!«

Die arme Kleine! Ich brauche ihr nur die geringste Liebenswürdigkeit zu sagen, noch dazu ganz unabsichtlich, und schon verklären sich ihre Züge ...

Die nahende Ausstellung erfüllt Mademoiselle Sergent mit Unruhe. Sie läßt uns keine Minute in Frieden, treibt uns unerbittlich zur Arbeit an, mahnt zur Eile und läßt Strafen vom Himmel regnen, die darin bestehen, nach Schluß des Unterrichts zwanzig Reihen zu stricken, einen Meter Saum zu nähen oder zwei Handbreit Spitzen zu klöppeln. Sie selbst ist auch nicht untätig, sondern stickt – höchst kunstvoll, das muß man ihr lassen! – an zwei prachtvollen Musselinvorhängen, sofern ihre kleine Aimée ihr die nötige Muße läßt. Dieser kleine Faulpelz von einer Hilfslehrerin, verspielt wie das Kätzchen, das sie ist, stöhnt nach zwanzig Stichen Gobelinstickerei und rekelt sich seufzend angesichts der ganzen Klasse, um von Mademoiselle Sergent, die sie nicht zurechtzuweisen wagt, ein mildes »Was für ein bedauerliches Beispiel für die Schülerinnen!« zu ernten. Darauf wirft die Ungehorsame die Stickerei zu Boden, heftet zwei blitzende Augen auf die Freundin, stürzt sich auf sie und bedeckt ihre Hände mit Küssen und kleinen Bissen. Die Großen lächeln verständnisinnig und geben einander Rippenstöße. Die Kleinen zucken mit keiner Wimper.

Mit der Ruhe des heutigen Morgens – ausnahmsweise weht ein kühles Lüftchen – ist's aus und vorbei. Mademoiselle Sergent hat einen großen Brief im Postkasten gefunden. Er trägt den Stempel des Magistrats und des Bürgermeisteramts. Die Frau Direktor entfaltet das Blatt, liest, liest noch einmal und sagt kein Wort. Ihre verrückte kleine Freundin, längerer Ungewißheit müde, bemächtigt sich des Briefes mit zuckenden, fordernden Pfoten, läßt den Blick über die Zeilen fliegen und stößt dabei so laut »Nein, so etwas!« und »Das wird was werden!« hervor, daß unsere Neugier überdimensionale Formen annimmt. Mademoiselle Sergent wendet sich an Aimée und sagt: »Ich wußte es zwar, wartete aber auf die offizielle Mitteilung. Er ist ein Freund Doktor Dutertres ...«

»Ja, ja, aber wir müssen es den Kindern sagen! Wo es sich doch darum dreht, zu beflaggen, zu illuminieren, das Bankett vorzubereiten! Sehen Sie nur, sie sieden ja förmlich vor Ungeduld!«

Und ob wir sieden!

»Sie haben recht. Also, aufgepaßt: Monsieur Jean Dupuy, der neue Landwirtschaftsminister, wird auf dem Weg in die Kreisstadt, wohin er sich anläßlich der Landwirtschaftstagung begibt, unsere neue Schule einweihen. Wir werden die Stadt beflaggen, illuminieren, den Minister am Bahnhof empfangen ... aber wozu erzähle ich das alles! Der Stadttrommler wird es ohnedies ausschreien, und dann erfahren Sie es früh genug. Und jetzt vorwärts, an die Arbeit, und daß etwas weitergeht! Die Sachen müssen zur Ausstellung fertig sein!«

Andächtige Stille. Dann geht der Wirbel los, Rufe werden laut, andere suchen sie zu übertönen, der Hexenkessel läuft über und ein spitzes Stimmchen schwebt eine Sekunde frei im Raum:

»Wird uns der Minister prüfen?«

Ein Pfeifkonzert antwortet Marie Belhomme, der Gurke, die diese Frage gestellt hat.

Es fehlt zwar noch eine gute Weile bis Schluß des Unterrichts, aber Mademoiselle Sergent schenkt ihrer schreienden, lachenden Meute die Freiheit, um in Ruhe sämtliche Entschlüsse fassen zu können, die in Anbetracht dieses unerhörten Ereignisses angezeigt erscheinen.

»Alte, was sagst du jetzt?« fragt Anaïs auf der Straße.

»Daß die Ferien acht Tage früher anfangen werden, und

das ist nicht zum Lachen! Mich ärgert's, wenn ich nicht in die Schule gehen kann.«

»Aber denk doch! Feste, Bälle, Musik auf den Plätzen ...«

»Ja, ja, und viele Leute, vor denen du paradieren kannst, ich verstehe schon! Im übrigen werden wir im Brennpunkt der öffentlichen Aufmerksamkeit stehen, dafür wird schon Dutertre sorgen, der Busenfreund des Herrn Ministers!« (Sicher wagt sich diese frischgebackene Exzellenz nur seinetwegen in ein Loch wie Montigny ...)

»Ist das dein Ernst?«

»Klar! Das Ganze ist doch nur Theater, um endlich den Abgeordneten auszustechen!«

Der Stadttrommler hat's verkündet. Man verheißt uns Freuden ohne Ende. Ankunft des Sonderzugs um neun Uhr. Obrigkeit, Schüler beider Schulen und Spitzen der Bevölkerung werden den Minister am Bahnhof erwarten und durch die festlich geschmückten Straßen im Triumph zu den Schulgebäuden führen. Dort wird Seine Exzellenz ein Podium besteigen und eine Rede vom Stapel lassen, sodann in zahlreicher Gesellschaft tafeln, im großen Saal des Gemeindeamts. Nachher ist eine Preisverteilung für Erwachsene vorgesehen: Monsieur Jean Dupuy (Meisterstück des Distriktskandidaten!) wird mit diversen grünen und violetten Ordensbändchen erscheinen, die für die Gläubiger seines Freundes Dutertre bestimmt sind. Abends Ball im Bankettsaal, unter liebenswürdiger Mitwirkung des Kreisstadtorchesters (es bleibt uns nichts erspart!). Der Bürgermeister ersucht die Bewohner, ihre Häuser zu beflaggen und mit Blumen und Tannenreisig zu dekorieren. Welch hohe, unverhoffte Ehre!

Am nächsten Morgen besteht Mademoiselle Sergents erste Amtshandlung darin, uns den Besuch ihres teuren Dutertre anzukündigen, ernst und feierlich. Man merkt sogleich, daß sich große Dinge vorbereiten. Sicher wird er uns in gewohnter Liebenswürdigkeit mit Einzelheiten über den Ablauf der Zeremonie versorgen.

Sollte man meinen. Aber er läßt sich nicht blicken. Erst gegen vier Uhr – wir verstauen gerade Spitzen, Strickerei und Gobelins in unseren Handarbeitskörbchen – fliegt die Türe auf und Dutertre schneit herein, ohne anzuklopfen, versteht sich. Es ist unser erstes Wiedersehen seit seinem »Attentat«, und er hat sich um kein Jota verändert: dieselbe Unbekümmertheit, dieselbe gesuchte Nachlässigkeit der Kleidung: hellgrauer, fast weißer Anzug, farbiges Hemd, helle, breite Krawatte. Sie steckt in einem Gürtel, der ihm gleichzeitig als Weste dient. Mademoiselle Sergent, Anaïs, Aimée – alle finden, daß er sich mit unnachahmlicher Eleganz zu kleiden versteht.

Während er mit den Damen plaudert, schweifen seine Blicke zu mir. Er hat mandelförmige Augen. Sie laufen schläfenwärts in schmale Striche aus und scheinen einem wilden Tier zu gehören, doch er versteht es mitunter, sanft zu blicken. Nein, ein zweites Mal gehe ich nicht mit dir auf den Gang, die Zeiten sind vorüber!

»Na, Kinder?« ruft er jovial, »freut ihr euch auf den Minister?«

Wir antworten mit ehrerbietigem Gemurmel.

»Ihr werdet ihm am Bahnhof einen fürstlichen Empfang bereiten, das will ich mir ausgebeten haben! Alle in Weiß! Aber damit ist es beileibe nicht getan! Er muß auch Blumen kriegen, und zwar von drei Großen. Ferner hat eine von Ihnen ein kleines Kompliment aufzusagen!«

Wir spielen die Schüchternen und tauschen Blicke geheuchelten Entsetzens.

»Tut nur nicht, als ob ihr nicht bis drei zählen könntet!

Ich brauche eine ganz in Weiß, eine in Weiß mit blauen und eine mit roten Bändern, um eine Trikolore zu bilden! Wird gar nicht so übel sein, diese kleine Trikolore! Du bist natürlich dabei« (das bin ich!), »denn du siehst dekorativ aus, und außerdem will ich, daß man dich sieht. Was hast du heuer für Bänder?«

»Weiße.«

»Sehr wohl, du unbefleckte Jungfrau, du spielst das Mittelstück der Fahne und wirst meinen Ministerfreund begrüßen. Er wird dich gar nicht so ungern betrachten, das kannst du mir glauben!«

Ist er verrückt geworden? Er kann doch nicht so ungezwungen mit mir sprechen! Mademoiselle Sergent bringt mich um!

»Wer hat rote Bänder?«

»Ich!« schreit Anaïs, zitternd vor ungeduldiger Erwartung.

»Meinetwegen.«

Genau genommen, flunkert diese rasende Hopfenstange: ihre Bänder sind changierend.

»Wer hat blaue Bänder?«

»Ich – Mon-sieur«, stammelt Marie Belhomme mit angsterstickter Stimme.

»Gut. Ihr werdet recht gute Figuren machen, alle drei! Und was die Bänder betrifft, so tut euch keinerlei Zwang an, putzt euch fröhlich drauflos! Ihr braucht keine Unkosten zu scheuen, ich bezahle! (Hm, hm!) Daß wir uns recht verstehen: schöne Gürtel, große Maschen, alles, was das Herz begehrt! Außerdem bestelle ich euch passende Bukette.«

»Jetzt schon?« bemerke ich. »Bis dahin sind sie ja längst verwelkt!«

»Sei still, du Frechdachs! Deine Umgangsformen werden

sich wohl auch nie bessern, im Gegensatz zu deinen übrigen Formen, die gar nicht so übel sind, nein, gar nicht übel ...«

Die Klasse lacht bereitwillig, Mademoiselle Sergent macht gute Miene zu bösem Spiel. Was Dutertre betrifft, so würde ich schwören, daß er besoffen ist.

Wir sind entlassen. Dutertre bleibt noch. Kaum fällt die Türe hinter uns ins Schloß, bricht eine Flut von Bemerkungen über mich herein: »Hast du ein Glück, meine Liebe! Alle Rosinen sind für dich, wie? Eine andere wäre nicht drangekommen, keine Gefahr!« Ich erwidere kein Wort und gehe die kleine Luce trösten. Sie ist todtraurig, daß Dutertre sie seiner Trikolore anscheinend für unwürdig erachtet hat. »Aber, aber! Du wirst sehen, wie hübsch du sein wirst mit deinen grünen Bändern! Außerdem bist du selbst daran schuld! Warum hast du dich nicht vorgedrängt wie die lange Anaïs?«

»Ach«, seufzt die Kleine, »es ist ohnehin besser so. Vor vielen Leuten werde ich immer ganz verwirrt. Sicher hätte ich einen Unsinn angestellt. Aber ich freue mich, daß du das Gedicht aufsagst, und nicht sie!«

Ich setze Papa von der glorreichen Rolle in Kenntnis, die ich bei der Schuleinweihung spielen werde. Er rümpft die Bourbonennase und fragt: »Alle Teufel! Muß ich mich am Ende dort zeigen?«

»Keine Spur, Papa! Du bleibst unsichtbar!«

Er atmet auf.

»Ich brauche mich also nicht um dich zu kümmern?«

»Aber nein, Papa! Bestimmt nicht! Du brauchst deine Gepflogenheiten nicht zu ändern!«

In Stadt und Schule geht's drunter und drüber. Wenn das nicht bald anders wird, komme ich nicht einmal mehr dazu, mein Tagebuch zu schreiben! Des Morgens erscheinen wir um sieben in der Klasse, und nicht zum Spaß! Die Frau Direktor hat aus der Kreisstadt riesige Ballen Seidenpapier kommen lassen, hellblau, rot, gelb und weiß. Wir packen es im größten Klassenzimmer aus – die Größten sind zu besseren Abteilungsleiterinnen avanciert –, zählen die federleichten Blätter, falten sie der Länge nach in sechs Teile, schneiden sie auseinander und befördern das vorgeschnittene Papier zum Schreibtisch Mademoiselles. Sie bearbeitet es mit einer kleinen Stanzmaschine – es entstehen kleine Rundbogen – und verteilt dieses kostbare Rohmaterial an die ganze erste und zweite Klasse. Die dritte geht leer aus. Diese tolpatschigen Kleinen würden das Papier verderben, das zarte, seidige Papier, das zu zahllosen Rosen erblühen soll, die farbenfroh und ein wenig zerknittert von dünnen Messingdrahtstengeln nicken werden.

Das Leben ist schön! Bücher und Hefte schlummern im festverschlossenen Pult, und eine jede setzt ihre Ehre darein, als erste in der Schule anzulangen, dieser herrlichsten aller Schulen, die sich nun vorübergehend in einen riesigen Putzmacherladen verwandelt hat.

Wo sind die Zeiten, da ich mich von einer Seite auf die andere wälzte, ohne mich zum Aufstehen entschließen zu können? Jetzt haste ich so eilig zur Schule, daß ich meinen Gürtel meistens erst auf offener Straße zuhake. Manchmal sind die Klassen schon vollbesetzt, ehe die beiden Damen herabkommen. Man kann nicht behaupten, daß sie sich unsertwegen etwa Zwang auferlegen! Mademoiselle Sergent läßt sich in rotem Batistschlafrock bewundern (ohne Korsett, stolz wie ein Pfau!), während die Schmeichelkatze von einer Hilfslehrerin ihr auf dem Fuße folgt, in weichen Pantöffelchen, mit zärtlichen, schlafverklebten Augen. Man lebt *en famille*. Vorgestern erschien Mademoiselle Aimée mit nassen, zerrauften Löckchen – offenbar hatte sie sich knapp vorher den Kopf gewaschen –, und ihr kurzes Haar, dessen Spitzen sich sanft einwärts drehen, glich weichen, seidigen Goldfäden. Sie sah aus wie ein übermütiger kleiner Page, und ihre Frau Direktor (ihre gute Frau Direktor!) vermochte den Blick nicht von ihr zu wenden.

Der Hof liegt verödet. Wir arbeiten hinter vorgezogenen Serge-Vorhängen, in blauem, märchenhaftem Licht und machen es uns so bequem wie möglich. Anaïs legt ihre Schürze ab und krempelt die Ärmel auf wie eine Bäckersfrau. Die kleine Luce, stets an meiner Seite, rafft ihr Kleid wie ein Wäschermädel, ausgezeichneter Vorwand, ihre runden Waden und feinen Knöchel zur Schau zu stellen. Marie Belhomme – Mademoiselle, von Mitleid bewegt, hat ihr gestattet, die Bücher einstweilen beiseitezulegen – teilt unsere hektische Betriebsamkeit, schneidet das Papier schief, irrt sich fortwährend, bleibt mit den Füßen im Messingdraht hängen, erklimmt innerhalb einer Minute die höchsten Höhen menschlichen Glücks, um gleich darauf in einen Abgrund der Verzweiflung zu stürzen, so lieb, so arm und so harmlos in ihrer schwarzweißgestreiften Arbeitsschürze, daß wir sie nicht einmal mehr zum besten halten.

Mademoiselle Sergent steht auf, begibt sich zu einem der Fenster, die auf den Hof der Knabenschule hinausgehen, und zieht mit jäher Bewegung den Vorhang zur Seite. Aus dem Nachbargebäude tönt rüdes Gebrüll: sechzig Mutanten sind lärmend bemüht, unter Monsieur Rabastens' Leitung eine republikanische Hymne einzuüben. Mademoiselle Sergent zögert einen Augenblick, dann hebt sie die Hand. Die Stimmen verstummen, und der gefällige Antonin eilt herbei, ohne Hut, eine rote Rose im Knopfloch.

»Würden Sie die Güte haben, zwei Ihrer Schüler in die Werkstatt zu schicken? Der Messingdraht muß zu 25 cm langen Stücken zurechtgeschnitten werden!«

»Auf der Stelle, Mademoiselle!« (Oh, dieser schöne Marseiller Akzent!) »Sie arbeiten noch immer an Ihren Blumen?«

Mademoiselle Sergent nickt. »Es ist kein Ende abzusehen! Allein für die Schule brauchen wir fünftausend Rosen! Und dabei sollen wir noch den Bankettsaal dekorieren!«

Rabastens saust davon, barhäuptig unter der sengenden Sonne. Eine Viertelstunde später klopft es an die Türe: zwei vierzehn- bis fünfzehnjährige Lümmel, hochrot und ungeschlacht, erscheinen mit dem geschnittenen Messingdraht, wissen offensichtlich nicht, was sie mit sich anfangen sollen, und stehen hilflos und erregt inmitten dieser fünfzig bloßarmigen, großzügig dekolletierten Mädchen, die sich über die beiden Burschen mitleidlos lustig machen. Anaïs streift sie im Vorbeigehen, ich befestige heimlich Papierschlangen an ihren Taschen, und sie geben Fersengeld, unglücklich und zufrieden, während Mademoiselle Sergent Ermahnungen an uns richtet.

Anaïs und ich falten und schneiden, Luce trägt die fertigen Pakete zur Frau Direktor, Marie schichtet zu Stößen. Um elf Uhr lassen wir alles liegen und stehen, stellen uns auf und proben die »Hymne an die Natur«. Gegen fünf macht man Toilette: Taschenspiegel werden hervorgezaubert, gefällige Mädelchen halten ihre Schürzen hinter offene Fensterflügel, und wir setzen vor dieser dunklen Scheibe unsere Hütchen auf, ich zerraufe meine Locken, Anaïs rückt ihren verrutschten Knoten zurecht, und wir gehen nach Hause.

Langsam beginnt die Stadt mit der Schule zu wetteifern.

Bedenken Sie: nur sechs Tage trennen uns noch von der Ankunft Jean Dupuys! Frühmorgens rollen die Karren aus der Stadt. Die Burschen, die sie bemannen, singen und peitschen ihre Klepper, beides aus Leibeskräften, und fahren in den Gemeindewald (wirklich nur in den Gemeindewald?), die zu fällenden Bäume zu bezeichnen. Hunderten von Tannen, Ulmen und Espen – ihre samtenen Blätter liebe ich ganz besonders – wird der Besuch dieses frischgebackenen Ministers das Leben kosten. (Ehre, wem Ehre gebührt!) Des Abends sitzen die Mädchen im Freien, auf Stufen und Gehsteigen, zupfen Papierrosen zurecht und singen dabei, um die Burschen zur Mithilfe anzuregen. Müssen die wohl die Arbeit beschleunigen! Mit beiden Händen stürzen sie sich darüber ...

Während im großen Saal des Gemeindeamts Tischler die hölzernen Zwischenwände abmontieren, schießt im Hof eine große Estrade aus dem Boden. Dutertre, Arzt, Gönner und Distriktskandidat, beehrt uns mit ebenso kurzen wie häufigen Besuchen, lobt alles, was da gebaut wird, klopft den Männern auf die Schulter, kneift die Frauen in die Wange, zahlt den Arbeitern Getränke und verschwindet, um im Handumdrehen wieder aufzutauchen. Glückliche Gegend! Mittlerweile verwüstet man die Wälder, wildert Tag und Nacht, rauft in den Schenken, und eine Magd in Chêne-Fendu hat ihr Neugeborenes den Schweinen vorgeworfen. (Nach einigen Tagen wurde das Verfahren eingestellt, da es Dutertre gelang, die Unzurechnungsfähigkeit des Mädchens zu beweisen ... jetzt ist bereits Gras darüber gewachsen und niemand denkt mehr an die Affäre. Dank diesem System vergiftet er das Land, hat aber an die zweihundert Strauchdiebe um sich gesammelt, die für ihn durchs Feuer gehen würden. Der Abgeordnetenstuhl ist ihm sicher. Was kümmert ihn der Rest?) Und wir? Mein

Gott, wir binden Rosen, sechstausend Rosen! Das ist keine Kleinigkeit! Selbst die Jüngsten sind in den großen Arbeitsprozeß eingegliedert worden: sie verfertigen Girlanden aus zartgetöntem, gefälteltem Papier, die dazu bestimmt sind, an allen möglichen und unmöglichen Stellen im Sommerwind zu schaukeln. Mademoiselle Sergent hat den Oberbefehl inne, fürchtet, daß die Vorbereitungen nicht zeitgerecht beendet sein werden, und gibt uns allabendlich Messingdraht und Seidenpapier nach Hause mit, damit wir daheim weiterarbeiten können. Und wir binden Rosen, vor dem Essen, nach dem Essen, unermüdlich, ohne Unterlaß. In sämtlichen Häusern türmen sich die weißen, blauen, roten, rosa und gelben Rosen auf den Tischen, steif, taufrisch und knisternd am Ende ihrer schwankenden Stengel. Sie nehmen so viel Platz ein, daß wir nicht mehr wissen, wohin damit, quellen über, blühen in großen, vielfarbigen Haufen, und des Morgens tragen wir sie in Zubern zur Schule, als gingen wir unseren Verwandten zum Geburtstag gratulieren.

Die Frau Direktor, ideenreich wie noch nie, trägt sich mit dem kühnen Gedanken, beim Eingang der Schule einen Triumphbogen errichten zu lassen. Die Pfeiler sollen mit Tannenreisig umwunden, mit Laub besteckt und mit unzähligen Rosen geschmückt werden, während die Vorderseite die Inschrift WILLKOMMEN! tragen soll, in Rosenbuchstaben auf grünem Moosgrund.

Lieb, nicht wahr?

Auch ich steuere eine Idee bei: man möge die Trikolore (uns!) mit Blumen bekränzen.

»Ja! Ja!« rufen Anaïs und Marie Belhomme.

»Also gut.« (Was es uns schon kostet!) »Anaïs, du krönst dich mit Mohnblumen. Du, Marie, mit Kornblumen, und ich, Reinheit, Keuschheit, Unschuld, ich werde ...«

»Vielleicht ein Myrthenkränzchen aufsetzen?«

»Ich könnte es mir noch erlauben! Wahrscheinlich mit größerer Berechtigung als Sie, Mademoiselle!«

»Vermögen Lilien deinen keuschen Ansprüchen zu genügen?«

»Du ödest mich an! Ich nehme Margeriten. Weißt du nicht, daß der Landesfarbenstrauß aus Mohnblumen, Kornblumen und Margeriten besteht? Vorwärts! Gehen wir zur Modistin!«

Mit blasierter, leicht angewiderter Miene treffen wir unsere Wahl. Die Modistin mißt unsere Köpfe und verspricht uns »das Beste«.

Am nächsten Morgen nehmen wir drei abscheuliche Kränze in Empfang: sie sind in der Mitte aufgequollen und sehen aus wie die Kronen unserer Bauernbräute. Marie und Anaïs setzen die Machwerke begeistert auf, von einem Kreis bewundernder Kinder umgeben. Ich enthalte mich jeglichen Kommentars, trage das Unding nach Hause und demoliere es in aller Ruhe. Dann baue ich auf demselben Drahtgestell einen zarten, zerbrechlichen Reif: wie zufällig erblühen die Margeritensterne, scheinen jederzeit abbrechen zu wollen, nicken lose vom Ohr herab, verlieren sich rückwärts ins Haar. Ich probiere das Meisterwerk: es übertrifft meine kühnsten Erwartungen. Sollte mir einfallen, die beiden anderen davon in Kenntnis zu setzen!

Eine fürchterliche Mehrarbeit bricht über uns herein: die Papilloten! Natürlich wissen Sie nicht, was das ist, können es nicht wissen. Darum sei Ihnen gesagt, daß kein Mädchen von Montigny einer Preisverteilung oder anderen Festlichkeiten beiwohnen würde, ohne nach allen Regeln der Kunst gelockt und onduliert zu sein, an und für sich keine verwunderliche Gepflogenheit, obgleich matratzenartige

Wellen und bocksteife Korkzieherlocken die Köpfe zornigen Besen ähneln lassen. Nun haben aber die Mütter all dieser lieben Kleinen – Näherinnen, Landarbeiterinnen, Handwerksfrauen und Verkäuferinnen – weder Zeit noch Lust, noch das nötige Geschick, diese Haarmassen gefällig zu kräuseln. Wem fällt daher diese mitunter wenig appetitanregende Aufgabe zu? Dreimal dürfen Sie raten: den Schülerinnen der ersten Klasse!

Verrückt! Aber was soll man tun? Es ist nun einmal der Brauch, und dieses Wort entschuldigt alles. Bereits eine Woche vor der Preisverteilung plagen uns die Kleinen und tragen sich in unsere Listen ein. Jede von uns hat mit etwa einem halben Dutzend Kundinnen zu rechnen. Dabei ist gepflegtes, sauberes Haar eine Seltenheit. Wie viele verfilzte – wenn nicht gar bewohnte! – Mähnen wird's da wieder zu behandeln geben!

Heute gehen wir daran, die Häupter der acht- bis elfjährigen mit Papilloten zu spicken. Die Mädchen kauern auf dem Boden und überantworten uns vertrauensvoll ihre Köpfe. Als Lockenwickler verwenden wir Blätter aus alten Schulheften.

Heuer habe ich nur vier Opfer angenommen, noch dazu ausgesucht saubere! Meine Mitschülerinnen hingegen frisieren je sechs Kleine, eine ermüdende Tätigkeit, um so mehr, als sich diese Bauerntöchter im allgemeinen durch üppige Haarfluten auszeichnen. Punkt zwölf wird die gehorsame Herde hereingerufen. Ich beginne mit einer Blondine, deren leichtes Haar sich ganz von selbst in weiche Locken legt.

»Was hast du hier zu suchen? Du willst doch nicht im Ernst, daß ich dir die Haare eindrehe? Das ist ja Wahnsinn?«

»Natürlich will ich sie eingedreht haben! Was denn

sonst! Ohne Locken bei der Preisverteilung? Wo ein Minister kommt?«

»Du wirst häßlicher sein als die vierzehn Todsünden! Haare wie die Borsten, ein Wolfskopf ...«

»Das ist mir egal. Aber wenigstens bin ich frisiert.«

Was kann man machen? Wenn sie darauf besteht ... Zu denken, daß die anderen der gleichen Ansicht sind! Ich möchte wetten, daß selbst Marie Belhomme ...

»Und du, Marie? Du bleibst sicher, wie du bist, mit deinen Naturwellen, oder?«

Sie stößt einen Entrüstungsschrei aus.

»Wie ich bin? Du bist wohl nicht bei Trost! Glaubst du, ich will mit plattgedrückten Haaren zur Preisverteilung kommen?«

»Ich weiß nur eines: *meine* Haare drehe ich nicht ein.«

»Deine Haare, meine Liebe, locken sich von Natur sehr gut und sind überhaupt sehr dankbar! Außerdem bist du dafür bekannt, grundsätzlich das Gegenteil von dem zu machen, was die anderen tun!«

Während sie spricht, ist sie lebhaft – allzu lebhaft! – damit beschäftigt, die langen Flechten eines Mädelchens, das in seinem Haarwald fast zur Gänze verschwindet, um den Finger zu wickeln, dichtes, unwegsames Gestrüpp von der Farbe reifen Weizens, aus dem zuweilen verzweifeltes Gewimmer tönt.

Anaïs malträtiert ihre Patientin nicht ohne böse Absicht. Die Kleine heult.

»Es ist aber auch nicht durchzukommen«, sagt die lange Latte als fadenscheinige Entschuldigung. »Kaum glaubt man, daß man fertig ist, steckt man erst in der Hälfte! Hab' ich vielleicht darum gebeten, dich zu frisieren? Na also! Jetzt hast du deinen Willen! Halt gefälligst den Mund!«

Wir wickeln, wir wickeln, zerreißen unzählige Papierstreifen über den Häuptern unserer Opfer, daß es im Glasgang widerhallt. Eine Kleine nach der anderen erhebt sich seufzend und stellt einen Kopf zur Schau, der jedem Igel zur Ehre gereichen würde und auf dessen Papierpapilloten man noch lesen kann:

»Problem ... Moral ... Kardinal Richelieu ...« Vier Tage lang werden sie in diesem Aufzug spazierengehen, in der Schule, auf der Straße, schamlos, ohne das geringste Unbehagen! Wenn ich Ihnen sage, daß es so Brauch ist!

Wir leben in einem tollen Wirbel, immer unterwegs, immer in Eile, befördern Rosen hin und her und betteln wildfremde Leute (Anaïs, Marie, Luce und mir hat Mademoiselle die Aufgabe zugewiesen, die zur Ausschmückung des Bankettsaals nötigen Schnittblumen aufzutreiben. Wahrscheinlich baut sie zwecks Erweichung der Hartherzigen auf unsere frischen Gesichter) um frische Blumen an. Wir gehen kühn zu Paradis, dem Steuereinnehmer, hat ihn doch ein böswilliges Gerücht als glücklichen Besitzer wundervoller Zwergrosenstöcke bezeichnet, überrennen sein trautes Heim und sagen unerschrocken: »Guten Tag, Monsieur, wir haben von Ihren schönen Rosen gehört und hätten gern ein paar für den Bankettsaal, Sie wissen ja, und einen schönen Gruß von ...« Der arme Mann stottert etwas in seinen wallenden Bart und führt uns in den Garten, mit einer Baumschere bewaffnet. Frohlockend ziehen wir wieder ab, die Arme mit Blumentöpfen beladen, lachen, plaudern und werfen den Burschen, die an jeder Straßenkreuzung mit der Errichtung von Triumphbogen beschäftigt und äußerst redselig sind, freche Antworten zu. »He, ihr Hübschen! Braucht ihr keine Hilfe? Hoppla! Gleich liegt der Topf am Boden! Achtung, ihr verliert was! So klaubt's doch auf!«

Seit gestern fahren die Burschen bei Tagesanbruch fort, um erst mit sinkender Nacht zurückzukehren, in Karren, die unter Wagenladungen von feuchtem grünem Moos – es riecht nach Wald und Sumpf – und unzähligen Tannen-, Föhren- und Buchsbaumzweigen verschwinden. Noch nie habe ich unsere Bevölkerung in solcher Aufregung gesehen! Für gewöhnlich ist diesen Banditen alles egal, selbst die Politik, und auf einmal, hast du's nicht gesehen, kommen sie aus Wäldern und Hütten hervor, tauchen aus dem Gestrüpp auf, wo sie ihre Zeit hauptsächlich damit verbringen, den Kuhdirnen aufzulauern, und warum, wenn ich fragen darf? Um Herrn Jean Dupuy zu feiern! Da soll sich einer auskennen! Die Bande Louchards, sieben notorische Wild- und Tagediebe, zieht singend vorbei, nahezu unsichtbar unter endlosen Efeugirlanden, die mit dem sachten Geknister schwerer Seide hinter ihnen herschleifen.

Zwischen den einzelnen Straßen ist ein wilder Wettstreit entbrannt: da die Hauptstraße die Errichtung zweier Triumphbogen plant, einen am Anfang, einen am Ende, baut die Rue du Cloître deren drei. Worauf sich die Hauptstraße genötigt sieht, aus kunstvoll zurechtgestutzten Tannenzweigen ein wahres Wunderwerk von mittelalterlichem Schloß aufzuführen, mit zinnenbewehrten Türmchen. Die Rue des Fours-Banaux, durch, ihre Schulnähe dem gartenkünstlerischen Einfluß Mademoiselle Sergents ausgesetzt, schmückt ihre Häuser mit buschigen, wahllos verteilten Zweigen, in ebenso vornehmer wie weiser Beschränkung, legt schmale Bretter von Haus zu Haus und läßt von diesem improvisierten Dach kunstreich verworrenes Efeu herabhängen. Das Ergebnis ist ein köstlicher, dämmrig-grüner Hain, wo auch die lautesten Stimmen wie durch Zauber gedämpft klingen. Man glaubt sich in einem teppichbelegten Raum mit dicken Polstertüren, und die Leute gehen aus purem Vergnügen dort spazieren. Was wunder, daß die Rue du Cloître vollends außer sich gerät und ihre drei Triumphbogen mit stattlichen, blumenbesteckten Moosgirlanden verbindet, um hinter diesem Wäldchen nicht zurückzustehen. Aber der Triumph ist von kurzer Dauer: kaltblütig geht die Hauptstraße daran, den Gehsteig zu entpflastern und einen richtigen kleinen Wald zu pflanzen, zu beiden Seiten der Straße. (Nichts einfacher als das: man entwurzelt eben junge Bäume und setzt sie an anderer Stelle wieder ein.) Noch vierzehn Tage, und der edle Wettstreit artet in Mord und Totschlag aus!

Jedoch der Bau der Bauten, das strahlende, unvergleichliche Juwel, das ist die Schule, unsere Schule! Ist der große Tag erst einmal da, wird man vor lauter Fahnen, Blättern und Blumen keinen Quadratzentimeter Mauerwerk entdecken können. Mademoiselle hat eine ganze Armee mobilisiert: Hilfslehrer, Schüler, große sechzehnjährige Bengel, alles gehorcht auf den leisesten Wink, ohne Widerrede. Auch der Triumphbogen ist erstanden, und die beiden Damen, unterstützt von Anaïs, Luce, Marie und mir, haben auf schwankenden Leitern drei Stunden damit verbracht, in rosa Rosenschrift WILLKOMMEN! zu malen, zur großen Freude der männlichen Dorfjugend, die inzwischen alle Muße hatte, unsere Waden zu begutachten.

Von oben können wir die ganze Schule überblicken. An allen Dächern, Fenstern und Mauervorsprüngen grünt und blüht es ohne Ende: Zweige, Girlanden, hängende Rosen, rot-weiß-blaue Fahnen, meterlange Schlingpflanzen. Es ist, als zittre das Gebäude im leichten Wind, als schaukle es sachte vom Keller bis zum Giebel. Will man es betreten, gilt es, einen raschelnden, blütenbesteckten Efeuvorhang hochzuheben, und der Zauberspuk geht weiter: Rosenketten spannen sich von Wand zu Wand, hängen aus den Fenstern, zeichnen schwankend die Winkel nach. Es ist entzückend.

Der heutige Tag beginnt im Zeichen allgemeiner Niedergeschlagenheit: trotz unserer fieberhaften Tätigkeit, ungeachtet unserer kühnen Raubzüge zu den Gartenbesitzern, fehlt es immer noch an Blumen. Aufgeregte Kinder stecken flüsternd die papillotengespickten Köpfe zusammen. Mademoiselle Sergent überlegt mit gerunzelten Brauen. Schließlich ruft sie aus:

»Blumen müssen her, koste es, was es wolle! Die ganze linke Wand ist leer! Topfpflanzen, das wäre das richtige! Wo ist die fliegende Brigade?«

»Zu Befehl, Mademoiselle!«

Wir springen auf, alle vier (Anaïs, Marie, Luce, Claudine), tauchen aus dem summenden Wirbel, bereit, beim leisesten Wink davonzustürmen.

»Aufgepaßt: ihr geht jetzt zum alten Caillavaut –«

»Oh!!!!«

Warum wir sie nicht ausreden lassen? Das werden Sie sofort verstehen: Papa Caillavaut ist ein alter, verrückter Geizhals, bösartig wie ein Raubtier, unmäßig reich, Besitzer einer von prachtvollen Gärten umgebenen Villa, die außer ihm und seinem Gärtner noch keine Menschenseele betreten hat. Als Wüterich gefürchtet, als Geizkragen verhaßt, genießt er – ein lebendes Geheimnis – gleichzeitig eine Art mythischer Verehrung. Und Mademoiselle Sergent will, daß wir ihn um Blumen bitten! Kommt gar nicht in Frage!

»Nur keine Faxen! Ihr tut ja, als wollte ich euch zur Schlachtbank schicken! Dabei sollt ihr nur mit seinem Gärtner verhandeln. Ihr werdet sein Herz erweichen und den alten Caillavaut nicht einmal zu Gesicht bekommen! Und wenn – was kann euch schon passieren? Schließlich seid ihr nicht gelähmt und könnt davonrennen, wenn's brenzlich wird! Hinaus!«

Begierig, bei dem alten Irren einzudringen, wenn auch

nicht frei von unbestimmter Furcht, schleppe ich meine widerstrebenden Kameradinnen davon und versuche ihnen Mut einzuflößen.

»Vorwärts, Luce, vorwärts, Anaïs! Wir werden Dinge erleben, daß die andern vor Neid zerplatzen! Wer kann sich schon rühmen, beim alten Caillavaut gewesen zu sein?«

Vor dem großen grünen Tor bleiben wir stehen. Der Garten scheint uns entgegenzukommen. Blühende Akazien tasten über die Mauer. Ihr Duft ist betäubend. Keine wagt, die Glocke zu ziehen. Schließlich hänge ich mich an die Kette und läute Sturm. Marie bereitet den Rückzug vor. Luce, zitternd, aber tapfer, versteckt sich hinter mir. Tiefe Stille. Das Tor bleibt geschlossen. Sachte schiebe ich den gut geölten Riegel zurück, und wir zwängen uns durch den Türspalt, eine nach der andern, furchtsam und leise, ohne das Tor zu schließen. Ein kiesbestreuter Hof bietet sich unseren Blicken, groß und wohlgepflegt, ein schönes weißes Haus mit geschlossenen Fensterläden, ein Garten, grün und geheimnisvoll mit seinen dichten, dunklen Baumgruppen. Wir stehen wie die Salzsäulen. Noch immer ist niemand zu sehen, kein Laut zu hören. Rechts von der Villa reiht sich Glashaus an Glashaus. Sicher bergen sie die herrlichsten Pflanzen ...

Eine Steintreppe führt in sachtem Bogen in den Hof hinab. Auf jeder Stufe stehen Blumentöpfe: flammendrote Geranien, Schwertlilien mit gesprenkelten Bäuchlein, Zwergrosen, deren Überfülle an Blüten künstlich herbeigeführt erscheint.

Die offensichtliche Abwesenheit jeglichen Besitzers gibt mir neuen Mut:

»Was soll das heißen? Niemand hier? Sollen wir vielleicht Wurzeln schlagen in Zornröschens Garten?«

»Psst!« macht Marie entsetzt.

»Psst? Im Gegenteil, man muß sich bemerkbar machen!« Und ich rufe, so laut ich kann:

»He, Leute! Monsieur! Gärtner!«

Tiefe Stille. Ich gehe zu einem der Glashäuser, drücke das Gesicht an die Scheiben und suche zu erraten, wie es drinnen wohl aussehen mag: dunkler, smaragdfarbener Dschungel, von flammenden Farbflecken belebt. Das sind wohl exotische Blumen ... Die Türe ist versperrt.

»Gehen wir!« flüstert Luce, die sich nicht sonderlich wohlfühlt.

»Gehen wir!« wiederholt Marie, noch ängstlicher. »Vielleicht steckt der Alte hinter einem Baum!«

Dieser Gedanke scheucht meine Gefährtinnen zum Tor zurück. Ich schreie sie an:

»Seid doch nicht so blöd! Ihr seht doch, daß niemand hier ist! Paßt auf: wir suchen uns jetzt die schönsten Töpfe aus – je zwei bis drei von denen, die auf der Stiege stehen – und nehmen sie einfach mit. Das wird ein Riesenerfolg!«

Meine Kameradinnen rühren sich nicht. Der Gedanke gefällt ihnen zwar sichtlich, aber ihre Angst ist allzu groß. Mit einer raschen Bewegung bemächtige ich mich zweier Töpfe Frauenschuh – die Blumen sind gesprenkelt wie Vogeleier – und gebe durch Zeichen zu verstehen, daß ich erwarte, dieses gute Beispiel befolgt zu sehen. Anaïs faßt sich ein Herz und greift nach zwei doppelten Geranien, Marie tut es ihr nach, Luce desgleichen, und wir treten den Rückzug an, leise und vorsichtig. Nahe dem Tor befällt uns jähe, unsinnige Furcht, wir zwängen uns wie verstörte Schafe durch den engen Spalt und laufen in einem Atem bis zur Schule. Mademoiselle empfängt uns mit Freudengeschrei. Vierstimmig berichten wir unser Abenteuer. Der Frau Direktor verschlägt's die Rede, sie bleibt eine Weile stumm und sagt schließlich unbekümmert: »Ach was, wir werden schon sehen, was passiert! Im Grund betrachten wir die Blumen als geliehen – wenn auch ein wenig gezwungenermaßen.«

Wir haben nie wieder von der Sache gehört, nie wieder! Dafür hat der alte Caillavaut seine Gartenmauer mit Glasscherben und Lanzenspitzen gespickt. Außerdem sind wir durch diesen Diebstahl in der öffentlichen Achtung gestiegen, was nicht wenig heißen will, da sich die Leute von Montigny in Diebereien bestens auskennen. Unsere Blumen prangten in der ersten Reihe. Und was geschah dann? Mein Gott, im Trubel des Ministerbesuchs vergaß man, sie zurückzugeben. Heute zieren sie den Garten Mademoiselles.

Dieser Garten ist übrigens seit geraumer Zeit die einzige Streitfrage zwischen Mademoiselle und ihrer rustikalen Mutter. Letztere, Bäuerin durch und durch, harkt, düngt, jätet und hetzt die Schnecken aus ihren letzten Schlupfwinkeln, vom heißen Wunsch beseelt, den Garten in zahllose Quadratmeter Kraut, Kohl und Erdäpfel zu verwandeln. Sie will die Internen mit einem Mindestaufwand an Kosten verpflegen. Die Tochter hingegen, kultiviert und schönheitsliebend, träumt von Geißblattlauben, bunt blühenden Sträuchern, zwanglos verteilten Baumgruppen, kurzum, sie sehnt sich nach unnützen Pflanzen. Dieser erbitterte Kampf erfüllt uns mit grenzenloser Heiterkeit. Bald läßt die alte Sergent ihre Wut an lockigen Birken und japanischen Ziersträuchern aus, mit kurzen, verächtlichen Schaufelhieben, bald klappern Mademoiselles Stöckel über Schnittlauch- und Sauerampferbeete, wütend und rücksichtslos. Gerechtigkeitshalber sei vermerkt, daß Madame Sergent ihre Tätigkeit strikte auf Küche und Gemüsegarten beschränkt, niemals in Erscheinung tritt, sich bei Meinungsverschiedenheiten der Stimme enthält und unbeirrbar ihre gestreifte Haube trägt.

Wie schön, wie reizvoll ist es doch, in diesen letzten Stunden, die uns noch von der Ankunft Seiner Exzellenz trennen, zur Schule und wieder heimzugehen, durch die unkenntlichen, in Wald- und Parkwege verwandelten Straßen. Das Tannenreisig verströmt seinen starken, würzigen Geruch, und es ist, als hätte sich Montignys Waldgürtel enger um das Städtchen geschlossen, als seien die Bäume gekommen, es unter ihrem duftenden Grün zu begraben. Man hätte für diese kleine Stadt keinen passenderen, keinen anmutigeren Schmuck erträumen können. Daß er »adäquat« sei, will ich nicht sagen. Das Wort ist mir verhaßt.

Zu denken, daß unzählige Fahnen, Lampions und farbige Lampen diese grünen Wege morgen entstellen und veralltäglichen werden! Schade!

Uns, den Schülerinnen, begegnet man äußerst ungezwungen, und oft rufen uns Mädchen und Burschen herbei, wenn wir vorübergehen:

»He, ihr Hübschen, helft uns beim Rosenbinden, damit ihr nicht aus der Übung kommt!«

Wir folgen gern dieser Aufforderung, helfen, klettern auf die Leitern und meine Kameradinnen lassen sich die Taille, in seltenen Fällen sogar die Waden kitzeln. Mein Gott, was tut man nicht alles für einen Minister! Der Ordnung halber muß ich sagen, daß sich mit der Tochter des »Schneckenmanns« noch niemand derartige Freiheiten gestattet hat, obwohl diese Scherze bei den hiesigen Burschen völlig harmlos, im nächsten Augenblick vergessen und nicht einmal beleidigend sind! Kein Wunder, daß die Mädchen auf diesen Ton verständnisvoll eingehen. Anaïs gestattet sämtliche Freiheiten einschließlich derer, die niemand beansprucht, und läßt sich von Féfed die Leiter hinuntertragen. Touchart, genannt »die Null«, steckt kratzendes Tannenreisig unter ihre Röcke und Anaïs quiekt wie eine gefangene Maus, mit halbgeschlossenen Augen, weder willens noch fähig, die Widerstrebende zu spielen.

Um unsere morgige Frische nicht unnütz aufs Spiel zu setzen, gönnt uns Mademoiselle eine kurze Ruhepause. Im übrigen weiß ich bei bestem Willen nicht, was wir noch tun könnten. Alles ist fix und fertig, die ganze Stadt prangt in Blumenschmuck, und im Keller harren unzählige Schnittblumen des großen Augenblicks, um in letzter Minute gestreut zu werden, über-, überall. Auch unsere Bukette sind heute früh eingetroffen, in einer großen Sperrgutkiste. Wir durften sie nicht einmal auspacken. Mademoiselle Sergent hat lediglich ein Brett aufstemmen lassen, die Seidenpapierhülle der patriotischen Sträuße ein wenig zur Seite gezupft, die Watte gelockert, aus der uns frischer, feuchter Moosgeruch entgegenschlug, und schon wurde die ganze Herrlichkeit von der rustikalen Mutter in den Keller befördert. Die Kiste enthält ein grobkörniges, mir unbekanntes Salz, das die Blüten am Welken hindert.

Voll zarter Fürsorge für ihre wichtigen Untertanen befiehlt uns die Frau Direktor – Anaïs, Marie, Luce und mir – in den Garten zu gehen, um unter den Haselsträuchern zu ruhen. Wir sinken auf die schattige Bank, untätig, gedankenlos. Der Garten dröhnt vom Gesumme unzähliger Insekten. Plötzlich fährt Marie Belhomme in die Höhe und beginnt eine der dicken Papilloten aufzuwickeln, die seit drei Tagen von ihrem Kopf baumeln.

»Was machst du?«

»Blöde Frage! Nachschauen, ob's wird, klarerweise!«

»Und wenn's nicht wird?«

»Gott, dann dreh' ich sie eben heute abend noch einmal ein, vor dem Schlafengehen. Aber siehst du, es lockt sich! Besser könnte es gar nicht sein!«

Luce folgt ihrem Beispiel, stößt einen kleinen Schrei der Enttäuschung aus und sagt ärgerlich:

»Als ob ich nichts getan hätte! Die Spitzen ringeln sich zwar, aber oben sind die Haare ganz glatt! Ich hätte sie gar nicht eindrehen müssen!«

Tatsächlich sind ihre Haare so seidig und weich, daß sie sich jedem Zugriff entziehen, alle Bänder abgleiten lassen und sich ordnen, wie es ihnen gerade einfällt.

»Geschieht dir ganz recht«, sage ich, »durch Schaden wird man klug! Du würdest wohl lieber wie eine Klobürste aussehen, wie?«

Aber Luce ist untröstlich, und da mich das Geschwätz ermüdet, verliere ich mich tiefer in den Garten, gehe bis zu den großen Kastanienbäumen und strecke mich in ihrem Schatten aus, auf der harten, sandigen Erde. Diese Hitze, diese Müdigkeit ... in meinem Kopf verwirren sich die Gedanken.

Mein weißes Kleid liegt bereit. Es steht mir gut. Ich werde hübsch sein morgen früh, hübscher als Marie. Ich weiß wohl, daß da nicht viel dazugehört, aber es freut mich trotzdem ... Adieu, liebe alte Schule, ich werde dich bald verlassen ... Papa schickt mich nach Paris, zu einer reichen kinderlosen Tante, ich werde die »gute Gesellschaft« kennenlernen und tausendfach vor den Kopf stoßen ... Wie werde ich ohne meine Wälder leben können, mit diesem unstillbaren Durst nach grünen Wiesen und reiner Luft? Der Gedanke, daß ich nie mehr hierher zurückkommen soll, erscheint mir unsinnig. Wie! Keine Frau Direktor mehr, keine goldäugige Aimée, keine einfältige Marie, keine gemeine Anaïs, keine Luce, versessen auf Prügel und Zärtlichkeit? Wie schmerzlich werde ich euch alle vermissen! Und da ich nun einmal an all das denke, kann ich mir gleich noch etwas eingestehen: Luce mißfällt mir durchaus nicht, ganz im

Gegenteil, sie gefällt mir sogar besser, als ich zugeben will. Was hilft's, daß ich mir ihren Mangel an wahrer Schönheit vor Augen führe, ihr instinktives, katzenhaftes Liebesbedürfnis, die Falschheit ihres Blicks – ich kann nicht leugnen, daß sich kindliche Schwäche, Naivität und eine noch unbewußte Lasterhaftigkeit in ihr zu einem Zauber von starkem, eigenartigem Reiz vereinen. Dazu die zarte weiße Haut, die feinen Hände, die runden, wohlgeformten Arme, die winzigen Füße ... Aber nie, nie wird sie es erfahren. Arme kleine Luce! Sie muß die Suppe auslöffeln, die ihre Schwester mir eingebrockt hat. Warum mußte Mademoiselle Sergent mir auch Aimée entreißen, mit brutaler Gewalt. Nein, ehe ich etwas sage, beiße ich mir die Zunge ab.

Im Schatten der Haselsträucher ist die Unterhaltung in vollem Gang. Ich trete näher, bereit, bei der ersten besten Gelegenheit Gift und Galle zu verspritzen, und höre, wie die lange Anaïs der kleinen Luce ihr morgiges Prunkgewand beschreibt:

»Es ist aus cremefarbenem Wollstoff, mit lachsrosa Bändern und Schinkenärmeln ...«

»Der Schinken, heißt es allgemein, ist vornehmlich dürren, mageren Leuten zu empfehlen, nicht wahr, Anaïs? Eine ausgezeichnete Mastkur, ich kann dir nur beipflichten! Creme, Lachs und Schinken – das ist kein Kleid, sondern eine Speisekammer!«

»Mademoiselle Claudine, wenn Sie lediglich hergekommen sind, um Ihren Geist leuchten zu lassen, können Sie zu Ihrem Sandhaufen getrost zurückgehen! Wir werden auf Sie zu verzichten wissen!«

»Nicht so hitzig! Erzähl uns lieber, wie der Rock aussehen wird! Mit welchen Gemüsen gedenkst du ihn zu putzen? Petersilfransen rundherum?«

Luce lacht aus voller Kehle, Anaïs geht, in würdevolles Schweigen gehüllt. Die Sonne sinkt. Auch wir erheben uns. Plötzlich – wir schließen gerade das Gartentor – ertönt perlendes Lachen, kommt näher, und Mademoiselle Aimée läuft vorüber, so rasch sie ihre Beine tragen, kichernd und erhitzt, vom erstaunlichen Rabastens verfolgt, der sie mit Bignonienblüten bombardiert. Schau, schau! In freudiger Erwartung des Herrn Ministers wird also nicht nur die Straße, sondern auch die Schule zum Schauplatz der anmutigsten Freiheiten! Aber schon ist Mademoiselle Sergent zur Stelle, erbleicht vor Eifersucht, runzelt drohend die Brauen und ruft: »Mademoiselle Lanthenay, ich habe Sie bereits zweimal gefragt, ob Sie Ihre Schülerinnen für morgen halb acht Uhr früh herbestellt haben!«

Die Kleine, entzückt, mit einem Mann zu schäkern und ihre Freundin zu reizen, tut, als hätte sie nicht gehört, läuft lachend weiter, und die roten Blumen verfangen sich in ihrem Haar und gleiten in ihren Halsausschnitt. Sicher gibt es heute abend Krach! Um fünf Uhr – wir sind in alle Winkel verstreut – haben die Lehrerinnen die größte Mühe, uns zusammenzufangen. Schließlich hält es die Frau Direktor für das klügste, die Glocke zu läuten, die sonst die Internen zum Essen ruft. Ein wilder Galopp, von Anaïs, Marie, Luce und mir im blumengeschmückten Bankettsaal getanzt – selbst vom Plafond baumeln Rosen! –, findet ein jähes Ende.

»Mesdemoiselles«, beginnt die Frau Direktor mit ihrer feierlichsten Stimme, »Sie begeben sich unverzüglich nach Hause und gehen früh zu Bett. Morgen haben Sie pünktlich um halb acht Uhr hier zu erscheinen, frisiert und angezogen, kurzum fix und fertig. Claudine, Anaïs und Marie, daß ihr mir die Bukette nicht vergeßt! Das übrige ... werdet ihr morgen erfahren. Und jetzt fort mit euch! Und Achtung auf die Blumen, wenn ihr durch die Türen geht! Bis morgen früh will ich von euch nichts hören!« Dann fügt sie hinzu:

»Mademoiselle Claudine, können Sie die Begrüßungsansprache?«

»Im Schlaf, Mademoiselle! Anaïs hat mich heute dreimal abgehört!«

Ein zaghaftes Stimmchen wird laut:

»Aber ... die Preisverteilung?«

»Was Preisverteilung!« erwidert Mademoiselle Sergent ärgerlich. »Die machen wir dann, wann wir dazukommen. Wahrscheinlich werde ich euch die Bücher überhaupt hier geben, ohne öffentliche Verteilung, mit Rücksicht auf die Schuleinweihung.«

»Aber ... die Chöre? Die ›Hymne an die Natur‹?«

»Die werdet ihr morgen dem Minister vorsingen. Und jetzt verschwindet!«

Diese Ansprache hat nicht wenige kleine Mädchen, die der Preisverteilung wie einem einzigartigen Fest entgegenfieberten, schmerzlich ernüchtert. Unzufrieden und verärgert entfernen sie sich durch die bekränzten Laubengänge.

Für morgen früh ist noch eine letzte Verschönerung vorgesehen: im ersten Morgenlicht werden die Burschen den Weg der hohen Herren mit Gras, Laub, Blumen und Rosenblättern bestreuen. Wenn das dem Herrn Minister nicht genügt, dann ist ihm nicht zu helfen, dann soll er sich nach Hause scheren.

Am nächsten Morgen stürze ich nach dem Erwachen zum Spiegel: wenn ich über Nacht einen Ausschlag bekommen hätte? Aber nein, die Sorge erweist sich als überflüssig. Beruhigt schreite ich an meine Toilette. Erst sechs Uhr! Ich habe alle Muße, an mir herumzuarbeiten. Die Trockenheit der Luft bekommt meinen Haaren gut: sie gehorchen jedem

Bürstenstrich und legen sich, wie ich will. Der Spiegel zeigt mir ein schmales, zu bleiches, zu spitzes Gesicht. Aber Mund und Augen sind nicht übel, das müssen Sie mir glauben! Das Kleid raschelt leise. Der Rock, aus ungestärktem Musselin, schwankt beim Gehen sachte hin und her und streicht liebkosend über die spitzen Schuhe. Jetzt die Blütenkrone. Ah! Wie gut sie mir steht! Guten Morgen, kleine Ophelia, woher hast du die seltsamen, schwarz umränderten Augen? Früher, als ich noch klein war, sagte man mir, daß ich »erwachsene Augen« hätte. Später bezeichnete man sie kurzerhand als »unanständig«. Nein, man kann nicht alle Welt zufriedenstellen und sich selbst obendrein! Da denke ich schon lieber in erster Linie an mich ...

Zu dumm, daß ich mich mit diesem dicken, geschmacklosen Bukett beladen muß. Es wird mich entstellen. Ach was! Schließlich darf ich es Seiner Exzellenz anhängen ...

Weiß in Weiß wandle ich zur Schule, durch grüne, duftende Straßen, und die blütenstreuenden Burschen schreien der »kleinen Braut« grobe, greuliche Komplimente nach. Sie huscht vorüber, wild und scheu.

Ich komme zu früh. Dennoch finde ich bereits ein gutes Dutzend kleiner Mädchen versammelt, Bauernkinder, die gewohnt sind, um vier Uhr aus den Federn zu kriechen. Rührend und lächerlich mit ihren riesenhaften Köpfen – die bocksteifen Korkenzieherlocken zeigen stachelgleich nach allen Richtungen –, bleiben sie aufrecht stehen, linkisch und ungelenk, um ihre allzu fest gestärkten Musselinkleidchen nicht zu verdrücken, die sich in harten Falten um sie bauschen, von himbeer- und indigofarbenen Gürteln zusammengehalten. Die gebräunten Gesichter wirken fast schwarz in all dieser grellen Weiße. Meine Ankunft entlockt den Kleinen ein bewunderndes »Oh!«, aber schon verfallen sie wieder in Schweigen, eingeschüchtert von ihrer eigenen Festtagstracht und feierlichen Frisur, und ihre in weiße Zwirnhandschuhe gezwängten Hände zupfen nervös an dem schönen Taschentuch, das die fürsorgliche Mutter mit »Riechwasser« beträufelt hat.

Die beiden Damen lassen auf sich warten, aber im ersten Stock trappeln kleine Füße.

Weiße Wolken segeln herein, rosa-, grün-, rot- und blaubebändert. Die Mädchen halten ihren Einzug, zum Großteil schweigend, da hinlänglich damit beschäftigt, einander zu messen, zu vergleichen und verächtlich die Lippen zu schürzen. Man glaubt sich in die Zeit der Barbaren zurückversetzt. All dieses wehende weizengelbe Haar, gelockt, gewellt, in Zöpfen und Flechten – sehen die Mädchen nicht aus wie kleine Gallierinnen?

Getrampel auf der Treppe: die Internen kommen herunter – feindselige, selbstgenügsame Herde –, in ihren Erstkommunikantenkleidern, von Luce gefolgt. Leicht wie eine Angorakatze steigt sie die Treppe herab, reizend mit ihren weichen gefügigen Locken und dem zarten Rosenteint. Bedarf auch sie, wie ihre Schwester, nur einer glücklichen Liebe, um vollends zu erblühen?

»Wie schön du bist, Claudine! Und deine Krone ist ganz, ganz anders! Bist du nicht glücklich, so hübsch zu sein?«

»Du sprichst ja, als ob du selber eine Vogelscheuche wärst! Dabei muß ich dir sagen, Kätzchen, daß du entzückend aussiehst mit deinen grünen Bändern, lustig und begehrenswert! Du bist ein seltsames kleines Geschöpf! Wo steckt deine Schwester samt ihrer Mademoiselle?«

»Sie ist noch nicht fertig. Aimées Kleid schließt unter dem Ärmel, und Mademoiselle hakt es ihr zu.«

»Ja, das kann allerdings eine Weile dauern.«

Von oben tönt die Stimme der älteren Schwester:

»Luce, komm die Transparente holen!«

Im Schulhof wimmelt es jetzt von großen und kleinen Mädchen, und in dem hellen Sonnenlicht ist es beinahe schmerzhaft, das viele Weiß zu sehen. (Noch dazu ist es ein Weiß in zahlreichen Schattierungen, die einander gegenseitig erschlagen.)

Da ist Liline, mit meergrünen Augen, goldblonder Haarflut und unergründlichem Gioconda-Lächeln, da ist »Maltide«, eine hochaufgeschossene Kleine, deren ährengelbe Flechten bis zu den Hüften reichen, da sind die Vignale-Kinder, fünf Orgelpfeifen von acht bis vierzehn Jahren, mit wehenden Mähnen, die aussehen, als seien sie hennagefärbt – Jeannette, ein kleines, schalkäugiges Ding, tritt fast auf ihre dunkelblonden, goldschweren Zöpfe – und viele, viele andere, und all diese blonden Köpfe flimmern im grellen Sonnenlicht.

Marie Belhomme trifft ein. In ihrem weißen blaubebänderten Kleid sieht sie appetitlich aus, und die Kornblumenkrone steht ihrem Gesichtchen gut an. Aber diese Hände! Unter den weißen Manschetten scheinen sie doppelt so groß wie gewöhnlich!

Auch Anaïs erscheint, endlich! Mit einem Seufzer des Behagens nehme ich ihre unvorteilhafte Frisur zur Kenntnis. Der purpurrote Mohnblumenkranz (er sitzt viel zu tief in der Stirne) gibt ihr das Aussehen einer Toten. Mit rührendem Einverständnis laufen Luce und ich auf sie zu und stimmen ein Duett der zärtlichsten Komplimente an:

»Meine Liebe, nein, wie reizend! Wirklich, meine Liebe, Rot steht dir ganz bezaubernd, du siehst entzückend aus!«

Anaïs, anfangs mißtrauisch, bläht sich vor Freude, und die wandelnde Trikolore schreitet in die Klasse, wo ihr von den nunmehr vollzählig versammelten Kindern ein triumphaler Empfang bereitet wird.

Andächtige Stille: die beiden Damen kommen die Treppe herab, langsam und vorsichtig, Stufe um Stufe, von einigen Internen gefolgt, die leichte, an goldenen Lanzen befestigte Fähnchen tragen. Aimée, das muß ich wohl oder übel zugeben, würde man am liebsten mit Haut und Haaren verschlingen, so reizend kleiden sie ihr glänzendes weißes Mohairkleid (man denke nur, ein Rock ohne Naht!) und das Reisstrohhütchen mit dem weißen Schleier. Kleines Biest – nichts für ungut!

Mademoiselle, in das besagte schwarze, mit malvenfarbenen Blüten bestickte Kleid gehüllt, vermag den zärtlichen Blick nicht von ihrer Untergebenen zu wenden. Schönheit ist ihr versagt, der roten Hexe. Aber das Kleid sitzt wie ein Handschuh und unter dem brennroten, mit einem äußerst geschmackvollen schwarzen Hut bedeckten Haar blitzen die dunklen Augen hervor, groß und zwingend.

»Wo ist die Fahne?«

Die Fahne nähert sich, brav, bescheiden und stolzgebläht.

»Nicht schlecht! Gar nicht schlecht – sehr gut sogar! Kommen Sie näher, Claudine! Ich wußte ja, daß Sie es verstehen würden, sich herzurichten! Und jetzt verführen Sie mir diesen Minister, verstanden?«

Sie inspiziert ihr weißes Bataillon, streicht hier eine Locke aus der Stirn, knüpft da ein Band fester, knöpft das Kleid der kleinen Luce zu – die kopflose Kleine hatte es halb offen gelassen, drängt eine fürwitzige Haarnadel in Aimées kunstvollen Knoten zurück und ergreift mit einem letzten, prüfenden Blick ihres schrecklichen Auges den Pack Transparente, etwa zwanzig Tafeln, die mit den verschiedensten Inschriften geziert sind: »Für Freiheit und Vaterland!«, »Es lebe die Republik!«, »Ein Hoch dem Minister!« usw. usw. Mademoiselle Sergent verteilt die Schilder an Luce, die beiden Jaubert und andere Auserwählte, die den Holzschaft hochhalten wie eine Kerze, während sich ihre Wangen vor freudigem Stolz rot färben und die gewöhnlichen, transparentlosen Sterblichen vor Wut platzen.

Unsere Bukette werden mit rot-blau-weißen Bändern umwunden, dann zieht man sie aus ihrem Wattebett, vorsichtig, als handle es sich um kostbaren Schmuck. Dutertre hat seinen Geheimfonds nicht geschont, ich erhalte einen Strauß weißer, Anaïs einen Bund roter Kamelien. Die großen samtigen Kornblumensterne – unverzeihlicherweise hat es die Natur verabsäumt, in Voraussicht hoher Besuche blaue Kamelien hervorzubringen – werden Marie anvertraut. Die Kleinen drängen näher heran, um besser sehen zu können, und das erste Gezänk wird laut.

»Ruhe!« befiehlt Mademoiselle. »Glaubt ihr vielleicht, daß ich Zeit habe, den Gendarmen zu spielen? Wo ist die Fahne? Hierher! Marie links, Anaïs rechts, Claudine in der Mitte. Und jetzt vorwärts, marsch, und etwas plötzlich, wenn ich bitten darf! Das fehlte noch, daß wir vielleicht den Zug versäumen! Die Bannerträgerinnen in Viererreihen, die größten zuerst ...«

Ihre Worte verlieren sich. Wir steigen bereits die Treppe hinunter, von Luce und den Größten dicht gefolgt. Ihre Fähnchen knattern fröhlich im Wind über unseren Köpfen. Schon durchschreiten wir den Triumphbogen, die stampfende Schafherde hinter uns drein. WILLKOMMEN!

Vor dem Schultor harrt eine vielköpfige Menge, aufgeregt, festestrunken, im besten Sonntagsstaat, bereit, bei der ersten besten Gelegenheit »Hoch, was auch immer!« zu schreien. Unser Erscheinen löst ein begeistertes »Ah!« aus, wahrhaftig, man glaubt sich bei einem Feuerwerk! Stolz wie die Pfaue ziehen wir unseres Wegs, über die frischbestreuten Straßen, deren grüner Festtagsteppich auch nicht das kleinste Staubwölkchen aufkommen läßt, mit züchtig gesenktem Blick, die Blumensträuße in den Händen. Wir schwimmen in Seligkeit und haben Mühe, vor Eitelkeit nicht zu platzen. Erst nach einer guten Weile tauschen wir die ersten Seitenblicke, das erste verzückte Lächeln.

»Ah, das tut gut!« seufzt Marie, in die Betrachtung der grünen Hecken versunken. Genießerisch schreiten wir zwischen einem Spalier bewundernder Zuschauer dahin. Die spärlichen Sonnenstrahlen, die durch das Blätterdach dringen, verwandeln das Tageslicht in lauschiges Helldunkel.

»Das glaub' ich! Als ob das Fest nur für uns wäre!«

Anaïs spricht kein Wort. Ihre Würde nimmt sie voll und ganz in Anspruch. Außerdem ist sie aufmerksam damit beschäftigt, aus der Menge, die vor uns auseinanderweicht, die Burschen herauszufinden, die sie kennt und zu blenden beabsichtigt. Zwar ist sie nicht gerade schön in ihrem weißen Kleid – nein, schön ist sie wirklich nicht! –, aber ihre schmalen Augen funkeln dennoch vor Selbstbewußtsein!

»Halt!« heißt es auf dem Marktplatz. Wir müssen die Ankunft der Knabenschule abwarten, eine düstere Herde zügelloser Jungen, die kaum zu bändigen sind, Fahnen in den großen tolpatschigen Händen halten und uns heute ganz besonders verachtungswürdig vorkommen. In ihrem Sonntagsstaat wirken diese dunkelhäutigen Jungen aber auch allzu linkisch.

Während der kurzen Ruhepause drehen wir uns um, alle drei, unserer Wichtigkeit uneingedenk. Luce und ihre Waffenschwestern stützen sich kriegerisch auf die Schäfte ihrer Fähnchen. Aimées Schwester leuchtet förmlich vor Eitelkeit und steht kerzengerade. Hält sich Fanchette nicht ebenso, wenn sie einem Kater gefallen will? Vor Freude lacht die Kleine unaufhörlich, ganz leise, es ist kaum zu glauben! Und so weit das Auge reicht, unter grünen Girlanden und knatternden Fahnen, wartet das Heer der Gallierinnen, mit bauschigen Kleidern und wehendem Haar.

»Vorwärts!«

Wir gehen weiter, leichtfüßig wie die Vögelchen, biegen in die Rue du Cloître ein und durchschreiten das grüne Tor der kunstvoll zurechtgestutzten mittelalterlichen Eibenburg. Die Sonne brennt unbarmherzig hernieder. Darum gebietet man uns Einhalt in einem kleinen Akazienwäldchen nahe der Stadt, wo wir die ministerielle Wagenkolonne erwarten sollen. Kurze Erholungspause.

»Sitzt mein Kranz gut?« fragt Anaïs.

»Ja ... überzeug dich selbst.«

Ich habe die gute Idee gehabt, ein Spiegelchen einzustecken, ziehe es aus der Tasche, und wir überprüfen unseren Kopfputz. Die Menge ist uns bis hierher gefolgt, hat den allzu engen, heckengesäumten Weg brutal erweitert und trampelt die Felder nieder, ohne ans Grummet zu denken. Meine lieben Landsleute, ihrer Sinne kaum mehr mächtig, schwenken Blumen, Fahnen und Flaschen. (So wahr mir Gott helfe! Eben sehe ich, wie einer stehenbleibt, den Kopf zurückwirft und einen guten Liter hinabstürzt!)

Die Damen der Gesellschaft sind am Stadtrand zurückgeblieben, im Gras oder auf Faltstühlen, mit aufgespanntem Sonnenschirm. Das ist feiner. Es schickt sich nicht, allzu heftige Neugier zu bekunden.

Die Menge läuft zum Bahnhof, von dessen rotem Dach die Trikolore weht, und der Lärm verebbt. Die schwarze Mademoiselle Sergent und ihre weiße Aimée sind schon erschöpft: es ist keine Kleinigkeit, ständig neben uns einherzulaufen und uns in Reih und Glied zu halten! Sie ziehen die Röcke empor (nur keine Grasflecken!) und setzen sich vorsichtig auf die Böschung. Wir warten stehend und schweigen, und ich wiederhole im stillen zum xtenmal die kurze, einfältige Ansprache (aus der Feder Antonins), die ich in wenigen Minuten deklamieren soll:

»Euer Exzellenz!

Die Kinder der Schulen von Montigny, geziert mit den Blumen ihrer Heimaterde ...« (Als ob man hier jemals Kamelienfelder gesehen hätte!) »... nähern sich dankerfüllt, um ...«

Bumm! Ein Böllerschuß läßt unsere Lehrerinnen aufspringen. Wir vernehmen das Geschrei der Menge, erst gedämpft, dann lauter und lauter, von übermütigen Rufen, lärmenden Schritten und Pferdegetrappel untermischt ... In höchster Spannung beobachten wir die Straßenbiegung ... Viktoria, die Vorhut erscheint: brüllende Bengel, staubbedeckt und Zweige schwenkend, von einem Menschenstrom gefolgt. Dann kommen zwei geschlossene, im Sonnenlicht blinkende Wagen, dann drei Landauer, aus denen hütebewehrte Arme herauswinken ... Wir sind ganz Auge. Plötzlich verlangsamt die Kavalkade das Tempo, und ehe wir Zeit haben, recht zu begreifen, was eigentlich vorgeht, kommt sie zum Stillstand, und keine zehn Schritte von uns entfernt öffnet sich der Schlag des ersten Wagens.

Ein junger Mann in schwarzem Anzug steigt aus und bietet dem Herrn Landwirtschaftsminister seinen Arm. Keine zwei Kreuzer an Würde, die Exzellenz, sosehr sie sich auch bemüht, uns zu beeindrucken! Ja, ich finde ihn sogar ein wenig lächerlich, diesen durchtrieben aussehenden Herrn mit dem wohlgenährten Bäuchlein, der seine Durchschnittsstirn, seine harten Augen und seinen kurzen rötlichen Bart mit einem großen Taschentuch trocknet, denn er schwitzt in Strömen, der Arme! Aber es wundert mich nicht. Schließlich ist er nicht in weißen Musselin gekleidet, und das schwarze Tuch bei dieser Hitze ...

Befremdende Stille. Aber schon nach wenigen Augenblicken rufen die Kühnsten:

»Hoch der Minister! Hoch die Landwirtschaft! Hoch die Republik!« Monsieur Jean Dupuy dankt mit knapper, jedoch durchaus genügender Geste. Ein dicker, silberbestickter Herr mit einem Zweispitz, die Hand am Perlmuttergriff eines kleinen Degens, tritt an des Herrlichen linke, ein alter, weißbärtiger General, gebeugt, aber groß, an dessen rechte Seite. Das imposante Trio setzt sich in Bewegung, gefolgt von einem Schwanz schwarzer, mit roten Bändchen, Schnüren und Rosetten gezierter Fräcke. Zwischen Schultern und Köpfen erscheint einen Augenblick das triumphierende Kanaillengesicht Dutertres, von der Menge bejubelt. Ist er nicht der Freund des Ministers, der zukünftige Abgeordnete?

Ich suche den Blick Mademoiselles, frage mit Kinn und Brauen: »Ist jetzt der Augenblick, den kleinen Speech vom Stapel zu lassen?« Sie deutet »ja«, ich zerre meine Helfershelferinnen voran, dem Minister entgegen. Plötzlich wird es seltsam still. Du meine Güte! Wie werde ich es fertigbringen, vor so vielen Menschen zu sprechen! Wenn mir das gemeine Lampenfieber nur nicht die Stimme abwürgt!

Zuallererst versinken wir zu dritt in einen tiefen, wohlstudierten Knicks, daß unsere Kleider leise pfeifen. Dann beginne ich zu sprechen, mit derartigem Ohrensausen, daß ich meine eigene Stimme nicht höre.

»Euer Exzellenz!

Die Kinder der Schulen von Montigny, geziert mit den Blumen ihrer Heimaterde, nähern sich dankerfüllt, um ...«

Gott sei Dank, meine Stimme festigt sich, und ich rezitiere Rabastens' Prosa ebenso ungerührt, als deklamierte ich in der Literaturstunde »Das Gewand« von Eugène Manuel. Eben garantiert Rabastens in unserem Namen für unser »unerschütterliches Festhalten an den republikanischen Institutionen«, aber das offizielle Trio ist nicht bei der Sache. Der Minister stirbt vor Durst, und die beiden anderen hohen Herren tauschen flüsternd ihre fachmännischen Meinungen aus:

»Woher kommt dieses kleine Bild, Herr Präfekt?«

»Weiß nicht, Herr General. Sie ist zum Anbeißen!«

»Wenn das Mädel von hier ist, laß ich mich ...«

»... diesen Strauß heimischer Blüten!« beende ich meine Rede und halte Seiner Exzellenz das Bukett unter die Nase.

Anaïs, verkrampft wie stets, wenn sie vornehm sein möchte, reicht das ihre dem Präfekten, und Marie Belhomme, krebsrot vor Aufregung, gibt ihre Kornblumen dem General.

Der Minister murmelt eine Erwiderung, aus der ich die Worte »Republik«, »heilige Pflicht der Regierung« und »Vertrauen in die Kindesliebe« herauszuhören vermag. (Er geht mir auf die Nerven!) Dann bleibt er unbeweglich stehen, ich desgleichen, und alles harrt der Dinge, die da kommen sollen. Plötzlich neigt sich Dutertre zu ihm und flüstert ins ministerielle Ohr: »Sie müssen ihr einen Kuß geben!«

Was bleibt dem Minister übrig? Er küßt mich, aber äußerst ungeschickt, sein stacheliger Bart kratzt meine Wange, das Blasorchester der Kreisstadt entfesselt die Marseillaise, unsere Mitschülerinnen weichen auseinander, und unter ohrenbetäubendem Krawall marschieren wir in die Stadt zurück, von den Bannerträgerinnen gefolgt. Als Vorhut des majestätischen Zuges durchschreiten wir von neuem die mittelalterliche Burg, betreten die grünen, laubüberdachten Straßen, scheinbar taub für das begeisterte Gebrüll der

Menge. Kerzengerade und blumenbekränzt ziehen wir unseres Wegs, nicht minder bejubelt als der Minister. Oh, wenn ich nur die geringste Phantasie hätte! Dann wären wir jetzt drei Königstöchter, die mit ihrem Vater ihren Einzug hielten in eine ihrer zahlreichen »festen Städte«. Die weißgekleideten Mädchen wären unsere Ehrendamen und wir schritten zum Turnierplatz, wo die kühnsten Ritter ... Hoffentlich haben die Unglücksraben nicht zuviel Öl in die Lampen gegossen! Wo man hinschaut, sitzen kleine Jungen auf den Masten, brüllend und schaukelnd. Mehr brauchen wir nicht, in unseren weißen Kleidern, als daß uns das Öl auf die Köpfe tropft! Wir sprechen kein Wort. Erstens haben wir einander nichts zu sagen, und zweitens sind wir hinlänglich damit beschäftigt, uns gerade zu halten, den Bauch einzuziehen und die Brust herauszustrecken, zwecks gebührender Beeindruckung der Herren aus Paris, und den Kopf in die Windrichtung zu neigen, des anmutigen Haargeflatters wegen ...

Im Schulhof angelangt, stauen sich die Massen. Die Leute kommen von allen Seiten, branden gegen die Mauern und klettern kurzerhand hinauf. Mit den Fingerspitzen schieben wir unsere Mitschülerinnen fort, die nur zu gern bereit sind, uns einzukesseln und der allgemeinen Aufmerksamkeit zu entziehen. Spitze Bemerkungen werden ausgetauscht. »So paß doch auf!« – »Tu dir nichts an, du Zuckerpüppchen! Du hast dich heute wohl noch nicht genügend bemerkbar gemacht, wie?« Die lange Anaïs beantwortet die Sticheleien mit hoheitsvollem Schweigen. Marie Belhomme ist den Tränen nahe, und ich halte mich nur mit äußerster Mühe zurück, meinen Schuh auszuziehen, um damit die gemeinere der beiden Jaubert – sie hat mich hinterrücks angerempelt – einer wirksamen Gesichtsbehandlung zu unterziehen.

Der Minister samt General, Präfekt und einem ganzen Schwanz von Räten, Sekretären oder was auch immer (ich bin in diesen Kreisen nicht heimisch) hat die Estrade erklommen und läßt sich in dem aufdringlich vergoldeten Sessel nieder, den der Bürgermeister eigens zu diesem Anlaß aus seinem Salon herbeigeschleppt hat. Welch magerer Trost für den armen gichtigen Mann! Man denke: an diesem unvergeßlichen Tag ist er ans Bett gefesselt! Monsieur Jean Dupuy schwitzt und trocknet seine Stirn. Wie gern hätte er alles überstanden! Aber wozu ist man schließlich Minister? Hinter ihm lassen sich die Stadträte nieder, ferner die Gemeinderatsmitglieder von Montigny, in zierlichen Halbkreisen ... Diese vielen schwitzenden Leute! Ich möchte wissen, wie's dort oben riecht ... Und wir? Was soll das heißen? Dahin, unser Ruhm? Man läßt uns hier unten versauern, ohne daß es jemandem einfiele, uns wenigstens einen Sessel anzubieten? Nein, das ist zu stark!

»Vorwärts, kommt, wir gehen uns niedersetzen!«

Mit unsäglicher Mühe bahnen wir uns den Weg bis zur Estrade, wir, die Trikolore, und alle Bannerträgerinnen. Dort rufe ich erhobenen Haupts halblaut Dutertre, der sich gerade mit dem Herrn Präfekten unterhält, am äußersten Ende des Podiums, lässig an den Stuhl gelehnt, auf dem der hohe Herr thront. »Monsieur! Hallo! Monsieur! Monsieur Dutertre! He, Doktor!« Der letzte Anruf findet Gehör. Er dreht sich um, beugt sich lächelnd zu mir – die Wolfszähne blinken – und sagt: »Servus! Was willst du? Mein Herz? Bitte sehr!«

Dacht' ich's doch: er ist besoffen!

»Nein, Monsieur! Sessel für mich und meine Kameradinnen wären mir weitaus lieber. Ich finde es empörend, daß man uns hier stehen läßt, mitten unter dem gemeinen Volk.«

»Du hast recht, das schreit nach Sühne! Kommt alle herauf und setzt euch auf die Stufen! Wenn sich die Leute schon unsere Reden anhören müssen, sollen sie wenigstens was zu schauen haben! Kommt nur, es ist Platz genug für alle!«

Das lassen wir uns nicht zweimal sagen. Anaïs, Marie und ich erklettern das Podium als erste, dann kommen Luce, die Jauberts und die übrigen Bannerträgerinnen, deren Lanzen sich als äußerst hinderlich erweisen, überall hängenbleiben und sich hoffnungslos verheddern. Die Angst, sich lächerlich zu machen, verwandelt die Mädchen in kleine Furien, und sie reißen wütend an den Stäben, mit fest zusammengebissenen Zähnen und niedergeschlagenen Augen. Endlich nimmt sich ein Mann mitleidig ihrer an –, sammelt freundlich die Fähnchen ein und trägt sie fort. Es ist der Mesner. Kein Wunder: die vielen weißen Kleider, die Blumen, die Banner, all das hat den wackeren Mann in die irre Annahme versetzt, einem etwas weltlicheren Fronleichnamsfest beizuwohnen, so daß er uns nach Schluß der Zeremonie, langer Gewohnheit getreu, unsere Kerzen, will sagen Fahnen, abnimmt. Von hohem Thron betrachten wir nun die Menge zu unseren Füßen, und die Schulen, denen der Blumenschmuck so reizend ansteht. Alles Kasernenmäßige ist unter Blüten und Laub verschwunden, und der bunte fröhliche Putz zittert im warmen Sommerwind. Unten drängt sich das niedrige Volk: unsere Mitschülerinnen müssen stehen. Sie verschlingen uns mit neidischen Blicken, tuscheln, geben einander Rippenstöße und trachten, möglichst gute Miene zum bösen Spiel zu machen. Wir verachten sie.

Sesselrücken und Gehuste auf der Estrade. Wer ist der Redner? Wir wenden den Kopf und sehen Dutertre, stehend inmitten der Honoratioren, geschmeidig und sprungbereit.

Gleich wird er zu sprechen beginnen, ohne Konzept, mit leeren Händen. Es wird still. Plötzlich, wie in der Kirche, möchte ein kleines Kind heimgehen und beginnt zu plärren, und wie in der Kirche lacht die Gemeinde.

»Euer Exzellenz!«

Dutertre spricht keine drei Minuten. Seine ebenso brutale wie geschickte Rede strotzt von grobschlächtigen Komplimenten und verschleierten Gemeinheiten (von denen ich wahrscheinlich nur ein Viertel begriffen habe), ist ein Giftpfeil gegen den Abgeordneten und versichert die übrige Menschheit seiner unverbrüchlichen Liebe und Teilnahme. Ehre, wem Ehre gebührt. Seinem glorreichen Minister und teuren Freund (wahrscheinlich sind sie zusammen in schmutzige Geschichten verwickelt), seinen lieben Mitbürgern, der Schulleiterin, »deren hervorragende Fähigkeiten von den Erfolgen ihrer Schülerinnen so überzeugend bewiesen werden konnten – ich verweise nur auf die Anzahl der heuer abgelegten Reifeprüfungen, meine Herren! –, daß mir jedes Lobeswort überflüssig erscheint« (Mademoiselle Sergent, die unten Platz genommen hat, senkt unter ihrem Schleier bescheiden das Haupt), ja, sogar uns, diesen »blumengeschmückten Blumen, dieser fraulichen Fahne, patriotisch und reizvoll ...«

Dieser unerwartete Schlag raubt Marie die Besinnung und sie führt die Hand an die Augen. Anaïs erneuert ihre ebenso anstrengenden wie vergeblichen Versuche, zu erröten, und ich kann mich nicht daran hindern, mit dem ganzen Oberkörper eine anmutige Wellenbewegung auszuführen. Die Menge lächelt zu uns herauf und Luce zwinkert mir zu ...

»... für Frankreich und die Republik!«

Begeisterter, anhaltender Beifall. Das Klatschen und Geschrei dauert seine guten fünf Minuten, so laut, daß meine Ohren dröhnen. Während sich die Leute langsam beruhigen, fragt die lange Anaïs:

»Hast du Monmond bemerkt, meine Liebe?«

»Wo denn? Ach ja, dort drüben. Na, und?«

»Er schaut die ganze Zeit zur Joublin hinüber.«

»Und davon bekommst du Hühneraugen?«

»Keine Spur! Ich wundere mich nur über seinen Geschmack! Schau nur! Jetzt hilft er ihr die Bank hinauf und stützt sie noch dazu! Wetten, daß er jetzt sicher nachfühlt, ob sie feste Waden hat?«

»Wahrscheinlich! Diese arme Jeannette, sie wird ja immer verwirrter! Ob wohl der Minister an dieser Aufregung schuld ist? Schau nur, sie ist knallrot im Gesicht und jetzt erschauert sie sogar ...«

»Alte, hast du schon gesehen, wem Rabastens den Hof macht?«

»Nein.«

»Schau hin, du wirst's gleich merken!«

Tatsächlich, der schöne Hilfslehrer blickt starr in ein und dieselbe Richtung, und der Gegenstand dieser hartnäckigen Aufmerksamkeit ist ... Claire, meine unverbesserliche Claire, in hellblauem Chiffonkleid. Ihre schönen, ein wenig melancholischen Augen sind milde auf den unwiderstehlichen Antonin gerichtet. Schöne Bescherung! Meine Kommunionsschwester hat's wieder einmal erwischt! Bald werde ich der Schilderung romantischer Zusammenkünfte, himmelstürmender Freuden und abgrundtiefer Verzweiflung lauschen dürfen ... Gott, bin ich hungrig!

»Hast du noch keinen Hunger, Marie?«

»Doch! Ein bißchen.«

»Ich bin tot! Wie gefällt dir das neue Kleid der Modistin?«

»Überhaupt nicht! Ich finde es geschmacklos und schreiend. Sie bildet sich wahrscheinlich ein, je besser man's sieht, desto eleganter ist es! Die Bürgermeisterin hat ihres aus Paris kommen lassen, was sagst du!«

»Eine unglückliche Idee! Sie schaut aus wie ein angezogener Schoßhund! Und die Uhrmacherin hat schon wieder dieselbe Bluse an wie vor zwei Jahren!«

»Na, und? Recht hat sie! Sie spart für die Aussteuer ihrer Tochter.«

Der kleine Jean Dupuy stellt sich in Positur und hält die Gegenrede, mit harter, trockener Stimme. Wie ernst er sich nimmt! Es ist erheiternd. Zum Glück zeichnet sich seine Ansprache durch Kürze aus. Die Leute applaudieren, wir auch, aus Leibeskräften. Lustig sind die vielen schwankenden Köpfe zu unseren Füßen, die vielen klatschenden Hände, die schwarzen, weit aufgerissenen Münder ... und diese goldene, festliche Sonne. Wenn's nur nicht gar so heiß wäre!

Neuerliches Sesselrücken auf der Estrade. Die Herren erheben sich. Man bedeutet uns, aufzustehen. Der Minister wird zum Bankett geführt. Gehen wir mittagessen!

Wir haben Mühe, den Schulhof zu verlassen. Die Menge drängt in die verschiedensten Richtungen, und erst auf dem Platz draußen lichtet sich das Getümmel. Die kleinen weißen Mädchen gehen nach Hause, von stolzgeschwellten Müttern begleitet. Auch wir drei trennen uns.

»Hast du dich gut unterhalten?« frage ich Anaïs.

»Klar! Alles hat geklappt, wirklich prima, findest du nicht auch?«

»Ich weiß nicht ... ich finde ... mit einem Wort, ich dachte, es würde lustiger sein ... im Grund war es eine lahme Angelegenheit!«

»Das sieht dir wieder ähnlich! Ich weiß schon, was dir gefehlt hat! Du hättest wohl gern eine Arie gesungen, wie, ganz allein auf der Estrade! Dann wäre dir das Fest gleich doppelt so lustig vorgekommen!«

»Sprich nur weiter! Man weiß ja, wieviel deine Komplimente wert sind!«

»Ich«, gesteht Marie, »habe mich noch nie so gut unterhalten wie heute! Oh! Wenn ich daran denke, was er über uns gesagt hat ... ich habe nicht mehr gewußt, wo ich hinschauen soll! Um wieviel Uhr müssen wir zurück sein?«

»Punkt zwei. Das heißt, halb drei. Früher ist das Bankett bestimmt nicht aus. Auf Wiedersehen, bis nachher!«

Zu Hause empfängt mich Papa mit der interessierten Frage:

»Na? Hat Méline gut gesprochen?«

»Méline? Aber, Papa! Warum nicht gleich Sully? Der jetzige Minister heißt Jean Dupuy!«

»Ja, ja.«

Aber er findet seine Tochter hübsch und betrachtet sie mit Vergnügen.

Nach dem Mittagessen richte ich mich wieder auf Hochglanz her, stelle die geknickten Margeriten meiner Krone auf, schüttle den Staub aus meinem Musselinrock, bezwinge ein übermächtiges Schlafbedürfnis und warte geduldig zwei Stunden lang. Gott, wird es heiß sein in der Schule! Nein, Fanchette, meinen Rock darfst du nicht anrühren, der ist aus Musselin! Und Fliegen fang' ich dir heute auch keine! Siehst du denn nicht, daß ich den Minister empfange?

Wieder hinaus! Auf den Straßen herrscht bereits reges Leben. Alles strömt zur Schule. Viele Blicke bleiben an mir hängen, was mir durchaus nicht mißfällt.

Meine Kameradinnen sind fast vollzählig versammelt. Rote Gesichter, verdrückte, plattgesessene Musselinröcke. Die Morgenfrische ist dahin. Luce rekelt sich und gähnt. Sie hat ihr Essen hinuntergeschlungen, leidet unter der Hitze, ist schläfrig und spürt, »wie ihr an den Fingern Krallen wachsen«. Nur Anaïs ist unverändert, bleich, kalt, unbewegt.

Endlich kommen die beiden Damen herunter. Mademoiselle Sergent, purpurroten Gesichts, schilt Aimée, die ihren Rocksaum mit Himbeersaft bekleckert hat. Das Herzblatt schmollt, dreht sich um, zuckt die Achseln und ignoriert den zärtlich bittenden Blick ihrer Freundin. Luce beobachtet die Szene, wütend und mokant.

Wie immer, entlädt Mademoiselle Sergent das Gewitter ihres Privatärgers über unsere unschuldigen Häupter und schnaubt:

»Wie lange soll ich noch warten, bis ihr angetreten seid? Es fehlen noch ein paar? Tut mir leid. Wir gehen. Ich habe nicht die geringste Lust, eine Stunde hier herumzustehen wie ein ... – vorwärts, los, macht weiter!«

Schon recht! Auf der riesigen Estrade angelangt, verbringen wir die nächste halbe Stunde damit, von einem Fuß auf den anderen zu treten. Anscheinend ist der Minister mit seinem Mokka noch nicht fertig. Zu unseren Füßen drängt sich die Menge. Unzählige schweißglänzende Gesichter – die Leute haben offenbar ein reichliches Festmahl hinter sich – sind uns lachend zugewandt. Die Damen der guten Gesellschaft haben Faltsessel mitgebracht. Der Wirt aus der Rue du Cloître stellt Bänke auf und vermietet sie zu zwei Sous pro Sitzplatz. Burschen und Mädel sind dankbare Kunden, setzen sich nieder, drängen und stoßen einander. All diese gut gelaunten, wenig feinen und leicht angesäuselten Leute warten mit Engelsgeduld auf den Minister und erzählen über zehn Meter Entfernung die gepfeffertsten Witze, unter dröhnendem Gelächter. Ab und zu kämpft sich ein kleines weißes Mädchen bis zur Estrade durch, klettert hinauf und wird von Mademoiselle Sergent, der dieses dauernde Zuspätkommen auf die Nerven fällt, ungnädigst in die letzte Reihe verbannt. Die Frau Direktor schäumt vor Wut – nein, das kokette Schleierchen vermag diese Tatsache nicht zu verbergen – um so mehr, da sie mitansehen muß, wie ihre kleine Aimée zu Nutz und Frommen einiger junger Männer, die per Rad aus Villeneuve gekommen sind, sämtliche Verführungskünste spielen läßt, einschließlich Wimperngeklappers und schmachtender Blicke aus ihren schönen Goldaugen.

Mit einem lauten! »Ah!« wendet sich die Menge dem Bankettsaal zu. Die Türflügel schwingen auseinander, und der Minister erscheint, noch röter, noch schweißglänzender als heute früh, von den schwarzen Fräcken gefolgt. Die Leute weichen zwar auseinander, doch die erste Scheu ist verflogen und man lächelt ihm bereits zu wie einem alten Bekannten. Bliebe er noch drei Tage hier, würde ihn der Feldhüter auf den Bauch schlagen und um einen Tabakladen für seine Schwiegertochter bitten, die arme Haut, die drei Kinder hat und keinen Mann.

Mademoiselle Sergent drängt uns auf der rechten Estradenhälfte zusammen, denn Minister und Konsorten werden auf der linken Seite Platz nehmen, um unserem Gesang bequemer lauschen zu können. Dutertre, dunkel wie Juchtenleder, lacht und spricht viel zu lärmend, besoffen – wer hätte ihm das zugetraut! –, und Mademoiselle Sergent stellt uns für den Fall falschen Singens die fürchterlichsten Strafen in Aussicht. Also los, preisen wir die Natur:

»Schon rötet sich der Himmel wieder
auf des Allmächtigen Geheiß!
Auf, auf! Bewegt die schlaffen Glieder!
Die Arbeit fordert uns'ren Schweiß!«

Wirklich anspruchsvoll, die Arbeit! Ich hätte gedacht, daß ihr der Schweiß des Ministers nachgerade genügen müßte.

Die Stimmchen zerflattern im Freien. Ich habe meine liebe Not, »zweite« und »dritte« gleichzeitig zu überwachen. Monsieur Jean Dupuy, schlaftrunken und vollgegessen, hört mit halbem Ohr zu, läßt seinen Kopf mehr oder weniger rhythmisch mitwackeln und denkt wahrscheinlich an die Abbildungen des *Petit Parisien*.

Herzlicher Beifall läßt ihn auffahren. Er erhebt sich, kommt näher und beglückwünscht Mademoiselle Sergent linkisch zu der Leistung ihres Schulchors. Die Frau Direktor stellt sofort alle Stacheln auf, schaut beharrlich zu Boden und wird völlig unzugänglich. Seltsames Geschöpf!

Die Zöglinge der Knabenschule kommen heraufgetrampelt, usurpieren die Estrade und blöken den einfältigen Gesang:

»Sursum Corda! Sursum Corda!
Hoch das Herz! Diese Devise
sei des Kühnen Feldgeschrei!
Jeder Zwerg, er wird ein Riese,
wenn die Zeit des Zwists vorbei!
Eintracht, Eintracht heißt die Eosung,
kalte Selbstsucht sei verbannt!
Des besiegten Feinds Erbosung
meistert uns're starke Hand ... usw. usw.

Nicht genug damit, produziert sich noch »Harmonia«, das Blasorchester der Kreisstadt. O Gott, o Gott! Wenn ich einen stillen Winkel finden könnte ... Aber werden wir überhaupt beachtet? Nein. Also mache ich mich stillschweigend davon, gehe nach Hause, ziehe mich aus, lege mich nieder und stehe erst zum Nachtmahl wieder auf. Desto frischer bin ich dann beim Ball! Gegen neun Uhr stehe ich vor dem Haustor und atme in vollen Zügen die frische Atemkühle, die sich endlich herniedersenkt. Dort oben beim Triumphbogen reifen die Lampions wie große bunte Früchte. Ich warte auf Marie und Anaïs, fix und fertig angezogen, einen weißen Umhang über dem Arm, den Fächer in der behandschuhten Hand. Leichte Schritte, vertraute Stimmen – da sind sie schon. Ich protestiere:

»Ihr seid wohl verrückt geworden! Um halb zehn auf einen Ball zu gehen! Wir werden gerade zum Lampenanzünden zurechtkommen! Wollt ihr euch lächerlich machen?«

»Meine Liebe, Mademoiselle hat gesagt: ›Der Ball beginnt um halb acht! In dieser Gegend sind die Leute nun einmal so. Kaum haben sie sich den Mund abgewischt, stürzen sie auch schon zum Tanz. Man kann sie nicht warten lassen.‹ Das sind ihre eigenen Worte.«

»Ein Grund mehr, die Hiesigen nicht nachzuahmen! Falls die schwarzen Fräcke überhaupt tanzen, kommen sie erst um elf wie in Paris, und dann sind wir schon müde und abgekämpft! Kommt mit mir in den Garten, das ist viel gescheiter!«

Widerwillig folgen sie mir auf die dunklen Wege, wo meine Katze Fanchette, weißgekleidet wie wir, den Nachtschmetterlingen nachspringt, mit brüsken, spaßigen Sätzen, behende und toll. Sie mißtraut den fremden Stimmen, erklimmt eine hohe Tanne und läßt ihre Augen wie zwei kleine grüne Laternen auf uns herniederleuchten. Ich weiß, Fanchette, du verachtest mich ein wenig: erst die Reifeprüfung, dann die Eröffnung der Schulen – ich bin fast nie daheim, versorge dich nicht mehr mit Fliegen, diesen fetten schwarzen Leckerbissen, die ich so oft für dich fing, (ich spieße sie auf eine Hutnadel; Fanchette knabbert sie zierlich ab und hustet hie und da, wenn ihr ein hinderliches Flügelchen im Hals steckenbleibt), füttere dich kaum noch mit Bitterschokolade oder Schmetterlingskörpern, deiner Lieblingsspeise. Und manchmal, ich weiß, vergesse ich sogar dir dein Zimmerchen zwischen zwei Lexikonbänden herzurichten ... Geduld, Fanchette, Geduld! Bald werde ich Zeit haben, dich nach Herzenslust zu streicheln, zu quälen und durch den großen Reifen springen zu lassen, denn bald – ich wage kaum, es auszusprechen – wird meine Schulzeit zu Ende sein.

Anaïs und Marie halten es kaum mehr aus und lassen höchstens ein zerstreutes »Ja« oder »Nein« hören. Sie sitzen auf glühenden Kohlen. Also bitte, gehen wir, da es sie so sehr danach gelüstet!

»Aber ihr werdet sehen: die beiden Damen sind sicher noch oben!«

»Oh, die brauchen nur über die kleine Wendeltreppe zu gehen und sind schon mitten im Ballsaal! Sicher werfen sie von Zeit zu Zeit einen Blick hinunter und warten den richtigen Augenblick ab, um ihren Einzug zu halten!«

»Das sag' ich ja! Wir werden uns schön lächerlich machen, wenn wir schon jetzt anrücken! Ich kann mir lebhaft vorstellen, wer alles dort sein wird: drei Katzen und ein Kalb!«

»Gott, bist du lästig, Claudine! Aber weißt du was? Falls wirklich noch niemand da sein sollte, gehen wir einfach die kleine Stiege hinauf und holen die Internen ab. Dann brauchen wir erst wieder herunterzukommen, wenn die Tänzer eingetroffen sind.«

»Das ist was anderes!«

Zu denken, daß ich fürchtete, der Ball würde noch allzu spärlich besucht sein! Dabei ist der große Saal bereits mehr als zur Hälfte gefüllt! Die Paare walzen zu den Klängen eines in aller Eile zusammengestoppelten Orchesters, das auf blumenbekränzter Estrade thront, am äußersten Ende des Saales. Ich bemerke Trouillard und andere Geigenkratzer, hiesige Hörner und Posaunen, dazwischen die betreßten Mitglieder des wackeren Vereins »Harmonia«, deren Geblase, Geschere und Getrommle sich zwar nicht durch Ensemblewirkung, dafür aber durch um so größeren Schwung auszeichnet.

Mühsam arbeiten wir uns durch die Menge, die gaffend die weitgeöffnete Eingangstüre verstellt. (An Organen, die etwa mit der Aufrechterhaltung der Ordnung betraut wären, hat in Montigny immer schon betrüblicher Mangel geherrscht.) Hier ist der strategische Punkt für den Austausch abfälliger Bemerkungen über die Toilette der jungen Mädchen sowie für mißgünstiges Gezischel, deren häufiges Davonrauschen mit dem nämlichen Partner betreffend.

»Was sagst du, meine Liebe! Wie man seine Haut so zur Schau stellen kann! So eine schamlose Person!«

»Ja, und wenn sie wenigstens noch Haut zeigen würde! Aber das sind ja Knochen, nichts als Knochen!«

»Zum viertenmal tanzt sie jetzt mit Monmond, zum viertenmal! Wenn ich ihre Mutter wäre, ich würd's ihr schon zeigen, dieser jungen Dame! Marsch ins Bett mit dir, ja, das würd' ich ihr sagen!«

»Die Herren Pariser tanzen aber auch ganz anders als wir!«

»Meiner Seel! Sie rühren sich kaum vom Fleck! Die haben wohl Angst, sich was zu brechen! Da lob' ich mir unsere Burschen, die scheuen keine Mühe!«

Ich kann ihr nur beipflichten. Dabei unterläßt es Monmond, dieser Tanzbodenkönig, heute in Anbetracht der Herren aus Paris, enorme Fußtriller zu schlagen. Monmond, Notarsgehilfe mit schwarzlockigem Mädchenantlitz, ist der schönste, begehrteste Tänzer weit und breit. Wer kann ihm widerstehen?

Unser Einzug fällt ein wenig furchtsam aus. Wir durchqueren gemessen den Saal, steuern auf ein Bänkchen zu und nehmen Platz, drei brave, sittsame Mädchen.

Ich dacht' es wohl, ich wußt' es ja, daß mir mein Kleid gut steht, daß Kranz und offenes Haar mich ganz und gar nicht entstellen: aber jetzt habe ich den Beweis: man tauscht verstohlene Blicke, und die Gesichter der jungen Mädchen, die sich zwischen zwei Tänzen Kühlung zufächeln, werden plötzlich zu Eis. Nun fühle ich mich erst richtig wohl und mustere meine Umgebung, furchtlos und selbstzufrieden.

Die Anzahl der schwarzen Fräcke ist auf beängstigende Weise zusammengeschmolzen, haben sich doch die hohen Herren mit dem Sechs-Uhr-Zug empfohlen, Adieu, Minister, General und Präfekt, adieu, dienstfertiges Gefolge! Außer einer Handvoll junger Männer, unbedeutender Sekretäre wahrscheinlich, ist niemand übriggeblieben. Sie sind übrigens nicht unsympathisch, stehen in einem Winkel beisammen und scheinen sich über diesen Ball, dessengleichen sie wahrscheinlich noch nie erlebten, königlich zu unterhalten. Und die übrigen Tänzer? Burschen aus Montigny und Umgebung, zwei oder drei in schlecht geschnittenem Frack, die anderen im gewöhnlichen Anzug. Welch armseliges Aufgebot für diesen »offiziellen Galaabend«!

Als Tänzerinnen nur junge Mädchen. In unserer primitiven Gegend ist der Ehefrau das Tanzen verwehrt. Sie haben sich in Unkosten gestürzt, diese jungen Damen, und die hellblauen Tüll- und rosa Musselinkleider lassen die wetterharten Gesichter dieser kleinen Bäuerinnen nahezu schwarz erscheinen. Wohin man schaut, straffes, unvorteilhaft frisiertes Haar, weiße Zwirnhandschuhe und allzu zaghafte Dekolletés, im Gegensatz zu den Behauptungen der Türsteherinnen. Kaum nähert sich der Ausschnitt festen, runden Gegenden, hält er auch schon erschreckt inne.

Das Orchester bedeutet den Paaren, die Tanzfläche zu betreten. Der Saal gerät in Bewegung, Kleider streifen unsere Knie, und zwischen zwei fliegenden Röcken sehe ich meine Kommunionsschwester Claire vorübergleiten, schmachtenden Blicks und auffallend hübsch, im Arm des schönen Hilfslehrers Antonin Rabastens, der ekstatisch walzt, eine weiße Nelke im Knopfloch.

Die beiden Damen lassen auf sich warten. (Ich überwache aufmerksam die unauffällige Tapetentür der kleinen Stiege, die zu ihren Gemächern hinaufführt.) Plötzlich verneigt sich ein Herr vor mir, einer der »schwarzen Fräcke«. Ich folge ihm willig. Er ist zwei Köpfe größer als ich, nicht unsympathisch, gut gebaut, tanzt gut, ohne mich an sich zu drücken, und blickt belustigt auf mich nieder ...

Oh, ich bin dumm und unvernünftig! Kann ich mich nicht dem Tanz hingeben, ausschließlich und rückhaltlos, kann ich mich nicht mit der Seelenfreude begnügen, früher als Anaïs, die meinen Tänzer neidisch mustert, zum Tanz aufgefordert worden zu sein? Statt dessen empfinde ich nur Kummer, eine vielleicht dumme, aber so schneidende Traurigkeit, daß ich nur mit größter Mühe die Tränen zurückhalten kann ... Warum? Weil ... nein, ich kann nicht die Wahrheit sagen, nicht die ganze, zumindest ... ich kann sie nur andeuten ... Mich schmerzt die Seele, weil ich, die ich nicht gern tanze, so gern mit jemandem tanzen würde, dem meine ganze Liebe gälte, weil ich diesen Jemand an meiner Seite haben möchte, um ihm endlich, endlich all das sagen zu können, was ich nur Fanchette oder meinem Polster anvertraue (und nicht einmal meinem Tagebuch), weil dieser Jemand mir entsetzlich fehlt, weil dieser Gedanke mich quält und demütigt, weil ich mich nur jemand überantworten will, den ich kennen und lieben werde – Träume, mit einem Wort, leere, unerfüllbare Träume.

Mein langer Partner stellt die klassische Frage:

»Tanzen Sie gern, Mademoiselle?«

»Nein, Monsieur.«

»Hm – warum tanzen Sie dann?«

»Weil ich noch lieber das tue als gar nichts.«

Kurze Stille. Dann sagt er:

»Darf man konstatieren, daß Ihnen Ihre beiden Kameradinnen als ausgezeichnete Folien dienen?«

»Gewiß, man darf. Obzwar Marie recht herzig ist.«

»Wie sagten Sie?«

»Ich sage, daß das Mädchen in Blau nicht häßlich ist.«

»Ich ... ich bin kein Bewunderer dieser Schönheitsgenres ... Gestatten Sie mir, Sie bereits jetzt für den nächsten Walzer aufzufordern?«

»Bitte.«

»Sie haben keine Ballkarte?«

»Nein, aber das macht nichts. Ich kenne alle Leute hier und werde bestimmt nicht vergessen.«

Er führt mich an meinen Platz zurück. Kaum dreht er den Rücken, als mich Anaïs beglückwünscht, mit einem ihrer allergiftigsten: »Meine Liebe!«

»Ja, er ist wirklich nett, nicht wahr? Und wenn du erst hören würdest, wie reizend er plaudert!«

»Oh, man weiß ja, daß dir das Glück heute nachläuft! Mich hat für den nächsten Tanz Féfed aufgefordert.«

»Und mich«, strahlt Marie, »Monmond!« Dann fügt sie aufgeregt hinzu: »Schaut nur, da kommt Mademoiselle!«

Tatsächlich, da kommen Mesdemoiselles! Hintereinander treten sie aus der Tapetentüre. Die kleine Aimée, in einer weißen duftigen Abendbluse, die ihre zarten Schultern und die feinen, wohlgeformten Arme freigibt, hat weiße und gelbe Rosen ins Haar gesteckt. Sie erhöhen noch den Glanz der Goldaugen, die dieses Hilfsmittels wahrlich nicht bedurften! Aber auch Mademoiselle Sergent kann sich sehen lassen: sie trägt ein schwarzes, paillettenglitzerndes Kleid, dessen knapper Ausschnitt einen Blick auf das feste bernsteinfarbene Fleisch gestattet. Ihr Haar, locker aufgekämmt, wirft seinen Feuerschein über das stiefmütterlich begabte Gesicht und spiegelt sich in den sprühenden Augen. Den Lehrerinnen folgt der Gänsemarsch der Internen, in weißen, hochgeschlossenen Kleidern. Luce läuft auf mich zu und berichtet stolz, daß sie sich dekolletiert hat (»ich habe einfach den Kragen umgebogen«), ungeachtet des Protests ihrer Schwester. Bravo! Fast im gleichen Augenblick erscheint Dutertre in der Eingangstüre, erhitzt und aufgeregt. Er spricht schon wieder zu laut.

Der gleichzeitige Auftritt von Schulleiterin und zukünftigem Deputiertem ist nicht unbemerkt geblieben. Die Leute klatschen schon seit langem über Dutertre und sein Protektionskind. Auch jetzt haben sie sich nicht umsonst gefreut: der Distriktskandidat steuert geradewegs auf Mademoiselle Sergent zu, begrüßt sie und zieht sie kühn in den Strudel einer eben beginnenden Polka. Sie spricht kein Wort und tanzt anmutig – ja, tatsächlich! – mit hochroten Wangen und halbgeschlossenen Augen. Die Aufmerksamkeit wendet sich nun wieder anderen Dingen zu.

Kaum hat Dutertre die Frau Direktor auf ihren Platz zurückgeführt, kommt er zu mir, höchst schmeichelhafte Aufmerksamkeit, die gebührend zur Kenntnis genommen wird. Er zerrt mich durch eine heftige Mazurka, dreht sich zu oft, drückt mich zu eng an sich und spricht zu nahe an meinem Gesicht.

»Du siehst aus wie ein kleiner Engel!«

»Vor allem, Doktor – warum duzen Sie mich? Dazu bin ich mit der Zeit wirklich schon zu groß!«

»Nein, genieren werde ich mich! Sieh einer die große Dame an! Oh, diese Locken und dieser Kranz! Ich würde ihn dir so gerne abnehmen!«

»Ich schwöre Ihnen, Doktor, daß dazu ein anderer kommen muß!«

»Sei still, oder ich küsse dich vor allen Leuten.«

»Das würde niemanden wundern. Sie haben schon so viel auf dem Kerbholz ...«

»Das stimmt. Aber warum kommst du nie zu mir? Aus Furcht? Das kannst du mir nicht weismachen! Dazu sind deine Augen viel zu lasterhaft! Aber wart nur, ich krieg' dich schon noch einmal ... Lach nicht, oder ich werde noch ernstlich böse!«

Ich zucke die Achseln. »Spielen Sie nicht den wilden Mann, Doktor! Ich glaube kein Wort von dem, was Sie sagen!«

Er fletscht die Zähne, und ich denke im stillen: »Schon

recht, sprich nur ruhig weiter! Im Winter bin ich in Paris, und dort wirst du mir kaum begegnen!«

Nach mir kommt die kleine Aimée an die Reihe, während ich von Monmond, in elegantem Alpakajackett, zum Tanz aufgefordert werde. Ich lasse mich nicht bitten. Sofern sie Handschuhe tragen, tanze ich sehr gern mit den hiesigen Burschen, vorausgesetzt, daß ich sie kenne. Auf ihre Art sind sie sehr nett zu mir. Dann tanze ich wieder mit meinem langen schwarzen Frack und benütze die nächste Quadrille, um etwas auszuruhen. Erstens will ich nicht krebsrot werden und zweitens habe ich für diesen lächerlichen Tanz nichts übrig. Claire gesellt sich zu mir, sanft und sehnsüchtig, von einer süßen Schwermut befallen, die ich an ihr gar nicht kenne. Sie steht ihr reizend.

»Na? Der schöne Hilfslehrer macht dir wohl eifrig den Hof! Alle Leute sprechen schon davon!«

»Oh? Glaubst du wirklich? Was können sie denn schon sagen? Es ist doch gar nichts ...«

»Aber geh! Du wirst doch vor mir keine Heimlichkeiten haben?«

»Gott, nein! Aber es ist die reine Wahrheit! Es ist wirklich nichts! Wir sind einander zweimal begegnet. Heute ist es das dritte Mal. Er spricht sehr ... interessant. Und jetzt hat er mich gefragt, ob ich hin und wieder am Waldrand spazierengehe.«

»Man weiß, was das zu bedeuten hat! Was hast du geantwortet?«

Sie lächelt schweigend, zögernd und naschhaft. Kein Zweifel, sie wird »am Waldrand spazierengehen«. Seltsame Geschöpfe, diese kleinen Mädchen! Claire zum Beispiel, hübsch und sanft, sentimental und gehorsam, wird nun seit ihrem vierzehnten Lebensjahr von ihren Verehrern andauernd sitzengelassen. Sie versteht's eben nicht besser. (Dabei weiß ich genau, daß ich es auch nicht besser verstünde, trotz meiner neunmalklugen Überlegungen ...)

Das viele Drehen und vor allem die Betrachtung der walzenden Paare verursachen mir ein leichtes Schwindelgefühl. Fast alle schwarzen Fräcke sind verschwunden. Dutertre fegt wie ein Wirbelwind durch den Saal, tanzt mit allem, was da hübsch oder auch nur jung ist, reißt seine Tänzerinnen mit sich fort, walkt, knetet und beklopft sie und läßt sie fassungslos, aber überaus geschmeichelt zurück. Ab Mitternacht wird das Fest von Minute zu Minute zwangloser. Die Fremden sind fort, und die Dorfjugend, gewöhnt, einander beim Sonntagstanz in der Trouillardschen Kneipe zu begegnen, ist unter sich, fröhlich und ausgelassen. Um wieviel besser tanzt sich's doch in dem großen, blumengeschmückten Saal, um wieviel heller strahlt der Luster als die drei armseligen Petroleumlampen bei Trouillard! Die Burschen sind von der Anwesenheit des Herrn Dr. Dutertre nicht eingeschüchtert, ganz im Gegenteil. Schon gibt Monmond seinen Füßen die langentbehrte Freiheit wieder: sie gleiten nicht mehr gesittet über das Parkett, sondern wirbeln plötzlich durch die Luft, beschreiben die verrücktesten Sprünge und machen den »großen Spagat«. Unglaublich, dieser Monmond! Die Mädchen bewundern ihn und kichern in ihre zierlichen, mit billigem Kölnischwasser getränkten Taschentücher. »Meine Liebe! Ist er nicht einmalig. Es gibt keinen, der's mit ihm aufnehmen kann!«

Plötzlich rast dieser Irre durch den Saal, brutal wie ein Orkan, seine Partnerin im Arm, als sei sie ein Paket. Er hat um einen »Kübel Weißwein« gewettet, zahlbar an der Schank im Hof, daß er in sechs Galoppsprüngen von einem Ende des Saals zum anderen gelangen würde, der Länge nach, bitte sehr! Er hat gewonnen, wird umdrängt und beglückwünscht. Seine Tänzerin jedoch, Fifine Baille, ein kleiner Schmierfink, der auf Bestellung Milch zur Stadt bringt, sowie alles, was man nur will, verläßt ihn wutentbrannt und überschüttet ihn mit einer Flut von Schimpfworten:

»Gemeiner Kerl! Ein Wunder, daß mein Kleid nicht draufgegangen ist! Lad mich noch einmal ein, dann kannst du was erleben!«

Das Publikum biegt sich vor Lachen, und die Burschen benützen die Volksversammlung, um alles, was sie in Reichweite finden, zu kitzeln, zu zwicken oder zu streicheln. Die lange Anaïs hat endlich einen verspäteten schwarzen Frack erobert, promeniert mit ihm auf und ab, fächelt sich Kühlung zu und lacht gurrend, entzückt über die wachsende Erregung der Burschen und die zusehends lockerer werdenden Sitten. Wenigstens einer, der sie auf den Hals küssen wird – oder sonstwohin!

Wo ist Dutertre hingekommen? Mademoiselle Sergent hat ihre kleine Aimée in eine Ecke gedrängt und macht ihr eine Eifersuchtsszene. Diese Frau ist erstaunlich! Der schöne Distriktskandidat braucht ihr nur den Rücken zu kehren, und schon wird sie wieder zur zärtlichen Despotin. Aimée trotzt, zuckt die Achseln und schaut durch die Frau Direktor hindurch. Luce tanzt mit Hingabe (»Ich versäum' keinen einzigen!«). Die Burschen finden sie zwar nicht hübsch, kommen aber immer wieder, so zart, leicht und gefügig ruht sie in ihrem Arm. Es ist, als tanzten sie mit einer Schneeflocke.

Mademoiselle Sergent ist verschwunden. Vielleicht kann sie nicht länger mit ansehen, wie ihre Herzallerliebste, aller Rügen und Beschwörungen uneingedenk, mit einem langen blonden Lümmel vorüberwalzt und mit keiner Wimper zuckt, wenn er ihre Wangen öfter als einmal mit Schnurrbart und Lippen streift. Es ist ein Uhr. Ich unterhalte mich kaum mehr und beschließe, nach Hause zu gehen. Das Volk »promeniert«. (Bei uns tanzt man die Polka nicht in einem, sondern schaltet eine Pause ein, während derer die Paare Arm in Arm durch den Saal promenieren, hübsch der Reihe nach.) Ich halte Luce auf, die gerade an mir vorbeistolzieren will, und überrede sie, einen Augenblick Platz zu nehmen.

»Hast du noch nicht genug?«

»Genug? Ich könnte noch eine Woche weitertanzen! Es ist, als ob ich keine Beine hätte!«

»Du unterhältst dich also gut?«

Sie zuckt die Achseln.

»Ich weiß nicht. Ich denke an gar nichts, ich habe einen schweren Kopf, und alles ist wunderbar! Weißt du, wenn sie mich ganz fest an sich drücken, und wir tanzen dann einen Walzer, ganz schnell, dann könnt' ich schreien vor Glück!«

Was ist das? Getrampel, klatschende Hiebe – sie klingen wie Ohrfeigen –, eine wimmernde Frauenstimme, wüste Beschimpfungen ... was soll das heißen? Prügeln sich die Leute? Alle Wetter, nein, der Lärm kommt von oben! Plötzlich wird das Geschrei so durchdringend und schrill, daß die promenierenden Paare jäh stehenbleiben, aufs höchste beunruhigt. Eine hilfreiche Seele, der wackere, einfältige Antonin, eilt zur Tapetentür und reißt sie auf. Der Krawall schwillt an. Ist das nicht die rustikale Mutter? Verblüfft erkenne ich die keifende Stimme dieser alten Bäuerin. Sie plärrt die entsetzlichsten Dinge. Die Leute lauschen atemlos, zu Salzsäulen erstarrt, die Augen auf die kleine Türe geheftet, diesen Ausgangspunkt so großen, gräßlichen Lärms:

»Ah, du Schlampe! Geschieht dir ganz recht! Was, da

schaust du! Das hättest du nicht gedacht, wie? Aber ich hab' ihn verdroschen, dieses Schwein von einem Arzt! Meinen Besen hab' ich auf seinem Hintern zerbrochen! Ja, ich hab' schon seit langem Lunte gerochen! Nein, nein, meine Süße, ich werd' nicht still sein, die Ballgäste sind mir schnapsegal! Sollen sie zuhören, sollen sie nur! Da hören sie wenigstens was Sauberes! Morgen früh, nein, heute, jetzt sofort pack' ich meine Siebensachen! In so einem Haus schlaf ich keine Nacht länger! Was, du Schlampe, erst wartest du, bis er besoffen und außerstande ist *(sic!)*, um ihn in dein Bett zu zerren, diesen Weiberhelden! Dazu hab' ich dich studieren lassen, du brünftige Hündin! Wenn du die Kühe gemolken hättest wie ich, wäre es nicht so weit mit dir gekommen! Mir kann er gar nichts tun, dein sauberer Distriktskandidat, und wenn er auch den Minister duzt, soll er, das ist mir ganz gleich! Den Hintern hab' ich ihm ausgebaut! Und wie er davongerannt ist! Der kommt so bald nicht wieder! Er fürchtet sich ja vor mir! Hier muß er seine Sauereien machen, ausgerechnet hier, in dem Zimmer, wo ich jeden Morgen das Bett mache, und sperrt sich nicht einmal ein! Rennt davon, barfuß und im Hemd, daß seine dreckigen Schuhe noch daliegen! Da, da sind sie, seine Schuhe, daß man sie auch sieht!!«

Man hört, wie die Schuhe über die Stiege kollern. Einer fällt bis auf die Schwelle, ein feiner Lackschuh, glänzend und elegant ... Niemand wagt es, ihn anzurühren. Die belfernde Stimme entfernt sich, wird schwächer, erlischt im Geknall zugeworfener Türen. Man starrt einander an, glaubt seinen Ohren nicht zu trauen. Die Paare, immer noch Arm in Arm, neigen sich lauschend vor ... schließlich verziehen sich hämische Münder zu schadenfrohem Lächeln, die Heiterkeit wird allgemein und greift auch auf die

Musikanten über, die sich den Bauch halten, nicht minder entzückt als die Ballgäste.

Ich suche Aimée: sie ist weiß wie ihre Bluse, reißt entsetzt die Augen auf und starrt auf den Lackschuh, diese Zielscheibe sämtlicher Blicke. Ein junger Mann tritt mitleidig auf sie zu und schlägt ihr vor, sie hinauszubegleiten, daß sie sich ein wenig erhole ... Sie blickt verstört um sich, bricht in Tränen aus und stürzt ins Freie. (Weine, weine, meine Tochter! Nach diesen schmerzlichen Augenblicken werden dich die Stunden der Freude doppelt süß dünken!) Jetzt ist die letzte Schranke gefallen. Man gibt einander Rippenstöße und sagt lachend: »Na, so was! Hast du das gehört! Allerhand, allerhand!«

Plötzlich höre ich in meiner nächsten Nähe Gelächter, halbirres, schrilles Gelächter, krampfhaft und laut, trotz merkbar vorgehaltenem Taschentuch. Es ist Luce. Sie windet sich auf ihrem Sitz, kraftlos vor Lachen, weinend vor Freude, mit solch selig verklärtem Gesichtsausdruck, daß ich mitlachen muß, ob ich will oder nicht.

»Du bist wohl übergeschnappt, Luce, so zu lachen?«

»Ah! Ah! Oh! Laß mich ... das ist zu schön! Ah! Das hätte ich nie zu hoffen gewagt! Ah! Ah! Jetzt kann ich fortgehen, jetzt bin ich zufrieden! Oh, das tut gut! Oh, das tut gut!«

Um sie ein wenig zu beruhigen, führe ich sie in eine stille Ecke. Im Saal herrscht aufgeregtes Stimmengewirr. Niemand denkt daran, zu tanzen.

Plötzlich stimmt eine kühne Geige ein paar Töne an, Flügelhörner und Posaunen fallen ein, ein Paar beginnt zögernd zu tanzen, andere folgen seinem Beispiel, und schließlich ist die Polka wieder in vollem Schwung. Jemand schließt die Tapetentür, der ominöse Lackschuh entschwindet den Blicken, und der Ball geht weiter, nach diesem tollen, unverhofften Intermezzo fröhlicher, zügelloser denn je. Ich gehe schlafen, zufrieden und dankbar, restlos glücklich über diesen würdigen Abschluß meiner Schulzeit.

Adieu, Schule, adieu, Mademoiselle samt Herzensfreundin, adieu, Luce, kleine Katze, adieu, böse Anaïs! Die große Welt erwartet mich. Wahrscheinlich werde ich mich dort nicht halb so gut unterhalten wie in der Schule.